U0458330

电影教室
Film Class
黄丹主编
07

W 的悲剧

荒井晴彦电影剧作选集

[日] 荒井晴彦 著

汪晓志 译

上海三联书店

目 录

丛书序一

高瞻的计划，远瞩的目标

　　作为学院文学系"十二五"规划和学科建设的重要内容，由系里整体策划并由教师亲自主编、撰写的北京电影学院文学系"电影教室"丛书是文学系一项非常重要的教材学术工程，也是一项非常重要的电影学科建设学术策划，其学术意义将会在未来若干年的电影编剧教学和电影史论研究中产生深远影响。

　　北京电影学院在60多年电影专业教育、教学中，一直以"电影教育、课程为先"为目标，以"课程建设、教材为重"为宗旨。

　　为了这套系列书籍的出版，文学系的老师们已经酝酿、策划多年。今天的出版，实质上是他们对多年电影编剧教学和电影编剧创作课程的系统总结。其中部分专著，精心对应学院文学系电影编剧专业基础课和专业课的内容和教学要求，又融入了一些新的内容。作为系里为加强学科建设和编剧教学而竭尽全力进行的一项重要学术工程，每一位承担这次专著和教材集中编纂与撰写的作者都投入了巨大的精力和努力。

　　中国电影产业的蓬勃发展，也将带动新的电影热潮，这对电影类图书的出版无疑是一个很好的机会，所以，抓住机会，选好选题，培育自己的品牌正当时。截至2010年底，全国已经有600多所大学设立了影视专业或影视系，大量年轻人投身影视行业，同时影视教材供不应求。电视节目的蓬勃发展，以及全国六家新的电影频道的成立，也亟需大量的影视节目。影碟的深入家庭，同样培养了众多的电影爱好者。因此，北京电影学院文学系策划和计划写作、编辑、出版的"电影教室"丛书系列，在今天有三项非常重要的优势：一、市场前景好；二、具有良好社会效益；三、学习者、读者广泛。

我们对系里教师的这种高度的学术责任感，对学院学科建设和学术研究的倾心、奉献，表示由衷的敬意。

根据文学系的学科建设、课程建设和学术策划，"电影教室"丛书系列主要分成三种类型。

第一类：经典电影剧本的编纂。目前在电影出版类的专著中，或者在关于电影编剧专业教学的课程辅助和参考教材中，缺乏当代剧本的选集。以前电影出版社曾根据成功的电影，出版关于从小说、剧本到完成电影的专著，学习者和创作者可以依据文字和影片进行参照和学习。目前，学习电影编剧专业的学生可以参考的电影剧本范本只有《世界电影》杂志中翻译的外国影片的剧本，以及我们国家早在20世纪30年代至"十七年"期间的部分电影剧本集。这些非常有限的剧本文字资料，不仅不全，而且寻找不便，给现在编剧专业学生的剧本学习、写作创作以及广大编剧爱好者的学习，带来了不少困难。"电影教室"丛书则完全从当代国内的电影剧作家的电影剧本集入手，进行系列性的编纂。其中已经完成出版的第一辑（五本）包括：(1)张献民主编《中国电影剧本精选》；(2)黄丹主编，潘若简、张民副主编《学生专业社会实践报告2》；(3)《铃木尚之电影剧本选》；(4)《苏小卫电影剧本选》；(5)黄丹、谢啸实著《邵氏武侠电影笔记》。作为未来的规划，外国经典电影作品以及国外重要的电影剧作家的剧本也会在陆续谈妥版权的情况下，获得中文出版的许可。

第二类：电影史及电影理论著作。当下在电影历史和理论专著的写作和出版中，没有什么新的视点和方法，更多的是重复和附和。就电影历史和理论本身而言，谈宏观的多，论微观的少，不善于从电影编剧专业的角度和电影叙事的侧重上，进行细化的分析和研究。更为重要的是，目前的"电影教室"丛书中，在电影历史及电影理论的大框架下，更加侧重于不同国家电影国别史的研究，同时，在电影纵向的发展脉络中，对电影断代历史也进行了研究，如内容涉及"中国早期电影史"的"南京路电影史"和"电影传入史"、"意大利电影史"、"英国电影史"等。其中已经完成出版的第二辑（五本）包括：（1）戴德刚著《中美卖座影片的叙事分析与比较》；（2）洪帆著《马与歌剧——意大利西部片》；（3）陈山著《上海南京路电影史》；（4）刘小磊著《电影传入中国考（1896—1921）》；（5）张巍著《电视剧改编教程》。所有电影理论的著作，则侧重于对电影叙事方式和叙事风格的研究，使得学习者可以在电影历史和理论的两个层面上游走，给我们以全新的视角和方法。

第三类：电影及电视剧剧作教材。今天的中国电影产业发展非常迅速，电视剧生产也呈现出非常好的势头，作为电影和电视剧生产的关键环节，剧本创作是非常值得关注和研究的领域。所以，怎么样配合电影及电视剧剧作教学出版相应的教材，成为教学整体的一个非常重要的问题。在这样的基础上，第三辑将出版一些重要剧作家的电影剧本选，研究电视剧叙事的方法和规律，研究编剧的技巧和相应的规律、方法，其中已完成或接近完成初稿的包括：（1）李二仕著《英国电影史》；（2）张巍著《"鸳鸯蝴蝶派"文人与早期中国电影的创作》；（3）刘德濒著《编剧课——电影编剧与技巧》；（4）黄丹主编，潘若简、张民副主编《芦苇电影剧本选》；（5）《荒井晴彦电影剧本选》。

作为学院教师的学术成果建设和出版，计划中的第四辑内容将包括：庄宇新著《长篇电视剧叙事研究》；潘若简著《中意戏剧电影比较考》；张献民主编《亚洲纪录片概况》；黄丹主编，潘若简、张民副主编《北京电影学院文学系教师剧作选第2辑》等。

总体上，这套"电影教室"丛书，是北京电影学院文学系教师独立撰写、主编的专业教材，以电影和电视剧创作实践为基础，实现教学目标，通过有关电影剧作大家的文集，给广大读者和学生提供影视剧作的高端范例与创作经验。

可以预计，这套"电影教室"丛书将会对培养电影、电视剧专业编剧人才和繁荣编剧创作，产生深远影响。该系列丛书的出版，对专业电影编剧创作人员和研究人员而言是非常好的编剧创作和理论的参考，对专业编剧创作人员而言是非常有用的经验、技巧参照，对正在学习编剧创作的学生而言是极好的参考书，对高校影视编剧教学而言是一套极好的专业范本。

代为序。

张会军

全国政协教科文卫体委员会委员、中国电影家协会副主席

北京电影学院院长、博士生导师、教授

2015 年 6 月 5 日

丛书序二

"电影教室"丛书总序

"电影教室"丛书酝酿至今，已经有近5年的时间。

近年来，中国电影产业的确呈现出蓬勃发展的趋势，无论从大的市场环境，还是每年用来作为探讨标准之一的统计数字，都是在一个持续上升的态势下，而且这种态势会在一段时期内持续。这对电影专业教育也提出了新的要求：一方面，从专业院校内部教学系统来看，从20世纪80年代关注电影本体的教学传统，到如今走向电影市场，作为向电影制作单位输送具体人才的教学单位，在专业授课中平衡电影本体艺术性教学与产业类型化的关系，是需要一段时间进行沉淀和适时调整的。这还进一步体现在教材的使用和选择上。所以"电影教室"丛书在文学系老师不断的讨论商定下，分成了几个板块，辑录出版，有这样的一个大的教学背景下的考量。另一方面，从更大范围的人才培养来看，伴随着网络化与数字化等多媒体的出现，学院派出身不再是许多电影创作者的唯一出口了。如今很多网络写手也逐渐走向了电影、电视剧编剧的职业道路，并且有不俗的成绩。他们大多有良好的教育背景，喜爱写作，文字功底好，也有大量的读者群体。但是从网络写手往职业编剧道路转换，仍然需要更专业的积累和铺垫。所以"电影教室"丛书辑录的国内外著名编剧的电影剧本选集，还有新视域角度的中外电影史，也为这些可能成为电影从业者的人们提供一个可进入的渠道。

针对以上两个专业考量的目的，"电影教室"丛书大致分成了三个板块。首先是电影剧作类：剧本创作是文学系教学立足之本，现在本科教育的两个方向——电影剧作和电影创意与策划，都对学生写作做出了更明确的规范与要求。"电影教室"计划出版的电影剧作类丛书包括了经典电影剧本集和电影剧作技巧讲解，更有文学系教师编写的剧本辑录成册，从理论与实践两方面，让阅读者对电影剧作有更加完整的认识——怎样的剧本是好的剧本？怎样实现好的剧本创作？

第二大板块是中外电影史论类，这是电影从业者必要的积淀与储备。进入电影创作领域的新人总会面临无从下手的困境，有时灵光一现下的创意又不知如何展开，对这个创意是否具有可研发价值也缺乏自信与底气。事实上，电影编剧不仅是一个编写故事的高手，其首先需要对电影历史有着深入的了解和认知，前人经验会成为后人创作的重要参照和项目研发的信心，历史经验凝聚成的理性思维与逻辑更是成为创作者当下感性思维的探照灯。所以"电影教室"丛书中选择辑录的关于中国早期电影、意大利电影、美国电影、英国电影等选题，也试图让创作者从史论经验中寻找到现实创作的参照性意义。

第三大板块计划留给文学系学生。现在文学系的学生普遍都是90后，经历过社会变革、咀嚼着不易与艰辛一路走来的老师总是担心学生们没有足够的人生阅历，很难捕捉到真实的人物关系，创作出"接地气"的文学作品。所以，社会实践成为文学系学生的必修科目。但是每年的社会实践报告却让老师们感到惊讶，他们呈现出的万余字的报告书以及大量的图片资料，让我们发现原来90后孩子对这个社会的观察与触角已经触及了我们不曾想到的层面。也恰恰是这样一群学生，他们根据自己的成长体验与社会实践，创作出的若干长篇电影剧本，写出的万余字论文，都有着他们自己的独特视角与观察价值；呈现出来的是一个或许跟老师们的经历不同，但同样有趣和丰富的世界。我们想在"电影教室"丛书中给这样一群孩子从不一样的视点下凝练出的文字留出一块空间，用来刊发他们的优秀剧本、论文和社会实践报告。若干年后，等他们也成为中国电影产业的中坚力量时，这些学生时代的文字将成为记录他们成长的重要轨迹与线索，也会成为中国电影史上重要的史料留存。

希望"电影教室"丛书怀有这样美好的期待，出版后也能收到真正理想的效果与回馈，为转型期的中国电影事业、为探索中的中国电影教育事业贡献一点绵薄之力。

黄　丹

"电影教室"丛书主编

北京电影学院文学系主任、教授

2015年6月5日

本书序

对荒井晴彦作为电影剧作家的最早认识，是在北京电影学院初学电影的时候，看到《W的悲剧》时，自己的人生因为和这样的电影相遇，而产生的震撼。电影描述了青春在绝望现实中和命运的搏击，也在冷峻的社会观察中表达出一种温柔情感。

看过这样的电影，对写出这样的故事的电影编剧，充满着好奇心。

荒井晴彦1947年出生在东京。母亲荒井悦子是日本著名画家石井林响的次女，可以说荒井出身于书香门第。

年轻求学的时代，荒井晴彦考入了早稻田大学，进入文学部就读。1970年代初，他进入电影界，以职业电影编剧为目标开始奋斗。但是荒井并无从业经验，不可能直接进入大制片厂谋求生路。加入小型的独立制作公司，以拍摄粉红电影起步，对他也许是更好的选择。许多和荒井同一年代的电影创作者，都走过这条道路。他们在日后转入主流电影的创作，成为日本电影的中坚力量。

荒井晴彦进入的公司，是著名粉红电影导演若松孝二的独立制片工作室"若松制作"。荒井晴彦首次参与编剧的电影，是1971年的《秘花》（导演：若松孝二）。在若松制作时期，荒井并没有独当一面的作品产出，但这一时期他全方位地接触到电影的制作流程，并有了和若松孝二、足立正生这样优秀导演共同工作的经验，为日后的创作生涯打下了坚实的基础。

荒井晴彦作为独立的电影编剧，真正开始创作之路的起点是1977年。这一年，他独立完成电影剧本《新宿混乱的街区》（导演：曾根中生）。这是一部日活出品的浪漫情色电影。在这部电影中，已经出现荒井晴彦此后创作中不断重复出现的主题：关注社会边缘人的生活，展现青春时代的迷茫，探讨日本民族的性观念。

荒井晴彦在粉红电影领域的代表作是1979年的《红头发的女人》（导演：神代辰巳）。同年的《神赐给的孩子》（导演：前田阳一）是他对生活喜剧的一次尝试。故事讲述了一对同居情侣，为寻找男方旧情人所遗弃的孩子的亲生父亲，一同踏上旅途的故事。这一时期的荒井，开始在创作中表现出对于各种故事类型成熟的驾驭能力。

拍摄于1981年的《远雷》（导演：根岸吉太郎），是真正奠定荒井晴彦在日本电影界地位的成熟之作。故事充满现实生活的质感，表现了在城市化浪潮的冲击下农村青年的日常生活。影片朴素平实的风格让人耳目一新，上映后获得一片好评，并在当年《电影旬报》评选的十佳影片中名列第二。

1984年，荒井晴彦创作了《W的悲剧》（导演：泽井信一郎）。影片取得巨大成功，并斩获众多奖项。女演员药师丸博子因为这部电影作品广为人知。而此时的荒井晴彦，终于跻身日本顶级编剧之列。

1988年，荒井晴彦完成了自己最后一部严格意义上的粉红电影《咬人的女人》（导演：神代辰巳）。此后，他基本上转入了主流影片的剧本创作。

1997年，对荒井晴彦来说最重要的创作尝试，是他初次作为导演，拍摄了电影《身心》。影片讲述了两对中年男女的情感纠葛。影片有很多大尺度的性爱场面，但与之前的粉红电影不同，这是一部探讨男女情感关系的严肃作品。影片获得了当年《电影旬报》年度十佳的第七名和次年的"新藤兼人奖"金奖。

2002年，荒井晴彦和阪本顺治导演合作了政治惊悚电影《绑架金大中》。这部电影因为题材引起了很大争议，也因为故事和真实历史出入过大而受到许多批评，但荒井晴彦和阪本顺治导演的这次合作，却为日后的《大鹿村骚动记》埋下了伏笔。

2003年，荒井创作的电影《震颤》（导演：广木隆一），成为他的又一代表作。《震颤》是一部公路电影，讲述了被幻听折磨的女子，在便利店遇到一名陌生的长途汽车司机，跟着他踏上旅途的故事。影片中也有大量的性描写，但其本质上，还是一部探讨女性内心情感生活的严肃电影。这部影片赢得广泛赞誉，荒井也凭借这一剧本获得了《电影旬报》最佳剧本奖、《每日映画》最佳剧本奖、横滨电影节最佳剧本奖。

2010年开始，荒井晴彦又进入了一个创作的高产期，并且维持了稳定的高水准。2011年，他再度和阪本顺治导演携手，贡献出佳作《大鹿村骚动记》。影片讲述的，是一个有歌舞伎传统的小山村里发生的趣事。此后，荒井创作了《战争与一个女人》（2013）、《相残》（2013）、《再见歌舞伎町》（2014）、《感受大海的时刻》（2014）、《这个国度的天空》（2015）等多部优秀作品。其中《相残》改编自获得芥川奖的同名小说，描述了因性暴力癖好在父子间遗传般的宿命所造成的人生悲剧。荒井凭借本片再次获得《电影旬报》最佳剧本奖。《再见歌舞伎町》则是他与广木隆一导演的又一次合作。故事围绕一家情人酒店的现实空间，白描式地展现当代日本社会的众生相，剧作精巧，兼具幽默调侃和社会批判。而《这个国度的天空》则是他多年之后再次亲自担任导演，讲述战争背景下一个平凡普通的少女的性觉醒。

纵观荒井晴彦的电影创作，年代时间跨度大，题材种类丰富，在战后日本社会成长的不同时期，故事主题的侧重点也有不同。

日本的经济从二十世纪五六十年代开始腾飞，在此后二十多年的时间里，日本的社会结构、道德观念、生活方式等各方面，都发生了巨变。普通人在现代社会生活中的迷失，曾经一直是荒井晴彦创作的主题。

《新宿混乱的街区》中，一群最初对电影还怀有梦想的年轻人，最终还是迷失在大都市灯红酒绿的欲望深渊。影片对娱乐圈和都市文化采取了批判的态度，并对都市现代病有着独到的见解。在之后的粉红电影中，荒井也往往用性描写，表达个人在冰冷的现代社会中的孤独处境和精神迷失。《红头发的女人》中的两位主人公身处社会底层，每日重复的是枯燥而劳累的体力活，情感与现实，已经完全异化。他们对性的知觉和感受，也退化到了动物一般的状态。而女主角"红发女郎"则是备受凌辱的妓女，她只能用身体，用性的方式，来绝望地对抗社会。

《远雷》直接把城市和农村，放在了两元对立的矛盾冲突结构中来加以描绘。主人公满夫是一个对土地和传统的耕种生活怀有深刻眷恋的青年，他对城市的繁华生活没有丝毫向往，并鄙视抛弃土地跑到城市里的农民。但影片也没有单纯地把满夫塑造成淳朴善良正直的脸谱化人物。他对待性也是一种颇为随便的态度：和酒吧女一夜情，和绫子第一次见面就上床。对于自己固守土地的行为，他也并未将其视作一种理想，而只是因为"没有别的什么活儿好干"。作为对照，他的好友广次则不安于平淡的乡村生活，卷了家里的钱和陪酒女阿枫私奔，最终沦为杀人犯。影片并没有简单地把满夫和广次作为正反面的代表人物对立起来，而是采取了一个更加疏离的视角，展示两人的日常生活。他们都是平凡普通的农村青年，只是因为不同性格的原因做出的选择，使他们最终面对结局截然不同的人生。这种全景式的对现代化冲击下农村生活的描写，使《远雷》具有一种震撼人心的力量。

2003年，荒井晴彦和广木隆一导演合作的《震颤》是表现该主题的又一杰作。《震颤》和《远雷》探讨的问题有所关联，但是方法技巧，却完全不同。《远雷》是全景式、白描式的，从农村的视角，展现了现代化、都市化背景下的各种社会问题。而《震颤》全然关乎私人体验，讲述现代都市中个体灵魂的迷失。电影剧情的推动，完全靠男女主人公的对话，并且几乎没有外部冲突，也没有剧作技巧上的高潮段落。影片在形式上非常写意，用字幕表现女主角近乎呓语的内心独白，辅以大量风格迥异的背景音乐。影片以这种迷幻疏离的氛围，准确表达了女主角因孤独感和爱的匮乏，而产生的内心痛苦。影片没有从社会背景层面解释或挖掘是什么造成了女主人公的困境，而是用类似私电影的方式，只从女性视角出发，只是感性地传达现代社会中渺小的个人所体验到的精神危机和情感痛苦。

除了对现代性的探究和展现，荒井晴彦也擅长探讨和表现青春主题。荒井的入行之作《新宿混乱的街区》，就是以一群迷失的年轻人为主角，展开描摹都市生活浮世绘。从他后期的重要作品，也可以看出他对青春题材的迷恋。《身心》虽然是写的四个中年人的情感纠葛，但他们人生交错的根源，正是他们充满激情、曾经动荡的青年时代的经历。

《W的悲剧》是商业上比较成功的荒井作品，但是影片并非一部一般意义上的青春偶像剧。影片的第一场戏，就是药师丸博子饰演的三田静香和前辈演员发生性关系。影片对性的展现和讨论，都基于现实的严肃语境，而丝毫没有避讳。影片在描述女主角的爱情和为了成为知名演员而奋斗这些常规青春片的情节之外，还触及到演艺行业内部的诸多问题，并对现代社会中女性所遭受的不公平对待提出批评。三田静香是荒井创造的人物中，影响力最大，最让观众难以忘记的角色。影片对静香的日常生活和心理活动的描写，非常生动细腻。三田静香充满青春活力，她热爱和追求表演事业的成功，但并不是为了成名带来的虚荣。她只是发自内心地喜欢表演。但是生活现实的残酷让她最后悲哀地发现，只有靠接受谎言与自我出卖，她才能最终触摸到自己的梦想。

《再见歌舞伎町》讲述了位于歌舞伎町的一间情人酒店24小时里发生的故事。这部影片在限定的时间和空间，让所有角色在这个舞台上轮番登场，短短的一个昼夜，演绎出人生百态。故事线索复杂，几条线索同时展开，但是完全不失章法。用饱满戏剧张力铺陈出的五组人物，面对各自荒诞、乏味和悲伤的人生现实，或多见趣味，又不乏冷峻，是荒井晴彦一贯的功力与方法，看后令人难以忘怀。

作为电影创作者，荒井晴彦见证了战后日本社会的整体变迁。从日本电影行业学徒制的年代环境成长起来的他，四十年的创作生涯和日本电影界的起伏息息相关：早年粉红电影的创作，到中期的商业化类型尝试和独立制作的软色情片，再到后期高质量的严肃电影。从荒井晴彦的电影创作经历，我们可以一窥1970年代以后日本电影史的脉络。

此次出版荒井晴彦电影剧作选集，其意义也正在于此。我们可以从一个优秀电影剧作家的文本出发，以文字在内心唤起画面的想象，再一次体会他电影作品本身的魅力，同时也再一次感受他所观察过的人生，感受他所存在过的年代。

梅　峰

2017年6月16日

三人谈：荒井晴彦的剧作世界

荒井晴彦　晏妮　李向

关于电影剧作《W 的悲剧》

让偶像“反感”的剧本

李向：这应该是荒井先生受众最广的作品了吧。

荒井：全靠当时角川电影公司的当红偶像药师丸博子 ① 如日中天的人气吧。

李向：据说电影公司原本是想让您的师傅田中阳造先生 ② 来创作剧本的？

---

① 药师丸博子，生于1964年。日本著名女演员、歌手。1978年，当时还是初中一年级学生的她，通过角川公司的电影《野性的证明》的海选，得到了与巨星高仓健演对手戏的机会，成为万众瞩目的少女明星。其后，由她主演的电影《水手服与机关枪》（1981年）及由其演唱的电影同名主题歌在日本大受欢迎，一举奠定了其当红偶像的地位。她在电影《W 的悲剧》（1984年）中的演技备受好评，是她的代表作之一。其他电影作品有《飞翔的一对》（1980年）、《侦探物语》（1983年）、《我的夏日旅行》（1984年）、《星闪闪》（1992年）等。

② 田中阳造，生于1939年。日本著名编剧，编剧荒井晴彦的师傅。编剧作品有《花与蛇》（1974年）、《呜呼！！花之应援团》（1976年）、《流浪者之歌》（1980年）、《阳炎座》（1981年）、《水手服与机关枪》（1981年）、《鱼影之群》（1983年）、《闪光的女人》（1987年）、《梦二》（1991年）、《居酒屋幽灵》（1994年）、《维荣的妻子：樱桃与蒲公英》（2009年）等。

荒井：制片人黑泽满 ① 先生决定让泽井信一郎 ② 先生来担任本片导演后，问泽井先生，那剧本让谁来写呢。听说泽井先生是这么回答的："能帮我邀请田中阳造先生来写吗？不过如果田中先生没空的话，让荒井君来写也行。"

李向：参与到以药师丸博子为中心来运转的企划，您在创作剧本的时候是不是有考量怎样才能最大限度地发挥出她的魅力呢？

荒井：完全没考虑过。在此之前，我只和能在电影中展示自己的裸体的女演员合作过，所以，想写一个让当红偶像"反感"的剧本。《W 的悲剧》之前，药师丸博子刚拍完由森田芳光 ③ 执导的《我的夏日旅行》（1984 年）。影片的最后，在药师丸博子和男孩进入酒店的房间之后，镜头慢慢拉远，从酒店房间退出。因此，我故意从酒店房间内的那场戏来开启《W 的悲剧》的故事。但是，因为拍不了药师丸博子的床戏，所以我将开场戏设计成一对男女在漆黑的酒店房间中的对话。

女主人公为了得到角色而不惜答应揽下前辈的丑闻，很腹黑，不能算是正面角色，因此据说药师丸博子一直不喜欢这个角色。直到多年以后，她才说终于理解了这个角色。因为药师丸博子没

---

① 黑泽满，生于1933年。日本著名电影制片人。曾参与制作多部由松田优作主演的影视作品。由其担任制片人的主要作品有《野兽之死》（1980年）、《侦探物语》（1983年）、《W 的悲剧》（1984年）等。

② 泽井信一郎，生于1938年。日本著名电影导演。经过漫长的副导演生涯之后，终于在1981年拍摄了电影处女作《野菊之墓》。除《W 的悲剧》之外，还和荒井晴彦合作过《恋人们的时刻》（1987年）。导演作品还有《早春恋曲》（1985年）、《我的爱之歌：泷廉太郎物语》（1993年）、《时雨之记》（1998年）、《苍狼：直至天涯海角》（2007年）等。

③ 森田芳光，1950—2011。日本著名电影导演、编剧。导演作品有《像那样的东西》（1981年）、《家族游戏》（1983年）、《其后》（1985年）、《春天情书》（1996年）、《失乐园》（1997年）、《武士的家用账》（2010年）等。

费劲就成了女演员，一出道就成了明星，不能理解这个角色也是情有可原的。

剧中剧的诞生

荒井：原著[1] 是讲密室杀人的推理小说，里面并没有适合药师丸的角色，加上觉得原著没什么意思，所以我决定向制片方请辞："对不起，我实在是无法胜任这份工作。"但角川春树[2] 社长挽留我说："只要保留了原著的名字，其他的随你改。"关于该写成什么样的故事，我和泽井先生讨论了半天也没个头绪。原著的后记里提到埃勒里·奎因[3] 评价说《W 的悲剧》很像舞台剧，读到这儿，我们灵光一闪：不如改编成关于一个在剧团演戏的少女的故事吧。至此，我们才终于找到了创作方向。

接下来，为了决定女主人公的角色性格，我们去了许多的剧团，采访了多名新人。作为参考，我们还观看了大量的讲述好莱

① 《W 的悲剧》原著为日本著名推理小说作家夏树静子（1938—2016）于1982年发表的推理小说，讲述了一起发生在富豪别墅的密室杀人事件。

② 角川春树，生于1942年。日本企业家，电影导演和电影制片人。角川春树于1965年进入父亲角川源义创办的角川书店工作，1975年担任角川书店的社长。1976年，角川春树进军电影界。角川电影的首部作品是根据横沟正史原著改编，由市川昆执导，于1976年上映的《犬神家族》。角川春树为了宣传影片，一反业界常态，大手笔地投放电视广告。最终，影片获得了巨大成功，由此开创了角川春树主导的角川电影时代。80年代中后期，角川电影渐渐显露出颓势，角川春树本人也于1993年因为涉毒被捕而离开角川书店，宣告了一个时代的结束。由角川春树制作的主要影片有《犬神家族》（1976年）、《人证》（1977年）、《水手服与机关枪》（1981年）、《侦探物语》（1983年）、《穿越时空的少女》（1983年）、《W 的悲剧》（1984年）等。导演作品有《天与地》（1990年）等。

③ 埃勒里·奎因，来自美国的曼弗雷德·班宁顿·李（1905—1971）和弗雷德里克·丹奈（1905—1982）这对表兄弟在写作侦探小说时所合用的笔名。埃勒里·奎因也是二人笔下的名侦探的名字。著有《罗马帽子之谜》（1929年）、《法国粉末之谜》（1930年）、《X 的悲剧》（1932年）、《Y 的悲剧》（1932年）、《Z 的悲剧》（1933年）等。

坞幕后故事的影片。我的处女作《新宿混乱的街区》就是关于一个想成为编剧的男人和一个想成为演员的女人的故事,《W 的悲剧》算是它的女演员版吧。

晏妮:总的来说,您还是愿意在故事中将自己的经历投射进去的。

荒井:是的。

晏妮:那这个剧本不过是向原著借了个标题而已,基本上算是原创剧本了。

李向:您和泽井先生在这个阶段已经进行分工了吗?您写现实生活的部分,泽井先生写剧中剧的部分。

荒井:没有。我写了一部分之后,泽井先生说:反正我闲着也是闲着,剧中剧的部分就交给我来写吧。他曾经也做过舞台剧的导演。后来,看到印出来的剧本上的编剧一栏上把我俩的名字并列在一起,我非常吃惊。为此,我还对他发了火:写了那么点的剧中剧,怎么就能算是联合编剧呢!

言语的重量

李向:影片巧妙的双重结构备受好评,您也因此拿到了您的第一个《电影旬报》最佳剧本奖。

荒井:是的。不过,我在创作剧本的时候,想着这不过就是一部偶像电影罢了,完全没想到影片后来会受到这么高的评价。

晏妮:当年《W 的悲剧》随着日本电影的热潮进入中国,让许多中国观众受到了强烈的震撼,成为许多中国电影人的电影范本。荒井先生的名字也因为这部作品而被许多中国人熟知。上映那会儿,大家都在谈论《W 的悲剧》,都说电影好看。那时候在中国市场上很少能看到像本片这样兼顾到娱乐性和艺术性的电影。

李向：这部作品中的许多台词让人印象深刻，至今为人所津津乐道。请问，荒井先生的台词是从何而来的呢？

荒井：从何而来？当然是从经验和学习中得来的。

晏妮：经验特别重要吗？比如说人生体验。您是为了创作而专门去体验呢，还是说刚好有过这样的体验？

荒井：如果我说我所有的人生体验都是为了创作而进行的，可能有点夸张；但是光靠想象是很难写出好台词的，出自某人之口的那些话是最有力量的。比如说情侣在吵架的时候说的那些话。那都是随感情的爆发而拼命迸发出来的，凭空想象的台词是不可能比得过的。所以我觉得，找对象的时候，得尽量去找那些有趣的人。《W 的悲剧》中这句经常被提到的台词："别打脸，因为我是女演员。"虽说没人跟我说过"因为我是女演员"，但有被说到过"别打脸"。我不过是在"别打脸"的基础上加上了"因为我是女演员"而已。

我觉得言语的分量是非常重的。你被某人说过些什么，或是你漫不经心说出的一句话，都可能会让彼此难以忘怀。我也一样，被某人说过的那些话，可能会一直记在心里。不管对方是我的母亲还是我的女儿，那些难忘的话会一直留在心底。如果把这些话恰如其分地运用到台词中去，台词就会很出彩。另外还有一点就是台词的逻辑性。在这种情况下，到了剧中角色必须得说点什么的关头，你不能用普通的台词而得找让人留下印象的台词来表达。

晏妮：荒井先生的剧本里头台词的作用是非常重要的。

荒井：没错。

晏妮：有些电影的台词很少，但是我觉得荒井先生的作品在大部分情况下都是台词在起着决定性的作用。

荒井：在某种意义上，导演们用画面去较高低；而我们作为一名编剧，只有用言语去决胜负了。

晏妮：但是把日文翻译成中文后，无法避免地会出现词不达意的情况。荒井先生的台词就更难翻译了。翻不了，就算翻了跟原意也会有偏差，真的非常棘手。

关于电影剧作《远雷》

源于微时的约定

李向：影片《远雷》实现了您和根岸吉太郎[1]先生一起合作拍电影的约定。

荒井：我俩是在新宿黄金街的酒馆里认识的，那会儿我俩还都是副导演。因为志趣相投，我俩约定：如果有一天你成了导演，我成了编剧，一定要一起拍电影。但是当时日活（日活株式会社）不放心让年轻人来搭档拍片，不是让资深编剧和新人导演搭档，就是让资深导演来搭档新人编剧。因此，虽然我很想给根岸的导演处女作写剧本，却没能得到这个机会。

李向：请问这次合作是如何实现的呢？

① 根岸吉太郎，生于1950年。日本著名导演。导演处女作是1978年的电影《奥利安的杀机：情事的方程式》。除电影《远雷》（1981年）外，还执导了由荒井晴彦编剧的《酒吧日记》（1982年），《侦探物语》（与高田纯联合编剧，1983年），《一片雪》（1985年），《绊》（1998年）。其他导演作品有《疯狂的果实》（1981年）、《向雪祈祷》（2005年）、《挎斗摩托车里的狗》（2007年）、《维荣的妻子：樱桃与蒲公英》等。

荒井：中上健次，立松和平①，这些与我同年代的作家在文坛崭露头角的时候，我就特别关注他们的作品。立松有一本小说叫《白铁皮的北回归线》，算是他的自传吧。小说讲述的是一个男人独自去印度旅行时染上了淋病，身心俱疲的他去了北回归线经过的台湾，在台湾，他得知自己的孩子出生了，于是身患淋病的他踏上了回国的旅途。我当时想以青春的谢幕作为主题来改编这部小说，但是我被告知靠ATG②的那点钱根本去不了印度拍摄，所以不得不死了心。这个项目搁浅后，他们又找来了几本别的小说，当我们正在探讨的时候，立松的新书出版了。制片人冈田裕③问我们：你们不是要拍立松的小说吗？那这本怎么样？读完这本小说，我们有些没有底气：这不是农民题材的小说吗？我和根岸都在城市长大，怕是驾驭不了啊。

李向：您当初并不是特别想改编这部小说吗？

荒井：我对靠在温室大棚内种植西红柿为生的青年农民一无所知。所以决定要拍摄之后，我和根岸商量后得出的结论是：不花一两个月的时间去体验农民生活是不行的。于是我俩去了农村，立松还把小说主人公的原型介绍给我们。主人公原型烫了头发还戴着耳钉，完全颠覆了我俩对农民的想象。我们上他的车时，他

---

① 立松和平，1947—2010。日本著名作家，曾出版多部著作。电影《远雷》改编自其发表于1980年的同名小说。著有《走投无路》（1978年）、《白铁皮的北回归线》（1978年）、《村雨》（1979年）、《毒——风闻·田中阳造》（1997年）等。

② ATG（Art Theatre Guild），于1961年成立的日本独立电影制作、发行公司。前身为导演敕使河原宏、日本电影之母川喜多夫人等创办的"日本艺术影院运动之会"。从成立之初至1992年解散，一直大力支持独立电影和艺术电影的创作，发掘了许多新生的人才，对日本电影产生了深远的影响。

③ 冈田裕，生于1938年。日本电影制片人。参与制片的作品有《赤提灯》（1974年）、《家族游戏》（1983年）、《葬礼》（1984年）、《女税务官》（1987年）等。

要我们脱鞋，车上挂着白色的窗帘，让人有些恍惚，不知身在何处。接着我们一起去了餐厅，点了炸大虾，他们都用刀叉吃；而来自东京的我俩却向服务员要了筷子。这些都让我们觉得：不用太拘泥于主人公的农民身份，把他刻画成一个烫了头发戴着耳钉干着农活的青年就行。

狡猾的青春

荒井：如果是别人来改编这本小说的话，肯定会把广次设定为主角，将他为什么会杀死有夫之妇那段情节作为主线。但是我认为犯事的那个人并不是主人公。

晏妮：不过广次的故事比较具有戏剧性。

荒井：广次的那段的确比较像电影中会出现的桥段，不过仔细想想，现实生活中还是循规蹈矩不去犯事的人占多数。比方说我和根岸就没犯事，不过是从报纸的报道去得知一些案件而已。满夫原本是那类不大有可能会成为电影主人公的人。他是个狡猾的家伙，因为他总是能在紧要关头刹住车，他不像广次那样会跟有夫之妇私奔，而是选择相亲结婚。我想写一个关于"狡猾"小市民的青春故事。

当时日活接连出售旗下的摄影棚，开发商在摄影棚的原址上建起了公寓，从食堂一眼望出去就能看到公寓。根岸感叹道，被公寓包围的摄影棚与小说里被公寓包围的西红柿大棚，这景象何其相似，自己所处的电影行业和农业一样萧条。他带着这样的感触全身心地投入了电影的拍摄。

李向：正因如此，您和根岸先生才能将感情投入到本部影片中去。

荒井：如果不能和原作产生共鸣，很难创作出优秀的作品。

我和根岸不是农民，生在东京长在东京的我俩在拍一部以青年农民为主角的电影时，一直在作品中寻找与自身经历重合的地方。原作者立松和平和我一样都曾参加过学生运动，后来，他在市政府上班，边工作边写小说。在日本，很早以前就有这样一种思想转变的模式：社会活动家们选择放弃社会活动，归乡务农。因此，我觉得《远雷》是立松和平创作的转型之作。

唤起观众的想象力

晏妮：有次在国内做交流活动的时候，一位女性编剧向荒井先生提出质疑：事发后广次向满夫讲述事件原委的那场戏为什么不插入广次的回忆画面，用影片中那种表现手法是不是太平板了？

荒井：听完这番质疑，我想到：中国的电影人还是一如既往地抗拒长镜头呢。中国电影人觉得我们不过是拍了两个人的对话，平淡无味，认为这不是电影该用的处理方式；但实际上，插入回忆的镜头就是在用画面来对剧情加以说明。不知道大家为什么会有这种错觉，认为将对话的内容用画面呈现才是电影该用的手法。插入回忆镜头被认为是理所当然的，但什么内容都用画面加以说明，这样真的好吗？

其实，关于如何处理那场戏，我和根岸也伤透了脑筋。后来，我对根岸说：根岸，你看现在我俩在聊天，你看着我，我看着你，我俩中间不会突然插进一段画面，对吧？所以，那场戏只要好好拍摄满夫和广次的表情不就行了吗？根岸听完后说：你说得很对。所以那场戏最终是以长镜头的形式来呈现的。我们一开始就决定了使用这种所谓"平板"的手法。我们是明知故犯，因为这样拍才真实。

晏妮：现在再看《远雷》也不会觉得过时。如果当时那场戏真的插入了回忆的镜头，可能很多人会看得更过瘾；但现在看的话，会觉得手法很陈旧。

荒井：的确是这样的。我觉得很多人的认识是不对的；不直接用画面来呈现反而能激发观众的想象力，这才是电影该有的表现形式。现在的很多电影，根本不给观众想象的空间，不是全都用画面来做说明，就是让角色用过剩的台词来做说明。那时我和根岸都年轻气盛，坚持只以现实主义为基准来考虑问题。广次在向满夫说明事情经过时，广次掐死女人的画面是不会突然出现在两人之间的。倾听着的满夫在想象着那个画面，述说着的广次则在回忆着那个画面。和杀了人的朋友的谈话最重要，至于杀人的画面，就留给观众自己去想象吧。

晏妮：小津安二郎①的电影里虽然不会直接呈现有关战争的画面，但是在对话中会谈到战争。这可以称作不呈现的呈现吧。他让你去想象，只是短短一句台词就能让你想象得到当时的情景。

荒井：所以，观众得训练着学习去想象。另外，如果创作者不能提供激发观众想象力的素材，作品就会很无聊。

晏妮：创作者是否富有想象力，这点非常重要。

荒井：是的。这场戏用长镜头来呈现，之后他陪朋友去警察局自首，然后返回婚礼现场。观众们那一直被压抑着的情绪，终于随着婚礼上的那首歌而得到释放。

名为歌曲的武器

李向：说到歌，歌曲似乎是荒井先生特别爱使用的"武

---

① 小津安二郎，1903—1963。日本电影导演，编剧。日本在世界上最负盛名的电影导演之一，其执导风格对世界电影人产生了深远的影响。主要导演作品有《我出生了，但……》（1932年）、《晚春》（1949年）、《东京物语》（1953年）、《早春》（1956年）、《早安》（1959年）、《秋日和》（1960年）、《秋刀鱼之味》（1962年）等。

器”呢。

荒井：我在没辙的时候，就会想到使用歌曲。（笑）

晏妮：您在创作剧本的时候会想象该用什么音乐吗？

荒井：先把音乐定下来，然后才开始写作，这种情况比较多。我在家的时候，会一直播放音乐，在找到合适的歌曲后，写作会比较顺畅。在决定婚礼的戏用合唱来收尾后，我和根岸先算出剧中人物在哪年上的高中，然后开始查找那些年流行过的歌曲。根岸本来想用别的歌曲，但我觉得用樱田淳子① 演唱的《我的青鸟》比较好。结果看来，用我选的这首是正确的决定。

关于电影剧作《身心》

自传性质的导演处女作

李向：荒井先生在50岁的时候，终于拍摄了自己的导演处女作。您一直都说只有人非人才能做导演，您这次愿意拿起导筒，那一定是原著有着让您无法抗拒的魅力吧。

荒井：并非如此。有个叫榎本宪男② 的家伙，算是我的半个弟子吧，他最近又写小说又做导演的，以前是新宿影院的总经理。他向我提议：“如果让弟子来做您的制片人，您愿意拿起导筒吗？肯定会很有意思的。”其实早在罗曼情色电影时代，我就问过根岸

---

① 樱田淳子，生于1958年。樱田淳子是70年代的人气偶像明星，曾与山口百惠、森昌子并称为“中学三年级的三朵金花”。她曾发行多张唱片，出演多部电影，90年代，因其引发的宗教风波而退出演艺圈。《我的青鸟》发行于1973年，是其代表作之一。

② 榎本宪男，生于1959年。电影制片人、导演、编剧、作家。历任西友影院、新宿影院总经理。《身心》是其初次担任制片人的作品。2011年执导了导演处女作《看不清的远空》。2015年发表小说《Air2.0》。

吉太郎，要不要拍这部小说。结果，他冷冰冰地回复：你自己拍吧。和（我的第二部导演作品）《这个国度的天空》的情况一样，原本我也是想让根岸来做导演的。

李向：看过的人都说荒井先生在这部作品中加入了很多自己的亲身体验。

荒井：（笑）

晏妮：您加入了很多自传性质的要素。

荒井：是的。原著说的是30岁左右的男女的故事，而且原著出版那会儿离学生运动① 时代还不是那么遥远。虽然这个主题是我一直都想拍的，但我有些担心：我们开拍的时候，故事里的这些人都快50岁了，学生运动都过去这么多年了，难道他们的伤口还没愈合吗？一直和阪本顺治② 合作的制片人椎井友纪子③ 对我说：没能从伤痛中走出来的人大有人在呢。听完她的这番话，我心里总算是踏实了。

李向：据说因为是您自己来做导演，所以剧本难产了？

---

① 学生运动：二战结束后，日本曾爆发过数次大规模的学生运动，本文所指的是发生于60年代中期到70年代初期的学生运动。从60年中后期开始，日本的大学生为了争取大学自治管理权，反对越战和反对日美安保条约，展开了一系列的斗争。学生们上街游行，封锁校园，并因此同日本的警方发生了激烈冲突。在这些冲突过程中，发生了大量的流血事件，甚至有人因此丧命。在斗争过程中，领导学生运动的各派系间的斗争和内讧加速了学生运动的衰亡；诞生于其中的极端武装组织日本赤军发动的一系列恐怖袭击更是加剧了民心的流失。在联合赤军于1972年2月发动的浅间山庄事件之后，轰轰烈烈的学生运动拉下了帷幕。

② 阪本顺治，生于1958年。日本著名导演、编剧。同荒井晴彦在电影《绑架金大中》（2002年）和电影《大鹿村骚动记》（2011年）中有过两次合作。其他导演作品有：《不要口出狂言》（1989年）、《颜》（2000年）、《黑暗中的孩子们》（2008年）、《团地》（2016年）等。

③ 椎井友纪子，生于1957年。日本电影制片人，和阪本顺治长期保持着合作关系。电影《身心》的制片人。其他作品有《颜》（2000年）、《绑架金大中》（2002年）、《黑暗中的孩子们》（2008年）、《大鹿村骚动记》（2011年）等。

荒井：先确定由我来执导，然后再开始创作剧本，嗯，这个顺序不好。我总是会逃避，不去写那些难以用画面来表现的部分。

晏妮：您在平时创作剧本的时候不会考虑这个问题吗？

荒井：如果是其他人来执导，我会在写的时候给他们设置各种难题，看看他们有多少真本事。但这次不一样，我边写边问自己，这次导演是谁啊？自己？那不行，得写简单点。写和拍所用到的思维方式不是不一样吗？如果从创作剧本到电影开机之间的时间更充裕一些的话，说不定我能完成朝导演思维方式的转变，写出更具挑战性的剧本。可惜条件不允许啊。

李向：您是怎么克服第一次做导演的种种不安和困难的呢？

荒井：我向许多导演取了经。长谷川和彦告诉我：你得一直修改和完善剧本直到开机前夕，开了机，你就当自己是个在工地打工的壮工吧。根岸吉太郎则提醒我：如果一场戏，你觉得差不多可以喊"停"了，那你就在心中默数10下再喊"停"，这样准没错。泽井信一郎先生则建议我：勘景的时候，可以让副导演代替不在场的演员往那儿站一下，看看效果；还有，如果你觉得这个镜头后期会被剪掉，那你就别拍它。

一部无拘无束的作品

李向：小说的作者铃木贞美[1]和荒井先生也是同龄人呢。

荒井：嗯。我们都戴过钢盔（指二人都曾参加过学生运动）。

---

[1] 铃木贞美，生于1947年。日本作家，日本现代文学研究学者。毕业于东京大学法语系，在学时参加过学生运动。《身心》改编自其发表于1986年的小说《难以启齿，身心》。著有《日本的"文学"概念》（1998年）、《日本的文化民族主义》（2005年）、《日本近现代文艺史入门》（2013年）、《现代的超克——战前·战中·战后》（2015年）等。

李向：虽说是关于全共斗世代①的男女的故事，但全共斗②不过只是在台词中偶有提及而已。您有自信，就算不花篇幅去讲全共斗，观众也能理解，是吗？

荒井：我并没有这个自信。不过当时我就想，懂的人能看懂就行了。对于那些觉得自己能置身事外的人来说，剧中的人在说些什么，也就跟他们没有关系了。

对于那个世代的人来说，学生运动对他们的影响是非常巨大的。经历过学生运动的男男女女们，自己的女朋友和自己最好的朋友成了一对，最好的朋友的女朋友又和自己成了一对，这个是我想拍的。

李向：影片一开始的那个扮演别人的游戏，即便是透过文字，也很难理解呢。

荒井：对我这个新人导演来说，那个地方太难拍了。拍到大半夜，我都束手无策了。在那个游戏中，我变成你，你变成我，彼此成了他人的替身，这是一个关于自我丧失的问题，其实是源自我的体验。

晏妮：这部影片的日本历史背景和所包含深层的含义，不知道能不能被大家理解。

荒井：中国人会比较难理解《身心》的吧。

晏妮：我觉得应该很难吧。影片有译为英文版在国外放映吗？

荒井：好像没有吧。

晏妮：放映的话，也不知道观众们能不能理解。

---

① 全共斗世代，指在1965年至1972年期间渡过大学时代的一代人。在此期间，全共斗运动、安保斗争和反对越南战争等日本的学生运动进行得如火如荼。据统计，这一年代的约15%的人都参与过学生运动。

② 全共斗，全学共斗会议的简称。1968年至1969年期间，日本各大学的学生在进行大学斗争时，以大学改革为目标而组织形成的跨学部、跨派系的校内联合体。全共斗源自日本大学纷争，在东京大学纷争之后迅速蔓延至全国各地的大学。

荒井：《这个国度的天空》的试映会后，泽井先生称赞道：跟在汤布院拍的那部（指《身心》）比，有进步嘛。我问曾在东宝（东宝电影公司）做过副导演，后来创办了汤布院电影节的中谷健太郎先生[1] 觉得哪部好？他告诉我，《身心》比较好。我问他为什么，他答道："因为《身心》很自由。而《这个国度的天空》太拘泥于形式了。"

晏妮：我非常能理解《身心》很自由这一意见。《身心》像欧洲电影，而《这个国度的天空》则很注重形式。从这个意义来讲，我很理解他为什么会说《身心》比较好。

荒井：曾经有人提议说，这片子应该拿到法国放映。

善于借用其他艺术的力量

李向：在这部作品和《这个国度的天空》中，您都用到了诗。您好像特别喜欢在剧本中用到诗和歌曲。

荒井：对，我会借助各种力量来完善作品。用那首诗是我在拍摄现场想到的。那是我在学生时代读过的长田弘[2] 的一首诗，我很喜欢。

我们年轻时爱看戈达尔[3]，《精疲力尽》（1959 年）上映那会儿

---

① 中谷健太郎，1934 年出生于大分县汤布院町。明治大学毕业后，进入东宝电影公司担任副导演。是创办于 1976 年的日本历史最悠久的电影节——汤布院电影节的创始者之一。

② 长田弘，1939—2015。日本的诗人、儿童文学作家、文艺评论家和翻译家。荒井晴彦在影片《身心》中引用了收录在由思潮社现代诗文库于 1968 年出版的《长田弘诗集》中的诗歌《克里斯托弗啊，我们究竟身在何方？》。主要著作有诗集《我们是新鲜的旅客》（1965 年）、《语言杀人事件》（1977 年）、《长田弘全诗集》、儿童文学作品《森林的绘本》等。

③ 戈达尔，即让-吕克·戈达尔，生于 1930 年。法国电影导演，法国新浪潮电影的领军人物之一。1959 年执导长篇电影处女作《精疲力尽》，震惊世界影坛。最新导演作品是 2014 年上映的《再见语言》。其他主要作品有《女人就是女人》（1961 年）、《随心所欲》（1962 年）、《狂人皮埃罗》（1965 年）等。

我还小，但《随心所欲》（1962年）、《狂人皮埃罗》（1965年）这些我在上映之初就去看了。戈达尔不管那些条条框框，想引用什么就引用什么。我刚入行的时候曾被电影公司的人们告诫：商业电影不会这样拍，不能这样拍。他们最爱挂在嘴边的一句话是：观众能看懂吗？我那时候就觉得：如果不是电影的核心部分，不影响到叙事，就算观众看不懂也无所谓，那我引用些诗什么的也没大碍啊。不过虽说如此，初出茅庐的我并没有去引用。方言也是如此。日本的大片厂们基本上不会让电影中的角色们讲方言。每次被制片人问到"观众能看懂吗？"的时候，我都想回他们一句：是你们自己看不懂，才会拿观众来做挡箭牌的吧。

晏妮：您无时无刻都在思考电影吗？比如说平常您听歌的时候，或是和人交往的时候，也都在思考着电影吗？

荒井：嗯。有时坐车的时候，会突然灵光一闪。

李向：您会把这些都记录下来吗？

荒井：以前会。从前，我会在床头柜上放一本笔记本，睡觉前突然闪现的点子都会记在上面。不过到了想用的时候，翻开一看：这都什么玩意儿啊，完全派不上用场。记笔记算是一种强迫观念吧。据说山田太一①和松任谷由实②他们都有过这样的习惯：在咖啡馆等公众场所会留意其他客人的对话，边听边记在本

---

① 山田太一，生于1934年。日本著名编剧、小说家。曾创作过多部名留日本电视史的电视剧作品，是日本最具代表性和影响力的编剧之一。主要的电视剧作品有《男人们的旅途》系列（1976—1982）、《岸边的相册》（1977年）、《长不齐的苹果们》（1983—1997）等。

② 松任谷由实，生于1954年。日本当代最具影响力女性创作歌手之一，保持多个唱片销量纪录。1972年，以荒井由实的名义出道。1976年，在与音乐制作人松任谷正隆结婚后，随夫姓更名为松任谷由实。电影《W的悲剧》的主题曲《Woman 出自"W的悲剧"》便是由她作曲。主要作品有《飞机云》（1973年）、《若被温柔环抱》（1974年）、《口红的留言》（1974年）、《春天啊，快来吧》（1994年）等。

子上。我一直跟我的学生们说：如果想做编剧或是从事电影行业，那坐地铁的时候别塞着耳机听音乐，应该竖起耳朵听听别人在说些什么。

李向：您现在坐车的时候，还会留意听旁人的对话吗？

荒井：最近，我一上车就睡着了（笑）。上了年纪，把书打开看不了几页就犯困。但是我觉得，如果不保持一颗好奇心，不从各种渠道来收集信息，是难以成为一名优秀的创作者的。

不要惧怕将自己写入作品

晏妮：关于作品的结构，荒井先生的剧本一直都是双重结构，也可以说是群像电影吧。不是三角关系，总是四个人或者再多加一个人，你的作品似乎这种结构居多。

荒井：《身心》中虽说有四个登场人物，但也可以看作关于两个人的故事。这部作品里的两个女人其实代表了同一个女人的内面和表面，而那两个男人则是同一个男人的不同侧面。

晏妮：关于激情戏的问题，在本片中柄本明[1]先生有很多激情戏，奥田瑛二[2]却一场也没有。您是有意这样安排的吗？

荒井：不是有意而为。但是没能写出这样的戏，我把奥田瑛二的戏份都放在和母亲的那场戏当中了。影片中的那个母亲角色的原型是我母亲。我母亲在看完电影后，惊呼：那不是我吗？

---

[1] 柄本明，生于1948年。日本著名演员。出演了大量的影视作品，同荒井晴彦有过多次精彩的合作。主要电影作品有《双人床》（1983年）、《五个相扑的少年》（1992年）、《鳗鱼》（1997年）、《身心》（1997年）、《肝脏大夫》（1998年）等。

[2] 奥田瑛二，生于1950年。日本著名演员。多次出演由荒井晴彦担任编剧的作品。主要电影作品有《海与毒药》（1986年）、《棒之哀》（1993年）、《身心》（1997年）、《皆月》（1999年）等。

晏妮：但是荒井先生好像在奥田先生的那个角色里投射了更多的自己吧。

荒井：但是柄本饰演的那个和老婆孩子分居两处的编剧也和我本人的处境一模一样。奥田扮演的那个恋母的角色也是我。我把自己一分为二了。

李向：像这样在作品中赤裸裸地暴露自己，您没有顾虑吗？

荒井：完全没有。

晏妮：您的作品有点像私小说，您也会把自己的生活写进随笔中去呢。

荒井：正因为如此，以前经常和老婆吵架。

晏妮：您夫人叫您别把她写进去吗？

荒井：我藏着掖着地不让她知道，但她的朋友老跟她告密：你丈夫又把你写进作品里了哦，这个剧本的角色原型是你吧。于是，她跟我吵，你别写我行不行。我劝她，我可是靠写这些的稿费来养活这个家的啊，写私小说的作家们在作品里把自己的生活披露得更细致入微呢。

晏妮：毫无保留地暴露自己，把自己的内心展示给观众，这也算是现实主义的一种手法吧。

荒井：就算你将自己的生活体验写进作品中，但真实和事实是两码事，不是吗？我以某个女人为原型来创作剧本，却总会被其指责：我可不是这样的。之所以会出现这种情况，是因为在把体验转化成文章之时，我们是会加以润色的。

高桥伴明 [1] 在看完电影后，曾惊讶地问道，荒井，这完全是

---

[1]　高桥伴明，生于1949年。拍摄粉红电影出身的日本著名导演。1982年，由其执导的电影处女作《TATOO 刺青》受到好评。其他导演作品有《爱的新世界》（1994年）、《光之雨》（2001年）、《袴田事件》（2010年）等。

你的自身经历啊，这是原创剧本吧。了解我的人会觉得电影里的故事源自我的亲身经历，但如果拿到没人认识我的国外去放映，情况就完全不一样了。说到在作品中加入自己的亲身体验，跟特吕弗[1]比起来，那我可真是小巫见大巫了。法国观众都知道这是特吕弗的自身经历，但日本的观众就不知道了。对于要不要将自身经历写进作品中，全凭你的意愿，如果不想写的话那就别写。其实我也不喜欢把自己扒光给人看，在素材不够的情况下，我才会写自己。但是，在改编剧本的时候，必须得想办法拉近自己和原著的距离，这样才能创作出好作品。

晏妮：如果一个作家只是客观性地去写作，那他（她）的作品也就没什么魅力可言了。

荒井：某位小说家逝世后，大家在对他（她）进行研究时，会对其生平掘地三尺，"正因为有过这样的经历，所以他（她）才会写这样的文章啊"。平野谦[2]写过一本书，叫《艺术与现实生活》，专门来探讨作家们的生活和其文学作品的关系。

李向：影片的最后是女儿等待主人公的归来。这也是源自您的实际体验吧。

荒井：女儿，哦，对。我本来打算让我女儿来演剧中女儿的那个角色。她那时候上小学六年级，我看过她在学校的汇报演出，觉得她演得还不错。于是我问我女儿，你要不要来演，她答应了。

---

① 特吕弗，即弗朗索瓦·特吕弗，1932—1984。法国电影导演，法国新浪潮电影的领军人物之一。1959年拍摄的半自传体作品——长篇电影处女作《四百击》，获得巨大成功。其他作品有《朱尔与吉姆》（1962年）、《日与继夜》（1973年）、《阿黛尔·雨果的故事》（1975年）等。

② 平野谦，1907—1978。日本的文学评论家。毕业于东京帝国大学（现在的东京大学）文学部社会学科。主要著作有《现代作家论》（1947年）、《战后文艺评论》（1948年）、《艺术与现实生活》（1959年）、《昭和文学的可能性》（1972年）等。

但是我妻子不同意，因为女儿就算参演了，她也看不了这部电影（这部电影的分级为18岁以下不得观看）。

晏妮：虽说如此，但您女儿长大后可以看的，好可惜。

关于电影剧作《震颤》

成为一个好"东西"

李向：据说您很喜欢这本小说，还曾给原作者赤坂真理[①]发了传真。

荒井：对。我给她发了传真，请求她把小说的改编权交给我。

晏妮：原作者马上答应了您的请求吗？

荒井：没有。她回复说，那我们先见面聊一下吧。我们约在了酒吧，我开门见山地说，请把小说的改编权交给我吧。她告诉我，因为小说入围了一个文学奖，小说的出版社说改编权得等结果出来后再谈。当时，日本的出版社都设置了版权部，改编权的事得跟他们谈。但是，我是第一个跟她接触的，加上她当时的男朋友对电影很了解，跟她说交给我没错，所以最后改编权还是到了我这里。

李向：您想把这本小说改编成电影的决定性因素是什么？

荒井：小说里写道："我觉得我变成了一个好'东西'。"一般而言，大家是不能允许自己"变成'东西'"的。但在资本主义

[①] 赤坂真理，生于1964年。日本小说家。1995年，发表处女作《起爆家》。1999年凭小说《震颤》入围第120届芥川奖。2012年，发表长篇小说《东京监狱》。

社会，人会逐渐演变成"东西"。人们被异化，变得不像人而像个零件，拼命地在工厂工作，生产出来的东西自己却无权享用。在工作的过程中人慢慢地变成了"东西"，这是我之前对"东西"这一概念的理解。但是在这本小说中，"变成'东西'"反而让人得到了解放，因被称赞为"你是个好'东西'"而非"你是个好人"，女主人公得到了解放。你的胸部很漂亮，你的那儿很不错，类似这样，因为具体的"东西"被称赞而重新变回人，这反而非常有意思。不是从"东西"变成人，而是从人变成"东西"能让人得到解放，我觉得这个过程很有趣。

李向：以前没有过类似的小说吗？

荒井：没有。一般而言，如果你评价一个人说"你是一个好'东西'"，对方不可能觉得你这是在称赞她（他）。因为"东西"和"人"是不能混为一谈的。小说中的女主人公因被称赞为"好'东西'"而重新振作起来，这非常新颖。

读完小说后，我感叹：要在日本生存下去，比从前艰难多了。主人公之所以会幻听，那是因为她有病。在这种情况下，用"你是一个好人"这类的大众"药方"对她起不到丝毫作用；只有"你是好'东西'"这样另辟蹊径的"药方"对她才有效。这点非常新颖。所以，当我读到"我觉得我变成了一个好'东西'"的时候，立刻动了心，想把它改编成电影。

李向：荒井先生希望改编某本小说，往往是因为当中一句台词或是某个点。

荒井：这不是理所当然的事吗？

晏妮：归根到底，还是要看作者在作品中有没有提出新的东西。

荒井：对，而且还得看这新的东西在当下是否依然适用。

晏妮：在作品中有不同于以往的概念。

李向：也就是说：您在决定是否要改编一部小说时，重点并不在于故事有没有趣，而是看当中的某个观点是否新颖有趣。

荒井：嗯。"他把我给'吃'了，我把他给'吃'了，我觉得我成了一个好'东西'"，这段话实在是太妙了。

献给患"时代病"的女性

李向：您在作品中几乎没有解释女主人公为什么会生病。

荒井：嗯。因为我觉得像这个时代，每个人都或多或少地会有些精神健康问题。比方说像本片中的女主人公那样吃完就吐。

李向：所以您觉得即使不讲明缘由，观众也能产生共鸣。

荒井：对。我想肯定会有观众说：我能理解她。尤其是25岁至三十几岁之间的女性观众会对女主人公的遭遇感同身受，《感受大海的时刻》上映的时候也是一样，这个年龄段的女性观众是我的作品的主要观众。紧接着，我创作了电影《柔软的生活》①的剧本，当中的女主人公也是深受精神健康问题之扰。我们原本计划拍摄30岁患病女性三部曲，但由于种种原因未能实现。

李向：影片的主人公是30出头的女性，而您不光是性别不同，年龄的差距也很大。请问您是如何去把握这个角色的呢？

荒井：我周围有许多受精神健康问题困扰的年轻女性，我女

---

① 《柔软的生活》，改编自小说家丝山秋子的处女作《只是说说而已》，沿用电影《震颤》的原班人马，由广木隆一执导，寺岛忍主演。描写了一位35岁的单身女郎的日常生活。该剧本被选入日本电影剧作家协会的《2006年代表剧本集》时，原作者丝山秋子拒绝许可荒井晴彦和日本电影剧作家协会刊登该剧本。经交涉无果后，荒井和日本电影剧作家协会放弃了刊登剧本，并于2009年要求原作者停止侵害出版权，将丝山秋子告上法庭。一审二审均以败诉告终后，荒井和日本电影剧作家协会将丝山秋子告到了最高法院，但最终仍被驳回诉讼请求。

儿就一直在吃抗抑郁药，还有熟人深受特异性皮炎的困扰。

晏妮：我女儿也有这类问题。如果我们能用心去倾听她们的苦恼，她们的情况就会好很多。

荒井：和为了创作而去采访相比，平时就注意倾听的效果要好得多，说不定哪天就能用上。因为如果是做采访的话，采访对象在回答之前肯定会深思熟虑一番，所以还是平时听到的那些话比较真实。

这部作品，其实是我对那些受疾病之苦的人们的声援：生活在这个时代，健健康康的才怪呢，每个人都多少有些病，病了不用慌，跟它和平共处一起走下去吧。有位30岁出头的女性观众，她的精神状态似乎也不大好，她告诉我这部电影她看了5遍。我心想也不用看这么多遍吧。还有位30岁左右的女性观众，向我打听影片中的那个便利店在哪儿。我告诉她："就算去了那个便利店，你也不可能遇到大森南朋①。"这种种都让我坚信，这部电影肯定会成功。原来，真的有很多人梦想像影片中的女主人公一样被拯救：遇到自己的王子，和他共处三天，自己被变成一个"好'东西'"之后，王子就消失不见了。不过，也有人提出这样的意见：为什么最后不让男人将卡车掉头去找女主人公呢？

李向：您并没有明确地描述二人分开的理由。

荒井：那是因为在一起的时间短，只有三天，所以两人才能维系良好的关系。如果在一起的时间变长了，他们肯定不会有好结果的。

---

① 大森南朋，生于1972年。日本著名演员。电影《震颤》的男主角。主要作品还有《杀手阿一》（2001年）、《赤目四十八泷心中未遂》（2003年）、《秃鹫》（2009年）、《轻蔑》（2011年）、《再见溪谷》（2013年）等。

旁白、对话与字幕

李向：全篇基本上就两个角色，您在创作的时候，有没有苦恼于该如何来展开故事呢？

荒井：有原著做参考，所以还好。不过导演肯定很头疼，驾驶室又特别窄。

李向：旁白、对话、字幕，这三种不同的表现形式给人的印象很深刻。原著中也分成了这三种形式吗？

荒井：原著中没有这样分类，这是我在这次改编中花心思最多的地方。女主人公平时的对话，脑海中听到的话，和她的心声也就是真心话，这三个部分该如何表现，我考虑了许久。最后，我决定分别用对话、旁白和字幕，这三种形式来表现。

晏妮：您以前在罗曼情色电影里也用过字幕呢。

荒井：我在电影《床上》①中用过。不过那时候，字幕是出现在画面上的，而这次字幕则出现在中途插入的黑色背景上。

晏妮：对话也是源自原著吗？

荒井：对，基本上都是原著里有的。原著里没有的戏只有一处，就是在食堂的那场戏。跟《红头发的女人》一样，两个角色所说的话，譬如男的说他结了婚，女的说男朋友在家里等她，这些话的真伪无从辨别。这是我一直想拍的东西之一：我们只有相信彼此面对面时所说的那些话，而生活下去，不是吗？至于真伪，只要我不知道，那就无所谓了。如果交给其他的导演来拍，他（她）可能会让摄影机进去男人的家中，看看他是不是有老婆；加入女

---

① 《床上》，由荒井晴彦编剧，小沼胜执导，于1986年上映的日活罗曼情色电影。描写了一位单身女子在同一位有妇之夫发生关系后，与他交往，直到分手的过程。

主人公房间的镜头，看是不是真的有男人在等她。但我们没有这样做，要维系一段感情，除了相信单独相处时对方所说的话之外，我们别无他法，难道不是吗？

晏妮：这是我个人特别喜欢的一部作品。因为在这部作品中，男女处于对等的关系。

荒井：听影片的导演广木隆一[1]说，在国外的电影节上，对于电影中女人主动去追求男人，去触摸男人这一点，国外的女权主义者们给予了好评。

晏妮：她的脑子已经"坏"了，她借由同他人的身体接触，当然这个接触也包括了性行为，但更多的指和他人的交流，去进行修复。

荒井：影片基本上是一个关于男孩遇见女孩的爱情故事。原著结束于两人返回东京的途中，但在改编的时候，我将结尾延伸至两人相遇的那个便利店，做了个首尾呼应。实际上，首尾的两场戏是同一天拍摄的。但寺岛忍[2]完全进入了角色，在两场戏中的表情截然不同，让我不得不惊叹：寺岛忍太棒了，这个女演员真

---

① 广木隆一，出生于1954年。拍摄粉红电影出身的日本著名导演。电影《震颤》是其与荒井晴彦的第一次合作。其后，他还执导了由荒井晴彦编剧的《柔软的生活》（2006年）、《再见歌舞伎町》（2015年）以及荒井晴彦与女儿荒井美早联合编剧的电视剧《索多玛的苹果》（2013年）。其他作品有《东京垃圾女郎》（2000年）、《轻蔑》（2011年）、《她的人生没有错》（2017年）等。

② 寺岛忍，生于1972年。出身歌舞伎世家，父亲是第七代尾上菊五郎，母亲是著名女演员富司纯子。寺岛忍在进入电影圈之前，一直活跃在戏剧舞台；2003年，凭借两部由她担当主演的电影——《赤目四十八泷心中未遂》和《震颤》获奖无数，一跃成为日本知名的演技派女星。2010年凭电影《芋虫》获得柏林电影节最佳女主角大奖。除电影《震颤》外，还担任过荒井晴彦编剧的《柔软的生活》（2006年）及荒井晴彦与女儿荒井美早联合编剧的电视剧《索多玛的苹果》（2013年）的女主角。在由荒井晴彦编剧的最新电影《生在幼子》中也能看到她的精彩演出。其他作品有《千里走单骑》（2006年）、《爱之流刑地》（2007年）、《千年的愉悦》（2013年）等。

是个天才。

关于电影剧作《大鹿村骚动记》

原田芳雄的"遗作"

李向：您的这部作品是原创剧本呢。

荒井：对，是原创。有一天，我突然接到阪本顺治 [①] 打来的电话："我打算拍原田芳雄 [②] 先生的遗作，您能帮我写剧本吗？"在这之前，大家都以为我和他绝交了呢。

晏妮：那是因为您和他在合作电影《绑架金大中》（2002年）[③] 的时候，闹得很不愉快。

荒井：我接到电话后，愣了一下，遗作？当时，原田先生身患肺癌，医生说他只剩一年左右的时间了。阪本把他写好的故事大纲拿来给我看，是关于一个年迈的原黑帮成员出狱后的故事。

[①] 阪本顺治，生于1958年。日本著名导演、编剧。同荒井晴彦在电影《绑架金大中》（2002年）和电影《大鹿村骚动记》（2011年）中有过两次合作。其他导演作品有：《不要口出狂言》（1989年）、《颜》（2000年）、《黑暗中的孩子们》（2008年）、《团地》（2016年）等。

[②] 原田芳雄，1940—2011。日本著名演员。他在《大鹿村骚动记》上映后的第三天去世，该片是他的遗作。包括本片在内，他凭出演的电影囊括了日本国内的各类电影奖项，是日本著名的演技派演员。原田芳雄出演的电影数量众多，主要电影作品有《暗杀坂本龙马》（1974年）、《节日的准备》（1975年）、《流浪者之歌》（1980年）、《再见箱舟》（1984年）、《浪人街》（1990年）、《等待出击》（1990年）、《戴绿帽子的宗介》（1992年）、《鬼火》（1997年）、《扒手》（2000年）、《如果和父亲一起生活》（2004年）等。

[③] 《绑架金大中》，于2002年上映的以1973年发生在东京的金大中绑架事件为题材的日韩合拍电影。由荒井晴彦编剧，阪本顺治执导。阪本顺治在拍摄时未征得荒井晴彦的同意而擅自修改剧本，导致二人的关系一度非常紧张。

我不留情面地指出，你这故事一点意思也没有，太俗套了。我向他提议，既然是原田先生的"遗作"，那最好是问问他本人，看他有没有想拍的题材。阪本觉得我说得有道理，立马给原田先生打了电话，电话那头的原田先生说，"你们现在就到我家来吧"。

到了原田先生家里，我们问他，您有想拍的题材吗？原田先生回了一句"请稍等"，就进了房间，不一会儿，他抱着一本关于大鹿歌舞伎①的书走了出来。原田先生告诉我们，他因为拍摄NHK 的节目去过一趟大鹿村，并由此迷上了大鹿歌舞伎。听完后我就慌了，不会吧，要拍歌舞伎题材？要知道我可是从没看过歌舞伎的啊，这下麻烦了。

李向：决定要拍摄歌舞伎题材之后，您是如何进行剧本创作的呢？

荒井：大鹿歌舞伎是在当地流传了几百年的乡村歌舞伎。我一查才知道，原来日本各地的乡村都流传着类似的歌舞伎。我觉得只能做成剧中剧的形式，于是找来了大鹿歌舞伎的剧本。翻开一看就傻了眼，全是古文，连我都读不大懂。我在向人请教古文的意思后，开始找像《W 的悲剧》中的代罪羔羊那样能让现实和剧中剧巧妙重合的点，找来找去，只有歌舞伎中的"让我们放下那些仇恨吧"这句台词能加以利用。接着，我们开始讨论主线故事该怎么办，刚好那时候阪本的母亲和我的母亲都得了老年痴呆症，于是就有了开头的这一幕：多年前，原田芳雄饰演的主人公的妻子和他的朋友（由岸部一德饰演）私奔了，而现在因为她得

---

① 大鹿歌舞伎，在位于日本中部地区的长野县下伊那郡大鹿村流传了300多年的乡村歌舞伎。2017年被认定为日本国家重要无形民俗文化遗产。

了阿尔兹海默症，主人公的朋友带着她回到了家乡。岸部一德①边说"还给你"边把女人交给原田芳雄。在影院里，"还给你"这句台词引发了一阵爆笑呢。

关于两男一女三角关系的杰作有许多，例如《朱尔和吉姆》②（1962年），还有罗贝尔·安利可③执导的《冒险者》④。但这些电影有个相似点，那就是肯定会有人死去。《朱尔和吉姆》与《冒险者》中都是男人和女人死了，剩下另一个男人留在人世。难道我们就拍不了一部三个人都不用死的，关于三角关系的电影吗？我从我母亲和阪本的母亲的症状那得到灵感：如果让女主角得阿尔兹海默症，分不清两个男人谁是谁的话，那这段三角关系里不就谁也不用死了吗。这部电影的构思就是这样的，我们在此基础上加上了大鹿歌舞伎。

创作一部喜剧

晏妮：这是部喜剧电影呢。

荒井：嗯。

---

① 岸部一德，生于1947年。日本著名演员，音乐家。60年代，他曾是日本红极一时的乐队 The Tigers 的队长兼贝斯手，该乐队于1971年解散。70年代中期开始，他开始向演员转型，在影视界也同样取得了成功。主要电影作品有《死之棘》（1990年）、《我们都还活着》（1993年）、《在医院死去》（1993年）、《鲨皮男与蜜桃女》（1998年）、《何时是读书天》（2005年）、《团地》（2016年）等。

② 《朱尔和吉姆》，由弗朗索瓦·特吕弗执导，于1962年上映的法国电影。电影讲述了一对好友和一个女子纠缠了一生的三角关系。

③ 罗贝尔·安利可，1931—2001。法国电影导演，编剧。主要作品有《鹰溪桥上》（1862年）、《美好的生活》（1963年）、《冒险者》（1967年）、《大盗智多星》（1968年）、《老枪》（1975年）、《岁月壮山河》（1983年）、《战时情侣》（1987年）等。

④ 《冒险者》，由罗贝尔·安利可执导，于1967年上映的法国电影。电影讲述了失意的两男一女结伴踏上了寻宝之路，而等待他们的却是悲惨的命运。

晏妮：这算是荒井先生创作的首部喜剧电影呢。如果这算是喜剧的话。

荒井：多年前的那部《神赐给的孩子》（1979年）也算是喜剧。

晏妮：对哦，那部也有些喜剧色彩。

荒井：那部虽不是彻头彻尾的喜剧，但有很多喜剧元素。我后来还和前田阳一先生一起创作过几个剧本，虽说都没能拍成电影，但在创作过程中，前田先生向我传授了许多喜剧电影的法则：你的段子不可能每个都能逗观众笑，如果你写了10个段子，当中有一半能逗得观众发笑那就很不错了；考虑到会有许多"哑弹"，因此，你得尽量多写些段子。

片头，主人公和鹿说话的时候，被患有性同一性障碍的男孩看到后，说他是"笨蛋（日文中笨蛋的汉字是马鹿）"。男主人公辩驳道："不是笨蛋（马鹿），是鹿。"读完这个段子，阪本还问我，"荒井先生，您这是怎么了"。只要开始写段子，我就会转换成喜剧的思维方式。不过，我完全没想到这部作品能获得这么高的评价。

晏妮：您拿到了最佳编剧奖呢。

荒井：我和阪本是边说相声边写的。

喜剧中的战争和历史

李向：虽说是喜剧，但是荒井先生加入了西伯利亚扣留 ① 的情节。这个情节没有被片方要求删除吗？

---

① 西伯利亚扣留，二战结束前夕，苏联向日本宣战，对驻扎在旧满洲地区的日本军队发动了攻击，近60万关东军成了苏军的战俘。二战结束后，苏军将这批关东军战俘及部分生活在伪满洲国的日本男性移民押送至苏联的远东和东西伯利亚上千个战俘营服苦役。酷寒下的超负荷劳作，加上药品粮食不足等原因，大批战俘命丧西伯利亚。1947年至1956年期间，幸存的47.3万名战俘返回日本。

荒井：没有。长野县有很多人曾被扣留在西伯利亚。因为许多人都加入满蒙开拓团①，去了伪满洲国。

晏妮：当时，长野县是日本数一数二的贫困地区，在政府的鼓励和政策的支持下，许多人都举家去了伪满洲国。

李向：您一开始就准备在剧本中加入西伯利亚日本扣留的情节吗？

荒井：我偶然地在报纸上读到一则关于位于浅草桥附近的名店"郡司味噌酱菜店"的老板的报道。这位老板曾被关押进西伯利亚的集中营，在那里，他的许多同伴都哀叹着"好想再喝一次妈妈做的味噌汤"含恨而终。因此，他在回到日本后，开了一家味噌店。读完这则报道，我觉得这个可以用，决定在剧本中进入这一情节。电影拍完后，我带着试映会的邀请券去向老人家问好，告诉老人家，我们在电影里用了他的经历。老人家精神特别好，但一提到他在集中营的经历，他就会突然激动地叫出来，"该死的毛子"。

晏妮：想必他受了许多苦吧。

荒井：所以，我将三国连太郎②饰演的那个角色设定为西伯利亚集中营的生还者。

李向：来自中国的技能研修生也有短暂的登场呢。

---

① 满蒙开拓团，日本于1931年发动九·一八事变，侵占我国东北三省后，为实现其侵略目标，大力推行向我国东北移民的国策。在政府的动员下，大批日本农业贫民涌入我国的旧满洲、内蒙古、华北等地。至1945年日本战败为止的14年间，共有27万日本人移民入侵我国。这些日本移民在日本国内被称为"满蒙开拓团"。

② 三国连太郎，1923—2013。日本电影演技派的主要代表人物。其演艺生涯长达60余年，出演的电影超过180部，获奖无数。在《大鹿村骚动记》中出演女主角的父亲一角。主要作品有《缅甸的竖琴》（1956年）、《饲育》（1961年）、《陆军残虐物语》（1963年）、《饥饿海峡》（1965年）、《诸神的欲望》（1968年）、《戒严令》（1973年）、《复仇在我》（1979年）、《钓鱼迷日记》系列（1988—2009）、《大病人》（1993年）等。

荒井：是的，务农的中国研修生。

李向：他有句台词是：我从《鬼子来了》（2000年）中学到的。

荒井：意思是，关于抗日战争，《鬼子来了》这部电影教会了他许多。我呢，有个"毛病"，在写台词的时候，只要有机会，我就会见缝插针地加入有关战争和历史的内容。懂的人一下就能心领神会，而不懂的人也就无法去体会其中乐趣了。

关于电影剧作《感受大海的时刻》

创作于30年前的剧本

李向：这部影片虽然上映于2014年，但剧本是荒井先生在30多年前创作的。

荒井：是的。这部剧本创作于《远雷》之后，应该是1982年左右吧。

李向：您被原著的什么地方吸引了呢？

荒井：那时候，制片人希望我和根岸（吉太郎）这对拍过《远雷》的搭档把这本小说搬上大银幕，所以我接手进行了改编。但我创作的剧本却惹恼了原作者[1]。

李向：原作者为什么生气呢？您好像将原作者的另一部小说的内容也融入了剧本中。

荒井：对，那另一部小说可以算得上是原作的续集吧。我觉

---

[1] 《感受大海的时刻》小说的原作者为中泽惠，生于1959年。该小说是其发表于1978年的同名小说。年仅18岁的她，在小说中刻画了一个迷恋学长并献身于他的高中女生，以细腻而大胆的笔触讲述了一个少女的成长之痛，在当时的文坛引起了轰动。

得小说《感受大海的时刻》的内容有些单薄，不足以支撑起一部电影。小说的重心放在了母女关系问题上，当中写道：这片海仿佛是由女人的月经汇聚而成。讲述的是一个女孩主动去追求男孩，男孩说"我不喜欢你"，但女孩却说"我不介意"。在此之前，我看过特吕弗执导的《阿黛尔·雨果的故事》[①]，电影说的是雨果的女儿一路疯狂地追寻她爱的人直到天涯海角，最终精神崩溃的故事。于是，我提议：我们不如拍一部和《阿黛尔·雨果的故事》相反的作品吧。

《感受大海的时刻》里是女孩疯狂追求男孩，而原作者在此后创作的另外一本小说中，是男孩反过来追求女孩。我就想着让这两段交叉着进行。怎么说呢，我"心眼儿坏"吧，但主要还是因为我当时对女性怀有一些怨恨情绪，认为"女人就是如此"。所以，最终我将两本小说的情节——女孩追求男孩和女孩离开男孩，融合在一起，因而惹恼了原作者。

李向：您回过头来看您30年前写的剧本，有什么感受呢？

荒井：当年在写这个剧本的时候，我觉得母亲那个角色很陈腐；但等到我的女儿出生后，再回过头来看，我发现自己变得特别能理解剧中母亲的言行。那一刻，我深深体会到：原来，人真的是会变的。为人父母之前，我是站在年轻人的立场去进行创作；但几十年过去后，当剧本要被拍成电影的时候，我已经做了父亲，所以我是站在为人父母的角度去修改和调整的剧本。不过，我并没有对剧本做太大的改动。

另外，有一场戏是这样的：女主角告诉男主角"我和别的男

[①] 《阿黛尔·雨果的故事》，由弗朗索瓦·特吕弗执导的法国影片，以法国大文豪维克多·雨果的二女儿阿黛尔·雨果的真实经历为蓝本，于1975年上映。影片中为爱痴狂的女主人公阿黛尔·雨果由伊莎贝尔·阿佳妮出演。该片是特吕弗的代表作之一。

人睡了"之后,男主角特别生气。女主角说:"你想打我的话,那就打到你消气为止吧。"男主角说:"我爱你,所以才打你。"女主角挑衅道:"你恨我呢,还是恨和我睡了的男人呢?"男主角恼羞成怒地答道:"都恨,我恨透你们了。"女主角讽刺道:"那么,现在的你回过头来看看过去的自己,绝对也会对他恨之入骨的。"这么复杂的对话,我现在是写不出来啰。那会儿我还年轻,加上刚刚有过一些难以释怀的经历,所以才能写出来的吧。

李向:您刚才说,您没有对30年前写的剧本做大的修改,是因为您相信您的剧本并没有过时吗?

荒井:许多评论家都说"你们怎么现在想到要拍这个"。这部电影几乎被评论家所无视,但电影的票房不错,而且DVD也卖得很好。我问我女儿,为什么这部电影会受到观众们的喜爱呢。她告诉我:像电影中的女主角那样反抗母亲,是每个女孩在成长过程中的必经之路。哦,所以女性观众会来看这部电影。我听说许多26岁到35岁年龄段的女性观众还买了电影的DVD,这部电影的DVD的销量比我以往的电影都要好。我常说,"观众是笨蛋",不过这次我得撤回这句话(笑),将它改成"评论家是笨蛋"。

电影行业的其他人也质疑我们:你们干吗现在要拍这个老古董呢,而且竟然还照搬原著的时代背景。但是,如果把时代背景改成现在,那这个故事就不成立了。因为现在的女孩不是那样的,现在的母亲也不是那样的,怎么看,那个故事都是70年代后期的感觉。

晏妮:我觉得这部作品特别有意思。一开始,女主人公像个跟踪狂,但后来,突然形势就逆转了。我觉得这个转变的过程特别有意思。荒井先生的作品虽然形式各异,但是有一个共通点:您会在作品中彻底地追究人的情感。不过遗憾的是,您在作品中只描写异性爱，如果今后您也尝试着去写同性爱的话，那就更有趣了。不过这部作品真的非常好，我特别喜欢。

李向：虽说有可能称不上是同性爱，但剧本中有女性之间的类似描写。

荒井：是的。两位女性角色在嬉戏的时候，其中一个说，"我胸部比你大"。不过这段描写被剪掉了。跟罗曼情色电影的情形相反，女主角的经纪公司要求影片中不得出现除了女主角之外的裸露镜头。

父亲形象的缺席

李向：剧本中有场戏：母亲来东京看望女儿，回去之前，和女儿一起去了咖啡店。为什么电影里把这场戏剪掉了呢？

荒井：这场戏虽然拍了，不过因为得控制时长，被我剪掉了。初剪后的电影有差不多3个小时，但影片的投资方要我们把片长控制在2小时之内。安藤寻[1]说他不知道该怎么剪，所以我去了剪辑室，帮着剪掉了一个小时，还对一些场景的顺序进行了调整。

李向：那场戏里，女主角有句台词是"洋和爸爸长得很像"。我觉得如果保留这句台词的话，电影会比较容易理解一些。

荒井：不管像不像，女孩子都会这么说的。她们用"你和我爸爸长得好像"或是"你长得好像我哥哥"代替"我喜欢你"，向喜欢的人表白。从我的经验来看，这是女孩子常用到的表白方式之一。

---

[1] 安藤寻，生于1965年。日本电影导演。大学期间就开始参加电影的拍摄，后成为副导演。2003年，执导其成名作——同性题材电影《蓝色大海》。其他导演作品有：《妹妹恋人》（2007年）、《感受大海的时刻》（2014年）、《花芯》（2016年）、《月与雷》（2017年）等。

晏妮：的确如此。

荒井：女孩的初恋对象，往往是以自己的父亲或是兄长为参照物的；而男孩，则会以母亲作为参照物。我觉得这是一个很普遍的现象。现在的女孩我就不大了解了，加上和我那个年代比起来，单亲家庭多了很多。

这个作品的最后，女孩跟男孩分手，离开自己母亲和父亲，离开家，终于一步一步地蜕变成大人。

晏妮：荒井先生的作品中经常出现母亲形象。无论主人公是男性还是女性，都会有其母亲形象的存在。但是，您的作品中很少出现父亲形象呢。

荒井：的确是很少。对不起您了，父亲。

晏妮：我想，您笔下的角色都是您自己吧。您在写女性角色的时候也会将自身经历投影进去。我认为，您作品中父亲的缺席可能是源自您对父亲的反抗吧。

荒井：与其说是反抗，更多的是因为合不来吧。

晏妮：您父亲很早就过世了吗？

荒井：没有，他79岁那年去世的。《这个国度的天空》中虽然也没有出现父亲的角色，但因为我的父亲拉过小提琴，所以我在作品中使用了小提琴这一道具。这算是我第一次将自己的父亲写进作品里吧。

晏妮：小提琴饱含着您对父亲的感情。但是《这个国度的天空》里的主要角色是三位女性，父亲还是没有登场。

分开的理由

李向：女主角决定离开男主角的导火线是男主角跟他的姐姐说女主角的乳头很黑，对吗？

荒井：是的。再加上一直以来都是女孩单方面地付出，却得不到任何回报。何止是得不到回报，他还跟他姐姐多嘴。所以，女孩渐渐地变得心灰意冷，想要离开男孩。女孩是这么想的，但男孩就刚好相反，慢慢地喜欢上了女孩。这是因为男人和女人在恋爱中是不同步的。

晏妮：荒井先生爱说"女人就是如此"，但我认为这并不适用于所有女性。

荒井：我并没有断定"女人就是如此"，但是确定角色性格后，创作起来会比较顺畅，人物形象也比较容易浮现。

李向：也就是说，虽然不是所有人都是这样的，但有些人是这样的。

荒井：但正因为每个人都不一样，所以在实际生活中很难知道对方在想些什么。打个比方，我跟我交往的对象说，"我是抱着和你结婚的打算在同你交往"；但对方却回复，"我可没想要和荒井君结婚"。弄得我不知所措，寻思我和她到底在哪儿出了差错。

这部作品中也是这样。男孩一开始并不喜欢女孩，但在和她相处的过程中渐渐地爱上了她。他喜欢上女孩花了很长时间；而正是在同一段时间内，女孩对他的爱意消磨殆尽，决定要离开他。我曾这样写过，"爱上一个人不需要理由，但分手是需要理由的"；但其实分手也没有什么明确的理由。

晏妮：我认为分手肯定是有理由的，提出分手的那方不说出来罢了。

荒井：有时候也没有大不了的原因，不过是突然就开始讨厌起对方，理由有可能不过是因为不喜欢对方吃饭的样子罢了。

晏妮：这个理由有点莫名其妙呢（笑）。不过，我的一位朋友曾跟我说：有一天睡觉的时候，无意间看见了他的脚底板，突然就变得讨厌他了。

荒井：所以，我才会说分手的理由让人摸不着头脑。不过，要是在电影中看到用类似的理由来让情侣分手的话，会有恍然大悟的感觉。因为一般人不会讨厌的东西，他（她）却会讨厌，不是吗？同理，喜欢一个人也如此。啊，恋爱这事可真复杂。

关于电影剧作《神赐给的孩子》

剧本是如何诞生的

李向：您能简单谈谈剧本诞生的过程吗？

荒井：当时，松竹公司计划翻拍50年代的影片《集金旅行》[①]。而在此之前，前田阳一[②]先生曾计划和高田纯[③]合作拍摄《唐狮子株式会社》[④]。高田把我也叫了过去，于是，我们三个人

[①] 《集金旅行》，于1957年上映的日本电影。改编作作家井伏鳟二的同名小说。由椎名利夫编剧，中村登执导，佐田启二和冈田茉莉子主演。讲述的是为了还清去世房东留下的债务和负担房东儿子的生活费，借住在公寓的一对男女踏上了替房东收回借款的旅途。

[②] 前田阳一，1934—1998。日本著名电影导演。除本片外，导演作品还有《日本天堂》（1964年）、《前进，黑豹队决战》（1968年）、《喜剧啊，军歌》（1970年）等。

[③] 高田纯，1947—2011。日本电影编剧、电影评论家。编剧作品有《安藤升：我的逃亡与性之记录》（1976年）、《侦探物语》（同荒井晴彦联合编剧，1983年）、《恋文》（1985年）等。

[④] 《唐狮子株式会社》，日本作家小林信彦自1977年起在杂志上连载的系列短篇小说，于1978年结册出版。讲述的是某帮派在头领的号召下进行现代化改革，并由此引发出一系列啼笑皆非的故事。分别于1983年和1999年两度被搬上大银幕。1983年版同名电影由桂千穗、内藤诚编剧，曾根中生执导；1999年版片名为《新唐狮子株式会社》，由前田阳一、北里宇一郎编剧，前田阳一执导。

一起写了《唐狮子株式会社》的剧本。这部片子虽然没拍成，但前田先生觉得我的剧本写得不错，就把我找去一起写翻拍版《集金旅行》的剧本。在松竹的放映室看完《集金旅行》后，我心想，真要翻拍这部电影吗？电影的主线是一对情侣去日本各地收钱，我们的剧本虽然也保留了收钱的情节，但重心放在了寻找小男孩的父亲这条线上。

李向：这次的剧本是由三人合作完成的，请问是怎样的一种合作形式呢？

荒井：前田先生、南部英夫先生[①]和我，三个人在旅馆里大概待了一个星期，边喝酒边讨论该写什么样的故事。我们讨论得非常细致，包括每场戏的大致内容都有讨论到。然后，我们用猜拳来决定各自负责的部分，我负责的是中间部分。一星期后，各自把写好的剧本带来，从头开始对包括台词在内的方方面面进行细致的调整。

李向：剧本中有哪些是源于您的构思呢？

荒井：那时有部叫《同栖时代》[②]的电影，还有一首叫《神田川》[③]的歌曲也是红极一时，总之，同居在当时很流行。于是，我提议将主人公设定为一对同居中的年轻情侣，女的想做演员。女主人公第一次拿到有台词的角色，在家不停地练习，"莫非我俩想到了一块儿？"在故事开端我就用这句台词埋下伏笔，然后在结

---

① 南部英夫，生于1939年。日本电影导演、编剧。师从前田阳一，导演处女作为1976年的漫画改编作品《爱与城·完结篇》。

② 《同栖时代今日子和次郎》，于1973年上映的日本电影。改编自上村一夫的漫画《同栖时代》。由石森史郎编剧，山根成之执导。

③ 《神田川》，发行于1973年，由辉夜姬演唱的歌曲。被认为是最能代表70年代的年轻人文化的作品之一，在日本负有盛名。

尾处再用同一句台词来收回。这些都是经过我精心设计的。

有一天有个女人带了个孩子来到两人的住处，硬说渡濑恒彦[1]是孩子的父亲，把孩子塞给了渡濑。渡濑为了证明孩子不是自己的，决定踏上寻找孩子生父的旅途。男友突然成了别人的父亲，桃井薰[2]当然也是一肚子火啊，于是她和男友边斗嘴边踏上了寻找男孩生父的旅程。

李向：那四个有可能是孩子父亲的角色是怎样去设定的呢？

荒井：是我们三个一起讨论决定的。先确定每段插曲的发生地点，比方说发生在北九州，那提到北九州，我们就立马联想到了《花与龙》[3]，就顺其自然地把角色设定成了海运业的头头。其他的角色也是这样定下来的。

李向：请问每段插曲发生的地点是一开始就定好了的吗？

荒井：是的，大致的路线是从东京向西前往九州。《集金旅行》的那个年代还没有新干线，只能坐在每个车站都作停留的火车前往目的地，很费时间，因此，故事也比较容易编排。但现在有了新干线，一会儿就能到达目的地，故事也就不好编排了，为此我们伤透了脑筋。当时，我们一个劲儿地思考能不让他们迅速地抵

---

① 渡濑恒彦，1944—2017。日本著名演员。参演的电影数量众多，除本片外，主要作品还有《无仁义之战》（1973年）、《暴走恐慌》（1976年）、《狂兽》（1976年）、《事件》（1978年）、《水手服与机关枪》（1981年）、《时代屋的妻子》（1983年）、《南极物语》（1983年）等。

② 桃井薰，生于1951年。日本著名女演员、导演。除本片外，主要作品还有《红鸟逃跑了？》（1973年）、《幸福的黄手帕》（1977年）、《影武者》（1980年）、《乱世浮生》（1981年）、《咬人的女人》（1988年）、《明天》（1988年）等。进入21世纪后，参演了《艺妓回忆录》（2005年）、《攻壳机动队》（2017年）等美国电影。2006年，推出长篇电影导演处女作《无花果之脸》。

③ 《花与龙》，日本作家火野苇平于1952年至1953年在《读卖新闻》上连载的黑帮题材长篇小说，故事发生在日本北九州。曾数次被搬上大银幕。

×

达的办法，兼顾取景问题，大致决定了他们要去的地方。而我在1971年的时候，曾作为电影《赤军-PFLP世界战争宣言》^①上映队的一员，乘巴士把九州地区绕了个遍，这在选择地点问题上帮了我的大忙。

因不适应松竹的风格而痛哭

晏妮：前几天，我去看了您的新作《生在幼子》^②，觉得桃井薰那个角色和新片里的男主人公刚好相反，她在为要不要接受这个没有血缘关系的孩子而苦恼。您的作品虽然加入了这种比较具有革新性的要素，但是得遵从电影公司的制片方针，处理成皆大欢喜的结局。

荒井：所以，我们让故事朝着"让我们一起来抚养吧"的方向发展。结尾处，在桥上，两人异口同声地说出那句台词："莫非我俩想到了一块儿？"然后回头去领回孩子。虽说他们和那个孩子并没有血缘关系，但在旅途中，他们的关系慢慢地变得像父（母）子了。

李向：这是荒井先生第一次与像松竹这样的大片厂合作吧。

荒井：我把自己迄今为止的学习成果倾囊倒出，但是我面前有一堵名为松竹的高墙。我写的东西被认为不是松竹风格的，而被否定。要知道，我那会儿可是才刚刚写过《红头发的女人》啊。

① 《赤军-PFLP世界战争宣言》，若松孝二、足立正生于1971年拍摄的关于巴勒斯坦解放斗争的纪录片电影。

② 《生在幼子》，由荒井晴彦编剧的最新作品，影片于2017年8月末在日本上映。改编自直木奖获奖作家重松清的同名小说，由三岛有纪子执导，浅野忠信、田中丽奈、宫藤官九郎、寺岛忍主演。讲述了一个重组家庭中的父亲在即将迎来自己和现任妻子的第一个孩子时，因为继女要求见自己的亲生父亲，而陷入困境的故事。

突然到了一个保守的环境的我，因为水土不服而痛哭过。我从赤坂的旅馆溜了出去，去新宿喝酒，边哭边跟大家抱怨。那时候我还因为压力得了荨麻疹，我边哭边嚷嚷：我讨厌松竹。

李向：是因为有种种限制，你才会水土不服的吗？

荒井：归根结底，是因为创作方式不一样吧。

晏妮：松竹的电影风格从战前就被称为松竹调，最典型的就是松竹的通俗言情剧。

荒井：我们一直认为前田阳一先生不是松竹式的导演，从学生时代就是他的粉丝。比起山田洋次[1]先生，学生们也更喜欢森崎东[2]先生和前田先生的作品。但一旦合作才知道原来他也是松竹式的。

晏妮：我很能理解大岛渚先生[3]为什么跟松竹合不来。

李向：您有被导演告诫说不能这样写吗？

荒井：不能写倒是没说过，但他总说他不懂这是什么意思。一对同居的男女，因为男人被怀疑成小孩的父亲，而踏上寻找小孩生父的旅程。故事其实是跟性有很大关联的，但是前田先生不

---

[1]　山田洋次，生于1931年。日本著名导演、编剧。导演代表作有《寅次郎的故事》系列（1969—1995）、《幸福的黄手帕》（1977年）、《黄昏清兵卫》（2002年）、《小小的家》（2014年）等。

[2]　森崎东，生于1927年。日本著名编剧、导演。曾执导由荒井晴彦编剧的《时代屋的妻子》（1983年）。其他导演作品有《喜剧女人得胆大》（1969年）、《喜剧男人得可爱》（1970年）、《活着像枝花死了全完蛋党宣言》（1985年）、《去见小洋葱的母亲》（2013年）等。

[3]　大岛渚，1932—2013。享誉世界的日本著名导演，日本电影新浪潮的代表人物之一。1954年加入松竹电影公司。1961年，因其执导的以反对日美安保条约的安保斗争为题材的电影《日本的夜与雾》（1960年）在上映4天后被松竹公司强制下档而勃然大怒，离开松竹，成立了电影制片公司——创造社。主要导演作品有《爱与希望之街》（1959年）、《青春残酷物语》（1960年）、《日本的夜与雾》（1960年）、《归来的醉鬼》（1968年）、《少年》（1969年）、《感官世界》（1976年）、《圣诞快乐，劳伦斯先生》（1983年）等。

想让剧情跟性产生太大的关联。当时有部叫《根》①的美国电视剧在日本很受欢迎，前田先生提议说，我们在故事里面也加入《根》那样的元素吧。前田先生的导演处女作《日本天堂》②讲述的是在红灯区工作的妓女的故事，因此，我就顺水推舟地提议：将女主人公的母亲设定成曾靠做妓女为生，如何？所以，就有了她学母亲站在长崎街头拉客的那一幕。这部电影虽然被认为是前田先生的代表作，但他本人却不是那么满意，因为创作剧本时起到主导作用的是我。

新旧影人的合作

荒井：我虽没去拍摄现场，但两位演员和我站在同一战线，帮了我很大的忙。有一场发生在熊本阿苏的戏：渡濑恒彦在向桃井薰求欢被拒绝后愤愤地说，都已经好久没做了。桃井薰立马回复他，我不也是好久没做了吗。她的这句台词一听就像是我写的，但是南部先生还以为是桃井的即兴发挥呢。我告诉他，这句台词我在第一稿里是有写的，但被前田先生删掉了，但两位演员在拍摄的时候又让这句台词复活了。那个时候，我感受到了与他们之间的连带关系。到底，薰、渡濑和我都是新时代的，虽说渡濑比我稍年长，我又比薰大好几岁。在70年代的尾声，许多电影是由崭露头角的电影人和老一辈的电影人合作的。有些取得了成功，

---

① 《根》，改编自黑人作家亚力克斯·哈利的同名小说的电视剧，于1977年在美国播出。这部讲述祖孙三代黑奴血泪史的作品，受到各界好评。同年在日本播出时，也受到热烈欢迎，并因此在日本掀起了"寻根"的热潮。

② 《日本天堂》，前田阳一自编自导，于1964年上映的日本电影。该片也是前田阳一的导演处女作，讲述了从1945年日本战败至1958年日本实施《卖春防止法》的13年间，为生活所迫而成了妓女的主人公的遭遇。

也有些失败了。我们的这部应该算当中比较成功的吧。

关于电影剧作《红头发的女人》

绝不能输给导演和原作者

李向：您能介绍一下创作这个作品的契机吗？

荒井：我的处女作《新宿混乱的街区》的制片人三浦朗 ① 先生，和神代辰巳 ② 先生一直保持着合作关系，他说"让荒井来写吧"，然后把这次改编的机会交给了我。当时，神代先生还质疑：让这个不知道从哪冒出来的小子来写，行吗？"如果他写不好的话，一切责任由我来承担"，三浦先生的大力支持，打消了神代先生的疑虑。

电影改编自中上健次 ③ 的短篇小说——《红发》。他当时已经

---

① 三浦朗，1934—1990。日活罗曼情色电影的名制片人，经手了几乎所有神代辰巳的导演作品。让荒井晴彦通过《新宿混乱的街区》（曾根中生执导，1977年上映）出道，接着又让他创作了《红头发的女人》的剧本。可以说，他是剧作家荒井晴彦的伯乐。

② 神代辰巳，1927—1995。日活罗曼情色电影大师，其执导风格对日本电影历史产生了巨大的影响。加上《红头发的女人》，他同荒井晴彦共有过六次合作，是同荒井晴彦合作次数最多的导演。其他五次分别是：《快乐学园》（1980年）、《啊！女人，猥歌》（1981年）、《菖蒲之舟》（1983年）、《咬人的女人》（1988年）和电视剧《被盗的情事》（1995年）。其他导演作品有《湿濡的情欲》（1972年）、《恋人濡湿》（1973年）、《欢场春梦》（1973年）、《青春之蹉跎》（1974年）、《恋文》（1985年）等。

③ 中上健次，1946—1992。日本当代著名作家。于1976年凭小说《岬》获得第74届芥川奖，是日本第一位生于"二战"后的芥川奖获奖者。电影《红头发的女人》改编自其发表于1979年的短篇小说集《水之女》中的《赫发》一文。1992年因肾脏癌而早逝。因其出生于受歧视部落地区，受歧视部落在其作品中屡屡登场。主要作品有《十九岁的地图》（1974年）、《岬》（1976年）、《枯木滩》（1977年）、《轻蔑》（1992年）等。

拿过芥川奖，和我同龄，我曾在酒馆碰到过他几次。导演是日活罗曼情色电影[1] 的大师，而原作者又是同龄的芥川奖获奖作家，所以我的压力特别大。我跟自己说：绝不能输给他们。

李向：听说电影剧本第一稿就通过了。您马上就找到了改编的方向吗？

荒井：在决定由我来创作剧本之后，我先花了一个月左右的时间，把在市面上流通的所有的中上健次的作品包括他的随笔全读了。有一本杂志刊登了其他作家对《红发》的评论，评论中提到开卡车的时候收留路边偶遇的女人，这一情节很像意大利电影。我恍然大悟，这的确是很有意大利电影的感觉，于是决定按照意大利电影的风格来创作剧本。但是原著篇幅较短，就算全都照搬过来也不够，于是我创作了原著中没有的社长女儿这一角色。

中上在原著中用的是新宫的方言。我希望能尽量地接近原著，于是，我决定将剧本的台词也调整为新宫的方言。我查遍了中上的各种小说，参考其中的方言，对台词进行了修改。但最终由于没能找到会说新宫方言的台词指导，我的这番努力全付诸东流了。

写完剧本后我在新宿黄金街遇到了中山健次，他神气地对我说："看来你是好好钻研了一番嘛。"（笑）

李向：您在这部作品中塑造了许多鲜活的角色。女性积极主动，而男性都消极被动，这是出自您对女性的理解吗？

荒井：是的。神代先生也常说，男人是懦弱的，女人是英勇的。再加上罗曼情色电影的卖点是女性的裸体，所以主角必须得是女

---

① 日活罗曼情色电影，日本历史最悠久的电影公司日活株式会社为应对经营困难，于1971年改变经营方针，开始大量制作拍摄成本较低而回报率较高的情色电影。因受到成人录像带的冲击，于1988年退出了历史舞台。17年来拍摄制作的电影超过1000部，当中不乏名留日本影史的杰作，并为日本电影输送了大批新鲜血液。

性。神代先生和我有个不谋而合的地方：将女性作为主角来描写的时候，无意识地把女性角色刻画得很强大；与此同时，会将男性角色刻画得很被动。但我们会将主题寄托在男性角色身上，偷偷地将男性作为主角来描写，毕竟，我和神代先生都是男人嘛。这部电影的主角其实是石桥莲司[①] 所饰演的那个男人。但是，如果我们明目张胆地这么干的话，电影公司是肯定不会同意的。所以，这部电影的主角表面上是宫下顺子[②] 饰演的那个女人，但仔细一看就知道，真正的主角是石桥莲司饰演的那个男性角色。

石桥莲司曾和蜷川幸雄[③] 创办过剧团，出演了许多舞台剧。电影公司当时其实是反对由石桥莲司来出演这个角色的，但神代先生不顾公司的阻挠，坚持让他来出演。

被省略的过去

李向：在作品中，男人没有追问过女人的过去。

荒井：是的。我没写这个，但写了一位父亲为自己的女儿拉客这样带有乱伦含意的情节。因为我觉得在中上所描绘的世界里出现类似的情节一点也不突兀。另外，我还创作了好友和别的女人一起离开这座城市的情节。红发女人的出身，她为什么会出现在这里，她是逃出来的吗？关于她的背景，我并没有着墨太多。

---

① 石桥莲司，生于1941年。日本著名演员，出演过大量影视作品。主要作品有《暗杀坂本龙马》(1974年)、《红头发的女人》(1979年)、《浪人街》(1990年)、《忠臣藏外传之四谷怪谈》(1994年)、《极恶非道》(2010年)、《大鹿村骚动记》(2011年)等。

② 宫下顺子，生于1949年。日本女演员，曾是日活罗曼情色电影的当家花旦之一。主要作品有《欢场春梦》(1973年)、《红头发的女人》(1979年)、《人鱼传说》(1984年)等。

③ 蜷川幸雄，1935—2016。日本戏剧导演、电影导演。是日本当代戏剧的代表人物之一，享誉世界。

但男人的姐姐和姐夫说过"好像在什么地方见过她"。其实那地方是指被歧视部落①，中上在小说中明确地提到女人来自被歧视部落。

晏妮：但您在作品中完全没有提到她的出身。

荒井：当时，井筒和幸②曾撰文批评我们的这部作品完全无视被歧视部落问题。神代辰巳安慰我："荒井，别在意。我们拍的是两性关系，而不是以被歧视部落为主题的电影。不用理会这样的批评。"

晏妮：我觉得这和荒井先生现在的作品不大一样，因为荒井先生的作品中肯定会涉及社会问题。

荒井：西冈琢也③说这是我的坏毛病。我把《生在幼子》中宫藤官九郎④饰演的前夫那个角色设定成了为日本自卫队做饭的厨师。西冈对我说：在这个片子中，完全没有插入这些东西的必要啊。

晏妮：我在看电影的时候就猜到，那个地方肯定是出自荒井先生的创作。

① 受歧视部落，日本封建社会的阶级制度下，从事屠宰业、殡葬业等被认为"不干净"行业的人是处于最低阶级的，他们长期受到歧视，只能群居在某些地区，这些地区被称为"部落"。明治年间的1871年，日本政府颁布了"解放令"，废除了阶级制度，但歧视和偏见至今仍未彻底消除。

② 井筒和幸，生于1952年。拍摄粉红电影出身的日本著名导演。主要导演作品有《少年帝国》（1981年）、《岸和田少年愚连队》（1996年）、《一展歌喉》（1999年）、《无敌青春》（2005年）等。

③ 西冈琢也，生于1956年。日本著名编剧。主要编剧作品有《少年帝国》（1981年）、《TATOO 刺青》（1982年）、《人鱼传说》（1984年）、《不沉的太阳》（2009年）等。

④ 宫藤官九郎，生于1970年。日本著名编剧、演员、导演。编剧作品有电影《GO！大暴走》（2001年）、电视剧《海女》（2013年）等。

荒井：是的。把他写成一个普通的厨师也完全不会影响到剧情，但我把他设定成为自卫队做饭的厨师。如果要我为自己辩解的话：我不过是想让驻日美军基地的铁丝网出现在画面中罢了。

关于性与爱

晏妮：关于这部影片，荒井先生曾这样说道，男人的下半身是没有思考能力的。我当时就反驳道，这个女主人公的下半身才是没有思考能力的吧。男人和女人的下半身都没有思考能力，这是您的创作思路吗？

荒井：嗯。性爱中不是有人力所无法控制的部分吗？石桥莲司饰演的那个角色在将女人让给朋友之后，哭泣着在街头徘徊，被拉客的老头拉进了山口美也子①所扮演的女人的店里。男人被她引诱，他心想，我不能和她干这事儿；但他的下半身却不听使唤，起了反应，勃起了。我觉得下半身是没有辨别能力的，但可能也有人不这么认为。和自己不喜欢的女人也能发生关系，这正是性爱的悲哀之处。

如果非要说这些角色像动物的话，那么就算是吧。人们时刻都被欲望所驱使，但又被伦理道德之类的规范所束缚。有时候，在坐车时我会想：这些乘客全都会做爱呢。继而觉得有些不可思议。罗曼情色电影是最适合用来揭示人类的兽性这一主题的电影类型。但是，掌权者是禁止公开展示人性的这一部分的；保守人

① 山口美也子，生于1952年。日本女演员，曾出演过多部罗曼情色电影，在荒井晴彦的编剧处女作《新宿混乱的街区》中出演女主角，在《红头发的女人》中扮演酒吧的女老板。

士也一样。实际上，只有人类是在不停地做爱的；动物们只在发情期，为了繁衍而交配。虽说人类一开始也是为了繁衍而交配，但却成了性爱所带来的快感的俘虏，渐渐地演化成不为繁衍，单纯地只是为获得快感也会做爱。人类把性爱的两大机能——繁衍后代和快感剥离开来，由此引发了许多的事件，诞生了许多的故事。

李向：也就是说性和爱是两码事，是这样吗？

荒井：一对男女相遇，彼此互有好感，他们会先聊聊各自的兴趣爱好，喜欢的书和电影，然后牵手，接吻，最后才会做爱。年轻时，我潜意识里认为得遵从这样的顺序一步一步地进行。我在写这个剧本的时候，大概31岁吧。我一直思考：如果完全忽略这些流程，先做爱再相爱，也就是说顺序颠倒的话，还能否成立。

晏妮：这是您对您自身观念的反抗吗？虽说您并不这么认为，但您想不管这么多了，先写写看吧，是这样吗？

荒井：日本在进入明治时代之后才引进了恋爱这一概念，然后才有了恋爱—结婚—生育这一具有现代主义性质的顺序。不过，也有先怀了孩子再结婚的例子。

晏妮：您刚才提到了对为了繁衍而进行的性爱的抵抗，认为性爱的意义并不仅如此。我认同这个作品在此意义上的价值。女性不只是为了结婚而做爱和生育，您在作品中打破了这个所谓的顺序。

荒井：他在驾驶卡车的时候遇到她，并收留了她，这是他们的相遇和开始。他们不过是一个劲儿地做爱，这种关系能称之为爱吗？放到现在的话，我可以毫不犹豫地说：能。但我在写这个剧本的时候，对于这两人之间能否产生爱，还是半信半疑的，没有十足的把握。

嫉妒与否是衡量爱的基准

李向：我觉得私奔的年轻男女那条线相对而言比较明快。

荒井：那个女孩不是说要男孩负责吗，我年轻的时候，很喜欢在作品中让女人说"你要对我负责"，也就是说，要男人对发生了的性关系负责。这部作品中也是这样：被轮奸的女孩要男孩负责。犯人有两个，但她却只要求先侵犯她的那个男孩负责。这是典型的观念性写法。我认为像他们俩的这种关系也是能发展成情侣的。

李向：这对情侣和两位主人公形成了一种对比。

荒井：是的。男孩向男人提出：女孩要我对她负责，所以我不得不跟她私奔，在此之前，你的女人得让我上一次。男人让出了女人，男孩同女人发生了关系。

李向：我到现在也不是很明白，为什么会边哭边把自己的女人拱手让给了朋友。

荒井：故事是从他俩轮奸那个女孩开始的，一直以来，他们俩不过把女人当成泄欲的工具而已。所以当男孩说，"我的女朋友你不是也玩过吗，你就别吃独食了，让我也爽一下"，男人是无法拒绝的。男人之所以哭，是因为他不情愿，他不想把女人让给朋友，他在吃醋。在那一刻，他开始怀疑自己是不是爱上了那个女人。

神代先生读完剧本后问我主题是什么？我回答道："吃醋。我虽然不大懂得怎样算是喜欢上了一个人，但如果我喜欢的女人和别的男人上床的话，我会猛地醋意大发；而有些女人我却会觉得无所谓，不会吃醋。我觉得会吃醋并耿耿于怀，应该是因为有爱。"

晏妮：您终究还是站在男性的立场去考虑这个问题呢。

荒井：因为我是男人呀。

晏妮：作为女性，我不是太明白这种心境。（笑）

荒井：我觉得，知道伴侣被人睡了之后，在意与否是衡量你是否爱他（她）的标准：如果你吃醋了就说明你爱她；如果没有吃醋那你就不爱她。我想用作品来检验，始于性关系的两人之间能否出现爱的萌芽。如果要问这部电影的主题是什么，那就是：始于性的爱也是存在的。

如果重写《红头发的女人》

李向：在创作完这部作品之后，您是不是收到了许多的剧本邀约呢？

荒井：没这回事。当年，罗曼情色电影被认为不是一般的电影，而备受歧视。这部电影当年入选《电影旬报》[①]年度十佳影片，名列第四。长谷川和彦[②]对我说："荒井，凭罗曼情色电影能拿到第四名，和得了第一名一样光荣。"

晏妮：神代先生的作品不是经常入选《电影旬报》的年度十佳吗？

---

① 《电影旬报》，创刊于1919年的日本老牌电影杂志。始于1924年的《电影旬报》年度十佳电影奖是日本电影届的权威奖项。荒井晴彦曾凭《W 的悲剧》（1984年）、《左轮手枪》（1988年）、《震颤》（2003年）、《大鹿村骚动记》（2011年）和《自相残杀》（2013年）五度获得最佳编剧奖，与桥本忍并列为获此奖项次数最多的电影编剧。

② 长谷川和彦，生于1946年。电影导演。在担任副导演期间曾创作《青春之蹉跎》（1974年）等电影的剧本。导演处女作《青春之杀人者》（1976年）和第二部电影作品《盗日者》（1979年），均备受好评。在拍完电影《盗日者》之后再也没有拿起过导筒。

荒井：伊佐山博子[①]凭《湿濡的情欲》获得最佳女主角时，有评论家辞去了年度十佳的评委一职。从此事也能看出当年罗曼情色电影的处境。

虽说电影评论家白井佳夫[②]称赞了《红头发的女人》的剧本，但大众都认为电影是神代先生一个人的功劳。神代先生将我绞尽脑汁写成的剧本拍成了电影，但一般大众却都认为电影中的世界是由神代先生所创造的。

李向：据说荒井先生特别喜欢这个作品，读到小说《震颤》[③]时，觉得它跟《红头发的女人》很像。

荒井：读小说《震颤》时，我觉得它是移动版的《红头发的女人》。《红头发的女人》里的那对男女被雨困在屋内靠做爱度日；而《震颤》里的那对男女是在卡车中边做爱边向远方前进。所以我称它为移动版的《红头发的女人》。

李向：您曾经说如果重新改编这部作品的话，您会删掉年轻男女那条线，全篇都用来刻画红发女子和男人。

荒井：如今，我只用两个人物也能够支撑起一部作品；但当时的我还没有这个能力，所以会选择增加一些出场人物。

李向：就像由您在电影《震颤》中做过的一样。在那部电影

① 伊佐山博子，生于1952年。日本著名女演员，作家。1972年，担任电影《白皙纤指之调情》的女主角，成为备受欢迎的罗曼情色电影女演员。曾凭电影《湿濡的情欲》荣获《电影旬报》最佳女演员奖。是为数不多的至今活跃在日本影坛的罗曼情色电影出身的女演员。其他作品有《第41号女囚房》（1972年）、《女地狱：濡湿的森林》（1973年）、《追捕》（1976年）、《不连续杀人事件》（1977年）、《浪人街》（1990年）、《扒手》（2000年）、《编舟记》（2013年）等。

② 白井佳夫，生于1932年。日本著名电影评论家，曾于1968年至1976年担任日本老牌电影杂志《电影旬报》的总编辑。

③ 《震颤》，日本小说家赤坂真理于1998年发表的小说，于1999年获芥川奖提名。同名电影由荒井晴彦编剧，广木隆之执导，寺岛忍、大森南朋主演，于2003年在日本上映。在那部电影

的大部分时间里，只有两个角色。

荒井：那是因为《震颤》不是罗曼情色电影，所以才能实现。罗曼情色电影虽说没什么条件限制，但得考虑观众的需求，只出现一位女性的裸体是不行的，得展示两名以上的女性裸体。但创作者们将计就计，经常会不谋而合地让年轻女子和年长女人登场，借此来表现不同年代的人的代沟问题。

李向：您创造年轻女子那个角色，也是因为有这个限制吗？

荒井：是的，为了对得起观众的期待，我得在作品中多展示几位女性的裸体。这部电影的片长只有73分钟，但如果有90分钟或是更长的话，我会从女人开始写。她是怎样的一个人，和什么男人在一起，她是逃出来的吗？也就是说，从女人在路边出现之前开始写。她和这个男人相遇，最后她会选择回去还是留下呢？我会好好考虑这些问题。

晏妮：您在作品中向我们展示了在有限的时间里，闭塞的空间内的一对男女的生存方式。

荒井：像影片中的男女主人公那样耽于性爱，无时无刻都在交欢的罗曼情色电影在此之前被人拍过也并不奇怪，但实际上，我们是第一个这么拍的。

晏妮：这次出版的剧本，我想国内的读者读完后肯定会大吃一惊。和伦理道德无关，而是惊叹于原来还有这样的剧本写作方式。

关于电影剧作《颓废姐妹》

用娱乐片来拍战争题材

李向：与荒井先生的其他作品相比，这部作品的戏剧性似乎要强许多，有很浓的通俗剧色彩。

荒井：这是因为我想创作一部娱乐作品，像笠原和夫先生经常做的那样，用娱乐片的形式来描写战争。

李向：日本曾经有过一些战争题材的娱乐电影呢。

荒井：当中最有名的要属由冈本喜八 ① 执导的《独立愚连队》系列 ②，还有《军中黑道》系列 ③。此外，增村保造 ④ 执导的《赤色

---

① 冈木喜八，1924—2005。日本著名导演、编剧。1943年进入东宝公司，担任副导演。后应征入伍，在陆官预备士官学校迎来战争的结束。这段经历对其电影创作起了很大的影响，在成为电影导演后，冈本喜八创作了许多战争题材的电影。1958年，推出导演处女作《结婚的一切》。1959年，推出自编自导的战争电影《独立愚连队》，一举成名。主要导演作品有：《江分利满先生的优雅生活》（1963年）、《啊，炸弹！》（1964年）、《血与砂》（1965年）、《日本最长的一天》（1967年）、《肉弹》（1968年）、《血战冲绳岛》（1971年）、《大诱拐》（1991年）等。

② 《独立愚连队》系列电影，于1959年到1965年上映的日本系列电影，共计7部。该系列电影的故事都发生在抗日战争时期的中国，用喜剧的手法表现了战争的残酷。这7部电影分别是：由冈本喜八自编自导的《独立愚连队》（1959年）和《独立愚连队西行》（1960年）；由关泽新一编剧，谷口千吉执导的《山猫作战》（1962年）；由井手雅人编剧，谷口千吉导演的《独立机关枪队伍仍在射击中》（1963年）；由关泽新一编剧，福田纯执导的《野良犬作战》（1963年）；由关泽新一和小川英联合编剧，坪岛孝执导的《蚁地狱作战》（1964年）和由佐治乾、冈本喜八编剧，冈本喜八执导的《血与砂》（1965年）。

③ 《军中黑道》系列电影，于1965年到1972年上映的日本系列电影，共计9部。电影讲述了曾是黑帮打手的新兵和出身名门的上等兵联手同腐败的军队权力做斗争的故事。这9部电影分别是：由菊岛隆三编剧，增村保造执导的《军中黑道》（1965年）；由舟桥和郎编剧，田中德三执导的《续军中黑道》（1965年）和《新军中黑道》（1966年）；由舟桥和郎编剧，森一生执导的《军中黑道：逃狱》（1966年）；由田中德三执导的《军中黑道：大逃跑》（舟桥和郎编剧，1966年）、《军中黑道：交给我了》（高岩肇编剧，1967年）、《军中黑道：杀入敌阵》（笠原良三、东条正年编剧，1967年）、《军中黑道：抢夺》（舟桥和郎、吉田哲男编剧，1968年）及由增村保造执导的《新军中黑道：火线》（增村保造、东条正年编剧，1972年）。

④ 增村保造，1924—1986。日本著名导演、编剧。1947年进入大映担任副导演。后赴罗马学习电影，学成归来后，于1957年推出电影处女作《接吻》（1957年）。其执导的作品涵盖多种类型，执导手法现代而大胆，在日本电影界独树一帜。主要作品有：《青空娘》（1957年）、《巨人与玩具》（1958年）、《妻之告白》（1961年）、《黑色试走车》（1962年）、《丈夫看见了》（1964年）、《万字》（1964年）、《刺青》（1966年）、《赤色天使》（1966年）、《痴人之爱》（1967年）、《华岗青洲之妻》（1967年）、《盲兽》（1969年）、《游戏》（1971年）、《曾根崎心中》（1978年）等。

天使》^①是一部杰作。战争与性是我特别喜欢的主题。

晏妮：冈本先生拍了许多发生在抗日战争前线的电影，有五部之多吧。

荒井：不过，这些影片中的中国人角色都是由日本人来扮演的，我觉得这有些不大妥当吧。不知道中国观众看到由日本人拍摄的发生在抗日战争前线的电影时，会做何感想。不过，不得不承认《血与砂》^②是一部杰作。

晏妮：对，那是一部杰作。《肉弹》^③也是杰作。毫无疑问，冈本喜八是反战的。

荒井：他是反战的。

晏妮：虽然上过战场，但小津从来不在电影中表现自己的这段经历；而冈本喜八却一直执着于拍摄战争题材的影片。

荒井：那是因为小津当年隶属于毒气部队，所以没办法拍进电影里吧。

刺杀昭和天皇

李向：这部作品可以称得上是您对战争的一次总的清算。您在作品中加入了各种各样的元素。

荒井：是的，我塞进了许多许多东西。

---

① 《赤色天使》，改编自日本作家有马赖义发表于1966年的同名小说，由笠原良三编剧，增村保造执导，于1966年在日本上映。影片发生在抗战时期的中国，讲述了被派往位于天津的日本陆军医院工作的日本从军女护士的种种遭遇和其同军医的凄美爱情。

② 《血与砂》，由佐治乾、冈本喜八编剧，冈本喜八执导，于1965年上映。影片发生在抗战时期的中国，讲述了日本陆军曹长和13名少年军乐队队员以及慰安妇之间的故事。

③ 《肉弹》，由冈本喜八自编自导，于1968年上映的日本电影。影片用喜剧手法，回顾了住在汽油桶内，在太平洋上漂流着的不知道二战已经结束的主人公在战争时期那可笑又可悲的青春岁月。

李向：比如说，战争时期和战争结束后，在日朝鲜人所受到的歧视。还有，您罕见地刻画了驻日美国占领军的战争创伤。

荒井：原著中并没有这样的情节。青山真治[1] 跟我说：美国军人也有战争创伤。于是我查阅了关于贝里琉岛战役[2] 的书籍，在剧本中加入了这一情节。

李向：最让人惊讶的是，您在作品中加入了刺杀天皇的情节。

晏妮：这在日本可拍不了。

李向：原著中也有这个情节吗？

荒井：没有。

李向：那真有人刺杀过昭和天皇吗？

荒井：正因为没有，所以这个项目一直停滞不前。最多也不过是纪录片《前进，神军！》[3] 的主人公——奥崎谦三[4] 曾从皇居

---

① 青山真治，生于1964年。日本著名导演、小说家、音乐家、电影评论家。大学毕业后，曾担任黑泽清等导演的副导演，于1996年推出自编自导的处女作《无援》。2000年，自编自导的电影《人造天堂》入围第53届戛纳国际电影节，并获得费比西奖和天主教人道精神奖。曾执导过由荒井晴彦编剧的电影《自相残杀》（2013年），《颓废姐妹》也计划由其担任导演。其他作品有《狂野的生活》（1997年）、《沙漠中的月亮》（2001年）、《湖边杀人事件》（2004年）、《悲伤假期》（2007年）、《东京公园》（2011年）等。

② 贝里琉岛战役，第二次世界大战太平洋战争中，美国和日本在1944年9月至11月期间在现在的帕劳贝里琉岛上进行的一场战役。经过两个多月的激烈战斗，美军以一万余人的伤亡歼灭日军一万余人，是太平洋战争中最惨烈、也是美日双方伤亡率最高的战役之一。

③ 《前进，神军！》，由原一男执导，于1987年上映的日本纪录片。影片记录了主人公奥崎谦三坚持不懈地追查在新几内亚战役中发生的日军吃食战友人肉之残忍事件的真相的过程。

④ 奥崎谦三，1920—2005。二战时期，作为一名士兵随所在部队驻扎在巴布亚新几内亚，后成为澳大利亚军队的俘虏。回到日本后，曾因杀人而入狱10年。1969年，因在新年朝拜天皇的仪式上用弹弓射击昭和天皇，被判入狱1年6个月。此后，以持久而激烈的方式坚持不懈地追究天皇的战争责任。还曾试图进入政坛，但以失败告终。进入80年代后，将矛头改为对准前首相田中角荣。于1981年自费出版了名为《为杀死田中角荣而书写》的著作，因涉嫌谋杀田中角荣而被逮捕，后免于起诉。于2005年去世，结束了其波澜壮阔的一生。

前的广场用弹弓射过昭和天皇。但在我的这个剧本中，计划刺杀天皇的退伍军人最终并没有付诸行动，而是选择了自杀。我以为这样的话，应该无甚大碍，但这情节终究还是成了我们这个项目的瓶颈。制片人森重晃[①]一直劝我：荒井先生，您能不能删了那场戏？但在我看来，这场戏是点睛之笔。

李向：您希望通过那场戏，来追究天皇和一般民众的战争责任。

荒井：是的。日本民众的父亲和兄弟因为效忠天皇而死在了战场上，但即便是这样，这些人一见到天皇还是会高呼"万岁"。见此情景，原本打算刺杀天皇的退伍军人陷入了深深的绝望之中：自己的战友们为了效忠天皇而加入特攻队，送掉了性命，可事到如今，民众们却还在高呼"万岁"，这个国家看来是没救了。于是他放弃刺杀天皇，而选择了自杀。这场戏原作中并没有，是我创作的。

让人愤怒的 RAA

荒井：《颓废姐妹》的大主题是关于天皇的战争责任问题，但

---

① 森重晃，生于1955年。日本电影制片人。是荒井晴彦担任编剧的电影《震颤》（2003年）、《软的生活》（2006年）、《这个国度的天空》（2015年）和《生在幼子》（2017年）的制片人。由他担任制片人的电影还有：《平成无责任一家》（1995年）、《香港大夜总会》（1997年）、《我们曾经喜欢的事》（1997年）、《不夜城》（1998年）、《光之雨》（2001年）、《千里走单骑》（日本方面的制片人之一，2006年）、《再见溪谷》（2013年）、《蜜之哀伤》（2016年）等。

除此之外，还有一个让我愤愤难平的就是 RAA[1]，特殊慰安设施协会。战败后，占领军要进驻日本了，政府突然想起日军曾在中国犯下的暴行。他们担心占领军来到日本之后，会像日军在中国一样奸淫掳掠，这样的话，自己的女儿和老婆就有危险了。于是，他们声称"要筑起保护日本大和抚子不受侵犯的大堤"，用国家的钱来召集妓女，成立专为占领军服务的卖春公司。但是，很多妓女不是在吉原空袭中丧了命，就是在做从军慰安妇之时死在了国外，所以光靠妓女无法支撑起卖春公司的运转。因此，相关部门开始面向社会公开招募，待遇是包衣食住。这吸引了许多在战争中因为房子被烧而居无定所、一贫如洗的人前来排队应聘。她们中的好多人连鞋都穿不上，也不知道自己应聘的工作的实际内容。直到面试的时候，她们才被告知，她们的工作是为美军提供性服务，而且每天都得为多人提供服务。

用国家的财政预算来成立卖春公司，我想，世界上所有的国家当中也只有日本干过这种勾当。有些女孩工作了几个月就感染了梅毒之类的性病，还有些女孩因为难以承受而选择了自杀。后来，美国占领军的母亲们发现自己的儿子感染了梅毒，恼羞成怒，对政府施压，日本政府这才关闭了特殊慰安设施。那些在此工作的女人们从此流落街头，许多都成了邦邦女郎。

---

① RAA，全名 Recreation and Amusement Association，即特殊慰安设施协会。第二次世界大战结束后，作为战败国的日本为了防止即将进驻的美军对日本妇女施暴，于8月26日成立了"特殊慰安设施协会"，开设慰安所，专为美国占领军提供性服务。但因慰安所性病蔓延，许多美国将士染上了性病，这引发了身在大洋彼岸的美军的妻子和亲人的抗议。迫于压力，占领军司令部要求日本政府关闭所有的慰安所。1946年3月26日，日本政府关闭了特殊慰安设施协会及所有慰安所。被遣散的慰安女从此流落街头，许多人都成了为美军提供性服务被称为"邦邦女郎"的暗娼。

晏妮：有专门研究 RAA 的书籍呢。

荒井：有好几本呢。原作者岛田雅彦 [①] 曾这样写道：那些被称为邦邦女郎的女人们不就是援助交际的鼻祖吗？我把他的这个观点加以延伸：日本不就是个一直从事着援助交际的国家吗？靠着美国的援助，对美国唯唯诺诺，言听计从。所以我让剧本结束于这一场景：女人们和美国大兵一起重建家园。

晏妮：我觉得您的这部剧作中有些黑色幽默的成分呢。

荒井：对。既有引人发笑的地方，也有很严肃的地方。现在的很多人都不知道曾有过 RAA 这个组织。前田阳一的导演处女作——《日本天堂》中就有关于 RAA 的情节。

组建"反日"同盟

李向：剧本中有一个很有意思的地方：战争一结束，日本民众对于战争的看法一下子就完全转变了。

荒井：当时的日本就是这样的。因此，小孩们变得不再信任大人。要知道，战争期间使用的教科书上的许多"敏感"部分都是被用墨汁涂黑了的呀。不久前还张口就是"天皇陛下万岁"的那些人，现在却改口宣扬民主主义。天皇也昭告天下说自己不是神，而是人。天皇这所谓的"人间宣言" [②] 可真是滑稽可笑。日本是全世界最差劲的国家。

---

① 岛田雅彦，生于1961年。日本作家。大学期间发表的处女作《献给温柔左翼的嬉游曲》获得了芥川奖提名，开始受到瞩目。《颓废姐妹》是其发表于2005年的小说。主要著作有：《我是仿造人》（1986年）、《彼岸先生》（1992年）、《被遗忘的帝国》（1995年）、《上浮的女人下沉的男人》（1996年）、《自由死刑》（1999年）、《无尽的卡农》三部曲（2000—2003年）、《徒然王子》（2008—2009年）、《虚人之星》（2015年）等。

② 人间宣言，日本昭和天皇于1946年1月1日发布的诏书。该诏书的后半部分否定了天皇作为"现代人世间的神"之地位，宣告天皇是只具有人性的普通人。

晏妮：您这个剧本要不要拿去韩国，说不定能拉到投资呢。

荒井：岛田雅彦劝我：您没必要写得这么过激啊。但是，原著中的素材很适合往我的这个方向来创作，而且能加入许多元素。原著中还涉及日本电影人的战争责任问题。

有一年，在釜山电影节上，有一位法国投资人对我们的这个项目很感兴趣。我问他什么地方吸引了他，他告诉我，因为这是关于一对姐妹如何求生的故事，而且他很想看如今的大都市东京曾经被烧成一片废墟的画面。

晏妮：这位法国人要投拍吗？

荒井：他只能投一小部分。原定和中国合作的计划也是停滞不前。

晏妮：我觉得您应该试试跟好几个国家和地区一起来合作。全靠中国内地的投资的话，可能不大现实。您也可以去韩国，中国香港找找投资，组建一个"反日"同盟。这样的话，说不定能顺利开拍呢。

关于电影剧作《这个国度的天空》

继承前辈的电影精神

李向：能谈谈让您在时隔18年之后重执导筒的原因吗？

荒井：其实也不是我自己想做导演。原作者高井有一先生[1]

---

① 　高井有一，1932—2016。日本当代小说家。影片《这个国度的天空》改编自其发表于1983年的同名小说。1965年，凭小说《北方的河》获得芥川奖。其他著作还有《少年们的战场》（1968年）、《梦之碑》（1976年）、《夜蚁》（1989年）、《昭和之歌：我的昭和》（1996年）、《宏亮的挽歌》（1999年）、《时间之景》（2015年）等。

在多年前就把改编权交给了我，但我却一直无法回应他的期待。大约在10年前，我趁着手头没有工作，就把剧本先写了出来。有一天，制片人锅岛寿夫①问我手头有没有战争题材的作品，于是我就把这个剧本拿给了他。读完后，他跟我说：荒井先生，我们把这个拍出来，作为纪念第二次世界大战结束70周年的作品吧。我问他：那谁来执导呢？没想到他却说：您自己来拍不就行了吗。

　　其实，在决定由我来执导的几年前，我把剧本拿给根岸吉太郎读过。我问他，你觉得这个剧本怎么样？他回复道："这个剧本特别特别好，应该会拿最佳剧本奖。不过，谁会来看这种电影呢？"他说的那些话也太不讨人喜欢了吧。先别去管"谁会来看"，如果你觉得是好作品，那我们就一起来拍啊。既然觉得是好剧本，那你应该想拍才对啊，不是吗？难道会去考虑票房问题的人才能称得上专业人士吗？莫非根岸是出生于叫"根岸发行"的票务世家？我当时很想顶回去：你张口就是观众和票房，但你执导过什么卖座的电影呢？

　　李向：您被原著吸引，是因为原著中刻画了一位得知战争即将结束却一点也高兴不起来的少女吗？

　　荒井：是的。战争结束了，所有人都异口同声地说，"太好了，太好了"，但大家都忘了去反省是谁发动了这场战争，而民众又为

① 锅岛寿夫，生于1953年。日本电影制片人。和深作欣二、北野武等日本著名导演有过多次合作。由其担任制片人的作品有：《冲绳小子》（1984年）、《明天》（1988年）、《凶暴的男人》（1989年）、《3-4×10月》（1990年）、《起尾注》（1992年）、《奏鸣曲》（1993年）、《四十七人之刺客》（1994年）、《性爱狂想曲》（1995年）、《大逃杀》（2000年）、《突入！浅间山庄事件》（2002年）、《蜩之记》（2014年）等。

何会参与这场战争。野坂昭如 ① 曾经说过：我总觉得，日本人似乎把战争当成自然灾害、天灾一样来看待。战争是由人类发动及参与的，但战争结束之时，人们的反应就像是台风已经过境，地震已经平息了似的，丝毫没有要反省的意思。他们只会庆幸，"这一切都过去了"。所以，我想通过刻画一位得知战争即将结束但却无法开怀的女孩，是不是能让人们去反思"二战"后的日本呢。

李向：《这个国度的天空》《战争和一个女人》，还有《颓废姐妹》②。为什么您会突然开始接连不断地创作战争题材的剧本呢？是因为您到了这个年纪吗？还是因为在日本，已经没有人去创作这类作品，所以让您产生了一种使命感呢？

荒井：我也说不清楚是因为自己上了年纪，还是出于使命感。虽说我生于战后，并不了解战争，但跟现在的年轻人比起来，我可是要知道的多得多。因为在我还是小孩的时候，到处都能看到战争留下的痕迹。我之所以会觉得《永远的三丁目的夕阳》③ 很虚

① 野坂昭如，1930—2015。日本著名作家、歌手、作词家、政治家。早期曾以放送作家的身份活跃在电视行业，也曾为许多广告歌曲作词。1963年，发表小说处女作《黄色大师》，开始活跃于文坛。该小说后被今村昌平拍摄成电影《人类学入门》，于1966年在日本上映。1967年，发表根据其自身经历而创作的短篇小说《萤火虫之墓》和《美国羊栖菜》。次年，两本小说同时获得直木奖。小说《萤火虫之墓》在日本家喻户晓，曾多次被改编成影视作品，尤以于1988年上映的由高畑勋自编自导的同名动画电影最负盛名。野坂昭如还自称"火灾废墟黑市派"，对日本社会展开批判。1983年，他当选为日本参议院议员，同年年底辞职。2015年12月，因心力衰竭逝世。

② 《颓废姐妹》，日本著名作家岛田雅彦于2005年发表的长篇小说。讲述了一对姐妹在二战结束后，为了生存不得不将自己的家改造成为美国占领军提供性服务的慰安所的故事。荒井晴彦计划将其搬上大屏幕，并创作了剧本，但因种种原因，该项目目前处于搁置状态。

③ 《永远的三丁目的夕阳》，改编自西岸良平于1974年开始连载的漫画《三丁目的夕阳》，由山崎贵、古泽良太联合编剧，山崎贵执导，于2005年上映的日本电影。故事发生在1958年，描绘了住在东京都夕阳町三丁目的居民们那笑泪交织的日常生活。影片在日本取得了巨大成功，并分别在2007年和2012年推出两部续集。

假，是因为在那个年代，我们在空地上玩耍的时候，到处都坑坑洼洼的；而那些在战争期间为了应对空袭而涂黑的学校建筑，有一些也还是黑漆漆的。我们是看着这些战争留下的痕迹长大的，我们那时候的生活很贫苦。

因为觉得这个社会有太多不公平，不正常的地方，我参加了学生运动。后来，我进入了电影行业，发现这类战争题材是被"封印"的。想吃电影这碗饭，就不能碰这种题材。虽说我一向都见缝插针地在作品中加入社会问题和战争问题，但拍罗曼情色电影的话，连缝都很难找到。所以，当我有机会和能力去拍战争题材了，我会义无反顾地去拍。

还有一个很重要的原因，那就是笠原和夫先生和深作欣二①先生的先后去世。他们二位在拍娱乐片的时候，不管有没有"可乘之机"，都会强行在电影中加入战争元素。我特别难过，啊，两位先生都不在了。我出版过关于笠原先生的书，而和深作先生又是经常通宵畅饮的好友。这二位都不在了，那我得继承二位的电影精神，想方设法地在电影中加入战争元素。不过我生于战后，而他们二位都亲身经历了那场战争。

晏妮：归根结底，您是出于使命感。现在的日本电影界，真的没有人去拍战争了。特别是侵华战争。大家只会拍广岛长崎被投下的原子弹。

---

① 深作欣二，1930—2003。战后日本最重要、最具代表性的电影导演之一。1961年执导电影处女作《风来坊侦探：红谷的惨案》。1970年，与理查德·弗莱彻、舛田利雄联合执导战争电影《虎！虎！虎！》。1973年，执导了名留日本影史并成为其生涯代表作的黑帮电影《无仁义之战》。主要导演作品还有《飘舞的军旗下》（1972年）、《仁义的墓场》（1975年）、《县警对暴力组织》（1975年）、《黑社会的墓场：腐朽之花》（1976年）、《柳生一族的阴谋》（1978年）、《魔界转生》（1981年）、《蒲田进行曲》（1982年）、《忠臣藏外传之四谷怪谈》（1994年）、《大逃杀》（2000年）等。

战争中的日常

李向：读完剧本，我觉得在这部作品中，相对于少女和男人的恋爱，关于战争中民众们的日常生活的描写要多一些。

荒井：是的。动画电影《在这世界的角落》①因为细致地描写了战争中普通民众的日常生活而备受赞誉。而在此之前，我就在真人电影中做过同样的尝试：即便是与炸弹为邻，大家的生活还是在继续。

一开始，我打算拍成一部关于街道居民会的居民们的群像电影，但是原作者提醒我：荒井先生，这么拍的话，出场的人物也太繁多了吧，要知道，这故事是关于一对男女的。他的这个建议帮了我的大忙。

李向：就算是在战争中，人的身体还是会自然而然地走向成熟。这是您的创作意图之一吗？

荒井：是的。即使每天都粗茶淡饭，人的身体还是会慢慢成熟。不了解战争的人批判这部电影，说"战争期间，不可能出现乱搞男女关系的现象"。我回击：你这说的是什么话呢，在觉得自己命不久矣的情况下，还有什么事情是做不出来的呢。

在战争时期，虽然很多人都有过悲惨的遭遇，但也有一些人过得很开心。因为战争而遭受损失的人们的确吃尽了苦头，但有些人并没有遭受损失；正因为这部分人占大多数，所以日本才能在"二战"后迅速地进入发达国家之列。大家不了解这段历史，

① 《在这世界的角落》，改编自河野史代于2007年至2009年连载的同名漫画，由片渊须直自编自导，于2016年在日本上映的动画电影。影片讲述了在"二战"末期，嫁到位于广岛县的军港城市——吴的女主人公积极努力地面对残酷的战时生活的故事。影片在日本备受好评，荣获第90届《电影旬报》年度十佳电影第一名。

特别是年轻人，他们惊讶：在战争期间还能吃到这么好的饭菜？我想告诉他们：那时候，吃肉喝酒的大有人在，只是你们不知道罢了。

晏妮：要知道除了空袭，日本本土并没有发生战争。但冲绳的损伤特别惨重。

荒井：那是因为冲绳发生了陆战，而日本本土只遭遇了空袭，且空袭仅限于大城市。所以对于那些没有因战争而受到损失的人来说，战争并没有什么大不了的。也正因为如此，日本民众也没有主动去追究战争的责任问题。

追问父母的战争责任

荒井：退役归来的父亲或是兄长对他们在中国的所作所为缄口不提。他们对中国造成的伤害，他们说不出口。

晏妮：我刚到日本的时候，得到了几位参与过侵华战争的老人的悉心照顾。但是他们不会说他们在中国干过什么。

荒井：我上初中那会儿，不知道天高地厚，我追问我父亲：你在中国有没有杀过人？我父亲告诉我，因为他特别害怕，就把头藏在战壕里，举着枪乱射一气，并没有杀过人。

我父亲因为动痔疮手术而捡回了一条命。他的战友们都被调去新几内亚岛、菲律宾等地的南方战场。

晏妮：去了那些地方的日本兵的下场最为凄惨，很多都是被饿死的。

荒井：有60%是病死或饿死的，比中弹而亡的日本兵还要多。因为没饭吃而被活活饿死，这真是太残酷了。

晏妮：日本人不去追究天皇的战争责任，真是不可思议。

荒井：现在想想，父亲还在世的时候，我应该多问问他有关战争的事情。但那会儿，每当我追问他的时候，他都会勃然大怒，"你也不想想是谁在供你吃喝"，举起筷子打我的头。我也就不敢再往下问了。我也问过我母亲，"你当时为什么不站出来反对战争？"她告诉我，是因为被军部骗了。

关于电影剧作《战争和一个女人》

始于对电影《芋虫》的批判

李向：这部电影的原著出版于"二战"结束后不久的1946年，距影片上映的2013年有差不多70年之久。您为什么要在现在去改编这部小说呢？是因为您很喜爱原作者坂口安吾①吗？

荒井：我完全没有去研究和学习过坂口安吾呢。一切都始于寺胁研②的一句话：我们来拍一部电影，通过电影来表达对若松

---

① 坂口安吾，1906—1955。近现代日本文学的代表性作家之一，日本战后"无赖派"文学的旗手。坂口安吾创作的作品涵盖了纯文学、历史小说、推理小说等多种类型。电影《战争和一个女人》改编自其于1946年发表的同名小说。主要著作有《风博士》（1931年）、《堕落论》（1946年）、《白痴》（1946年）、《盛开的樱花林下》（1947年）、《非连续杀人事件》（1947年）、《二流人》（1948年）等。

② 寺胁研，生于1952年。电影评论家，京都造型艺术大学艺术学部漫画学科教授。电影《战争和一个女人》的企划和制片人。曾担任日本文部科学省官员，在任期间，大力推行了日后备受争议的"宽松教育"。学生时代起就经常在《电影旬报》等电影杂志上发表电影评论，主要研究领域为日本电影和韩国电影。著有《最佳韩国电影100部》（2007年）、《即便这样，"宽松教育"也没错》（2007年）、《官僚批判》（2008年）、《罗曼情色电影的时代》（2012年）、《文部科学省——"三流机关"不为人知的真实面目》（2013年）等。

孝二 ① 执导的《芋虫》②（2010年）的批判吧。电影《芋虫》的灵感来自江户川乱步 ③ 所著的《芋虫》，电影的剧情虽然乱七八糟的，但是票房不错；主演寺岛忍还凭该片获得了柏林电影节的最佳女主角奖。影片的最后，出现了原子弹爆炸的画面，让人不禁生疑：咦，这村子离广岛很近吗？总之，这是一部没有进行翔实的历史考据、不尊重史实的电影。小说《芋虫》写的是一个为国出征的男人，在战场上负伤痛失双手双脚后被送回了家乡并被授予了勋章。失去四肢无法动弹但并没有丧失性功能的他慢慢地被妻子当成了性玩具，万念俱灰的他在绝望中死去。一个男人，把自己献给国家之后又献给妻子，然后在绝望中死去。但这些在电影《芋虫》中完全没有得到体现。

　　寺胁研想拍战争题材的电影来表达对《芋虫》的批判。他问我，拍一个关于获得勋章从战场归来的男人的老婆在搞婚外恋的

①　若松孝二，1936—2012。日本著名电影导演、制片人、编剧。1963年通过粉红电影《甜蜜的圈套》完成导演处子秀。1965年，创立若松制片；同年，若松制片出品的由其执导的粉红电影《墙中秘事》入围了柏林电影节主竞赛单元。若松孝二在作品中一贯坚持的反体制姿态，吸引了一批电影人才聚集于若松制片公司，荒井晴彦便曾是其中一员。70年代初期，荒井晴彦曾在若松制片担任过副导演、编剧等职务。若松孝二的作品在国内外受众颇多，被誉为情色电影大师。主要导演作品有《被侵犯的白衣》（1967年）、《花俏少女》（1969年）、《天使的恍惚》（1972年）、《饵食》（1979年）、《无水之池》（1982年）、《等待出击》（1990年）、《戴绿帽子的宗介》（1992年）、《联合赤军实录：通向浅间山庄之路》（2007年）、《芋虫》（2010年）等。

②　《芋虫》，由黑泽久子、足立正生编剧，若松孝二执导，于2010年在日本上映。曾入围2010年的第60届柏林电影节的主竞赛单元，该片主演寺岛忍获得了最佳女演员奖。故事发生在20世纪40年代，讲述了一个农村女人和她那在侵华时失去了四肢，成了聋哑人的丈夫之间的故事。

③　江户川乱步，1894—1965。日本推理小说大师、评论家。1923年发表小说《二钱铜币》，从此步入文坛。1926年，其笔下的侦探明智小五郎在小说《D坂杀人事件》中初次登场并受到好评。之后，江户川乱步创作了一系列有明智小五郎登场的小说，明智小五郎也成了日本家喻户晓的人物。日本有以其名字命名，用来奖励优秀推理小说的"江户川乱步奖"。其著作多次被改编成影视作品，电影《芋虫》的灵感来源便是其发表于1929年的小说《芋虫》。主要作品有《屋顶的散步者》（1925年）、《阴兽》（1928年）、《孤岛之鬼》（1930年）、《黑蜥蜴》（1934年）、《怪人二十面相》（1936年）、《幻影城》（1951年）、《侦探小说40年》（1961年）等。

故事怎么样？当我们正在讨论要不要把他的这个故事拍成粉红电影时，井上淳一①提议：用现在的预算，应该能拍《战争和一个女人》。

我觉得小说《战争和一个女人》有意思的地方在于它塑造了一个喜欢战争的女人。在改编时，我想在故事中再加入另一个喜欢战争的人，然后就有了原著中没有的那个以小平义雄②为原型的角色。小平义雄真有其人，他以能托关系买到黑市上的大米为手段来欺骗女人，从二战末期到战后，共奸杀了7名日本女人。我觉得他之所以这样做，是因为他在侵略中国时，品尝到了奸尸，将人掐至昏迷后施暴的快感并无法忘怀。回国后，为了满足他那变态的欲望，他对日本女人也实施了同样的暴行。如果说这个男人也能称得上是喜欢战争的话，那把他和坂口安吾笔下那个喜欢战争的女人结合起来，会发生什么样的化学反应呢？就这样，我开始了剧本的创作。

李向：也就是说，您觉得原著中关于作家和女人的故事有些单薄，所以您在此基础上加上了真实案件，然后进行了改编创作。

荒井：对，这就是所谓的创造性思维。

这是一部"反日"电影

李向：您将战争结束后并不感到高兴的男女聚在了一起。

荒井：《这个国度的天空》中的女主人公也一样，得知战争即

---

① 井上淳一，生于1965年。日本的电影导演、编剧。师从若松孝二。《战争和一个女人》是其长篇电影导演处女作。2010年，与荒井晴彦一起创作电影《陪伴》（2010年）的剧本。2015年执导纪录片《继承大地》。

② 小平义雄，1905—1949。1923年加入日本海军，后在中国犯下过奸杀妇女的暴行。1924年退伍。1945年5月至1946年8月，以提供粮食，介绍工作等为借口，诱骗奸杀多名妇女。这一连串的奸杀事件被称为"小平事件"。于1949年被执行死刑。

将结束，她却一点也高兴不起来。

晏妮：战争结束了，但却高兴不起来。对于这样的想法，一般的日本人可能会有些抵触情绪吧。我想可能因为主人公是女性，所以《这个国度的天空》才会招致一些女性主义者的反感。不过，正因为日本的女性没有上过前线，所以也就无从得知战争的残酷性。如此解释的话，也就能理解为什么女主人公会产生"虽然战争结束了，但却高兴不起来"的想法了。

荒井：从这个意义上来看，《战争和一个女人》是一个意念性很强的剧本。我的第一位剧作老师是足立正生①，他曾长期为若松孝二创作剧本。因此，让我来写粉红电影的剧本，我就会变得具有很强的意念性。我编写的故事是这样的：在中国战场犯下诸如强奸等累累罪行后回到日本的男人强奸了那个喜欢战争的女人，女人获得了久违的性快感，怀上了他的孩子，并决定生下这个孩子。我希望借此来提醒日本人，让大家铭记：我们日本人是强奸犯的子孙。

晏妮：我知道荒井先生的思想性，但要通过这部影片传达给观众，是非常困难的吧。

---

① 足立正生，生于1939年。日本著名电影导演、编剧。作为编剧，曾与大岛渚在《归来的醉鬼》（1968年）、《新宿小偷日记》（1969年）等影片有过数次合作；而曾是若松制片故事骨干的他，在《被侵犯的白衣》（1967年）、《永远的处女》（1969年）、《狂走情死考》（1969年）、《天使的恍惚》（1972年）、《芋虫》（2010年）等影片中同若松孝二有过多次合作。同时，他也执导过多部电影。荒井晴彦进入电影圈之初，曾跟随足立正生学习，共同创作过粉红电影的剧本，还曾担任其执导的影片《滔滔不绝的祈祷者》的副导演。1971年，足立正生与若松孝二拍摄了关于巴勒斯坦解放斗争的纪录片《赤军–PFLP世界战争宣言》。1974年，足立正生再度前往巴勒斯坦，加入了日本赤军，并因此成了日本的国际通缉犯。1997年，在黎巴嫩被捕，遭到三年监禁后被遣送回国。进入21世纪后，重新开启了其电影创作之旅。主要导演作品有《堕胎》（1966年）、《女学生游击队》（1969年）、《略称：连续射杀魔》（1969年）、《幽闭者》（2007年）、《饥饿艺术家》（2016年）等。

荒井：这是一部"反日"电影。

李向：我想日本人肯定不会喜欢这部电影，特别是男主人在中国的所作所为会刺疼日本人的神经。

荒井：所以，影片上映后，很多人在网络上质疑我和寺胁研是在日韩国人①，把我们骂了个狗血淋头。不过，影片在韩国上映时，被很多观众称赞，"你们真勇敢"。

日军在中国实施的奸淫掳掠等种种暴行和三光政策不过是在执行天皇陛下下达的命令，这是我在这部作品中的主要诉求。

晏妮：说到这儿，我想起了荒井先生前些年出版的关于剧作家笠原和夫②先生的著作——《昭和之剧：电影编剧——笠原和夫》③（2002年）。关于战争观，我觉得您肯定受笠原先生的影响特

① 在日韩国人，指居住在日本的韩国人。1910年至1945年的35年间，日本曾对朝鲜半岛进行殖民统治。在此期间，大批来自朝鲜半岛的民众为了生计移居日本。"二战"时，日本政府为了缓解因战争而导致的劳动力不足问题，从朝鲜半岛大量募集劳动力来到日本，使得在日朝鲜半岛人剧增。在这个过程中出现了强制征用半岛劳工的问题。"二战"结束后，大量的在日朝鲜半岛人回到了祖国的怀抱，但也有部分选择留在了日本。这当中没有加入日本国籍的那部分人及其后代，取得了"特别永住"的权利，得以长期在日本生活。截至2016年底，居住在日本的韩国人超过45万人，其中有30多万人为特别永住者；而居住在日本的朝鲜人则超过3.2万人，其中有近3.2万人为特别永住者。在日韩朝人中的特别永住者的人数占日本的特别永住者总人数的98.8%。在日韩国人／朝鲜人问题是日本现代社会所面临的主要问题之一，也是日本的影视作品中经常会出现的主题。

② 笠原和夫，1927—2002。日本最具代表性的编剧之一。由其创作的多部黑帮题材作品名留日本电影史，其中由深作欣二执导的《无仁义之战》系列更是影响了一代又一代的电影人。《无仁义之战》（1973年）在日本老牌杂志《电影旬报》于2009年发行的特刊《史上最佳电影遗产200部日本电影篇》中名列第五位。
《无仁义之战》系列之外，主要编剧作品还有《日本侠客传》（1964年）（村尾昭、野上龙雄联合编剧）、《赌一把总头目之位》（1968年）、《日本暗杀秘录》（1969年）、《县警对暴力组织》（1975年）、《黑社会的墓场：腐朽之花》（1976年）、《二百三高地》（1980年）、《大日本帝国》（1982年）等。

③ 《昭和之剧：电影编剧——笠原和夫》，出版于2002年的书籍。根据荒井晴彦、评论家絓秀实对笠原和夫进行的绵密而信息量巨大的访谈录整理成书，全书长达605页，是研究笠原和夫以及日本电影的鸿篇巨制。

别大，因为您和他的观点比较一致。

荒井：也有些不一样的地方。最大的不同在于：笠原先生认为，日本人虽说在战争中对他国实施了种种暴行，但他国也用同样的手段来回击了日本。战争本来就是如此。非要比交战双方谁杀得多的话，那也没办法；但被杀的日本人也不在少数。比方说，日本的军舰沉没后，日军游到了某个岛上，结果全被岛上的人给杀死了。笠原先生认为：战争本就如此，不是你死就是我亡，所以没必要向他国道歉。我和笠原先生的观点不大一样，我认为绝不能忘记是谁发动了战争。

麦克阿瑟高估了日本人

李向：剧中的那位作家对女人说过类似"战争结束后，你会生个杂种，日本会变样"的话。

荒井：这是原著里的内容。"日本会变成杂种之国。"

李向：这句话的意思是日本将会脱胎换骨，成为一个新的国家，对吗？

荒井：是的。

李向：但是最后，女人怀上的是日本人的孩子，不是"杂种（混血儿）"，也就是说到头来，日本还是老样子，没能脱胎换骨，您是想表达这个意思吗？

荒井：对。

李向：因为没有追究昭和天皇的战争责任，天皇没有受到审判，所以日本没能脱胎换骨吗？

荒井：不大准确。究其原因，是因为日本人没想过要自发地去追究天皇的战争责任问题，导致天皇的战争责任问题一直是模棱两可的。对多数日本人来说，战争的责任问题随着东条英机等7名甲级战犯被执行死刑就已经得到了清算，和自己没有任何的干系。但是，德国和意大利的战犯都是由自国民众去审判的；而日本的战犯却不是由日本民众去审判的。希特勒自杀了，墨索里尼在被游击队枪决后，尸体被倒吊在广场上示众；但日本民众没有去进行清算，使天皇制得以存续。

麦克阿瑟 ① 太高估了日本人，他以为，如果严惩了天皇，后果会不堪设想。因为他见识过神风特攻队的疯狂，所以他担心在占领日本的节骨眼上处置了天皇，日本人会拼命抵抗。没曾想到，这个国家既没有诞生抵抗美军的游击队，也没有出现打击美军的游击战。向天皇行跪礼的日本人，改为对麦克阿瑟俯首称臣。所以那时候，即便麦克阿瑟真的处置了天皇，也不会有什么严重的后果。顶多会有一些人为天皇殉死，不会有人去组织起义。他太高估日本了。

关于电影剧作《再见歌舞伎町》

原创电影是个伪命题

李向：您这部剧本也是原创的呢。

荒井：我并不认为因为剧本不是改编自别的原著，就能说它是原创剧本。虽说没有原著，但电影已有一百多年的历史，能拍

① 麦克阿瑟，道格拉斯·麦克阿瑟，1880—1964。美国著名军事家。第二次世界大战时历任美国远东军司令，西南太平洋战区盟军司令。"二战"结束后，出任联合国军总司令，至卸任的1951年4月11日为止，一直是对日本实行占领和管制的最高领导人。

的早就被拍过了，已经不存在什么原创了。我们这部电影的灵感可以说是来自电影《大饭店》[①]：在有限的时间和空间内，让各路人马粉墨登场。

晏妮：这也是群像电影常用的一种模式。您这部作品很有意思。

李向：这部作品是您和中野太[②]先生一同创作的，您能简单地介绍一下创作的过程吗？

荒井：中野太先写，然后我来修改。

有一天，一位不大"靠得住"的制片人找到我，说他认识一个韩国的女演员，对裸戏应该没什么抵触，如果她肯脱的话，他就把她送回韩国做个全身整容手术后再过来。他胡诌完后，问我有没有适合她的作品。我告诉他，有。在此之前，有位叫山谷哲夫[③]的纪录片导演写了一本关于情人旅馆幕后故事的报告文学，名为《歌舞伎町情人旅馆深夜清扫工见闻录》。我觉得这本书的标题很有意思。我想如果将故事的发生地设定为情人旅馆的话，那么

① 《大饭店》，根据奥地利作家维吉·鲍姆发表于1929年的小说《饭店里的人们》改编的美国电影，由爱德芒德·古尔丁执导，葛丽·泰嘉宝、约翰·巴里摩尔、琼·克劳馥等群星主演，于1932年公映。故事发生在柏林的一家豪华的大饭店，讲述了5位酒店客人在一天中的离奇遭遇。影片取得了巨大的成功，获得了第2届奥斯卡学院奖最佳影片奖。像影片中那样，在某一个场所让各种人物登场，展开故事的电影类型被称为"大饭店模式"。

② 中野太，生于1968年。日本电影编剧、师从荒井晴彦。同荒井晴彦一起创作了本作品和《战争和一个女人》（2013年）。其他编剧作品有《忘不了魔法少女》（2011年）、《梦中情人》（2015年）、《犬婿》（2017年）等。

③ 山谷哲夫，生于1947年。日本的纪录片导演、作家。大学期间，他就推出了处女作《活着：冲绳渡嘉敷岛集体自杀25年之后……》。其他导演作品有《都市》（1974年）、《冲绳的朝鲜婆婆：从军慰安妇的证言》（1979年）等。著有《冲绳的朝鲜婆婆：大日本卖春史》（1979年）、《慰安妇》物语：讲述事实真相的照片》（2013年）。荒井晴彦在创作本作品时，曾参考过其于2010年发表的报告文学作品《歌舞伎町情人旅馆深夜清扫工见闻录》。

我们就只能拍成群像电影了。我告诉那位制片人，我们可以拍一部关于旅馆的客人和工作人员的电影。他问答：那这里面有适合我这位韩国女演员的角色吗？我回道：让她来演上门服务的小姐怎么样，这个角色在我们这部戏中发挥空间很大。定下韩国女演员的角色后，我们开始考虑该把客人设置成什么样的角色。

晏妮：我觉得她演得最好。

荒井：李恩宇[1] 演得很棒，非常专业。

晏妮：她不是职业演员吗？

荒井：她是。她还出演过金基德[2] 执导的《莫比乌斯》（2013年）和《网》（2017年）。在我们这部作品中，她的戏份最多，演技又好，说脱就脱，让我不由得感叹：韩国的女演员真是太专业了。

晏妮：那两个警察——女警官和她上司的那段戏颇具喜剧色彩呢。

在作品中加入社会问题

荒井：上门服务的小姐的角色是韩国人，所以我加入了日本

---

① 李恩宇，生于1980年。韩国女演员。在本片中出演主要角色。其他作品有《莫比乌斯》（2013年）和《网》（2017年）等。

② 金基德，生于1960年。韩国最具代表性的导演之一，编剧。导演处女作是1996年的《鳄鱼藏尸日记》。由其执导的影片多次入围国际电影节。2004年，分别凭借电影《撒玛利亚女孩》和《空房间》获得第54届柏林国际电影界银熊奖最佳导演奖和第61届威尼斯国际电影界银狮子奖最佳导演奖；2012年，凭借电影《圣殇》获得第69届威尼斯国际电影界最佳影片奖。其他主要作品有：《漂流欲室》（1999年）、《坏小子》（2001年）、《春夏秋冬又一春》（2003年）、《莫比乌斯》（2013年）、《网》（2017年）等。

对在日韩国人的"仇恨言论①"。

晏妮：这让我想到了《青春残酷物语》②。

荒井：当时正好是"仇恨言论"问题闹得沸沸扬扬的时候。只要逮着机会，我就会在作品里加入这些反映社会问题的元素。

李向：这部作品中众多的角色，您是怎样去考虑和安排的呢？

荒井：主要考虑的是角色的多样化。我在作品里糅入了"仇恨言论"；然后，因为当时东日本大震灾才发生不久，所以我把主角设置为地震灾区出身。

晏妮：对荒井先生来说，这类作品是不是比较易于创作呢？

荒井：是比较好写，因为是有模式可以遵循的。作品中的每一对情侣登场后，要在大概三场戏之内把他们的来龙去脉讲清楚。

李向：主人公的妹妹是 AV 女优的那段是源自您的构思吗？

荒井：那段是广木隆一的主意。有一本书就是关于这样一个女孩：她来自地震灾区，后来成了 AV 女优。广木执导的新片《她的人生没有错》③（2017 年）讲述的就是这样一个故事。

从经典中汲取养分

李向：您是在什么阶段决定将作品设置为一天之内发生的故

---

① 仇恨言论，指针对个人或是群体的性别，种族，性取向，宗教，残疾等特性而进行的言语攻击、威胁和侮辱。近年来，煽动民众仇恨在日韩国／朝鲜人的言论在日本屡禁不止，已成为备受关注的日本的社会问题。为了消除仇恨言论，日本已于 2016 年立法通过并实施《仇恨言论解除法》。

② 《青春残酷物语》，由大岛渚自编自导，于 1960 年公映。该片是"松竹新浪潮"的开山之作，名留日本影史。讲述了一对男女大学生迷茫的青春和沉重而压抑的爱情故事。

③ 《她的人生没有错》，改编自导演广木隆一发表于 2015 年的同名小说，由加藤正人编剧，广木隆一执导，于 2017 年在日本公映。讲述了来自东北大地震重灾区福岛县的女主人公，一边在市政府工作，一边利用周末时间去东京卖淫的故事。

事的呢？

荒井：这个在一开始就决定了。

李向：这样的构思是源自何处呢？

荒井：我的早期作品中有一部叫《酒吧日记》①，我原本计划把它设置为发生于一个晚上之内的故事，但最终未能成功。不过，我在创作时总会考虑能不能让故事发生在一夜或是一天之内。

晏妮：看来，您是大量地汲取了好莱坞电影的养分。

荒井：对，对。

晏妮：您大概是这么考虑的：我们这部作品适合按照这种类型去写。

荒井：先确定作品的形式。因为我就是看着这类电影长大的啊。新好莱坞电影里有部叫《相逢何必曾相识》②的影片，影片的故事很简单：一对彼此不知道姓名的男女相识，缠绵过后，男人问女人叫什么，女人说："我叫玛丽，你呢？"男人答道："约翰。"看完后，我心想：什么呀，原来是太郎和花子的故事啊（太郎和花子曾是日本最常见的男女名字）。彼此不知道姓名的男女相遇，在离别之际询问彼此姓名，用这个情节作为故事主线的话，可以拍出好多电影呢。在我的这部作品中也有类似的情节：一对互不相识的男女在发生性关系后，告诉彼此自己的名字。像这样，我不断地从经典中汲取养分。

---

① 《酒吧日记》，改编自报告文学作家和田平介的同名处女作，由荒井晴彦编剧，根岸吉太郎执导，于1982年公映。以致力于实现销售额第一为目标的某酒吧为舞台，描写了为实现销售目标而奋斗的陪酒女郎和皮条客们的生活。

② 《相逢何必曾相识》，由约翰莫·蒂默编剧，彼得·叶罗执导，达斯汀·霍夫曼和米娅·法罗主演，于1969年公映的美国电影。故事发生在纽约，描写了一对素不相识的年轻男女在24小时内的情爱。

W 的悲剧

根据夏树静子同名小说改编

编剧：荒井晴彦　泽井信一郎

1．宾馆客房

一片黑暗。

床发出轻微的倾轧声。

两个喘息声越发粗重起来。

男声："……不要紧吧？"

女声："嗯……"

男声："……我说的是不会怀上孩子吧？"

女声："……哦，我看不会。"

男人好像停止了动作。

女声："不会的，您不要停下来。"

床又开始发出倾轧声。

不知是他俩中的谁，深深吐了口气。

片名静静出现。

感觉男人在动。

女声："求您，先不要开灯。"

传来打火机的声音，微弱的火光中，浮现出一个男人的脸庞，他叼着一支香烟。

女人似乎被晃到了眼睛，将脸侧到一旁。

黑暗中，烟头的红光一闪一闪的。

烟头的红光消失了。

取而代之的是红色的片头字幕一闪一闪地出现。

男声："……原来你这是第一次，真没想到。"

女声："……"

男声："为什么要和我睡觉？"

女声："……因为我喜欢您，五代先生。"

男声："你没有其他的人吗？"

女声："是说我喜欢的人吗？"

男声："是的。以前没喜欢过别人吗？"

女声："……没有。"

男声："你多大了？"

女声："刚满20岁。"

男声："你这个年龄的人，应该喜欢过一两个人吧？"

女声："……所以，现在……"

男声："你以前是做什么的？"

女声："……我用自己积攒的零钱，看过剧团来乡下的演出。当时我就想，行不行先不管，我也可以试试看。我不知道怎么演，真的我一点也弄不明白。后来我就到书店去，看到有不少关于表演的书，我就买了一本《演员自我修养》。"

男声："是斯坦尼斯拉夫斯基的么？"

女声："不清楚。不过我现在还记得，那是一本挺厚的书。"

男声："关于演员的自我修养……"

女声："就是体验吧？说的就是让普通的生活充实起来吧？"

男声："噢？！"

女声："我认为，他说的就是一个人的成长，要包含得很广泛……"

男声："所以你就和我……"

女声："不……因为我喜欢你。"

男人站起身来。

男人欲打开客房的灯。

女声："啊，先别开灯。"

传来开关的声音，房间里顿时亮起来。女人（三田静香，20岁）赶忙披上床单。

2．路上

三田静香蹦蹦跳跳地走来。

静香："喂，我变样了吧？"

她在对着电线杆问。

一只小猫在望着她。

静香："喂，我变样了吧？"

小猫跑走。

3．公园里

静香走来。

这里有一座露天剧场。

突然站住的静香。

她慢慢走上舞台。

静香对着空荡荡的观众席环顾一番。

静香："……只要能当上女作家或者女演员，只要能得到这样的幸福，哪怕周围的人讨厌我，哪怕贫困、失败，我都可以忍受。就是住在阁楼里啃着黑面包又算得了什么，即便别人对我不满，即便人认为我不成熟，我也在所不惜。我要的是出名……要的是真正的名声……像暴风雨般的掌声。……（两手捂脸）呀，头都晕了……啊！"

突然传来掌声。

静香抬头看，原来是个年轻人在鼓掌，他叫森口昭夫。

昭夫："你是演员么？"

静香："不，是学员。"

昭夫："每天早起都到这儿来练功么？"

静香："那怎么样？"

昭夫："……我还想来为你鼓掌。"

静香："别开玩笑了！"

静香走下舞台。

昭夫望着消失在晨雾中的静香的背影。

4.公寓

静香走上铁制的室外楼梯。

5.公寓·静香的房间

静香走进房间，马上将一杯水一饮而尽。

她深深吐了一口气。

静香对着镜子照自己。

静香："……"

她擦拭着湿润的嘴唇。

还在照着镜子。

静香站起身来，猛然拉开窗帘，深深地吸了一口新鲜空气。

她扑通倒在床上，望着天花板。

她爬起来，盘腿坐着。

静香："（用弘前口音说）怎么回事？你要和那个人结婚？"

静香装扮着对方说道。

静香："（稍带口音）根本就没想过和他结婚。"

静香回到了母亲的角色上。

静香："（弘前口音）那你怎么喜欢上了他呢？"

静香回到了自己的角色。

静香："就是喜欢他呗。"

静香朝着母亲身旁走去。

静香："（带着地方口音低声说道）能让我见父亲一面吗？"

静香好似面对面地坐下。

静香："没那必要。"

静香又转换成父亲的角色。

静香："混蛋！"

殴打。

静香横倒在地上，捂住脸。

静香："……我喜欢那个人。不过，我最喜欢的还是演戏啊。"

片刻后，静香突然站起身来。

水池里堆放着用过的餐具。

她拧开水龙头，清洗餐具。

静香打了一个大哈欠。

6.剧团·排练场

学员们正在上舞蹈课。

教师："注意脚尖绷直……对，注意！"静香和宫下君子、菊地熏、小川明子等。

几名学员将腿使劲伸直。

教师："1、2、3、4、5！"

7.剧团·大门外

一辆高级轿车驶来，停在门前。

一位戴着墨镜的女人（羽鸟翔）和一位男子（五代淳）从车上下来。

8．剧团·大厅

导演助理森安正在往通告栏上张贴通知。通知上写着："由夏树静子小说改编的剧目《W的悲剧》中的角色和辻摩子，将通过剧团内部考核，从学员中选拔。"

学员们蜂拥过来看通知。

森安："愿意参加考核的，请到办公室来领复印好的台词。"

森安正要离去，与人点头打招呼。

羽鸟翔和五代走进来。

静香将君子搭在脖子上的毛巾一把夺过来。

君子："你干什么呀？"

静香："我出汗了。"

静香将毛巾卷到腰上。

羽鸟翔和五代走向坐在沙发里的剧团团员，他们是木内嘉一、岑田秀夫、小谷光枝。

木内："啊，翔小姐回来了。"

翔："（轻轻点了点头）"

岑田："啊，何时到的？"

翔："昨天。"

小谷："怎么样？'百老汇'……"

翔："变样喽！多亏发现了一家能让我吃上一顿好肉的餐馆。"

岑田："五代，达斯汀·霍夫曼的《推销员之死》怎么样？"

翔："不知道啊，我又没有去。"

木内："哎，五代君，你不是一起去的么？"

小谷："羽鸟小姐，那边现在是一个什么倾向？"

翔："现在已经到伦敦了。"

木内："那么，翔小姐，你是一个人去的喽？"

五代："这个人不会是一个人去的吧？"

翔："别阴阳怪气的。"

说罢转身朝办公室走去。

9．酒吧

学员们在饮酒。

男学员 A 朗读完剧本。

男学员 A："这个角色好极了。不过，摩子还是个处女呢。"

他环视一圈女学员。

学员 B："我看，静香演摩子挺合适，是吧？"

静香："……"

菊地薫："哎哟，如果靠本色就能演的话，演员就不用辛苦了。"

学员 C（女）："就是嘛，演戏又不是动真格的。"

学员 D："但是，要有生活才能演得逼真。"

君子："不对，谁说处女不能演了解男人的角色，我认为恰恰相反。因为在认识男人以前，她干了什么谁也看不见。"

学员 B："让婴儿模仿大人是不可能的，可是大人确能模仿小孩。"

菊地薫："这不是模仿，是演技行不行。"

学员 A："看来。阿薫、君子和静香是竞争对手喽？！"

君子："……阿薫才是吧？"

菊地薫："怎么能那么说，还没考核呢！"

女学员小川明子站起身来。

学员 E（女）："明子，你要回去了？"

明子："是的。交多少钱合适？"

学员D："一直不都是一千日元吗？"

学员A："我也该走了。"

学员B："去打工吗？"

学员A："是的。"

明子："要迟到了！（对A说）"

菊地熏："明子也去打工？"

学员A："我是服务员，明子是电子琴弹唱，我们在同一家店里。"

菊地熏："男孩打工也就算了，难道女孩也得去打工吗？"

明子："靠家里寄来的生活费，是不够的。"

君子："对了，明子家里是开澡堂的吧？"

明子："对团里可要保密哦。"

大家点头。

明子与学员A："那么，我们先走了。"

两人走出酒吧。

学员D："那俩家伙，是不是在谈恋爱呀？"

10. 站台

电车咣当咣当驶来停下。

车门打开，既没有上车的乘客，也没有下车的乘客。

电车载着醉倒在座椅上的乘客驶去。

静香和君子站在对面的站台上。

静香："还会有吧，电车？"

君子："要是没了，可怎么办呀？"

静香："啊，好风，真舒服呀！"

静香深深吸了一口刮来的风。

君子："静香，你换妆了？"

静香："没有啊，你是清楚的啊。"

君子："是啊，不过……"

静香："怎么了？"

君子："变得有点女人味了。"

静香："真的？"

显得很高兴。

君子："骗你的！"

静香："你这家伙！（摆出要揍人的架势）"

君子："喂，上次怎么样了？"

静香："什么上次？"

君子："你和五代先生啊。当时，我和阿薰先走了。"

静香："没什么……他就是送了我一下。"

君子："关我什么事啊……"

君子点燃一支香烟。

君子吸了几口便掐灭了。

静香："……"

君子："……我已经怀孕了。"

静香："？！……剧团的人？"

君子："不不（摇晃着脑袋），算是一个白领，是高中时的同学。我们住在了一起，我一直瞒着你。"

静香："他知道了么？"

君子："还不知道……不过我还没有决定该怎么办。"

静香："该怎么办？"

君子："……如果考核通过了，就去打胎。"

静香："……如果落选了，就去做母亲？"

君子："不知道。（使劲摇头）"

静香："你以前说过，结婚，生孩子，做女演员，这是理所当然的。"

君子："我是学员，不是女演员！"

厉声说道。

君子："我能做一个母亲和妻子，但我不知道自己能不能够做一个女演员。"

静香："……你总算酒醒过来了。"

君子："我可不想输给阿薰。你是肯定不会输给她的。"

静香："这等于说我合适演这个角色喽？"

君子："正相反。这可是一个处女的角色，孕妇和处女可不一样，孕妇来演缺乏真实感。"

静香："喂，我真的哪儿都没变吗？"

旋转一圈给君子看。

君子："……没有变化。"

电车驶入站台。

11. 路边的大玻璃窗茶座

坐在窗旁的静香望着外面。

她用吸管捞了一块冰咖啡里的冰块，送进口中。

将冰块嚼碎。

穿着木屐的五代穿过路口的信号灯走过来。

静香将嚼碎的冰块咽下。

五代走进来，环顾店内。

静香站起身来。

五代看到了她。

静香站着等候五代。

五代走过来。

静香："对不起，您在休息还约您出来。"

五代："反正我每天都不坐班。"

静香："可是，您那是在创作角色啊。"

五代："不管怎么努力，刑警不过就是一个刑警而已。（对女侍者说）来瓶啤酒，要两个杯子。"

静香："我不喝。"

五代："主角是阿翔。这出戏就是为她排的。因为那家伙能保证票房。"

静香："……"

五代："找我什么事？"

静香："……我想，您要是能给我看看的话……"

五代："看什么？"

静香："明天就要考核了，我想请您指点一下。"

五代："那种戏你就不要去演了。我都不去演了。和那些大妈们争盒饭的角色有什么好演的？"

静香："……不过，这是个机会，不论演什么角色、演什么戏，我都想能在真正公演时登上舞台。"

五代："你有这个信心？"

静香："所以，我才拜托您……给我指点指点。"

12．情人旅馆

静香奔向正在喝着啤酒的五代。

静香："……我杀了人了。我刺死了爷爷！"

五代："看你这样，还没有杀人呀。"

静香："我再来一遍，拜托了。"

静香走到墙角里蹲下来。

五代："等一下。"

五代站起身来走进浴室。

静香："……？"

五代从浴室出来。

五代："这是一把刀。"

说着将牙刷扔给静香。

静香："谢谢。"

静香紧紧握着牙刷蹲下身来。

五代："好，开始吧。"

拍了一下手。

静香缓缓站起身来，看着墙壁。

静香："（吓了一跳）……"

表演的段落是镜子里映出浑身沾满鲜血的身影。

静香："……我，杀人了……"

静香将目光转向手里握着的牙刷，然后用牙刷在自己的左手腕上唰地割了一下。

静香："……"

五代："不疼吗？无论怎么呆然若失，都要看着血，要变得痛苦起来。"

静香："……（痛得皱眉）"

五代："要咬住嘴唇忍住。"

静香咬住嘴唇。

五代："摩子，茶沏好了。"

静香：“（喊叫）！！”

五代："扭动身子！"

静香："（扭动身体，声嘶力竭喊叫）！！"

静香奔跑起来，看到五代，停下脚步。

五代："摩子，怎么了？摩子？"

静香："……我杀人了，我刺死了爷爷。"

静香呼吸急促。

五代："OK。"

五代站起来。

五代："好，行了。"

五代开始解衬衫的纽扣。

静香："可以了吗？"

五代："我认为可以了。"

五代脱裤子。

静香："……"

静香将目光从赤身裸体的五代身上移开，站在那里不动。

五代上床。

五代："你怎么了？……过来呀。"

静香："……我出了一身的汗，去冲个澡……"

五代："算了，过后冲吧。"

静香："……"

静香走过去熄灭电灯。

因为是白天，还透着微亮。

静香将五代喝剩的啤酒一饮而尽。

静香脱去衣服走过去。

13．公园

在露天剧场的观众席上，昭夫和一个老人在下棋赌钱。

传来蝉鸣声。

昭夫一边叫好，一边仰望天空。

静香走过来。

昭夫："！"

昭夫走了一步棋。

老人："啊！两步了。"

昭夫："（夸张地）妈的，我输了。"

昭夫拿出五百元硬币给老人。

静香走过去。

昭夫站起来。

老人："怎么？不下了？"

昭夫："看来我今天是赢不了了。再见。"

老人："下星期再来啊，年轻人。"

昭夫跑去。

14．公园·桥

静香走去。

昭夫跑过来，放慢速度，欲打招呼。

静香却突然跑起来。

昭夫："？！"

静香停住脚步。

静香："我杀人了，我杀死了爷爷！"

昭夫不由得脸上露出了微笑。

昭夫："这次是什么戏呀？"

静香回过身来。

静香："……"

昭夫："我们又见面了。"

静香拔腿就走，昭夫赶过去与她并行。

昭夫："我叫森口昭夫，今年26岁。"

静香："……"

昭夫："你呢？"

静香："为什么非得告诉你呢？"

昭夫："因为我想知道呀。"

静香："我不想告诉你。"

昭夫："告诉我你也少不了什么，不是吗？何况我都告诉你了。出于礼貌，你也得告诉我吧？"

静香："……三田静香，20岁。"

昭夫："我生于1958年1月26日，水瓶座。学历是新潟县立汤持高中毕业。什么职业都干过，现在从事不动产。目前居住在东京都调布市，玫瑰山庄六号室。老家是新潟县南渔沼郡汤街。国籍，日本。因新干线建设征用土地，我家获得一笔巨款，父母欣喜若狂，姐姐多亏这笔钱嫁了出去，本人独身，正在找媳妇。日工资和月工资相加，本人大概一年收入一百五十万日元，个人爱好是演戏。大概情况如此，明白了？"

静香："我可不是媒婆。"

昭夫："静香的老家是哪儿？"

静香："请不要使用简称，我又不是你的女人！"

昭夫："静香君的出身是哪儿？"

静香："东京呀，看不出来么？"

昭夫："看不出。"

静香："我明天就要参加考核了，现在我满脑子想的都是这个，没有闲工夫陪你聊天。我到家了，你回去吧！"

静香跑去。

静香咚咚地跑上公寓的室外楼梯。

昭夫："我家在杜鹃山站下车，走12分钟……没有洗澡间，房租是三万四千日元，外加两个月房租的礼金，还要押一个月的房租，管理费一千日元。是二楼朝南的房间，阳光充足。"

昭夫喊完。

静香转过身来。

昭夫："你好好参加考核吧！"

静香进入房间。

昭夫仍然抬头望着公寓。

漆黑的窗口亮起了灯光。

昭夫正要离去。

突然，咣当一声，门开了。

昭夫转身望去。

只见静香冲到楼梯上站住。又在念台词。

静香："我杀人了，我刺死了爷爷……"

昭夫把手指放在嘴里打了个口哨，然后鼓起掌来。

静香抬起头来。

静香："（微笑着）再见！"

昭夫："再见！"

静香转身走进房间。

15. 剧团·排练场前的走廊

有的人在念叨台词，有的人一动不动站着，有的人反复练习动作……学员们正在排队等待考核。

君子和明子也在队列中。

从里面传来菊地薰念台词的声音。

菊地薰："突然，我不想活下去了，我下定了要死的决心，一下子拔出了爷爷胸前的水果刀。"

16．剧团·排练场内

导演安部、导演助理森安坐在中央，五代、岑田、安惠、翔等骨干演员作为监考员坐在后排。

菊地薰坐在椅子上说着台词。

菊地薰："我闭上眼睛，在自己的手腕上割了一下。就在这时，听见了妈妈的声音，我想在临死前见妈妈一面，妈妈……"

已经考核完的学员坐在角落里，静香也在其中。

安部一边点着头一边在纸上记下了什么。

静香不安地望着安部和其他监考员的表情。

× × × ×

君子表演的是摩子手握流血手腕的一场戏。

导演助理："摩子，茶沏好了！"

君子声嘶力竭地从室内的一端跑出来。

她突然捂着肚子蹲下身来。

大家都在注视着她，看她接下去怎么表演。

导演助理："怎么了？"

痛苦的脸上渗出了豆大的汗珠。

静香赶快跑上前去。

静香："不要紧吧？"

君子疼痛不已。

静香："对不起，快去叫医生来。"

17．医院·病房

君子躺在床上，正在输液。

静香进来。

君子睁开眼睛。

君子："（看着静香，好像要问什么）"

静香："说小孩没有危险，太好了。"

君子："……"

静香："听说你在舞蹈训练时过于用力，我只能认为你这是想流产。"

君子："……是有些关系。可是没想到偏偏在考核进行的时候……这个小孩的脾气一定很不好……看来他在我的肚子里抓得挺牢，不愿离开啊。"

静香："……"

君子："我要把这孩子生下来，把坏脾气给他好好改过来，我一定要生下来。"

泪水从君子的眼里溢出来。

静香不知说什么才好。

18．剧团·排练场

全剧团的团员、工作人员、学员，大约四五十人在开大会。

日高（制作人）："最后，我讲一下新作品《W 的悲剧》的日程。在大阪的公演将要拉开帷幕。那么请导演安部先生宣布角色的分配。"

安部："在分配角色之前，就这部作品所要表达的内容及剧名，我简单说一下。《W的悲剧》中的'W'，包含两层意思：一个意思是指杀人事件的发生地是和辻家，'和'的读音，第一个字母就是'W'；另一个意思指的是女性，英文'妇女'的第一个字母也是'W'。这是和辻家的悲剧，也是极不幸的日本女性的爱情悲剧。参加演出的各位，请不要按那种推理剧的想法去理解剧情，要避免用过去那种符号式的表演方法，而要注意表现人物的内心思想感情。好，下面宣布角色：和辻制药会长和辻与兵卫，由佐岛重吉扮演；和辻妻阿峰，由安惠千惠子扮演；与兵卫的侄女和辻淑枝，由羽鸟翔扮演；她的第二个丈夫和辻道彦，由岭田秀夫扮演；会长的外甥，也是会长的秘书和辻卓夫，由水原健扮演；与兵卫之弟和辻繁，由木内嘉一扮演；会长的主治医生间崎钟平也是会长的私生子，由城田公二扮演；一条春生，也就是摩子的家庭教师，由小谷光枝扮演；警察中里石京由五代淳扮演；淑枝的女儿和辻摩子，经考核决定（稍停顿）……由菊地薰扮演。"

学员们鼓掌。但是，当发现剧团的正式团员们没有表示时，掌声很快也落了下来。

菊地薰："（站起来）我真没想到是我，我一定努力演好！"

安部："年轻的女用人，由三田静香扮演，同时兼任提词和后台值班。"

静香："是！（起立，向大家鞠躬）"

安部："公布完毕。"

19. 行驶的电车·内

静香倚靠在车门处。

车门的玻璃上映出她的脸庞。

静香："失礼了，失礼了，失礼了，失礼了，失礼了！"

在口中默念着，逐渐变成了喃喃自语，最后不由得喊出声来。

乘客们不知发生了什么，将目光投向了静香。

20．公寓

静香回来，爬了一半楼梯，突然抬头朝上望去。

捧着花束的昭夫正坐在那里。

昭夫："你回来了。"

静香："……"

静香没有理睬昭夫，试图从昭夫身旁通过。

昭夫："这个给你。"

昭夫把鲜花举到静香面前。

静香："这是什么意思？"

昭夫："我想你一定考核通过了，我来祝贺明星的诞生。"

静香夺过鲜花，对着昭夫的胸前猛打。

静香："请你少干这种耻笑我的事，你知道么？我落选了，你为什么会认为我当选了呢？关于演戏的事你一点也不懂，这都是你自己瞎猜的。你这样不遭人嫌吗？还什么兴趣爱好是戏剧呢。戏剧的世界不像你想象的那么美好！"

鲜花的花瓣落了满地，只剩下了枝叶。

昭夫："……（默默不语，任凭静香打自己）"

静香："好不容易得到的角色却是一个女用人，大幕拉开后只说了一句'失礼了'便走下了台。穿件这样的衣服就足够了。你知道个什么，你根本就不懂！"

静香发现花束上的鲜花已掉了满地。

静香："……！"

昭夫："要不要送你玫瑰呢？我刚才还在为这个烦恼呢。不过，没送你玫瑰是正确的。"

静香："……对不起！"

昭夫："咱们去喝点什么吧？"

静香："……"

昭夫从楼梯上走下去。

昭夫转过身来。

昭夫："走吧，一醉方休！"

静香走下楼梯。

21．小酒馆

静香和昭夫都已醉了。

静香："像我这样的人还想成为演员，这基本上就没有可能。"

昭夫："胡说什么呀，演员是想当就可以当的呀。"

静香："我在进入剧团以前，从来没在别人面前大声讲过话。上小学时，老师点我的名，我回答的声音小得谁都听不见。……你别老看着我。"

昭夫："可是，你还是想当演员啊！？"

静香："对不起，我，是演员。（灌了一口酒）失礼了，失礼了，失礼了……"

变换不同语气说着。

昭夫："常言道，乞丐和演员，只要干上三天就停不下来了。"

静香："……"

昭夫："况且如今已不再是长得漂亮长得帅就能当明星的时代了。不管什么样的丑男，不管长得多丑，只要有个性就能当演员。"

静香："我是丑女？"

昭夫："你很可爱呀。"

静香："我没问你这个，问你我是不是丑女？"

昭夫："你算不上美人。"

静香："这用不着你说，我自己知道，我房间里就有镜子。"

昭夫："但是有魅力，所以我喜欢你。"

静香："那么，你说我是不是很有个性呢？"

昭夫："看起来，你就是个普通的女孩子，所以我喜欢你呀。我感到很惊奇，你竟然想当演员。"

静香："你说我不应该当演员？"

昭夫："我可没那么说过吧！你不要胡搅蛮缠。"

静香："我既不是美女，又没有个性，那我究竟算什么呢？"

昭夫："不是有一种演技派么？"

静香："你对考核落选的人常常都是这么说的吗？啊，该怎么办呀？喂，昭夫，你给我想想办法！"

静香伏在桌子上。

昭夫："……我跟你说，我有一个朋友也是个演员。我听他说过，他有一个最好的朋友，这人也是他的竞争对手。有一天，他的这个朋友出了摩托车事故……你在听吗？"

静香："……嗯。"

昭夫："他们都是小剧团的演员。不过，那家伙因摩托车事故负伤住院时，正是开始受到人们瞩目的时候。电视、电影，都来找他演出，所以我的朋友对他既嫉妒又羡慕。"

昭夫抿了一口酒。

昭夫："人们去医院探视那家伙，给他送去的鲜花都把他围住了。他恢复得好像很快。我朋友也去看望那家伙，他对我朋友说，'你不是带了手提包么？把这些东西都带走。'然后将人们探视送的罐头和水果塞满了一提包。那家伙还让我朋友下次去带一个更大的提包。所以，我朋友心想这家伙要是一直在医院住下去该多好，这样一来，自己每天晚上都可以面包抹着黄油，就着粗茶吃上一顿了，并且在电视和电影里再也看不到他的身影了。……很没趣吧，这个故事？"

静香："接着说下去嘛！"

昭夫："……那家伙求我朋友，说对不起，公寓灶台下的铁桶里放着要洗的东西，你把内裤扔掉，把衬衣送到洗衣店里去洗吧。我朋友心想花钱去洗衣服太浪费了，于是拿到投币的自助洗衣店里去洗的……甚至一旦有事的时候，那家伙的病危通知都是下到我那位在新宿桑拿浴室打工的朋友那里的。"

静香："……"

昭夫："那家伙的父母和剧团的人都在医院里……那家伙的鼻子上插了管子，看样子很痛苦……病床旁放着一张便笺纸，上面写着几个七扭八歪的字，像是蚯蚓爬行一样，有气无力的……我那朋友叫山田，便笺上写的是，'我跟山田借了洗衣服的钱'。这好像是那家伙昏迷之前写的。过了几个小时，那家伙就死了。"

静香："……"

昭夫："……我的朋友跑到医院外面，大声喊着'混蛋！''混蛋！'……等他再回到病房看时，他那竞争伙伴的床已没有了……突然泪水涌了出来。这时他感到在自己的身体中还有另外一个自己……他的拳头握得并不漂亮，他哭得很悲痛，但是再注入一点失去竞争对手的心情会更好一些吧……尽管他的哭有真诚的成分，但他的另一个自我却在笑着注视这一切……在大家都很悲痛的时候，我的朋友哭得总好像有点假似的。"

静香："……我懂了，我感觉到了，若是我也会那样做的……"

昭夫："……从那以后，另外一个自己总会出现，不论是洗澡还是吃饭的时候，或者是在拥抱女人的时候，当然也包括演戏的时候……他忘掉了一切，彻底忘掉了自己是沉溺在感情之中……"

静香："……"

昭夫："你猜他怎么样了？"

静香："……"

昭夫："他不当演员了。"

静香："……！"

22．公寓"玫瑰山庄"的外边

昭夫搀扶着步履蹒跚的静香走来。

昭夫："嘿，到了！"

静香："（看着公寓）就是这里？"

昭夫："是呀，我不是说过可以到我这儿来么？"

静香："什么时候起了这么一个外国名字？"

昭夫："是玫瑰山庄。"

静香："我还以为是公馆呢！……是玫瑰山庄啊。（笑）"

说着环视了一下公寓。

昭夫："有什么办法呢？又不是我给它取的名字。"

昭夫插进钥匙，打开房门。

23．公寓"玫瑰山庄"·昭夫的房间内

被褥一直铺在那里。

静香站在那里一动不动。

昭夫："喝点什么？要茶还是要酒？"

昭夫一边收拾着摊了一地的杂志和盛放着烟灰的泡面纸杯，一边问道。

静香："……我要睡了。"

静香钻进被窝里。

昭夫："……把我的衬衣穿上当睡衣好了？"

静香："好的。"

静香伸手拉了一下垂在头上的灯绳。

静香："挺方便啊！"

屋内暗了下来。

静香在被窝里蠕动。

昭夫："……"

静香的衣服依次从被窝里扔出来……胸罩落在了昭夫的脚旁。

昭夫："……（吞了一口唾液）"

静香背对着。

昭夫拉了一下灯绳。

屋里亮了。

静香伸出手寻找灯绳。

总算抓住了摇晃的灯绳。

拉了一下。

室内暗了。

昭夫："（有些生气了）行了吧？"

静香："……"

昭夫又拉灯绳。

室内亮了。

静香拉灯绳。

室内暗了。

昭夫："你已经醉了，酒醒以后就要后悔了。"

静香："……"

昭夫又拉了灯绳。

室内亮了。

静香再拉灯绳。

室内暗了。

昭夫："就因为落选就自暴自弃了？不加选择，跟谁都行么？"

昭夫蹲下，抓住灯绳。

昭夫："明天一早你该纳闷了：这是哪儿？你是谁？我可不高兴那样子。"

昭夫再拉灯绳。

静香："混蛋！"

静香突然坐起身来又拉灯绳。

大概是两人都抓住了灯绳，电灯不停地一亮一灭。

静香扑向昭夫，把头埋在他胸前。

昭夫："（用手轻轻搂住静香赤裸的后背）……这怎么可以呢？……我已经搞不懂了……"

灯绳不停地被拽拉。

室内暗了下来。

昭夫捧起静香的脸，他们接吻了。

两人缓缓倒在了被褥上。

　　×　　×　　×　　×

早晨。

静香在雨声中醒来。

静香："……"

静香的衣服叠得整整齐齐摆在了枕旁。

最上面是胸罩和内裤。

不见昭夫的身影。

静香裹着被子爬起来。

传来冲水的声音。

静香急忙抓起衣服盖上被子。

昭夫从厕所里出来。

昭夫："早上好。"

静香躲在被窝里穿衣服。

昭夫："静香。"

静香："干什么？"

昭夫："我就是想叫叫你。"

昭夫叼起烟卷吸起来。

静香从被窝里出来，吐了一口气。

昭夫："你昨天喝醉了，不要紧吧？"

静香："头有点疼。"

昭夫："喝茶还是喝咖啡？"

静香："我该走了。"

昭夫："喝点咖啡提提神。"

静香："我得去排练了。"

昭夫："昨天我已经替你请假了。"

静香："……"

静香站起身来。

昭夫："……我们结婚吧。"

静香："为什么？"

昭夫："什么为什么？……喜欢你呗……还有……"

静香："因为我和你睡觉了？"

昭夫："……"

静香："因为睡了一次觉，就得结婚吗？"

昭夫："我可不是为了玩玩才睡的觉。你是……"

静香："……我这不是第一次，你知道么？我有喜欢的人。"

昭夫："那么，为什么和我……"

静香："……因为我想这样。"

昭夫："……"

静香："好。我走了，谢谢你留我住宿。"

静香穿上鞋子。

昭夫："那我们何时再见面？"

静香："要是再提结婚，我们就不要再见面了。"

昭夫："……"

静香："告辞了。"

说着转动门把手。

昭夫："把那把雨伞拿去，外面下着雨呢！"

静香："不必了，我又没时间来还你。"

昭夫："放在你那好了。"

静香："……"

静香顺手把门带上。

24．公寓外

静香瞥了一眼雨。

消失在雨中。

拼命奔跑。

25．剧团・排练场

演员们围坐在桌旁读剧本。

安部的面前摆放着和辻家山庄的布景模型。

森安："（读剧本中的说明部分）二楼是会长的卧室，中央是宽敞的楼梯，上方是壁炉。道彦、繁、间崎、卓夫、阿峰坐在沙发里喝着红茶和牛奶。淑枝和女用人站在大厅门口。"

淑枝（翔扮演）："辛苦了，过完新年再到东京去吧！"

女用人："好的，我走了。"

年轻的女用人（静香扮演）："失礼了，我走了。"

森安："一条春生，从楼梯上下来。"

淑枝："先生，请到这边来坐呀！"

道彦（嶺田扮演）："摩子的毕业论文怎么样了？"

春生（小谷扮演）："她写的是论述英国女作家弗吉尼亚・沃尔芙的《达洛维夫人》的文章，写得相当不错呢！"

间崎（城田扮演）："摩子到哪儿去了？"

淑枝："刚才爷爷叫她到房间里说话去了，我去叫她来。"

森安："淑枝走上楼去。"

淑枝："摩子，来喝茶呀！"

森安："摩子从与兵卫的卧室跑出来，右手拿着沾有鲜血的水果刀，左手的手腕流着血。"

淑枝："摩子，怎么回事？摩子！"

摩子（菊地薫扮演）："我杀人了，我杀死了爷爷……"

26．剧团·大厅

翔拿着粉红色的电话正和对方讲话。

喝了一半的罐装啤酒。

翔："嗯……从 × 日到 × 日……都很忙吧，……你不用勉强……不过，有机会吗？……那么就在 ×× 饭店好了……那么，没指望了……再见。"

放下听筒。

翔饮罐装啤酒。

从排练场里传来讨论台词的声音。

27．剧团·排练场

翔悄悄朝里望去。

是静香和菊地薰。

菊地薰："突然被搂住了，可是摩子喜欢她爷爷么？若是喜欢又为什么……"

静香："别说了，再别说了，我问过别人，爷爷是想要强奸摩子的。她吓了一跳，急忙躲开，这时放在床头柜上的水果刀碰到了她的手。不过，失去理智的爷爷不顾一切扑向她，在扭打的过程中，水果刀刺中了爷爷的胸膛……"

翔鼓掌。

静香和薰看着她。

翔："对台词下的功夫很深啊。这很好，随时都可以做我的替角了。这下子我放心了，从今晚开始，我可以开着空调睡觉了……那么，我先走了。"

静香和薰："您辛苦了！"

翔离去。

静香："……她醉了吧？"

薰："总有一天要超过她。"

静香看着薰。

薰："来，我们继续排练吧。"

28．剧团·排练场

演员们在对台词和走位。

阿峰："不能把摩子交给警察！"

卓夫："间崎先生，作为病死处理不行么？"

间崎："那不合适！不过，办法还是有的。目前最重要的是先让摩子回东京去，就说她回去是取毕业论文的资料，她走后发生了这起案件。"

繁："让摩子回东京后，该怎么报警呢？"

间崎："只有假装成是外面的罪犯所为。盗窃犯进来，会长被杀。"

29．剧团·大门口外

昭夫倚靠在一辆车身上写着中央不动产字样的车旁。

静香从大门里走出来，环顾四周。

昭夫："噢！"

静香："……你要干什么呀。什么时候成了我哥哥了？"

昭夫："对不起。我想要是他们把我当成了你的男人，会给你添麻烦的。未来的女明星有了丑闻可不妙啊。"

静香："你若是不来不就更好了么？"

昭夫："……我是来给你送午饭的。"

昭夫拿出自己特地为静香装的饭盒。

昭夫："……这是×××，可香了。还带茶来了。"

说着从车里取出装茶的暖水瓶。

静香："屋里有茶，不用了。那么，谢谢你了。"

静香拿了两个便当，转身回去。

昭夫："……"

昭夫手拿暖水瓶站在那里。

30.剧团·排练场

排练仍在继续着。

正面设置为舞台，摆放着桌子和沙发，出场人物各就各位。

安部："混蛋！这是一段施计谋的说明，说得清晰易懂就行了。不要抑扬顿挫的，混蛋。"

城田："是。"

安部："好，继续！"

拍了一下手。

阿峰："那么间崎先生，该怎么办呢？"

间崎："尽管不情愿，但我们还是要再次确认一下事实。会长被摩子刺中是在八点三十分左右。我们要说会长是被外面进来的强盗刺死的，时间是在十一点三十分以后，也就是说要把死亡时间往后错开三小时。"

卓夫："具体怎么做呢？"

间崎："就利用这个奶汁烤菜。"

在场的人都注视着他。

间崎："这个奶汁烤菜和汤是湖南亭送外卖的伙计在十一点三十分送来的。如果会长的胃里有这些东西，就等于会长是在十一点三十分食用这些东西后遇害的。"

繁："死去的人怎么能吃进这些东西呢？"

间崎："（从包里取出胃管和注射器）用这个把奶汁烤菜送进胃里。"

繁："这个办法太棒了。乡村警察绝对看不出破绽。太完美了。"

31. 剧团·大门口外

不动产公司的汽车还在那里停着。

昭夫坐在车里喝茶。

排练完毕，人们走出剧团的大门。

静香走出来。

昭夫急忙从车上下来。

静香："（看到了昭夫）"

昭夫走过来。

五代正要上车。

静香跑过去。

昭夫："（？！）"

静香跑到五代车旁。

静香："五代先生，让我搭您的车吧。"

五代："去哪？"

静香："（转过身看看昭夫）到哪都行，拜托了。"

五代打开副驾驶座位一侧的车门。

静香："麻烦您了。"

静香钻进车里。

五代启动汽车。

昭夫跑向自己的车，跳进车里。

32．疾驶的中央不动产公司的汽车

昭夫紧紧跟踪着五代的车子。

33．疾驶中的五代的汽车

五代："他迷上了你。"

静香："……我很为难。"

五代："这不是你自己播下的种子吗？"

静香："……"

五代："有这样的男人，你和他睡了一觉，他就认为你是他的女人了。"

静香："我想尽了办法。我根本就不喜欢他。"

五代："又是一个人的成长与灵活性吗？"

静香："……我还是喜欢与您在一起……"

五代："你还是不明白喜欢是怎么回事啊。"

静香："……"

五代："并不是嘴上说喜欢就行的。"

静香："……甩掉他。"

五代："要逃跑吗？"

静香："……开到那种地方，我想他就会明白了……"

前方亮着一排汽车旅馆的霓虹灯。

五代没有将车子开进汽车旅馆，而是停在了入口旁。

昭夫的车子也紧随其后停下来。

静香："你要干什么？"

五代从车里下来。

34．汽车旅馆·入口

昭夫也从车里下来。

五代："你为什么跟着我？"

昭夫："……你就是五代淳先生吧？"

五代："（点点头）"

昭夫："她说的那个喜欢的人，原来就是你呀……"

五代："她是那么说的，但没有什么意义。为什么要跟过来？"

昭夫："……我不想一个人回去。"

五代："她可说了，让我把你甩掉。"

昭夫："……你是不是已经结婚了？是不是有了老婆孩子？你这不是搞婚外情吗？你这不是玩弄女人吗？戏剧界太肮脏了。"

五代："（笑）"

昭夫："你竟然还在笑，很从容啊。我算什么，就是一个在破不动产公司跑腿的，租住在简陋的公寓里，去两趟土耳其浴室，一个月的工资就没有了，实在让人受不了。而你有着丰富的经验，当然不错了。"

静香从车里出来。

五代："你说的不错，不过我既没有老婆也没孩子！我租住在一室一厅一卫的公寓里。"

昭夫："……你是独身吗？"

五代："（笑）不存在不利条件。存在着岁数与头脑的差别。"

昭夫："要打架？"

昭夫摆开架势。

五代："我没有理由要和你打架。"

昭夫："我想狠狠揍你一顿！"

静香："住手。"

五代："三田君，对不住了。要不你还是跟他一起进这里吧，不然的话我就要挨揍了。你可不喜欢这样吧？"

静香："……！"

五代回到车里。

静香："五代先生……"

五代举了一下手，开车离去。

五代的车越来越远。

静香："你也走吧，离开这儿！"

昭夫："……"

静香："你想坏我和他的事吗？"

昭夫："我想。"

静香："你以为我们的关系破裂了我就会喜欢上你？我会嫌弃你的。何止嫌弃，我会憎恨你的，会起杀心的，这是理所当然的。"

昭夫："坏不坏你们的事无关紧要，对那家伙来说，你只是许多人中的一人而已。难道这你还不明白？"

静香："我明白，可是我愿意，不用你管！"

静香离去。

昭夫："……妈的（嘟哝了一句）"

35．剧团·排练场

排练正在进行中。

和辻家族（阿峰、繁、道彦、淑枝、摩子、卓夫）与间崎钟平、一条春生在场。

警察中里如同与这八位对峙一般坐在对面扶手椅里。

中里（五代扮演）："我认为，杀死与兵卫的罪犯不是外面的人，罪犯就在内部。也就是当天夜里在山庄的人中就有罪犯，这就是结论。"

众人表现不安。

中里："如果事件发生后没有任何人离开这山庄的话，或许可以认为我们的侦查迷失了方向……"

静香："（提词）但是，可巧那天晚上有一个女人离开这里回东京去了……"

五代："真讨厌！台词要有停顿，要有间隔，间隔！看排练的时候你在想什么？！要加深理解！"

静香："对不起。"

36．公寓·静香的房间

静香把需要洗涤的东西塞进纸袋里。

静香换上浴衣。

她将脱下的衣服装入纸袋内。

静香拿着洗澡用品及纸袋。

穿上一双崭新的木屐。

37．投币自助洗衣间

昭夫拎着一个纸袋走进来。

只有一台洗衣机停着没有转动，但上面放着纸袋。

昭夫打开洗衣机盖看了一看。

看到了胸罩和紧身裤。

昭夫："（咋舌）"

这时传来一个声音："对不起，我正在使用。"

正在洗头发的静香走进来。

昭夫："我知道还没洗好……"

昭夫回头。

静香："啊。"

昭夫："哦。"

静香："你看过洗衣机里面了？"

昭夫："我没看啊。"

静香将湿漉漉的衣服藏在后背，装进纸袋里。

静香将洗好的衣物放入干燥机，她意识到昭夫在看着她。

昭夫把衣服放进洗衣机，倒入洗涤剂，然后投入硬币。

静香也向干燥机内投入硬币。

转动的洗衣机和干燥机。

静香在椅子上坐下。

昭夫也坐下。

只有洗衣机和干燥机旋转的回响声。

昭夫不停瞥着静香。

静香瞥了一眼昭夫。

两人的目光相遇了。

昭夫："……这浴衣挺合身啊。"

静香："……"

昭夫："上次的事对不起了。没和那个人闹掰吧？……你们的关系不至于那点事情就闹掰了。"

静香："……今天，五代先生对我发了一通火。他忘词了，我给他提词……。怎么地，我就是想给提词……为了帮助他……可是他说用不着！"

昭夫："……你喜欢他，结果……"

静香："……因为他是第一个和我做爱的人……所以，我试图喜欢上他，心想以这种方式进入恋爱也不错啊……可是，看来，不行了。"

　　昭夫："是因为我吗？"

　　静香："别开玩笑了。"

　　昭夫："……"

　　静香："我，是我主动的，结果……和你的时候也是我主动的……"

　　昭夫："不，是我主动的。"

　　静香："……谢谢你。"

　　昭夫："我说的是真的。我已经有两年没做爱了。"

　　静香："（边笑边说）你这么说太过分了。"

　　昭夫："对不起。"

　　静香："我问你。你说的那个不再演戏了的人，现在他怎么样了？就是上次你给我讲的那个朋友。"

　　昭夫："他已不演戏了。不过，据说他迷恋上了一个演员。"

　　静香："……我也不想演了。"

　　昭夫："女用人的角色怎么办？"

　　静香："换一人演还不容易嘛！"

　　干燥机停了下来。

38．奔驰中的中央不动产公司的汽车

　　昭夫一边握着方向盘一边哼唱着。

　　静香坐在副驾驶的座位上。

　　静香："喂，去哪儿呀？"

　　昭夫："到了你就知道了。"

39. 白色的房子

昭夫停车下来，打开副驾驶座位一侧的车门。

昭夫："尊贵的客人，让您久等了。"

静香下车。

昭夫："不管怎么样，请您到里边看看，你会喜欢的。"

静香："里面有什么东西吗？"

昭夫："就是这栋房子。"

昭夫指了指白色的二层小楼。

昭夫："楼上、楼下分开出租，这房子 ×× 年了，是木质结构，两室一厅，有浴室、厕所。租金六万五千元，价格相当便宜，使人难以相信。我来的时候刚好二楼空着。"

静香："可这房子作什么用呢？"

昭夫："还是进去看看再说吧！"

昭夫走上楼梯。

40. 白房子的楼上·内

昭夫领着静香看厨房、厕所、浴室和起居间。

昭夫："这儿可以放床，当卧室是没问题的。"

静香："知道，不过我租不起，况且我也不想搬家。"

昭夫："目前只付租金就行，剩下的都由我负担。"

静香："什么意思？"

昭夫："我们不能一起住这里么？"

静香："你和我？"

昭夫："我们的卧室可以分开，从这里拉上一个帘子，我保证不到你那边去，就这样决定了吧！"

静香："……"

昭夫："从经济上考虑，两人住比一人住划算，吃饭、电钱、煤气钱……"

静香："可是谁做饭呢？"

昭夫："行，我来做。"

静香："洗衣服呢？"

昭夫："你演戏的时候我来洗，当主夫。"

静香："只在我演戏的时候？"

昭夫："我说的也许你不愿意听，万一你一辈子碰不到好运怎么办？"

静香："……我天天都在想，我就那么没有才能么？"

昭夫："等你出了名还会和我结婚么？"

静香："……还不知何时能出名呢？"

昭夫："所以，在你出名前，我们要在同一个屋檐下生活。"

静香："……若是我成功了，你怎么办？"

昭夫："我不想当你的情夫，那太寒碜了。……我要到后台去给你送一束鲜花，这就说明我们要永别了。"

静香望着窗外。

一望无际的城市。

静香："……这里的夜晚一定很美吧？"

昭夫站到静香身旁。

昭夫："我是认真的，请你考虑一下。"

静香："……你能守住卧室中的那条界线吗？"

昭夫："……那条界线管什么用呢？"

静香："失礼了。"

昭夫："像原来那样喝得酩酊大醉的。"

静香："你真坏。"

静香用脚踹昭夫。

昭夫："在大阪，在一起了？"

静香："你说的是谁？"

昭夫："五代淳。"

静香："他都不理我了……看来已经……"

昭夫："……"

昭夫提心吊胆地用双臂揽住静香的肩膀。

41．大阪的黄昏

42．剧场·外

《W的悲剧》的大广告牌。

43．剧场·内

座无虚席。

舞台上，五代在卖劲地表演。

静香在左边幕后叼着灯光笔，一页一页翻着台本。

中里："各位，（指着胃管）只要存在使用这种东西让已经死去的与兵卫吃下奶汁烤菜的方法，不在现场的证据就不能成立。你们试图伪装成是外面的罪犯所为，这点注定是失败的。"

众人不由得崩溃了，长叹着气。

中里："（大步走到摩子跟前）摩子，与兵卫是你杀的吧？"

摩子："……"

中里："难道你想以牺牲这七位庇护你的人的财产与名誉来逃脱自己的罪行吗？"

淑枝："不能这样……警官先生，你太卑鄙了，逮住一个最弱小的人不放。"

道彦："不是已确认与摩子没有关系了么？"

中里突然抓住摩子的左手，撩起她的袖口，解开手腕上的绷带。

中里："摩子，你告诉我这是昨天在东京的家里冲咖啡的时候烧伤的。但是，这怎么看都是被刃器割伤的。"

淑枝："不对，摩子真的什么也没干，什么也没干……"

淑枝试图从中里手中拉回摩子的手。

摩子："（轻轻发出痛苦的叫声）！"

卓夫和间崎跑过来。

摩子站起来，挣脱中里的手。

摩子："可以了，妈妈，大家，都算了吧！"

淑枝："摩子！"

摩子："是我……是我杀死了爷爷！"

44．翔的化妆间

翔正在卸妆。

静香："我来取服装了。"

静香进来。

翔："出了一身汗，麻烦你拿到洗衣店去洗洗。"

静香："好的。"

静香将衣服叠好。

静香："您辛苦了。"

静香拿着服装走出去。

45．走廊

"辛苦了。"

静香向急匆匆擦肩而过的演员及工作人员打着招呼，朝自己的化妆间走去。

46．化妆间（薰和静香两人共用的房间）

静香开门进来。

静香："您辛……"

薰正在接受新闻记者的采访。

薰："高中一年级的时候，我看了这个剧团的演出，激发了我对戏剧的向往……我心想，坐在观众席里的我总有一天会站在舞台上的。"

薰用双手捂住脸颊。

静香在叠自己的戏服。

记者："很有存在感。"

薰："真的吗？太高兴了。"

记者："进入演员训练班有三年了？"

薰："是的。"

记者："从今以后将会很艰难吧？"

薰："是的……我想不要迷失自我，继续走下去。"

静香正要出门。

薰："喂，能把我的也带去吗？"

静香拿上薰的戏服走出去。

47．舞台旁侧

静香拿着衣服从这里通过。

缀幕拉开的舞台上，亮着一盏长明灯。

静香走到舞台中央，注视着空旷的观众席。

静香将摩子的服装贴在胸前，然后坐到椅子上，摆出胳膊被中里抓住的动作，轻轻叫了一声，站起身来。

静香："行了，妈妈，大家算了吧！……是我……是我杀死了爷爷。"

正巧，这时翔从边幕走过，站下看着正在表演的静香。

静香当场蹲下，又把服装叠起来。

翔："三田小姐！"

静香吓了一跳，回过头来。

静香："嗳。"

静香尴尬地站起来。

翔："（从钱包里取出五千日元）回去时买点吃的吧！"

静香："不用了。"

翔："后台的事总是麻烦你。这是我的一点心意。"

翔把钱递给静香。

静香："谢谢。"

翔走到舞台中央深深吸了一口气。

翔："……你现在做的事，我以前也经常做……"

五代："翔，一块儿去喝点什么吧？"

五代站在边幕处。

翔："我一个人走。"

翔大步流星地离去。

只剩下了静香与五代。

静香："您辛苦了！"

说完快步走向服装室。

48．繁华街

静香溜溜达达走来。

静香："！"

只见五代和薰站在烤章鱼的摊位前。

他俩接过装着烤章鱼的纸袋，朝这边走来。

静香不假思索地拐进小巷里。

49．卖杂烩的店铺

柜台上摆着吃了一半的杂烩。

椅子上放着静香的包。

将听筒放回挂钩的声音。

退回十日元硬币的声音。

静香走回来坐下。

静香："给我来瓶啤酒。"

店老板将开启的啤酒和杯子放到静香面前。

店老板："请问，来大阪做什么呀？"

静香："为演出来的。"

店老板："哦，专门来看戏的，少见啊。"

静香："你看我像是干什么的？"

店老板："看你像是学生。"

静香："……（摇头）"

店老板："白领小姐？"

静香："倒是可以说我是上班族，但我不是白领小姐。"

店老板："那么，是在超市或什么地方上班？"

静香："（摇头）"

店老板："是美容师？"

静香："（摇头）"

店老板："那是干什么的？嗯，是护士？"

静香："我那么土吗？都没有一个正经的职业。"

说罢站起身来。

静香拨动着粉红色电话的号盘。

响起电话的呼叫声。

没人接听。

静香放下听筒。

静香："埋单。"

店老板递过来找赎的零钱。

店老板："你到底是干什么的？请告诉我。"

静香："……演员。"

店老板："演员！！真的吗？你叫什么名字？"

静香："开玩笑，其实就是一个跟班的。"

静香走出店铺。

50．商务旅馆·门厅

静香提着一包烤章鱼走进去。

51．商务旅馆·走廊

静香走到一个房间门口，敲了几下，没人应答。

静香便把一包烤章鱼挂在门把上。

静香走向斜对面自己的房间。

挂着一包烤章鱼的门把转动了一下，门轻轻打开了。

翔探出头来。

静香正在旋转钥匙。

静香推开房门，回头瞥了一眼。

翔正看着这边。

静香："啊，对不起，打扰您休息了。"

翔："（赤脚没穿鞋，穿着睡衣，脸色发青）"

静香："烤章鱼挂在门把上呢，请用吧！"

翔："（点点头）"

静香："那么，您休息吧。"

静香欲进房间。

翔："三田小姐，请来一下。"

用嘶哑的声音说道。

52. 商务旅馆·翔的房间

一个中年男人一动不动地趴在床上。

那双朝向这边的眼睛睁得很大，露出惊恐的表情。

毯子下像是一具裸体。

另一张床上收拾好后就没有动用过。

静香："……！！"

翔试图将男子的双眼合上。

翔："刚才还是合上的……"

男子的眼睛彻底张开了。

翔用毯子盖住男子的脸。

翔："他的心脏不好，本来还注意了的，可是……"

静香："……"

翔："……他一直趴在我的身上……他叫了一声就不动了，我还以为他睡着了……当我注意到时，他的心脏不跳了，呼吸也没了。"

静香："……真的死了么？为什么不赶快叫急救车呢？"

翔："你不认识他么？××百货公司的堂原良造。我就在你那么大的时候，他买我的票。对了，最初带我到'百老汇'去的也是他。在我获得××戏剧节的奖时，他送给我一辆MG高级轿车，我就赶快去考取了驾照。我最初打胎的孩子也是他的，当时我想生下来，我哭着，说宁可不演戏了也要生下那孩子。他请我吃法国蜗牛和鹭肝，可是那时我一点也不觉得好吃。……我喜欢丝织的衬裙，他一次就给我买了三条，那是在我20岁的时候呀……"

静香："……"

翔："帮助我吧！"

静香："（看着翔的脸）"

翔："把衣服给他穿上！"

静香："给他穿上西服干什么？"

翔："因为这是丑闻哪！对他，对我，都是丑闻……不能让他从我的房间里出去。"

静香："……可是，羽鸟先生，你不是很爱他么？既然相爱，丑闻又有什么关系呢？"

翔："他有夫人和孩子。"

静香："那他可以离婚，和您结婚呀！"

翔："我三十岁的时候，他要求和我结婚，可是我拒绝了他。"

静香："为什么？"

翔："……我一心一意要演戏……在舞台上我能扮演许许多多的母亲和妻子呀，有好妻子，也有坏妻子……"

静香："……"

翔："他住在××饭店。"

静香向后退去。

静香："我保证对任何人都不讲。"

翔一下子堵住了门口。

翔："等等！我求你，帮我一把……"

静香："……看来我也帮不上你……把他送到××饭店太离谱了。"

翔："……你等一下，咱们俩想想办法，过来坐下。"

静香硬被拉到沙发边坐下。

桌上摆着白兰地的酒瓶和喝过的玻璃杯。

翔拿来一个玻璃杯，倒上白兰地。

翔："来，喝点吧！"

静香饮酒，呛着了。

翔大口喝着。

翔："……这下毁了。鲜花是可以取代丑闻的呀。"

翔望着桌上摆满的鲜花和水果……

翔："……我如果是个学员的话，也就无所谓了，即便被开除了也没关系……媒体一定会同情我的。因为是一个话剧学员，生活很艰难吧？即使有才能，如果得不到导演的喜欢，也就得不到角色。如果推销不出去许许多多的票，我也就拿不到角色。为了让堂原买票，所以就委身于他了……这样，大家就会责怪他。我如果是你就好了，可是，已经不成了，我出名了……成了明星了。一旦有了毛病，就会身败名裂，多少人都在等着这个机会呢！……啊，我真完了……我才四十岁啊！"

翔抱头痛哭。

静香："……"

翔："（抬起头看着静香）求求你，让他死在你的房间里，行不行？"

静香："我的房间……？！"

翔："你不是想演摩子吗？"

静香："？！"

翔："我可以设法让你演。说定了，相信我吧！……对了，这虽然是丑闻，但可以实现演戏的目的。"

静香："……"

翔："我会一辈子感激你。"

静香："……"

翔："你在考核中落选的事还不清楚么？难道你就甘心演女用人角色？"

静香："……（摇摇头）"

翔："这是个机会呀！"

静香："……"

翔："把他搬过去……然后给服务台打电话……下面就要你演戏了，你扮演的是说假话。"

静香："……不知道我能做到不能？"

翔："能行，你是个演员哪！不是么？"

静香："……演员……"

53．商务旅馆·静香的房间

静香站在窗前。

她望着夜幕中的大阪。

静香："（深深地吸了一口气）"

她缓缓转过身来。

穿好西服的堂原良造的尸体坐在椅子上。

静香："……第一声铃响……第二声铃响……音乐开始……场灯暗下来……幕拉开了……"

静香突然做了一个整理头发的动作。

静香："开始！"

她冲向电话机。

她扑过去抓起话筒。

静香："喂喂，喂喂，快叫救护车来！这里的客人突然倒下了，感到不舒服。拜托了，快点，快点！"

静香大声喊着。

54.大阪××警察署·讯问室

警察隔着桌子在讯问情况。

石原："是不是就是所谓的腹上死？"

静香："警察先生不是也看到了吗？他不是穿着西服吗？他说要回去了，起身时哼了一声。"

石原："衣服是不是你给他穿上的？"

静香："……"

石原："怎么样？能不能老老实实告诉我？"

静香："……怎么说才好呢？"

石原："把他发病前的情况跟我说一下。"

静香："……"

石原："我们不会公布的。"

静香："……我们做爱了……他就这样死了。"

石原："能否再说详细一些？"

静香："……你就问我吧。"

石原：“是在哪里发生的性行为？”

静香：“床上。”

石原：“确定吗？”

静香：“确定。”

石原：“这就奇怪了，床单上一个皱褶也没有。”

静香：“……是在下面，绒毯上……”

石原：“如实说。”

静香：“（点点头）”

石原：“性行为持续了多长时间？”

静香：“……我想是十分钟左右。”

石原：“射精了吗？”

静香：“……射了。”

石原：“堂原先生发病就是在那个时候吧？”

静香：“……他突然哼了一声，身子就变得很沉了……警察先生，您还要讯问我这些事情吗？他是死在我房间里的，这还不够吗？”

石原：“你累了？休息一下？”

静香：“我会怎么样呢？”

石原：“如果查明是自然死亡，在法律上你就不要负任何责任。”

静香：“……”

55．中央不动产公司

昭夫与社长一边看着高中棒球比赛的电视实况转播，一边吃着竹帘荞麦面。

社长：“好，在这里，靠抢分战术得分。”

昭夫："哎，社长，你到底支持哪一边呀？"

社长："我告诉你，我支持强者。"

昭夫："强者？比赛还没有结束呢，你怎么会知道谁是强者呢？"

社长："所以，就是目前领先的一方。"

昭夫："(愕然)不带这样的。我讨厌这样。"

电视画面出现雪花状。

社长："喂。"

昭夫撂下筷子，试图调整好。

昭夫："该换一台电视机了吧？都超过使用年限了。"

昭夫咔嚓咔嚓切换着频道。

某一个频道。

播报员的声音："在到访下榻 ×× 旅馆的 ×× 剧团学员三田静香的……"

昭夫的手停住。

播报员的声音："……房间时，突然感到疼痛，失去知觉。该旅馆的医生接到通报后赶去实施人工呼吸，但为时已晚。堂原良造先生于二时二十七分去世。据悉，死因为急性心力衰竭。"

电视画面上出现堂原良造的遗像。

社长："哦，堂原良造死了？"

昭夫："电视上刚才说的是三田静香吧？"

社长："是吗？在女人的房间里？这就是腹上死嘛。"

昭夫："……"

昭夫在寻找其他频道的新闻节目。

其他频道都在播放广告。

社长："喂，你干什么呢？看棒球，看棒球……"

昭夫调回棒球实况转播。

昭夫呆立在那里一动不动。

56．电话亭

昭夫在拨打电话。

昭夫："……喂喂，请帮转接住在你们那里的客人三田静香。……××剧团的人都住在你们那里吧？……"

十日元的硬币吧嗒一声掉落下去。

昭夫："您说今天开始房间里已没人住了，这是什么意思呢？是说已经退房了吗？……如果没退房的话，她人应该还在你们旅馆里呀？帮我找找，尽快接通。你胡说什么呀，混蛋……"

十日元硬币掉落下去。

57．剧场·观众席

安部、森安、日高、嶺田、安惠、佐岛、五代、木内等正在开干部会，讨论对三田静香的处分。

日高："五代，你的意见如何？现在大家都认为三田静香应立即退出剧团，女用人一角可由上次考核的第三名小川明子上。"

五代："我们又不是电视台，有什么必要向外传播，这又不是什么体面事。"

嶺田："没有必要再议论了，按多数人的意见决定好了。"

安惠："就是嘛！前一阵子考核时闹出了个流产的，最近她又乱搞，尽干这些事！做这些事比演戏还起劲。"

佐岛："开除！"

"我反对！"

翔和静香突然出现在舞台上。

翔："学员就不能有性生活吗？仅仅是碰巧那个人死了，可为什么要剥夺这个孩子演戏的权利呢？！"

众人抬头望着舞台。

翔："我们并不是为了向观众宣传道德才演戏的吧？私生活和舞台又有什么关系呢？都说私生活不干净的人就没有资格上台……那么谁有资格上台呢？"

众人："……"

翔："你们各位难道就有资格吗？"

众人："……"

翔："安惠女士，你为了把剧团维持下去，为了能演自己喜欢的戏……可是，那时你没有钱，要去做临时工就不能排戏，在那种时候，你没有使用女性的本能？"

安惠："……"

翔："我就是这么一路走过来的……我之所以现在能站在这个舞台上，之所以我的化妆间里摆满了鲜花……多亏了那些拥抱过我的男人们。他们有人买我的票，有人给我买高档服装，有人请我喝酒吃饭，也有人替我付公寓的房租……只是没有人死在我的身上……我和这个孩子一样，她就是二十二年前的我。……难道你们不一样？你们不是这样过来的？安惠女士，您难道不也是这样走过了自己的戏剧人生？男人不就是女人的情夫吗？让他们纳贡，然后将他们抛弃掉，再让他们纳贡，再将他们抛弃掉，女人就这样写就了自己的戏剧人生。各位，在你们心里，不，是在你们真正的内心深处，难道不认为这样做正是为了能演戏么？……如果你们不知道该如何演杀人的戏，难道真的有可能去干杀人的勾当吗？……如果你们要辞退这个孩子，那我也退出这个剧团！"

翔说完后走向边幕。

台上剩下静香一个人。

静香："……对不起，给各位添麻烦了。"

静香低头致歉。

众人慢腾腾地离开座位走向后台。

日高："喂！加把劲！今天观众可比昨天多哦！"

58．剧场·舞台

静香坐在边幕内提词。

淑枝从楼梯上跑下来。

道彦："（追过来）怎么了？你上哪儿去？"

淑枝："我去自首。"

道彦："自首？！你说什么？"

淑枝："杀死伯父的……杀死伯父的是我，摩子，摩子……（犹豫，忘词了）"

静香："（提词）替了我的罪……"

淑枝："（还没有想起台词）……"

静香："（提词）顶替了我的罪，在她幼小的内心充满了烦恼。"

淑枝："顶替了我的罪，在她幼小的内心充满了烦恼……"

静香："……犯人……"

淑枝："犯人……应该是我，你把我交给警察吧！"

淑枝向大门走去。

道彦："（阻止）淑枝，你冷静一下。"

淑枝："为了挽救摩子，没有别的办法。……求求你，让我去吧！"

道彦："（仍在阻拦）事到如今，你怎么能这么做呢？"

淑枝："啊——摩子！可怜的摩子！"

淑枝痛哭。

道彦："别担心，摩子是无罪的。"

淑枝："（抬起头）真的么？"

道彦："你想想，摩子是被害者，她是弱者，法院和社会一定会同情她的。"

静香直瞪瞪地看着台上的演出。

59. 后台小门（夜）

在翔的陪伴下，静香出来。

——突然灯亮起来，摄像机转动起来，记者将麦克风伸了过来。

"您是三田静香小姐吧？您与死去的堂原先生是什么关系？"

"是情人关系吧？"

"听说他是死在床上的，是吧？"

"羽鸟女士，作为一名前辈，您对这件事情是怎么看的？"

提问一个接一个砸过来。

翔护住静香，拦住一辆驶过来的出租车，两人钻进车里。

记者们围住出租车，仍在高声喊叫。

出租车驶离。

60. 出租车内（夜）

翔："（留意着后边）会越闹越大，不过没关系。"

静香："……（表情凝固，低头不语）"

翔："只说没关系是没用的，大幕已经拉开了。"

静香："……旅馆里也有人候着。"

翔："（歇斯底里）这种事情，从一开始你就该知道的呀。"

翔气急败坏地掏出香烟点上火。

61. 剧场·舞台

淑枝走上楼梯。

春生："姑姑……"

淑枝转过身来。

春生："摩子其实就是一个替身吧？"

淑枝："……！！"

春生："那天晚上，进到爷爷房间里的人不会就是您吧？"

淑枝："是，一条。"

春生："您把摩子叫到房间里，在尸体前向她坦白了是您杀死了爷爷。摩子看您那么悲伤那么害怕，便下定决心替您顶罪。她装着哭叫起来。没错吧？"

淑枝："……"

春生："摩子考虑到，与其您被逮捕，倒不如自己去顶罪好。如果是摩子干的，即便被警察逮捕，她还会因为年轻有许多酌情量刑的余地，罪行也会轻很多，社会舆论也会同情她。基于这种考虑，你们表演得天衣无缝，骗过了其他所有的人。"

淑枝："住嘴！我求求你了……"

春生："您逃过了一劫，可摩子得到了什么回报呢？！"

静香坐在边幕里。

62. 剧场·后台通道

翔走过来，很生气的样子。

安部与日高："您辛苦了。"

翔："我简直无法忍耐下去了，真不明白她是怎么回事！"

她回头看着从后边跟上来的菊地薰，对安部和日高说道。

63．剧场·翔的化妆间

翔正在卸妆。

薰站在门口垂着头。

安部与日高不知如何是好，坐在翔的后面。

静香在整理翔的戏服。

翔："……她喊妈妈的时候，总是一下子握住我戴戒指的那只手。"

薰："对不起。"

翔："我知道你很努力。你喊着'妈妈、妈妈'摇晃我身子的时候，我感觉自己好像在挨鞭子抽一样。"

薰："对不起，明天我注意。"

日高："她都说明天会注意了，你就消消气吧。"

翔："不是那么一回事，她在演戏时缺乏分寸感。认真是可以的，可是太过分，我受不了。菊地！"

薰："是！"

翔："你为什么每天都要真流眼泪？"

薰："……一想起我那只可爱的小狗死去时的情景，我的眼泪就止不住地流出来。"

翔："那和《W的悲剧》又有什么关系。"

安部："翔小姐，算了吧！"

翔："她流的眼泪再多，也只有前排的观众能看见，最多也就是两三个观众，坐在远处的根本看不见。"

薰："……是（抽泣）。"

翔："不演全身哭泣的戏还不行了。真悲伤的时候，会那样马上哇的一声哭出来吗？不会瞬间呆住吧？"

安部："喂喂，下次再批判导演吧。"

翔："总之，摩子的这个角色不换人演的话，在东京我就不演了。……我没法演。"

安部和日高面面相觑，无可奈何。

薰哭着跑出去。

翔："……"

静香看着叠好的戏服。

64．疾驶的新干线列车

静香感受着越来越近的东京。

65．剧团·排练场

人声嘈杂的记者团。

房门打开，日高、静香、安部依次进来，并排就座。

摄像机转动起来。

日高站起来。

日高："那么——"

"三田小姐，请把头抬起来好么？"

静香抬起头。

顿时灯光闪闪，"咔嚓、咔嚓"的拍照声。

日高："首先，我想谈谈关于《W 的悲剧》的角色更换一事。在大阪公演时扮演和辻摩子的菊地薰得了急病，因此这次在东京的公演，将由三田静香扮演和辻摩子。这都是经过团内考核的，希望各位给予热情的支持。"

记者们哗然。

记者 A："启用有丑闻的女演员是为了吸引观众吧？"

安部："拼命热衷宣传丑闻的不正是你们吗？"

“什么是热衷？”“你们没有反省自己！”“这是我们对社会应负的责任。”

记者Ｂ：“三田小姐身负丑闻，我想知道你们启用她的理由是什么？学员中不是还有其他人可以演么？”

安部：“因为三田君的演技好。作为导演是根据戏的要求来决定角色的。至于她在演戏之外和谁有什么关系，我们是不过问的。”

议论纷纷。

记者Ｃ：“三田小姐，堂原先生是在什么情况下死的？”

静香：“……”

记者Ｃ：“是在做爱过程中吧？”

静香：“……”

记者Ｄ（女）：“三田小姐，你和堂原先生是什么时间、在什么地方认识的？”

静香：“大概是一年以前，我在《周刊杂志》上读到一篇报道，说他是一位对戏剧和文化事业表示理解和感兴趣的经营者。正巧那时我们学员在准备公演。我就壮着胆子去求他买我们的票，就这样认识了。”

记者Ａ：“那就是说，堂原先生是三田小姐的赞助人了？”

静香：“赞助人？”

记者Ａ：“就是每月领取一定的补贴……简明易懂地说，就像是‘情人银行’一样。”

静香：“不对，我没要他的钱，我只是请他买了票，他曾送给我衣服做礼物，还有一块儿吃饭……”

记者Ｂ：“他给过你零用钱吗？”

静香：“……有一两次。”

"这么说不就是赞助人么？"

静香："不对，我是爱堂原先生的。"

一片哗然。

记者C："年龄相差将近四十岁，比父母相差的还多，你会爱上比你大那么多岁的人？"

静香："我确实爱上了他！"

记者D："你想过要和堂原先生结婚么？"

静香："没有。"

记者D："这不奇怪吗？如果你爱他，想和他结婚不是理所当然的吗？"

静香："他有夫人和……"

记者D："那么，你没请求他和夫人离婚么？"

静香："没有。我觉得已经很对不起他的夫人了。况且他的工作那样忙，我又是学员，功课和排练都很紧张，能和他偶然相见，一起待上几个小时，已感到很幸福了。"

记者："这么说你们不是情人了？"

静香："你们认为我和堂原先生的关系，是金钱关系也罢，什么情人也罢，小老婆也罢，我没有办法，也全不在乎，反正我就是爱他。"

鸦雀无声。

静香："……如果吃饭也要AA制，送给我衣服也不要的话……我的业余时间要打工，连散步时间也没有，生活费又不足，他资助一点钱给我，我不收下的话……如果我这样做，你们还能认为这是恋爱么？……"

静香已经哭了起来。

静香："……不过，有一次我们去看电影时，我用自己的钱买了汉堡和果汁……他很高兴……"

静香泣不成声。

闪光灯和拍照的声音。

日高："好了，我看就到这里吧！"

安部扶着静香离开座位。

66．眼镜店

静香在挑选墨镜。

67．公寓·外

戴着墨镜的静香走过来。

静香停下脚步，把墨镜向上推了一推。昭夫坐在楼梯上。

昭夫看到静香后站起身来。

静香扭头就跑。

昭夫跑下楼梯。

68．公园

静香在前面跑。

昭夫在后面追。

昭夫追上静香，抓住她的手腕。

静香："（气喘吁吁）……放开我！……"

昭夫："（喘着粗气）你是怎么回事？"

静香："……弄痛我了，……放开我。"

昭夫："电视我看了，你是怎么搞的？"

静香："……"

昭夫："你跟五代淳和我，就是玩玩么？"

静香："……"

昭夫："你说呀！为什么不说话？"

静香："对不起。"

昭夫："给我道歉就能挽回了么？"

静香："……没什么可说的，我怎么说也不行……"

昭夫："跟我说说到底是什么原因？"

静香："……我不能说。"

昭夫："跟我说到底是什么原因？哪怕你骗骗我也行啊。"

静香："（摇摇头）"

昭夫："是太丢人了吧？"

静香："……是的。不过，我又不是你的……"

昭夫："什么呀？你想说什么都不是吧？你想说你没说过喜欢上我，也没约定要和我一起住吧？"

静香："……"

昭夫："即便与你没有关系，我，我还是喜欢你。不可救药，你竟然和那种有钱的老头子……"

静香："……你是不是嫌弃我了？"

昭夫："混蛋！！"

昭夫打了静香一个耳光。

墨镜掉在了地上。

静香："住手！你不要打我的脸，我是演员哪！……我还要上台演戏呢。"

昭夫又挥起手来，静香护住自己的脸。

昭夫："……"

静香："要打也不要打脸呀，打别的地方。"

昭夫放下手来。

昭夫："……幸亏我已经不是演员了。……可是为什么我又爱上了一个演戏的女人？"

静香："……原来你说的那个朋友，就是你自己呀？"

昭夫捡起掉在地上的墨镜。

昭夫："没摔坏。"

昭夫将墨镜抛给静香。

昭夫："你戴着不合适。"

昭夫转身离去。

大步离去。

静香："……你要来看我演戏啊！一定要来啊！"

昭夫未有回应，消失在黑暗中。

69. 公寓·静香的房间

静香睡着。

敲门声。

静香起来。

看看表。

静香："哪一位？"

气呼呼问道。

"我。"

静香："你是谁？"

"（弘前口音）是我啊。"

静香："妈妈？！"

静香打开房门。

母亲站在门口。

母亲："……"

静香："……"

静香背朝着母亲，拉开窗帘，打开窗户。

母亲："（乡音）你用不着都打开。"

母亲走进来，拉上窗帘。

静香刷牙。

静香："坐卧铺来的？"

母亲："是夜里的车。"

母亲将土特产摆在了桌子上。

苹果、饼干、津轻咸菜……

母亲："（乡音）你爸爸让我把你领回去，说不再给你寄生活费了。"

静香："我不回去。再说了，我回去待在家里就不丢人了？"

母亲："（乡音）……小静，怎么和一个比你爸爸年纪还大的人呢？……你爸爸深受打击，已经辞职不工作了。"

洗漱完后，静香将壶坐在炉灶上，然后坐下来。

静香："哇，饼干，多谢啦。什么也没有的时候，还能垫吧一下。"

母亲："……"

静香："（坐正）让您担惊受怕了，给您添麻烦了，对不起。"

静香低头致歉。

母亲："（乡音）你打算怎么办？"

静香："没打算怎么办。在东京演戏啊。……你们如果要断绝关系，也行啊。"

母亲："（乡音）小静，你变了。"

静香起身沏茶。

静香："我要在大剧场演一个大角色。妈妈，你不为我感到高兴吗？"

母亲一边喝茶，一边叹息。

静香啃起苹果。

静香："我要去排练了。"

静香站起来，脱去睡衣，开始换上外出的服装。

母亲看着她。

静香："你不要用那种怪怪的眼神看人家的裸体。"

母亲："（乡音）小静，好像你到了很远的地方去了……"

静香："你住这儿吧？我排练要很晚才回来，你就随便吃点什么吧。"

母亲："我得回去，我是瞒着你爸爸悄悄来的。"

母亲站起来，清洗茶杯。

母亲："（乡音）放着不清洗，茶垢会越来越难洗掉。用过后要好好清洗，这样就不会有茶垢了……"

静香在穿鞋子。

母亲："（乡音）……反正也嫁不出去，说也白说。"

嘀咕了一句。

静香："……"

母亲一边擦着茶垢一边哭泣。

静香悄悄走出去。

70．剧团·排练场

剧团团员和学员们在看静香排练。

静香拔出水果刀，站起身来，走向镜子。

静香："我，杀人了……"

静香将目光移向水果刀，对着手腕划了一下。

静香凝视着流出来的血。

森安："来喝茶啊。"

静香费力地喊着，冲了出来。

安部："（怒骂声）又一下子冲出来了。不要别人的台词刚说你就开始喊叫，笨蛋！想想自己当时是怎么样的！就是那种啊——的感觉，自己不清楚是怎么回事就给服务台打了电话吧？演戏和实际尽管不同，但是你要以当时的那种心情来演。"

静香："……"

翔冷静地望着。

安部："这是一种少有的体验，你要灵活运用。"

静香："知道了。"

安部："再来一遍！把台词说出来。"

再次开始。

71．剧团·排练场

满脸憔悴的静香坐在地板上。

静香抓起落在地上的水果刀，狠劲将它扎在地板上。

反复数次。

静香气喘吁吁地注视着扎在地板上的水果刀。

排练场的门静静地推开了，管理员探头望了望。

静香拔出水果刀，站起身来。

静香："我……怎么也演不好（方言）……"

静香将水果刀贴在手腕上。

握着水果刀的手开始加力。

使劲顶着。

划了一下。

管理员："不，不要这样！"

管理员奔过来，夺下静香手里的水果刀。

静香："我在排练。我在排练呢！"

静香的手腕上划开了一个小口子，血渗出来。

72．昭夫站在那里不动，抬头望着静香的房间

静香的房间里一片漆黑。

73．酒吧

翔和五代在喝酒。

五代："怎么好久不到我那儿了？"

翔："不能去。"

五代："为什么？"

翔："……我在服丧呢。"

五代："……服丧？"

翔："……"

五代："……为堂原良造？"

翔："……"

五代："他和你不是断了么？堂原不是死在了三田静香的房间里吗？"

翔："……"

五代："他不是把你甩了，换了个年轻的么？从年纪上考虑，男人还是认为年轻的好。"

翔："……"

五代："我不知道堂原心里怎么想的。不过我猜他认为三田比你好，况且他是死在三田身上的，那家伙倒好死。"

翔："我没有被他抛弃。"

五代："那，这是怎么回事呢？"

翔："他，是死在我身上的。"

五代："……"

翔："……看到电视上转播的记者见面会，我感到委屈。……感觉他好像真的被那个女孩子夺走了……如果我还年轻，在那里流泪的该是我呀，面对闪光灯流泪的该是我呀……"

五代："那么……"

翔："把他搬到那个女孩子的房间去以后，我一个人哭了一场……我一边拼命闻着他留在床单上的气味，一边对他说，对不起了，再见了……我痛哭起来。"

五代："……真受不了。原来是这样啊。不过，那孩子就轻易答应了？"

翔："是她自己乐意的，是她自己决定的。"

五代："'拿萝卜给马吃'，还不是你教给她的？"

翔："是她自己吃的。为了能上台，演员是什么都肯干的！没有观众的演员，就是一个比普通人都不如的行尸走肉。"

五代："顺便说一句，你和三田夺走了菊地薰已经站上了的舞台，这不等于杀了她吗？"

翔："有人上来就得有人下去，有浮就有沉，沉下去又浮上来……不过，我是绝对不想沉下去的。如果他的尸体在我房间里，就等同我的脚被石头捆起来，我被抛进了大海里。所以……"

五代："不过……太厉害了。无论是请求的一方，还是答应请求的一方……都不简单呀。"

翔："演员有简单的吗？"

五代："不过……我要是你，我不会搬动尸体。"

翔："你是男人呀。"

五代："我要是那个女孩子，我不会答应的。"

翔："你很了不起。像你这种只会说漂亮话的人，没有资格喜欢一个女演员。"

五代："我讨厌女演员，不过，你，我倒是喜欢。"

翔："很遗憾，我是一个女演员。从头到脚就是一个女演员。"

五代："我承认。不过，那个女孩子……"

翔："她现在很风光啊，感到她现在活过来了。"

五代："……你为什么要把这些告诉我？"

翔："你不是喜欢我嘛。"

五代："……就跟你恨我的程度是一样的。"

翔："别说了。"

五代："……"

翔："走吧。"

翔站起身来。

五代："去哪儿？"

翔："去你房间呀。……我不会让别人把大幕拉上的。"

翔走出去。

五代追出去。

74.公寓·静香的房间

静香摸到什么就吃起来。

静香打开冰箱，里面什么东西都没有。

静香环视厨房。

那里摆放着母亲带来的饼干。

静香吃起来。

好像被美味吸引住了。

75．公园

静香跑过来。

她把吃进的食物吐出来。

吐了再跑，跑了再吐。

76．剧场全景（黄昏）

开演的铃声响起来。

77．观众席

序幕音乐响起，观众席安静下来。

场灯熄灭了。

78．舞台及边幕

舞台监督："（焦急地）羽鸟小姐，该上场了。做好准备！"

楼上的后台，饰演摩子的静香穿着沾着血渍的服装，紧张得几乎在发抖。

翔："就照排练时那样演就行，不要紧，你能演好！"

静香："我害怕，说不定我会破坏了全剧，我演不了。"

翔抓起静香的手，叭叭地打了几下。

翔："为了能有今天，你做了多大的牺牲。"

静香："……"

翔："我第一次上台时，吓得都来了月经。就是这样，我还是演了，沾了一身的血。"

舞台监督："羽鸟小姐，音乐已经完了，不能再等了，幕就要拉开了。"

翔："（摇着静香的双肩）你就要成为一个女演员了！就在这一刻！"

静香："……"

翔："胜负在此一举。"

翔急忙跑下楼梯。

舞台监督按下幕布的开关。

翔站在门厅处。

大幕开启。

淑枝："你们辛苦了，过了年再去东京吧！"

女用人："好，我们走了，对不起。"

年轻女用人（小川扮演）："失礼了。"

一条从楼上下来。

淑枝："老师，请坐呀！"

道彦："摩子的毕业论文写得怎么样了？"

春生："她写的是论述英国女作家弗吉尼亚·沃尔芙的《达洛维夫人》的文章，写得相当不错呢！"

翔："噢！"

间崎："摩子到哪儿去了？"

淑枝："刚才爷爷叫她到房间里说话去了，我去叫她来。"

淑枝上楼。

淑枝："摩子，来喝茶啊，摩子！"

走在楼梯上的翔和在布景后候场的静香打了一个照面。

静香调整呼吸，瞬间变成了摩子。

她一下子冲了出来。

摩子右手拿着一把沾着血迹的水果刀，左手腕上流出了血。

淑枝："摩子，怎么了？摩子！"

摩子："我杀人了，我杀死了爷爷。"

楼下的人吃惊地站了起来。

79.剧场·门口·售票处（夜）

安静的门口和前厅。

昭夫看了广告牌后，准备回去。

——女售票员拉上了售票处的帘子。

昭夫转身冲到售票口，把钱递上。

昭夫："买一张票。"

女售票员："快演完了。"

昭夫："没关系。买一张。"

80.剧场·观众席

昭夫进来。

81.舞台

山庄的二楼，与兵卫的房间——

敞开的西服旁，插着一把水果刀。

淑枝："……他让我给他按摩，我就给他揉了一揉。随后他对我说，怎么样，下面我来给你揉揉吧，你躺下。他说着一把将我推倒在床上，还说他一直都喜欢着我，说就一次，一次就行……"

摩子："那么善良的爷爷竟会做出这样的事来？！"

淑枝："他一定是失去理智了，我不由得抓起放在那里（指着床头柜）的水果刀，架在了脖子上，并对他说，你要对我不轨，我就自杀。可你爷爷却疯了似的向我扑了过来，在我们扭打时，……刀子扎进了他的胸口……"

摩子："妈妈……"

淑枝："摩子，妈妈该怎么办才好呢？"

摩子："(瞪起眼睛，下定决心)……妈妈……这是我干的。"

淑枝："啊？（惊讶地抬头看静香）"

摩子："……是我杀的，他向我扑过来，所以我刺死了他，是这样吧？妈妈……"

　　　　×　　×　　×　　×

昭夫看着演出。

　　　　×　　×　　×　　×

淑枝："不行，不能让你来顶替我。这是我干的。"

摩子："可以的，妈妈。如果他当时扑向我的话，我也一定会这样做的，没关系，是我干的！"

摩子握住与兵卫胸口的那把刀。

淑枝："摩子！"

摩子紧闭双眼，用力拔出水果刀。

喷出的鲜血溅在摩子身上。

摩子："妈妈，快走！"

淑枝："摩子！对不住你了。"

摩子："我没关系，要是妈妈被抓走，义父会难过的，快，快走吧！"

淑枝："啊，摩子，摩子，太对不起你了。"

淑枝打开房门出去。

摩子手中拿着水果刀站在原处。

摩子："(吓了一跳)"

沾满血迹的身影映在镜子里。

摩子："……我，杀人了……"

摩子将目光投向手里握着的刀，然后用刀在自己左手腕上划了一下。

鲜血从手腕上流下来。

淑枝的声音："摩子，来喝茶啊，摩子，摩子！"

摩子："（惨叫一声）！！"

摩子用身体撞开房门跑出来，看到从楼梯走上来的淑枝后，停下脚步。

淑枝："摩子，你怎么了？摩子！"

摩子："我杀了爷爷，我把爷爷刺死了。"

舞台转暗——静香急忙下楼跑向后台。

其他演员也都退到后台。

大家跟静香打招呼："演得很好。""不错，不错。""真不错，好极了！"

静香："谢谢！""嗯。""谢谢！"

静香应付着跑向化妆间。

聚光灯下——春生与道彦两人。

道彦："的确是一个很有趣的推理。你要说的就这些吗？"

春生："不，我真正想说的，还没说呢。"

82. 后台走廊

静香和后台值班员跑过来。

83. 演员休息室

浑身是血的静香与值班员跑进来。等候在那里的学员和服装员帮她换上下一场的服装，并为她换装。

"刚才演得太好了！"

"静香，就这么演。"

学员们鼓励着静香。

后台的扩音器里传来舞台上的台词声。

春生："那位警察曾给你讲过关于遗产继承资格的规定。他说只有一个人有继承权，而这个人即使是杀人罪犯的配偶或直系亲属，也不受到限制。也就是说，作为杀人者的摩子的直系亲属，她的母亲，在接受遗产这一权利上不存在障碍。……当我发现了这一条款时，我就联想到了你……会长是很反对你把遗传学的研究奉为至高无上的，所以你认为如果杀死了会长的话，淑枝婶儿是当然有继承权的人，当然她的财产也就是你的财产了。"

84. 舞台

春生："实际上杀人的是你，你把凶器水果刀交给了淑枝婶儿，淑枝又转给了摩子。"

道彦："（面部痉挛，勉强地笑）让你看穿了。不过，现在这座山庄里的只有你和我。"

春生："你就是杀了我也无济于事。"

道彦向春生猛扑过去。

"原来，你对我讲的全是谎话。"

淑枝站在楼梯上。

85. 演员休息室

静香换好了服装，梳理好了头发，随后跑出来。

86. 舞台及边幕

淑枝与道彦对峙着。

淑枝："你，你告诉我实话，你刺死伯父是偶然的？还是早有预谋的犯罪？"

静香站在五代旁边候场。

道彦："迫不得已的事并没有发生过，一切都是我的计谋。其中也包括了我和你这个有孩子的人结婚，全都是我早已计划好了的。"

淑枝："哦，是这样……不过，即便这样，我还是爱你。你……再拥抱我一次吧！"

淑枝扑向道彦。

五代："好，上场。"

静香："是。"

中里警察带着摩子从门厅进来。

淑枝："摩子！"

道彦的身子从淑枝怀中滑下去。

道彦倒在地上，鲜血从他胸口喷出来，淑枝手里拿着一把细长的尖刀。

摩子："妈妈！"

淑枝："摩子，对不住了！"

淑枝将刀抵向了喉咙。

摩子："妈妈，您不能……"

淑枝："摩子，除此以外没有别的办法了。"

淑枝将刀向自己的喉咙刺去。

摩子跑过去。

摩子："妈妈，您不能死！"

淑枝："摩子，对不起，让你受苦了，妈妈不能活下去了。"

摩子："别那么说，我相信您是爱义父的。"

淑枝："我不是一个好母亲。"

摩子："不是的，您是为了自己所爱的人才这样做的。凡是一个女人，……包括我，也一定会这样做的。妈妈，您不要死啊。"

淑枝："谢谢你了。"

咽下最后一口气。

摩子："妈妈，妈妈！"

摩子摇着淑枝叫喊。

摩子："杀死爷爷的是我，我们俩不是这样说定的吗，您为什么要死呀，妈妈，妈妈。"

摩子哭号着。

舞台监督示意拉上大幕。

音乐响起，幕布落下。

场内响起掌声。

大幕落定后，演员和学员们从边幕冲上舞台，向静香祝贺。

倒在地上的翔站起来，扶起蹲在地上哭得站不起来的静香。

翔："谢幕也是演戏的一部分哦！"

翔催促静香。

幕布升起，翔和静香在中间，两边是其他演员，大家向观众鞠躬致谢。

场内掌声不落。

昭夫在起劲地鼓掌。

幕落下，再次升起，

只剩下翔和静香在谢幕。

幕又落下。

翔拍了拍静香的双肩，然后走进后台。

幕又拉开了。

宽阔的舞台上，只有静香一个人在接受喝彩。

她依次对着左、右、中、二楼深深鞠躬，眼泪流下来。

站在边幕的翔转身离去。

静香弯腰不起。

幕布落下。

静香两腿一软，坐在了舞台上。

87．剧场·后台

静香没有卸妆，呆呆坐着。

明子捧着翔的戏装走进来。

明子："不要紧？"

静香："……嗯。"

明子："快卸妆吧，大家都去宴会会场了。"

静香："好的。"

明子一边叠着自己的服装一边问静香。

明子："累了？"

静香："（摇摇头）就是演上一整晚也没事。"

明子："是吗？"

明子拿着衣服欲离去。

静香："哦，麻烦你，能顺便把我的也带去吗？"

明子拿上静香的戏装走出去。

88．剧团旁边的花店

昭夫让店员包一束玫瑰花。

那里还有他曾经想送给静香的一种花，可是却挨了她的打。

昭夫："抱歉，不要玫瑰了，要这个，全部给我。"

89．剧场·舞台

静香走来。

在大幕拉开的舞台上方，有一盏长明灯。

静香走到舞台中央。

她注视着无人的观众席。

静香："……"

静香深深鞠了一躬。

90．剧场·后台口

记者们在那里等着。

昭夫抱着一束鲜花站在一边。

静香走出来。

响起一阵掌声。

灯光闪亮，摄像机转动起来。

记者将话筒伸了过来。

记者 D："今天的首场演出，也很想让堂原先生看到吧？"

静香注意到了昭夫。

四目相对。

记者 A："今天的成功，您会到堂原先生的墓前报告一下吧？"

静香向昭夫走去。

人群中有人叫了一声"静香！"

原来是菊地薰。

薰："五代先生说了，堂原良造并没有死在你的床上，是死在翔的床上的。她以让你演摩子为条件，你们把尸体搬到你的房间去了。是翔小姐使你顶替了我的角色，我绝不能容忍！"

薰手中握着一把水果刀。

静香："阿薰！"

薰："我要杀了你！"

薰举刀向静香冲了过去。

昭夫："不要这样！"

昭夫抱住静香。

昭夫："喔——"

薰刺中了昭夫。

薰被控制住。

昭夫："（一直抱着静香）这下你能收下了吧？"

静香："（点点头）"

昭夫摇晃了一下，放开静香，递上花束。

昭夫："祝贺你！（微笑着）"

昭夫倒下。

静香："昭夫！"

静香跑到昭夫身旁。

"救护车！叫救护车！"

警车的警笛声越来越近。

静香："昭夫！"

昭夫："我忍着痛，也演了一出好戏吧？"

静香："……"

昭夫："我们打了一个平手。"

静香："？"

昭夫："你也是一个替身吧？为了得到自己喜欢的东西，可以承受丑闻。我也是一个替身，为了得到自己所喜爱的东西，现在我也要承受这些。啊，疼死了。"

抬着担架的急救人员让静香让开。

昭夫躺在担架上。

昭夫：“（看着静香）我不会死的，倘若我死了，说明我承受的太多。不管多少，不管是什么，我都要承受。”

昭夫被抬上救护车。

静香："……"

一直站在那里。

炫目的闪光灯不停闪动着。

静香闭上眼睛。

91. 公寓·静香的房间

静香环顾着家具已经被搬空的房间。

静香拿着一个大提包。

她在穿鞋前，再一次环顾一下这个房间。

她看了看天棚上。

静香："……！"

天棚上还贴着一张《W 的悲剧》的大幅海报。

静香放下提包，走到海报的正下方。

她试着跳起来。

可怎么也够不到。

她想怎样才能把海报撕下来，但还是无计可施。

静香对着海报轻轻挥了挥手，然后穿上鞋子。

92. 公园

静香两手提着包走过来。

静香突然站住。

她望着舞台。

这是她与昭夫初次相遇的地方。

静香："……"

她迈步离去。

93．疾驶的出租车

静香透过车窗望着生活了近两年的东京。

静香："司机大叔，对不起，我想顺路去个地方，我忘了，方向有点不对。"

94．停下来的出租汽车

静香走下车来。

这里是她曾和昭夫来过的那个白色房子。

一辆搬家公司专用的卡车停在门口。

静香："？！"

两个穿工作服的年轻男子从卡车上卸下行李，搬到白房子的二楼。

静香："……"

静香放下提包，伫立在那里。

这时，昭夫从二楼的门厅里出来。

昭夫："那么，如有什么不便，请与我联系。"

昭夫对着一位像是新的年轻女租户低头致谢，然后腋下夹着一个小包从楼梯上下来。

昭夫："！"

昭夫发现站在那里的静香。

昭夫："……"

静香微微点头致意。

昭夫慢慢走近静香。

昭夫："来了。"

静香："（点头）"

二人面对面站着。

静香："我没能去医院探望你，真对不起。"

昭夫："说实在的，我是等着你来的，但是伤势还不到要人陪的程度。"

楼梯上。

年轻男子："辛苦你了。"

年轻女子："（对着孩子）拜拜！"

小孩："拜拜！"

身着工作服的搬运工从楼梯上走下来。

昭夫："本来我不想租出去，一直在坚持着……"

昭夫示意卡车上的搬运工们可以走了。

昭夫："不过我要找到更好的房子。"

静香："……肯定找不到的。"

昭夫："我要找，我要找到更好的房子，会很快找到的。所以……"

静香："（摇摇头）"

卡车缓缓驶去。

静香："请你不要劝说我重新开始……"

昭夫："……"

静香："真正的背叛与没有说谎，我认为都不肮脏。做过的事情却说没做过，我认为这比起那种没做过的事情却说做过更加残酷。"

昭夫："……"

静香："我已身败名裂……所以你认为对我说一声重新开始，我就会马上投入你的怀抱……"

昭夫："就这样，来吧！"

静香："（摇头）我也想，但不可能。"

昭夫："为什么？"

静香："不可能，更加不可能了。"

昭夫："……"

静香："我这个幻想当明星的傻姑娘，现在才知道，如果不好好地度过自己的人生，那么在舞台上什么角色也演不好，所以……不是我们两人，而是我一个人要重新开始……"

昭夫："……你还要演戏么？"

静香："你不是因为讨厌看见另一个自己才脱离了剧团的吗？"

昭夫："点头。"

静香："我的另外一个自己，虽然也很难对付，不过我还想和他打交道。"

静香拿上提包

昭夫："……我喜欢看第一场演出，我讨厌最后一场演出。我总在想，如果永远没有最后一场演出该多好。"

静香："……"

二人对视着。

静香："另外一个自我告诉我不要哭，在这里我是应该笑的。"

静香向昭夫微笑。

昭夫也对着静香笑。

静香："好了，我该走了。"

静香转身走去。

昭夫："……"

昭夫鼓起掌来。

静香止步。

静香缓缓转过身来。

她眼中的泪珠已夺眶而出。

昭夫咬着嘴唇，继续鼓掌。

静香掠起裙边，深深鞠躬，做出谢幕的姿势。

主题歌的前奏响起，画面出现片尾字幕。

— 完 —

远雷

根据立松和平同名小说改编

编剧：荒井晴彦

1. 塑料大棚

塑料棚壁上凝聚着许多水珠，一些水珠沿着棚壁向下滑落。在阳光的照射下水珠发出彩虹般的光晕。

满夫把仍呈青色的西红柿从植株上剪下。

他拖着已经放进了不少西红柿的货箱。

满夫脱下圆领衫搭在一根铁管上。圆领衫已湿透了。

满夫打开挂在铁管上的半导体收音机。

满夫拔出插在土中的温度计看了一下，有些着慌地去拉动绳索卷起大棚侧面的一些塑料布，又打开了天窗。

从卷起了塑料布的棚壁间可以看到周围的住宅楼。

满夫一边用橡胶水管往西红柿的根部浇水，一边仔细地观察着土壤渗水的状况。

这时，有几个女人和孩子从棚壁的间隙处朝里面张望。

满夫："干什么？有事儿吗？"

头发染成红褐色的女人讨人喜欢地笑着。

褐发女人："大哥，能不能把西红柿便宜点卖给我们呀？看样子挺好吃的。"

女人Ａ："这味真好闻。"

满夫："进来吧。"

两三个女人拉着孩子进了塑料大棚。

女人Ａ："哎哟，真闷哪！"

孩子："好像挂着好多红灯泡。"

女人Ｂ："不行！别弄坏了它，这些西红柿是农民大哥好不容易种出来的。"

女人Ｂ跑过去拉住手舞足蹈的孩子。

满夫："超级市场上卖的尽是快要烂了的东西。别看它挺红，那是腐烂的红色。瞧瞧我这儿的西红柿就明白了。同样是红色，但色泽完全两样。"

褐发女人："大家推举我们当代表来问一下你这儿能不能卖西红柿？都听说你是个挺厉害的人。"

女人Ａ："对，我们是敢死队。"

满夫："我这里可不是观光菜园。"

女人Ｂ："这西红柿就便宜点卖给我们吧，为了我们做邻居的友谊嘛。"

满夫："什么邻居呀？"

满夫把橡胶水管丢在地上，关上了水龙头。

满夫："好，就卖给你们吧。拿装货的东西来吧。"

褐发女人："先卖给三百日元的，让我们瞧瞧到底有多少。"

朝满夫撑开了手提袋。

满夫从身边的植株上剪下四个红色的西红柿。

褐发女人："就这么点？"

满夫又剪下一个放进袋里。

褐发女人有些做作地耸了耸肩，给了满夫三枚百元硬币。

满夫为另外两个女人挑选成熟了的西红柿并剪下来。

片头字幕：远雷。

2．满夫出了农协大门，登上小型拖拉机的驾驶席。拖拉机的拖斗上堆满了空的蔬菜包装箱。

继续移出片头字幕。

满夫的小型拖拉机驶过。

推土机正在推平农田。

公路从果林中穿过。公路旁的店铺前竖着一排红底白字的旗子，上面写着"煎猪肉排""炸虾""牛排"等字样。

高尔夫球练习场。

停车场旁边有一座大型弹子房。

装饰得如同玩具城一般的旅馆。

被推土机推平的土地。

远处的山峰，峰顶戴着白色的"血帽"。

公路前方正进行道路工程的施工。

一个戴头巾的女人朝满夫摇着手中的小红旗。满夫停下了拖拉机。

字幕结束。

"阿满。"

戴头巾的女人笑着走来，她是满夫的母亲。

满夫："快让我过去吧，我肚子都饿了。"

母亲："广次也在这儿呢。广次，阿满来了。"

一个穿工装裤、圆领衫的青年跑了过来。

广次："送货去了？"

满夫："是啊。西红柿熟得太快，我都忙不过来了。"

"午休！午休啦！"

脸晒得黝黑、像是工程监督模样的汉子大声吼着。

广次："嘿，正好，咱们一起去吃饭。大妈也和我们去吧。"

母亲："我和监工已经约好了，有点事要商量商量。"

广次："那么咱们走吧，满夫。"

广次坐上了拖拉机。

母亲："阿满哪，你等等。花村先生，这就是我的二儿子满夫。"

正朝这边走来的监工眯着眼睛向满夫点了点头。

满夫略略向他行了礼，然后发动了拖拉机。

满夫："干壮工够累的吧？"

广次："嗐，简单得很，只要身体棒就行了。不过，连着干了一个月也是够呛，浑身的肌肉都好像肿起来。等过了这个坎儿，肌肉就会变得结实，到那时就成了顶呱呱的壮工。这活儿能干一辈子。"

满夫："打算干一辈子？"

广次："谁知道呀，我家里不还有点地吗。"

拖拉机驶入了住宅区。

一座座住宅楼，不少的阳台上都晒着衣物。

3．"女王"茶店

满夫和广次环顾空无一人的店堂。

"哎哟，你们来啦。"

头发染成红褐色的女人坐在柜台后面向他们打着招呼。

满夫："肚子饿了……让我们看看菜单。"

褐发女人指了指墙壁。

两人望着用图钉钉在墙上的一些细长纸条。

广次："我要咖喱饭，再带一杯咖啡。"

满夫竖起两根手指向褐发女人晃了晃。

满夫和广次半躺半坐地倒在座椅上，随手拿起连环画杂志翻看，广次（悄声地）："你认识她？"

满夫（头也不抬）："她到我的大棚去过，买西红柿。"

褐发女人："晚上这儿还有酒呢，给你们准备一瓶威士忌吧？"

说着把两盘咖喱饭放在桌子上。

满夫："怎么瞧不见你的小孩和丈夫呀？"

褐发女人："真没礼貌。我才没有什么丈夫呢。我和朋友两个人经营这个店，分白班和夜班，一个星期换一次。孩子也是轮流带。"

满夫和广次拿起勺子大口大口地吃了起来。

满夫："你能不能去大棚给我帮帮忙，哪怕一天也行。"

广次："行，我去。不过，到时你也得去帮我干地里的活儿。"

满夫："嗯。"

褐发女人往两人的杯子里倒水。

褐发女人："哎，你们一定来喝酒呀。"

满夫和广次一起点头。

外面突然传来尖锐的警笛声。

"怎么回事？"

两个人"噌"地跳起来蹿出门去。

4．同上·外景

急救车顶部的红灯闪烁。

头戴盔形帽的男人们跑进了建筑物。

聚集在救护车旁看热闹的女孩子们。

满夫和广次站在马路旁望着救护车。

"你们是不是打算吃了饭不给钱就跑呀？"

褐发女人出现在满夫和广次身边。

广次："哎哟！对不起，对不起。"

广次边说边用手拍着脑袋。

满夫："那是有人杀人吗？"

褐发女人："是要生小孩吧，要生小孩叫救护车是常事。"

一个女人躺在担架上被抬了出来。

救护车拉响警笛开走了。

5. 塑料大棚·内景

光线已经很暗了。

满夫把卷起的塑料布放下，然后洗干净铁锹。

满夫锁好塑料大棚的门，转身走上了铺着沥青的道路。

在朦胧的暮色中，浮现出满夫家老式房屋巨大瓦顶的轮廓。

6. 满夫家·庭院

满夫在仓房边用手压泵压出的水冲洗双脚。

正屋的起居室传出播放电视节目的声音。

7. 同上·正房

满夫开亮一楼的电灯。

地板上留下满夫带着少许泥土的脚印。

8. 同上·厨房

满夫掀开蒙在餐桌上的报纸。

报纸下面盖着两只碟子，每个里面放着一块烧好的鱼。

满夫从电饭锅中盛出一碗已经冷掉了的米饭。

满夫的祖母进了厨房，颤颤巍巍地走近煤气灶，划了一根火柴凑近灶眼，煤气"呼"的一声点燃，祖母惊慌地缩回手。

祖母："简直就像点炸弹，把命都吓短了。也不供上灶王爷，现在不是尽闹火灾吗？等到那时候再供灶王爷就晚了。反正我这么大岁数，死了也无所谓……"

满夫嚼着又冷又硬的饭团。

满夫："奶奶，住宅区里的女人真会享福，我可看不惯。她们要生孩子的时候还叫救护车，净给消防署添麻烦。"

祖母把煮开了的大酱汤递给满夫，然后在椅子上端端正正地坐下，闭起了双眼。

祖母："旭日照耀诸神所居之天国。我乘佛法之舟，无需槁橹如飞前往……"

祖母亮开了嗓门。

祖母："我都不记得给几百个人接过生了。可我生你爸爸松造的时候没用任何人照料。我那天去地里割草，觉得有点不舒服，就往家走。走到后门那儿我就躺了下去。这一躺下。孩子"咻溜"的一下就生出来了。生下这个在我身边哭哭啼啼的婴儿，就像伸一下舌头那么容易。"

满夫："像伸舌头？"

满夫的母亲回来了。

母亲："晚饭都准备好了？我买了点菜。咱们有时候也可以买点菜吃嘛。"

满夫白了母亲一眼。

满夫："咱们是农民，还买什么菜呀！"

从起居室传出播报电视新闻的声音，电视机的音量开得很大。

母亲（板着面孔）："奶奶，电视机不看就得关掉！"

祖母蹭下椅子，走出了厨房。

母亲望着祖母的背影。

母亲："不要把声音开到吓人的程度！让邻居觉得这是怎么回事呀！"

母亲在椅子上坐下，目光变得柔和了。

母亲："阿满，你有女朋友了吧？"

满夫："什么呀？！没头没脑的。"

母亲："要是有了称心的姑娘不是挺好嘛，别偷偷摸摸的。"

满夫："没那回事。"

母亲："是吗是吗？那正好有人来提，想让你去相相亲，你觉得怎么样？"

满夫："……"

母亲："是花村先生的三女儿。和你同一所农业高中毕业，现在在加油站工作。比你小三岁。人家听说你是个能干的人才向我提出来的。怎么回话呀？还是说你打算一个人无拘无束的吗？"

满夫："我倒也想见见，可事情不那么简单。咱有那么个爸爸，想痛痛快快地去相亲也不容易。"

母亲："虽说是这样，不过，对方已经知道你爸爸的事，还是向我提出来了。哎，真得好好谢谢人家哟。"

母亲一副要掉眼泪的样子。

满夫把目光从母亲脸上移开。

满夫："……不就是去看看女的长什么样儿吗？"

母亲咧开嘴笑了，金牙闪闪发光。

母亲："那就告诉对方，可以见见是吧。反正见个面也用不着搭什么人情，你要觉得不好就直说。"

母亲眯着眼睛连连点头。

满夫："妈，你能不能去给我帮帮忙呀？我的西红柿得收了。"

母亲："那就不能去工地了，那儿还指着我呢。要是妈突然请假不去，谁来摇旗子指挥车辆呀？那还不乱了套啦。"

满夫（大声地）："农民不干庄稼活干什么！"

母亲吓得身子一缩。

满夫："你在工地干活的工资我按日付给你。帮我两天就行，打电话和监工说一声。"

母亲："那……塑料大棚里的活儿怎么干我也不知道啊，妈大概是不行吧。"

满夫："和干普通的农活一样呗。"

母亲："倒也是。"

母亲有些提心吊胆地走了出去。

9．满夫的小型卡车在倾盆大雨中驶过

整个住宅区笼罩在灰蒙蒙的雾气中。

10．塑料大棚

满夫把小卡车开进了大棚。

雨点击打大棚的声音使人感到宛如置身于大鼓之中。

满夫脱下湿透的衬衣。

母亲："回来啦。广次给你帮忙来了。"

广次从大棚深处的植株丛中走出来，手里不停地抛着两个西红柿，像在耍杂技。

满夫："哎，真抱歉。"

广次："天下大雨，正好来帮忙。"

母亲为满夫擦干后背。

母亲："刚才正和广次说呢，我和阿满在一起还不如和广次在一起的时间长。跟年轻人一块儿干活，不知怎么，自己好像也变得年轻起来了。"

广次："大妈可真会说套近乎的话。大妈就是有人缘。我和大妈在一起有二十年以上了吧？还不知道大妈您原来是个这么开通的人呢。"

满夫："啧啧啧！你们要说这些恶心话到工地说去，别跟我爸似的！"

满夫从母亲手中取过毛巾，胡乱地擦着头发。

满夫："我这次真的要去相亲了。"

广次："就你这副德性？"

广次朝满夫比划了一个上勾拳的动作。

广次："还是降低点标准吧，找个住宅区的女人你吃得消吗？"

满夫抓住广次的手腕往后扭着。

广次一边跳脚一边叫痛。

母亲："年轻人呐，都这么精力充沛，真好。"

满夫放开广次的手腕，在他后背上用力推了一把。

广次一扭身把手中的西红柿朝满夫抛来。

满夫接住西红柿，钻进了植株丛中。

广次追了过去。

满夫："妈，要是我相亲看不中那个女的，就把她介绍给广次吧！"

11. 弯弯曲曲的公路上，一辆花冠轿车和一辆地平线轿车首尾相连似的驶过

雨已经停了，风中仍充满了潮气。

12. 小学校·校园

两辆轿车停在校门前。

满夫和广次开门下了车。

广次："你小子还抹了头油，是最新的产品吗？"

满夫："什么头油？我的头发还没干。"

两人推开小学校的大门。

校园里映出远处闪烁的霓虹灯光。

两人把轿车开进小学校，并排停在校园的角落里。

13．繁华街

几个穿着粉红色印字衫的男人站在店门口招呼客人。

"大哥，大哥，不找个女人你就总打不起精神来。"

"喂，哥们，来这儿玩玩吧。"

一个打着花领带的男人腻腻乎乎地挤进满夫和广次中间，与他们并排走。

男人跷起小指在满夫鼻子前晃着，一边用胳膊拱拱满夫。

广次："我们只喝酒，因为我们都是规矩人。"

男人："有女人陪着，当然是规矩人好啊。走吧走吧，啤酒随便喝，每人五千日元。"

满夫："两个人四千日元。"

满夫用手勾住男人的肩膀。

男人："你也太会砍价啦。"

广次："行啦，就这么定了。四千元，四千元。"

广次和满夫用身子从两边挤着男人向前走去。

满夫："我说老兄，你要把我们带到什么地方去呀？"

男人："是家数一数二的酒吧。"

穿便装、超短裙和打扮成护士模样的女人在闪烁的灯光下招揽客人。

"来吧，来吧！"

"这儿有上好的服务！"

满夫和广次在女人们七嘴八舌的招呼声中钻进了一扇点着小灯的拱门。

14．酒吧·内景

满夫坐在一张双人沙发上。

拿着手电筒的男侍给满夫送来一瓶啤酒和一只杯子。

啤酒倒进杯中。玻璃珠串形灯发出的柔和灯光在啤酒泡沫上跃动。

"对不起。"

黯淡的光线下现出一个穿长睡衣女人的身姿，她一扭身坐在满夫身边。

长睡衣女人："现在太忙，女人都不够了，真对不起。"

满夫搂住女人，一只手从衣袖伸进去摸女人的乳房。

女人听凭满夫所为，端起啤酒喝着。

满夫的手又向女人的裤衩摸去。女人站起身来。

长睡衣女人："对不起，我很快就回来。"

穿长睡衣的女人在满夫的脸上"吱"地亲了一下，转身消失在黑暗中。

满夫吸着香烟。

烟头烧到了满夫的手指，他把烟头丢在地下。

"还要延长时间吗？"

在一旁对满夫侧目而视的男侍向他问道。

满夫从沙发上站起来。

满夫朝这男侍的脚跟前狠狠吐了一口唾沫。

男侍摆出一副准备打架的姿势。

满夫不再理睬男侍，转身向出口走去。

"我要延长时间。哎，我得好好摸摸。"

是广次的声音。

幽暗的灯光下，可以看到广次正解开穿长睡衣女人的衣襟。

满夫走上了阶梯。

15．小河的水面反射着霓虹灯的灯光

一个醉汉朝河里呕吐。

从美容院出来一个女人，把垃圾箱中的垃圾倒进河水中。

"罗曼"酒馆的霓虹灯。

满夫往河里吐了一口口水。

河水发出"哗啦"一声响，一条肥大的鲤鱼跳出水面，鱼身上鳞光闪闪。

满夫缓缓推开"罗曼"酒馆的大门。

16．"罗曼"酒馆·内景

一个浓妆艳抹的女人坐在柜台后织毛衣。听见门响女人抬起了头。

女人："您来啦。"

满夫在柜台边坐下。

女人："要点什么？"

满夫："啤酒。"

满夫一边拿起热毛巾擦着脸，一边目不转睛地看着女人。

女人用毛巾把一只啤酒瓶擦干，然后放在满夫面前。

满夫："你叫知兰？"

女人："对，是我。"

满夫："我爸……他好吗？"

知兰："你是，他的……"

满夫："（点点头）……"

知兰："你要把父亲带走？"

满夫："……"

知兰："要我去叫他吗？"

满夫："见了他，没准得打起来。"

知兰打开了电唱机。

旧唱片放出的乐曲声中带着有规律的划痕的噪音。

知兰："我现在正给他织毛衣呢，我把自己的对襟毛衣拆了。"

满夫："往后天气越来越热，干什么还织毛衣？"

知兰："今年冬天，我还要和他一起过呢。"

知兰把一只有缺口的碟子放在满夫面前，碟子里有一点泡菜。

满夫："不用了，我这就走。"

满夫把一张千元纸币放在柜台上，站了起来。

知兰："还请再来呀，这是你父亲的店，用不着客气。"

满夫："我才不客气呢。这家店铺的押金，还有这些杯子、电冰箱、椅子、电话，都是他用卖地的钱买的。花得真够痛快的！"

满夫气呼呼地出了屋，回手用力把门摔上。

17．小学校

校园里，广次那辆地平线轿车已经不见踪影。

满夫似乎有些不知所措地站在那里。

18．"女王"茶店

"呀，你能来我真高兴。"正站在柜台后面洗杯子的褐发女人高声向满夫打招呼。

褐发女人："这儿就像垃圾场一样吧？在住宅区会场工地干活儿的工人，一下班都跑到这儿来了，乱哄哄可热闹了一阵子。刚才你的那位朋友也露了一下面，一看那个乱劲吓了一跳，又走了。"

满夫："广次也到这儿来了？（笑）"

褐发女人："他叫广次呀。"

满夫动手把桌子上用过的杯盘收拾起来。

褐发女人："哎哟，真过意不去。"

满夫把桌子擦净。

褐发女人开了一瓶啤酒。

褐发女人："这算我送你的，喝吧。"

褐发女人为满夫斟上啤酒。她的手指湿漉漉的。

满夫伸长脖子望着正在洗杯子的褐发女人双手的动作。

褐发女人："怎么？想换种酒喝吗？"

褐发女人坐到满夫身旁，一只手支着面颊向他笑着。

满夫："给我来一瓶威士忌吧。"

褐发女人："呀！今天我可赚着钱啦！"

满夫在褐发女人递给他的威士忌酒瓶上写上"西红柿栽培者"几个字，又画了一个西红柿。

褐发女人："像个南瓜。"

满夫往褐发女人的杯子里倒了一些威士忌。

褐发女人拦住正要往酒中兑水的满夫。

褐发女人："喝纯酒才好，味儿正。"

满夫慢慢地饮了一口威士忌。

满夫："你真的没有丈夫？"

褐发女人："我离婚了。要说呢，倒也挺自由自在的，不过，一个人生活也很辛苦。你多大了？"

满夫："二十三岁。"

褐发女人："真不错，是不是觉得自己精力特充沛，什么都能干，干什么都浑身是劲？正是男人最好的时光啊。"

褐发女人从柜台后走出来，挨着满夫坐下。

满夫："我什么都不能干。没有可干的事。"

褐发女人用小手指勾住满夫的小指。

褐发女人："你看我有多少岁？"

满夫："二十五。"

褐发女人开心地笑了。用力攥住满夫的手指。

褐发女人："你的塑料大棚真漂亮。"

满夫："威士忌真好喝，味道好像很特别。"

褐发女人："我现在想吃西红柿了，想吃刚摘下来的新鲜西红柿。"

满夫："去我那儿摘吧。"

褐发女人："嗯。"

褐发女人站了起来，脚下已经不太稳了。

19. 沐浴在月光下的塑料大棚散发出银色的光辉，如同一座铅制的密封仓

在沟垄之间跳来跳去的褐发女人身上也披着银色的月光。

红色的西红柿就像一盏盏挂着的红灯。

满夫一把抱住跳过来的褐发女人。

两人的嘴唇重合在一起。

褐发女人一个劲地扭动身子。

褐发女人："在哪儿好呀？都没有可躺的地方。"

满夫拆开一只包装箱，把纸板摊开平放在地上，又在上面铺了一层稻草。

褐发女人："啊！太好啦！"

全身只剩下一条项链的褐发女人向满夫伸开了双臂。

满夫脱掉衣服，把褐发女人按倒在稻草上。

女人半闭双眼微笑着。

满夫的脸滑到女人的胸脯上。

褐发女人："啊，真好，真舒服。"

褐发女人的下颚向上仰起，头部渐渐移出了稻草。

褐发女人："别把精液射在里面，会怀孕的。"

满夫用力抽动腰身，发出几声呻吟。

褐发女人摘下几片西红柿叶子擦擦自己的下腹。

褐发女人："小伙子就是棒。这是我和丈夫分手两年来的第一次。"

褐发女人用手指为满夫理理头发。

褐发女人："哎。明天咱们还在这里见面吧，我早些关了店就来。"

满夫摘下几根沾在女人身上的稻草。

满夫："我等着你。"

褐发女人从稻草上捡起裤衩，就着月光分辨前后反正面。

20．满夫家·满夫的房间

祖母在抱着被子熟睡的满夫脸上拍打着。

祖母："农协的人来啦。满夫，满夫！农协的人来啦！"

满夫睁开了眼睛。

祖母："农协来人找你呢。"

满夫下了床，只穿着短裤向大门口走去。

21．同上·大门

农协的职员抖抖手里的一叠纸。

职员："明细表我给你拿来了。"

满夫伸了个懒腰，接过明细表。

职员："西红柿价格上涨了，可你这会儿竟然还在睡大觉。你用的种子没有被激素处理过，所以现在你的西红柿最好卖。你肯定不是凭兴趣经营的吧？"

满夫："当然了。"

职员："那，这两三天就是关键时期。"

农协的职员骑上摩托车走了。

祖母："甭管给农协送去多少西红柿，就拿来一张纸，连钱的影子都没见着。商人真是太狡猾了。"

满夫从祖母的身后进了厨房。

22．塑料大棚

满夫剪下半青半红的西红柿放进包装箱里。

满夫脱下圆领衫，用橡胶水管往头上浇自来水。

望着那张"稻草床"，满夫不由得露出笑容，一仰身倒在上面。

透过棚顶的塑料布看去，太阳的周围出现了好几层彩色的光晕。

忽然有几个黑点"啪啦啪啦"落到棚顶。

是几块小石子。

满夫跳起来冲了出去。

一个穿着对襟毛衣和木屐的男人正弯腰从地下捡石头。

满夫："嘿！那小子！！"

男人看着满夫，似乎打算把手中的石子投向满夫。

满夫不由自主地躲闪了一下。

满夫："干什么你！"

男人（笑嘻嘻地）："干什么？嘻嘻，我是她的丈夫。昨天晚上，我老婆得到你的照料，我得向你表示点谢意呀。"

满夫："什么？怎么回事？她明明说是离了婚的，怎么又跑出个丈夫来！"

男人："站在你面前的就是她丈夫。"

男人满不在乎地笑着。

丈夫："她就是爱跟别人说她离婚了。因为还带着个孩子，所以怎么也没办法打扮成单身女人的样子。"

男人不停地把石块从左手倒到右手，又从右手倒到左手。"

丈夫："昨天夜里她回家的时候，头发上沾的都是稻草。现在，被我绑在柱子上，睡着了。那模样还真招人爱呢。从昨夜一直哭着求饶到天亮，累得不行就睡着了。"

满夫："告诉我这是干什么？要钱吗？"

丈夫（"哧"地一笑）："只是请你别再找她，如此而已。我已经让她辞了工作。以后你如果在路上碰到她，也请装作不认识的样子。"

丈夫丢掉手中的石子，转身走了。

满夫呆呆地站在那里望着他的背影。

好几个拿着手提袋的女人围了上来："种西红柿的大哥！"

一群孩子跑过。

23．中国菜馆·单间

穿着一身笔挺西装的花村有些不太自然地问满夫，

花村："你的兴趣是什么？"

满夫："哦——开车和钓鱼。"

满夫穿西服打领带，却没有刮胡子。他对不时瞟瞟他的文子说——

满夫："文子小姐的兴趣是——"

文子嫣然一笑，脆生生地说——

文子："做菜。"

花村："文子炖的菜最好吃，她在专业的烹调学校里学过。

文子的母亲："厨房里的活，文子这孩子可是我的好帮手。是吧？他爹。"

一道一道的菜开始摆上了圆桌，但谁也没有动。

满夫："现在我正在塑料大棚搞蔬菜栽培，面积有二反左右，将来想搞到四反大。我打算一半西红柿一半黄瓜套种，但不搞连作，这样就能有时间搞好销售经营。所以，我想问问文子能不能帮我搞蔬菜栽培。"

母亲偷偷揪了揪满夫西服的下摆。

满夫："要是结婚就不能讨厌干农活。无论是多么漂亮的美人，也不能只做屋子里的摆设。"

花村："喔。我家里也剩下有四反左右的一块地。如果靠这四反地的收成可以维持生活，那我又何必去工地干活儿呀。"

满夫："我可以教给你栽培方法。"

花村："谁知道行不行。假如搞个大棚，种的菜就可以在行情好的时候上市，对吧？"

满夫："如果种西红柿，会够你受的。光是采摘送货就忙不过来。打个比喻，今天举行婚礼，明天新娘子就得下地去帮忙才行。"

文子皱起了眉头。

花村："明天你就去给他帮帮忙吧。"

文子瞪了父亲一眼。

文子："会晒黑的……晒黑了倒也没什么，可我还有工作呀……"

文子的母亲夹了一块叉烧肉吃了起来。

花村："吃吧吃吧，很好吃。大家趁热吃吧，很快就要凉了。"

边说边迅速地夹着菜。

大家有如竞赛一般争先恐后地往自己的碟子里夹菜。

花村："和田，你儿子很不错，我看你也别去工地了，给他做帮手多好。"

母亲："那倒也是。以前没有和儿子好好谈过，今天可是得着不少教益呢。"

花村："你们年轻人，一起出去开车兜兜风吧，嗯？文子。"

满夫摸摸头顶，脸上浮现出笑容。

24．行驶的轿车·内景

满夫脱掉西服，解下领带扔到车后面的座位上。

满夫："好不容易轻松了。咱们俩就用不着那些客套、规矩了。"

文子哧哧地笑起来。

满夫："一直绷着劲做出一副一本正经的样子，搞得肩膀都酸了。"

文子："你尽盯着我看来着吧？"

满夫："这不是见面相亲嘛。"

文子："你一个劲儿地瞧我，我就想，也不知道他是不是相中我了。去大棚给你帮忙也没关系，反正加油站的活儿我也干腻了。你要是能给我点儿报酬那才好呢。"

满夫："咱们去旅馆吧。"

文子（挪到车门边）："……"

满夫加大油门。

文子（喊叫）："讨厌！别开玩笑！快让我下去！"

文子一边叫一边用挎包打满夫。

文子："我还是第一次遇上你这么不成体统的人！"

满夫任凭文子的挎包打在头上，双手紧紧握住方向盘。

满夫："我和你结婚，结婚！一言为定，这总成了吧？"

文子："你这就算是在求婚了吗？你还不知我是怎么想的呢。"

满夫："和你结婚，真的，我是真心想和你结婚。"

文字："我看，你是想先马马虎虎结了婚，要是合不来离婚也无所谓，是不是？你别想得太美了。"

满夫："反正，你不是那种循规蹈矩的女孩，这我看得出来。其实我也是这样的人。"

漂亮的旅馆招牌。

满夫："我想和你好好聊聊。"

杂木林中的汽车旅馆，是一排风格各异、单门独户的别墅式建筑物。"

满夫把车开到一座他看中的房屋前停下。

满夫侧头看着在座位上不准备下车的文子。

满夫："已经到了这儿就别怄气了。要不，让我的脸往哪儿放呀，就进去吧。"

文子："……咱们真的只聊聊天啊。"

25. 汽车旅馆的房间

文子迟迟疑疑地站在门口。

文子："你是真的想和我结婚吗？要是光想玩玩那我可不干。"

满夫："就是玩玩也不错嘛。"

文子："你说过要和我结婚的。"

满夫："结婚结婚，我都说过一百遍了。"

电话铃响了起来。

满夫拿起了听筒。

电话里的声音："是过夜还是休息？"

满夫瞧瞧正弯着腰把脱下的鞋子并排放好的文子。

满夫："休息，两个小时。"

满夫放下电话听筒，一仰身躺倒在圆形的大床上。

满夫从镶在天花板上的镜子中看着自己。

满夫："没什么可说的话了，只剩下一件要做的事儿了。"

圆形的大床突然动了起来。满夫吃惊得跳到地下。

按下了枕边开关的文子"咯咯"地笑了起来。

文子："你总是这样做吗？也不想想后果？"

满夫："我这可是头一次。"

文子："好吧，只要你在最重要的事情上别骗我就行。我们相互之间少点约束也许能相处得更好。"

满夫："有什么想干的事？"

文子："没有什么。将来的事情难以预料。我也觉得自己该结婚了。我都相过八次亲了。每次见的人都装模作样地拿着架子，也真够累的。像你这样的人我觉得很不错。"

满夫一把把文子搂在怀里。

两个人倒在床上，额头撞到了一起。

满夫吻着文子，在文子的胸部抚摸着。

文子："……等一下，衣服会弄皱的。"

文子站起身脱下了衣服。

满夫："真惊人！"

文子："你说什么？"

满夫："我说你的身子真美。"

文子把裤衩脱掉，转身面对着满夫。

文子："我得先告诉你，你是我的第五个男人。"

26．同上·浴室

浴缸的水中漂浮着皂具盒。满夫坐在浴缸里刮胡子。

文子："你来相亲之前怎么不刮？"

满夫："我最讨厌为相亲去讨好人家。"

文子："你不是真心来相亲的吧？"

满夫："咱们都一样。"

文子（笑着）："有胡子也挺好。"

满夫推开皂具盒。面颊贴在文子的后背上来回蹭着。

满夫："要是咱们每天都能这样就好了。"

文子："能呀，只要结了婚。"

满夫的手冷不防伸到文子的下腹部，文子用力把双腿并拢起来。

满夫："我想咱们从结婚之前就这样。"

文子好像不愿意似的摇晃着身子，浴缸中的水溢了出来。

文子（长长吁了一口气）："哎，你还能再来一次？"

27．塑料大棚

大棚里一片黑暗。满夫抹去沾在花剪上的青色汁液。

突然之间，黑暗中的西红柿果实和枝叶被强光照亮。

是汽车的前灯光。

可以看到满夫衣服上都沾满了青绿色。

外面响起汽车的喇叭声。

满夫跑出大棚一看。广次的那辆地平线轿车停在外面。

母亲坐在广次的旁边。

母亲："阿满,这么拼命干活怎么吃得消,会得夜盲症的。"

广次："想显示他是个能干的人呗。"

28. 满夫家·厨房

母亲用牙齿咬开装着墨斗鱼干和花生米的塑料袋。

母亲："这么快就定下来了,你们俩一定有缘。"

广次(对满夫):"看起来你挺得意的。"

广次呷了一口啤酒,抹去唇边的泡沫。

广次："这么说,你就快结婚啦。我也想结婚,这回我该找个老婆了。"

满夫:"她长得挺一般,也不是那种'扎眼'的摩登女人。"

广次(语气粗鲁地):"该让我看看呀。"

母亲给满夫和广次斟上啤酒。

母亲："我想起了好早以前的事,那时候广次天天晚上都来。满夫现在这么壮实,还多亏了广次呢。那时候满夫特别瘦,为了不让广次给比下去,就每顿都吃三碗饭。"

广次(对满夫):"只见了一面就定下来,能行吗?"

满夫:"嘻,这也没什么。长得不算漂亮,但能帮我干活就成。"

母亲："常言道,媳妇是没有角的牛,不管怀没怀孕都得干活。当年你奶奶可厉害了,我做大酱汤的时候,她就站在旁边盯着,嫌我银鱼干放多了,张口就骂我,说,这个家迟早得让你这个媳妇给败光喽!"

满夫:"一说起这些就来了精神,一夜都说不完。"

母亲："文子要是像我当年那样挨骂，早开车跑了。现在的年轻人多好啊。"

满夫："哼，反正爸爸他什么事都假装不知道，我结婚的时候，连门都不让他进。"

母亲："可是……举行婚礼，没你爸出面怕是不行吧。你是继承人，总要讲点人情世故。不让你爸参加婚礼能行吗？"

电话铃响了。

29．同上·走廊

满夫拿起电话听筒。

满夫："和田家。"

是满夫的哥哥哲夫打来的电话。

哲夫的声音："好久不见了，满夫。"

满夫："从东京打来的？"

哲夫："是在东京家里，在这狭小的公寓里打的。能听见电视的声音吧？"

满夫："又来要钱？"

哲夫："打了好几次电话了，现在我有两个孩子，公司的公寓这么小，怎么也住不开了。当职员的梦想，就是能买一座自己的房子。只要先筹措一笔预付的保证金，余下的钱，每个月交一点儿就可以了。所有的钱都向父母要，你又该不高兴了。就先给我三百万日元吧。"

满夫："没钱，一分钱也没有！父亲发疯似的花钱，和一个不正经的女人鬼混在一起。爷爷活着的时候，每天都是满身泥巴地干呀干呀，最后就像一只穿烂的草鞋，归了西……"

哲夫："总之……我打算最近回去一趟，到时再详谈吧。"

"咔嗒"一声挂上了电话。

满夫："……"

满夫用力把听筒扣在电话机上。

30．同上·仓房

广次往一只大酒瓶底部一圈一圈地缠上棉线。

满夫："她在加油站工作，以后咱们就去她那儿加油吧。"

广次："一提她，你就来精神了。"

广次往棉线上浇了一些煤油，然后划火柴将棉线点燃。

广次："我要找个比你那位更棒的女人。"

广次把底部燃着火苗的大酒瓶放进水桶。

酒瓶的底齐刷刷地裂开、脱落下来。

广次打了个响指。

广次："渔线从瓶口穿过，等鲤鱼上了钩的时候一拉渔线，鱼就被推进瓶子里。谁也不会发现的。"

满夫点点头，拿着一只空铁罐站了起来。

满夫："我去弄点蚯蚓。"

广次一边往另一只大酒瓶的底部缠棉线，一边对满夫说——

广次："咱们到你爸那儿去吧，大叔做的鲤鱼最好吃了。"

满夫："我可不愿意看见他。"

广次："咱们去他那儿喝点儿酒，好好乐一乐。"

满夫出了仓房。

31．两道防波堤之间的小河笼罩在深深的夜色之中

满夫和广次一边朝四处窥视，一边把渔线放入水中。

手中的渔线有了感觉，渔线在水中忽左忽右快速游动。

无底的大酒瓶顺着渔线放了下去。

"哗啦"一声水响。

渔线很快地被向上拉。

满夫和广次抱着大酒瓶和套进酒瓶里的鲤鱼钻进了轿车。

一条红鲤鱼和一条黑鲤鱼在轿车的脚垫上扑动翻腾。

广次用脚踩住嘴巴一张一张的鲤鱼，拍着满夫的后背嘻嘻笑着。

满夫搔了搔广次的头发，也压低声音笑起来。

32. 满夫和广次抱着用报纸包住的鲤鱼从霓虹灯下跑过

"嘿！你们抱着的是炸弹吗！"

身穿粉红色印字衫的男人开玩笑地向他们大声喊着。

33. "罗曼"酒馆的霓虹灯没有开，大门也上了锁

满夫登上酒馆侧面的楼梯。

满夫站在二层的门前。门上用图钉钉着一张缺了角的纸片，似乎是翻过来的一张名片，上面写着"石渡知兰"。

满夫看了看跟在后面的广次，推开了房门。

满夫的父亲在衬衣外披着一件女式坎肩，正坐在榻榻米上和穿着长绸裙的知兰玩扑克牌。

父亲："哎，有什么事啊？"

满夫："我是来找你喝一杯热闹热闹的，还有广次。"

广次从门边探出头来。

父亲："好久不见了广次，怎么样啊，挺好吧？"

广次："马马虎虎吧。哪儿有大叔您这么有精神呀。"

广次把包着鲤鱼的报纸放在榻榻米上。

鲤鱼一阵扑腾弄破了报纸。

知兰（发出轻声的惊叫）："？！"

满夫："爸，做个冷鲜鲤鱼片吧，咱们一起喝两杯。"

父亲："没菜刀。"

红鲤鱼的尾巴"啪哒啪哒"地拍打着榻榻米，身子不断地移动。

知兰手足并用爬到满夫父亲的身后。

满夫："快把啤酒什么的拿出来吧，我是你的儿子呀。"

满夫脱掉鞋子上了榻榻米。

父亲："你是来招我讨厌的吧！"

满夫（摇摇头）："我是想，咱们父子俩可以一边吃着鲤鱼一边好好聊聊。"

广次："我……回去啦，我的那条鱼你们吃吧。"

满夫朝仍然倚在门边的广次招手要他进来，

广次："一点儿也没有欢乐的气氛。我可不想和你们家里的事搅到一起去，还是你们父子俩亲热亲热吧。"

广次轻手轻脚退出屋子，关上了门。

沉默。

可以听到婴儿的啼哭声，男人、女人的吵闹声，以及电视节目和卡拉OK的歌声。

父亲："不景气呀，酒吧已经关掉，房子也托不动产公司出售了。"

满夫："你的存折上还有钱吧？"

父亲点点头。

满夫（鼻子里发出一声冷笑）："大哥打电话要三百万。他是长子，所以有这个权利。可那样的话，我还有什么呀？"

父亲："你是为了钱来的？"

墙边的红鲤鱼满身污垢，还在微微地蠕动。

黑鲤鱼已经从榻榻米掉到放鞋子的水泥地上。

满夫："回家去吧。我大棚里的西红柿长得可快了，一个人忙不过来。"

知兰："你想把他带走？"

知兰直挺挺地挡在满夫面前。

知兰："这个人我不给你。酒馆虽然倒闭了，那也没什么，我还可以去别的酒吧干活。我会照顾他的，我们说好了，要白头到老，一起进坟墓。"

知兰站在满夫面前抽泣起来。

父亲笑嘻嘻地冲满夫耸耸肩膀。

满夫："好吧，就拜托你照顾我这个糊涂爸爸到死吧，还省了我的事呢。"

满夫穿上了鞋子。

知兰像个孩子似的"呜呜"地哭出了声。

黑鲤鱼已经一动不动，好似一只旧式的鱼形瓷器。

34．小河

河底沉着空酒瓶、饮料罐和塑料玩具。

满夫从竹篓里抓出一只青蛙，用力摔在地上。

满夫剥掉青蛙的皮，用渔线拴住青蛙腿，然后把渔线投进河水中。

渔线的另一头缠在他的小手指上。

满夫轻轻拉动渔线。

一只蝼蛄虾用钳子夹住了青蛙的腹部。

塑料桶里已经有半桶左右的喇咕虾，乱哄哄地爬来爬去。

母亲的声音：“阿满！阿满！”

满夫转过身来，见母亲和文子站在身后的河岸上。

文子：“你说一个人忙不过来，所以我就给你帮忙来了，怎么你自己倒泄了劲啦？”

满夫露出了笑容，把青蛙丢进了河中。

35．满夫的家·庭院

院子里停着一辆崭新的地平线轿车。

满夫加快脚步超过母亲和文子跑进了起居室。

36．同上·起居室

满夫迅速关上了电视机。

震耳的声音消失后，可以听到祖母发出的轻轻的鼾声。

满夫用毛毯盖住缩成一团睡在沙发上的祖母。

37．同上·厨房

母亲咬开塑料袋，把米粉饼放了满满一果盘。

满夫（对文子）：“你今天休息？”

文子：“父亲让我来和你商量一下婚礼的日程安排和证婚人之类的事。”

满夫：“真够麻烦的。”

母亲边往茶壶里放茶叶，边对满夫说——

母亲：“这事我看不让你爸爸出面恐怕不行吧。要是你爸爸不在了那还好说，可你爸爸不是还在嘛。”

满夫："我看没他更好。"

文子："借我件工作服吧，我是来给你帮忙的呀。"

满夫"腾"地站起来。

满夫："好呀，就穿我的工装裤行吗？"

母亲："愿意穿我的扎腿劳动服也行。"

文子："就穿满夫的吧。我还从来没穿过扎腿劳动服呢。"

祖母进了厨房。

祖母："把我老婆子当外人，你们都吃好的。只要松造不在家，你们马上就虐待我。我耳聋就不给我饭吃，也太狠心啦。"

母亲："吃吧吃吧，想吃就吃个够！"

母亲盛了满满一碗饭用力往桌上一放，把一双筷子直上直下地戳进米饭中。

满夫朝文子一摆头。

38．塑料大棚

满夫打开收音机，把花剪递给文子。

文子："我没干过呀。"

满夫握住文子拿花剪的手，教她怎样剪下西红柿。

满夫轻轻吻着文子的嘴唇。

文子双臂搂住满夫的脖子和他亲吻着。

文子突然用力将满夫推开。

原来是满夫的母亲进了大棚。

满夫："把红了两三成的剪下来正合适，如果红到像菜店里摆的那种马上能吃的程度，就剪下来丢掉。"

两个人并排干起活儿来。

文子："这样的怎么办？"

满夫："太熟了，只能丢掉。"

文子随着收音机传出的音乐旋律轻轻地扭动着身子。

39．满夫家·厨房

祖母双手拿起一只煮熟后变成红色的蝼蛄虾"吱吱"地吸吮着。

祖母："我娘家太穷，嫁过来的时候，连被子也没带一床。爷爷说，只要你人过来就行了。可我妈告诉我说，人性本恶，今后还不知得有多少事让你哭呢。"

文子煎着裹上了面粉的蝼蛄虾。

祖母："那时候，回娘家真高兴呐。回到娘家就可以整天呼呼大睡。妈妈看着我心疼得掉眼泪，说我太辛苦了。我要走的时候还给我零花钱，那还是我头一回得着钱。我买了些小孩的玩意儿，钱一下子就花光了。"

文子把盛满蝼蛄虾的大盘子放在餐桌上。

祖母："和我那时候比起来，满夫他们有多幸福呀。"

母亲："你们俩这么好，真让人高兴。"

文子暧昧地做了个笑脸。

满夫："好吃，好吃，做得太棒了。"

祖母："这么油腻的东西，叫上了年纪的人怎么吃呀。"

祖母小声嘟囔着从椅子上站起身来，转身出了厨房。

母亲捡起祖母掉落在餐桌上和地上的米饭粒。

起居室传来音量大得吓人的电视节目声。

母亲狠狠地把厨房的门关上。

母亲（叹了一口气）："我刚嫁过来那会儿，吃饭要是掉了一个饭粒，她都要大吵大嚷说我是个败家星。她说世上一粒米升了天就是一斗粮。那时，我把饭锅里的饭粒刮得一粒不剩，然后把锅沉到后面的河里泡着。她就故意弄些饭粒放进锅里，再叫左邻右舍的老太婆去看，说，瞧瞧我们家的媳妇什么德性！"

满夫站了起来。

满夫（对文子）："咱们出去喝咖啡吧。"

文子一声不响转身进了里屋。

满夫对着水龙头大口喝着自来水。

水池边的垃圾桶里放满了喇蛄虾的腿和壳。

母亲："怎么，你们不高兴啦？"

文子换好了自己的衣服。

文子："谢谢你们的招待。我想马上回家。"

文子深深鞠了一躬。

母亲忙将罐头、速食面等在附近小店买来的食物放进一只超级市场的纸袋里。

母亲："以后还常来呀。"

母亲一边递过纸袋，一边拉住文子的手。

40.同上・院

满夫把一个装满西红柿的纸箱放进文子那辆地平线轿车的后备箱里。

满夫："去喝杯咖啡吧。"

文子："我要回家，太晚了。"

满夫："觉得没意思了？"

文子："说实话吧，一见到你妈和你奶奶我就一点儿自信都没了。"

满夫："以后不和她们住在一起。"

文子："你不光是认识我一个女人吧。"

轿车"轰"的一声发动，转了个弯开走了。

满夫独自站在轿车带起的烟尘中。

41．满夫走在住宅区的楼群中

亮着灯光的一个个窗口。

电线杆上贴着中期选举竞选人的海报。

满夫用肩膀顶开"女王"茶店的门。

42．"女王"茶店

褐发女人站在柜台后面。

褐发女人："哎哟，好久都没见着你了。"

正往投币自动唱机中放硬币的男人转过身来，是广次。

广次："我瞧见你家院子里停了辆新车，是她来了吧？"

满夫："刚被拒绝，她生气地走了。我们合不来。"

广次："你得照顾点儿她的面子嘛。什么时候举行婚礼呀？"

褐发女人："恭喜你啦。"

满夫端起广次给他斟上的威士忌，呷了一口。

满夫："这店的活儿你怎么还没辞掉？你丈夫都找我去闹过了。"

褐发女人："你说什么呀？"

广次（对褐发女人）："没关系。"

广次拿起自己的威士忌又往满夫的杯子里倒了一些。

广次："阿枫已经把你干的事都告诉我了。简直让人不敢相信，不过……"

满夫："她叫阿枫呀……"

满夫也往广次的杯子里斟上酒，是他那瓶画着西红柿的威士忌。

广次："从今以后，你如果再对阿枫动手动脚，我就不能置之不理了。你这家伙和你爹一样，对你一点儿不能大意。"

满夫："我爹……"

广次："你把喝醉了的阿枫硬给弄到你的大棚里，手段真够卑鄙的。没有给你告到警察那儿去就算便宜你啦！"

满夫盯着阿枫，一手握住酒杯无意识地在柜台上蹭来蹭去。

广次："最近，我和阿枫已经去温泉旅行了一次，住了一夜。就是上个星期六。（对阿枫）是吧？"

阿枫点点头。

广次："以后你少往我们这里掺和。"

满夫倏地站起身，一把抓住威士忌的瓶颈。

广次攥着拳头慢慢从椅子上站起来。

阿枫："你们干什么呀！"

满夫："……这瓶酒，我拿走了。"

满夫把一张揉成一团的千元钞票丢在柜台上，转身朝门口走去。

43．满夫漫无目的地走着，不时对着酒瓶灌几口威士忌

44．塑料大棚

西红柿在黑暗中悄然无声地伸展着枝叶。

满夫摘下一片叶子在手心里揉搓。

45．灌满了水的稻田远远望去就像一面有许多裂纹的镜子

"嘎吱、嘎吱"。

喝多了酒的满夫脚步蹒跚地推着一辆小独轮车往前走。

巨大的杉树下供着六地藏菩萨的石像。

满夫抱起石像摇摇晃晃地放在独轮车上。

满夫："南无阿弥陀佛，南无阿弥陀佛……"

46．深夜·安静的住宅区

"女王"茶店已经打了烊。

满夫把六地藏菩萨的石像放在"女王"茶店的铁门前。

满夫："哇……"

满夫趴在地上剧烈地呕吐起来。

满夫用手抹了抹嘴，然后朝着六地藏菩萨的石像合十跪拜。

满夫："南无阿弥陀佛，南无阿弥陀佛……"

每合一次掌便磕一个头。

47．农协

满夫揪住农协职员胸前的衣服。

满夫："开什么玩笑！一公斤西红柿只卖六十元，这不是白干了吗！还有肥料钱、农药钱，都等于白扔啦！"

职员："这没办法，市场上的行情就是这样。因为近期天气一直很暖，大田的西红柿比往年上市要早。"

满夫放开了手。

满夫："冬天冷的时候，还要生煤炉给它取暖，这个月又一直注意别让室温太高……妈的！结果还不是斗不过老天呀！"

垂头丧气的满夫转过身去。

职员："你别自暴自弃。虽然行情差了一些，你也不能撒手不管了。否则西红柿长得大小不一，怎么上市呀。"

48．塑料大棚

满夫把小卡车开进了塑料大棚里。

满夫的母亲推着一辆装满了西红柿的独轮车走来。

满夫（哭腔）："完了妈妈！西红柿的价跌得不像样了，越干越亏呀！"

满夫关掉小卡车的引擎，把脑袋抵在方向盘上。

母亲："跌了点价你就这么失魂落魄的还行啊！咱们庄稼人，只要能侍弄土地、活动身子，这就蛮好嘛。"

满夫："刚才急得我都蒙啦。"

满夫跳下小车，连连点头。

满夫："您说得对，不就是卖得便宜了点儿嘛，运到农协去照样还能换来钱。"

母亲："是啊是啊，庄稼人只要好好干活就不会没有饭吃。"

满夫："对，干活干活！"

满夫和母亲一起干了起来。

"满夫，给我帮帮忙去吧。"

下半身满是泥巴的广次来到满夫身边。

满夫："我这儿都忙得不可开交了。"

广次："咱们事先讲好的，我也来帮过你了。"

广次摘下一个西红柿啃了起来，一边目不转睛地看着满夫。

广次："阿枫也在那儿，嘻嘻哈哈的可高兴啦。她说想见见你。"

满夫："妈，我去帮广次家插一会儿秧！"

满夫向大棚深处喊了一声。

49．水田

广次的父亲正站在水田中，用铁锹铲起泥巴加高田垄。他抬起头看着满夫。

广次的父亲："好一阵没干这活儿，连地也耙不好了。"

满夫："大叔的身体还是那么棒啊。"

广次的父亲："说到底，咱们是庄稼人，只要一闻到泥土味儿精神就来了。"

广次的母亲："每天都去垃圾处理厂烧那些臭垃圾，弄得总是一身大汗，好像全身的汗毛孔都张开了。"

满夫脱掉鞋子，下了水田。

满夫："这块地有四反大吧？别种水稻了，改成个塑料大棚多好呀。"

穿着长靴的阿枫带着孩子跑来，站在另一边的田埂上。

广次推着插秧机在水田中插秧。

满夫把绳子系在一个梯子上，然后平拉着它平整水田。

几个住宅区的女人拉着孩子从柏油路上朝这里走来。

女人C（对孩子）："好好看看，良夫，在学校里要是不好好学习，将来长大了就只能干这样的活儿，多恶心呐。"

满夫捞起一块泥巴朝他们投去，但没有投到那么远。

满夫："混蛋！"

满夫突然手捂着胸口倒在田埂上。

阿枫的孩子有些恐惧似的一步一步慢慢走近满夫。

广次："那个大哥哥死啦，怎么办呀？"

满夫屏住呼吸一动不动地躺着。

广次："瞧呀，是死了吧。"

说完在满夫头上轻轻踢了一脚。

满夫伸手抓住广次的脚腕，但广次跳了开去。

满夫爬起身去追广次。

泥水四溅。

阿枫惊叫起来。

满夫经过阿枫身边时停下脚步看着她。

满夫："别和那小子来往了，还是和我干点有意思的事吧。"

阿枫："六地藏菩萨的石像，是你放的吧？"

满夫："……"

阿枫："可引起一阵混乱呢，都说是六地藏菩萨自己走来的。"

满夫笑着转过身。

阿枫："今天晚上我去找你。"

满夫一下子转回身来看着阿枫。

阿枫（笑着）："稻草上可不行啦。"

传来女孩的笑声。

广次把阿枫的女儿举起放在自己的头顶。

50. 满夫家·房

一身泥土的满夫从后门进了厨房，一眼见到父亲正在餐桌旁，一条腿支起来踩在椅子上。

父亲："喂，阿满，西红柿跌价了。你拼命干了半天，结果毫无收获。世上的事就是如此，别死守那块巴掌大的地傻干了。"

母亲从热水壶里拿出温着的酒壶，给父亲斟上酒。

祖母双手拿起一只猪蹄送到嘴边。

满夫："给我烧水，我要洗澡。"

母亲赶忙走进浴室。

满夫："你回来干什么？"

父亲："这是我的家，我怎么不能回来。"

满夫（气馁地）："那个女的怎么办？"

父亲："没事了，已经和她分手了。"

满夫站在厨房门口便脱下了衣服，只剩下一条短裤。

母亲："水还没热呢。"

满夫进了浴室。

51．同上·室

满夫跳进浴池中。

变成泥汤的水面微微升起些许蒸汽。

厨房传来一阵笑声。

52．同上·房

得意扬扬的父亲正在滔滔不绝。

父亲："宇冢先生请我给他帮忙，这次的竞选他一准能当选，那我也再不会是个无所作为的人了。"

母亲把架在电热器上烧着的锅放到桌子上。

母亲："终于盼到能有出头之日的那一天了，今后村里的事儿，还不都得由你来出面主持才行啊。"

父亲全身用力地点点头。

父亲："那是当然啦！到时候还可以请宇冢先生给满夫当证婚人。只要把这个大人物请来当证婚人，连你也要身价百倍，在村子里扬眉吐气啦。村里人是怎么说这事儿的？"

母亲："还没听村里人说什么，不过……"

父亲："会说的。以后村里有婚礼、葬礼的时候，用不着我出声别人就会来求我帮助的。"

母亲："阿满，你也来喝一杯吧，你爸爸好不容易回来了。"

满夫："我看他是混穷了回家骗钱的吧。"

父亲："钱我有的是，要多少有多少。等着瞧吧，我马上就可以动用几十万的巨款了。"

满夫："一点也没改。根本看不出反省自己的样子。"

母亲："阿满，对你父亲别用这种口气说话。"

父亲："没关系，让他说。"

母亲盛了满满一大碗肉片放在父亲面前。

母亲："这回的行情是一张选票多少钱？"

父亲："还不是五千元呗。你和谁也别说，如果被竞选的对手知道了，他们会提得比这个数更高的。"

"大妈。"

广次出现在厨房的门边。

父亲："哎，进来呀。"

广次："哟，大叔果然回来了。到了该您上阵的时候了，回家来聊聊是吧？"

父亲："你就等着瞧好吧。这回，我是真的要长行市啦。"

广次："还不得搞一台崭新的豪华车？"

父亲："这还用说么！"

父亲得意地抖着双腿。

广次（对满夫）："咱们去喝点好的，奢侈一回。"

满夫："我想去大棚干点儿活。"

母亲："跟广次去吧，没关系，偶尔喝点酒开开心，别老是闷着头干活。"

父亲："我这个儿子就是这样，只知道一个劲地卖力气。广次，你也该好好劝劝他呀。

满夫（对广次）："我还是想去大棚。对不起。"

53. 塑料大棚

满夫把连接着灯泡的电线挂在铁管上，打开了电源开关。

成熟的西红柿在灯光照耀下发出红色的光泽。

满夫轻轻抚摸着西红柿，忘情地把脸贴在西红柿上。

54. "女王"茶店

广次一边抖着腿一边拿起粉色电话的听筒放在耳边。

听筒中传出铃声。

广次烦躁地哑哑嘴丢下了听筒。

女人D正背着身在酒架上寻找广次留下的那瓶威士忌。

女人D："你胆子不小，要是她丈夫来接电话，你怎么说？"

广次喝了两口啤酒。

广次："还没有找着吗？瞧我的面子，赶快找出来吧，让我高兴高兴。"

女热D："也许被那小子喝掉了，你再打个电话问问。"

广次瞄了一眼没有挂在电话机上的听筒。

广次："真气人！要是阿枫在怎么会这样，搞得我都没心思喝酒了。"

广次气哼哼地站了起来。

55. 塑料大棚

满夫摘下西红柿码放在纸箱中。

四周结出红色、绿色果实的西红柿植株，地上有几个掉落的西红柿。

"呀，真漂亮！"

阿枫站在满夫旁边。

满夫抬起头眯着眼睛望着她。

满夫："来这儿没事吧？"

阿枫："约了我又担心起来。你害怕广次？"

满夫："我带毛毯来了。"

阿枫笑了。

56．住宅区

广次拼命敲打"女王"茶店的铁门。

广次："阿枫！阿枫！"

广次大声吼着。

57．塑料大棚

一些飞虫绕着灯泡飞来飞去。

阿枫站起来，伸手从铁管上摘下一条不太干净的毛巾，擦了擦下腹部。

阿枫："你倒没什么，我就是不知道广次那家伙到底对我打的什么主意。"

满夫："他大概是想结婚了。"

阿枫："和谁？"

满夫："当然是和你呀。"

阿枫（笑着）："那我太高兴了。"

"咔啦咔啦"，有人从外面摇晃着塑料大棚的门。

满夫跳起来手忙脚乱地穿上短裤。

外面的人影用身子撞着塑料大棚。

阿枫躲到满夫的背后。

外面的人撞破了大棚的塑料布，一趔趄摔进大棚里。

是广次。

广次："满夫！这算是怎么回事？！我把你当朋友，相信你，没想到你做出这么下流的事，真让我吃惊。我说过不许你再碰阿枫，这回我可不能善罢甘休！"

满夫："这话真可笑，你又不是她丈夫，反倒跟我摆起丈夫的谱来，你也太狂妄了吧！"

广次："妈的！你还得意起来了！"

广次猛地扑向满夫。

两个人搂抱着倒在西红柿的植株丛中扭打起来。

广次："你的女朋友能让我干吗？！啊！？你这个不要脸的混蛋！"

广次骑在满夫身上挥拳乱打。

满夫："是她约我的。"

广次挥动的拳头停住了，回头看着阿枫。

阿枫一边系着胸罩的挂钩，一边用力摇头。

阿枫："胡说，不许胡说！"

满夫："第一次就是你告诉我你离了婚，勾引我的。事后反倒说我硬把你弄到这里来。你才会胡说八道呢。"

广次从满夫身上站了起来。

满夫："你对她用不着那么认真。她只不过是个下贱的女人。"

正抬脚朝阿枫走去的广次"唰"地转过身来，狠狠一拳击在满夫的腹部。

刚刚站起来的满夫又倒下去。

广次盯住阿枫。

阿枫："是你朋友勾引我的！我说过，叫你别和那家伙来往。真的，真的是他勾引我的。"

阿枫边说边往后退。

广次："勾引你，就都跟着走吗？不论什么人你都能向他叉开大腿吗？"

广次抬手打了阿枫一记耳光。

阿枫："别打！打出手印来怎么办，叫我怎么向丈夫解释。"

广次不管不顾地继续打着。

广次："什么丈夫！混蛋！你敢耍我！"

广次揪住阿枫的头发往外拖。

广次："刚才我一直往你家打电话。你要是没出门就该在家，明白了吗！"

阿枫："痛！痛！放开我，你疯了啦……"

广次揪扯着阿枫的头发往外拖去。两个人渐渐融入黑暗之中。

满夫擦去唇边的鲜血。

58. 理发馆

满夫在烫发。

59. 加油站

满夫的花冠轿车停了下来。

文子跑到车窗边。

文子："加满吗？"

满夫："加满。"

满夫从窗口递出车钥匙。

文子这才发现是满夫。

文子："……"

穿西服打领带的满夫从车上下来。

满夫："加满。"

满夫把钥匙放进文子的手中。

文子慢吞吞地拿起加油器。

满夫："一起吃饭好吗？"

文子把钥匙还给满夫。

文子："四公升，请交六百零八日元。"

满夫："到午休时间了，我请你吃高级菜，行吗？"

文子："还烫了头，这回又是去和什么人相亲呀？"

文子鼻子里发出"哧哧"的笑声。

满夫："别开玩笑了，我觉得咱们之间还没有很好地相互理解，我不想就此引退。"

文子："那……你请我去最好的饭店吃饭，然后我去大棚给你帮忙。"

文子大步朝加油站办公室走去。

60. 北欧建筑风格的高级牛排店

满夫放在桌子上的双手攥起来又放开。

满夫："我决定了，和你结婚，你是最好的人。我已经把这事告诉朋友们了。现在如果你还拒绝我，那可真让我丢尽面子了。"

文子："最低条件是和你家里人分开住。"

满夫："把二楼改造一下就行了，配上厨房、浴室、厕所，再在室外安装一个铁楼梯，像公寓那样可以从二楼直接出入。"

文子："五年之内我不想生孩子。"

满夫："我也愿意这样，更轻松一些。"

侍者端上了"吱吱"作响、油汁微溅的牛排。

满夫："我只随便问问，你想过要和我结婚的事吗？"

文子拿起刀子和牛排。

文子："我们见面那天去了旅馆的事人家都知道了。妈妈好像还知道我们一起洗了澡，她说，只要我们结婚就没关系。"

满夫脱掉西装，解下领带，开始大口大口地吃牛排。

满夫："这回咱们大大方方地到旅馆去。"

文子："德性！你别太乐观了，我还不能马上决定呢，这可是一辈子的大事。"

满夫："……"

一辆竞选宣传车从窗外驶过，高音喇叭大叫着"宇冢广史！宇冢广史！"

文子："选举真烦人。"

61．塑料大棚・外景

竞选海报一张张等距离贴在棚壁上。

满夫撕下海报团成一团丢到地上，又狠狠地踩了几脚。

一个女人弯着腰从棚壁的缝隙处往大棚里张望，是知兰。

知兰一侧头看见了满夫，有些胆怯地凑了过来。

知兰："这是我好不容易织好的。"

知兰从纸袋里拿出一件毛衣，在胸前展开。

知兰："我想让他试一下合不合身，不合身的话，我就拆掉再给他重织。"

满夫："你知道选举事务所吧？去那儿找他。我妈也在那里，你们可以直接见面了。"

知兰像扑到满夫身上似的把毛衣展开贴在满夫的胸前。

满夫："我个子比他高，看样子不拆掉重织不行了。"

满夫动手把倾斜的支架和松了的绳结整理好。

知兰（哭了起来）："我都来过三四趟了，可一看见你家的房子就抬不起脚。即使别人都不理我，往我身上扔石头我也不在乎。可是他……"

满夫："你这么想那家伙？太不值得了。"

知兰："他说了，选举一结束马上就回去。他要是不回去，我就拿套狗的项圈把他套上拉回去。"

满夫："对，对，就这么办。"

知兰："毛衣就拜托你了。"

知兰把放进纸袋的毛衣又掏了出来。

满夫把几个西红柿放进知兰的纸袋里。知兰连连道谢。

62. 满夫家·厨房

满夫的祖母趴在桌子上睡着了。

满夫："奶奶，要从椅子上掉下去啦！"

祖母睁开浑浊的双眼。

祖母："我的儿媳打算把我这上了年纪的人饿死啊！砂糖藏到哪儿去啦？抢老人的东西，哪儿见过这样的媳妇！"

满夫打开冰箱。冰箱里只有干瘪的西红柿、放了很长时间的腌咸菜和沙丁鱼罐头。

祖母："总是这样打发我，把财产交给她，这是大错特错。"

满夫给祖母做了一碗紫菜汤。

电话铃响了。

满夫端着汤走到走廊接电话。

63．同上·走廊

满夫拿起听筒。

"喂，是我呀。我把加油站的工作辞掉了。"

听到文子的声音，满夫不由露出了笑容。

满夫："结婚的事，你决定了吗？"

文子："朋友们正在祝贺我呢。我把咱们第一次见面就去了旅馆的事告诉了朋友们，大家听了特高兴，都说你是英雄呢。"

满夫："不是男的朋友吧？"

文子："你就放心吧，加上我一共是四个美人。她们都说不见见你不行。喂，你能马上来一趟吗？"

满夫："我就去，你等着。"

听筒中传出几个女人的欢呼声。

64．同上·庭院

满夫发动了花冠轿车的引擎。

车子刚拐上道路，前灯光中突然出现一个女人的身影。

满夫猛踩刹车。

满夫（大叫）："危险！"

站在前灯光中的广次母亲深深地叹了口气。

广次的母亲："满夫呀，广次他大概是出什么事啦，到我家来一趟吧。"

满夫打开了助手席一侧的车门。

65．广次家·院子

满夫停下车。广次的父亲和牵着女孩手的阿枫的丈夫跑了过来。

广次的父亲："他和别人的太太跑了，这个混蛋！"

丈夫："我从公司回家后没见到老婆的踪影，只有孩子一个人在看电视。我一问她，她说妈妈被那个种田的大哥带走了。"

满夫："这也不能证明那就是广次呀。"

丈夫："如果不是你，剩下的就只有广次了。"

满夫："反正都是你的老婆勾引别人，我们全是受害者。"

广次的父亲："满夫，对不起，能不能帮我们找找广次呀？弄到警察那儿就不好办了。"

满夫："没什么大事。瞧着吧，他会平平安安回来的。"

广次的母亲："广次拿走了一百万日元呢，是今天从农协取出来的。"

满夫："你们怎么让他随随便便就取出了一百万啊！"

广次母亲："我们想，他是长子，开创事业需要资金。"

满夫："你们不知道有了一百万，他都可以跑到外国去吗？"

满夫回到车内，发动了引擎。

广次的父亲坐进了助手席。

阿枫的丈夫慌忙将孩子交给广次的母亲，紧跟着进了后座。

两条车灯光柱远远地射入夜幕之中。

丈夫："我向她求婚时，她要我同意以后不干涉她和男人来往。我答应了这个条件才和她结的婚。她是个美人，我呢，说实话是个丑男人，能娶到这样的女人，就像摘到了奇花异草，心满意足。可她也抓住了这一条，管不住了。"

阿枫的丈夫发出一串哭声一般的笑声。

满夫驾驶的轿车沿着狭窄的农村道路疾驰而去。

66. 塑料大棚

满夫把歪倒向一边的西红柿用塑料绳系在枝杆上。

"我的脸都丢尽了！"

文子站在两行西红柿植株之间。

文子："打个电话来也好呀。刚向朋友把你吹嘘了一番，就让人家足足等了三个小时，叫我还怎么见人哪！"

满夫："你吹嘘我了？"

文子："傻瓜！"

文子做出要打他的样子。

满夫："我的朋友和一个有丈夫、孩子的女人私奔了，我开车找了他一夜。他身上带着一百万日元，等钱花完了他就会回来的。"

文子："要玩也不能玩到这种程度呀。"

满夫："……和我玩玩吧。"

满夫拉过文子亲吻着她。

外面传来高音喇叭的声音。

"和田满夫先生，您工作辛苦啦。宇冢广史向辛勤劳动的您致以敬意！"

满夫跑出大棚。

一行人手持写着"宇冢广史"字样的旗子，戴着白手套，一齐向满夫挥手。打着旗子的人中也有满夫的父亲和母亲。

走在最前面的胖胖的秃顶男人走出队列，上前同满夫握手。

秃头男人："请多关照，请多关照。"

秃头男人又同文子握握手，然后回到队列中。

一行人向住宅区走去，满夫回到大棚里。

文子："我肚子饿了。"

远
雷
×

67. 住宅区·中国餐馆

满夫和文子在找座位。

在店内的一角，阿枫的丈夫和女儿正在吃拉面。

阿枫的丈夫看见满夫，咧开嘴笑了。

丈夫："我老婆大概得让你那朋友照顾一辈子啦。也只好多多拜托了。"

满夫："孩子怎么办？"

女孩双眼一眨不眨地看着满夫。

文子拉拉满夫的手臂。

文子（小声地）："咱们去吃牛排吧。"

满夫："（点点头）他们俩现在没准正干着好事呢，令人羡慕。把住宅区里的女人带跑了好几天，真是个壮举。"

两人向门口走去。

68. 塑料大棚

满夫拿着橡胶水管往自己头顶浇自来水。

文子："看你那样子还挺舒服似的。"

满夫："你试试就知道了。"

文子："我来试试。"

文子脱去外衣，只剩下胸罩和裤衩。

文子："你这么直勾勾地盯着人家，我都害臊了。"

满夫用橡胶水管往文子身上浇水。

文子："哎呀，太冷啦！"

文子跳来跳去躲避水柱。

满夫丢下水管，上前抱住文子。

两个人的牙齿撞了一下。

满夫把文子横抱起来，放在底下铺着毛毯的稻草上。然后脱下她已经湿透了的裤衩……

月光洒满塑料大棚，满夫和文子仿佛并排躺在水底。

文子："你喜欢干庄稼活儿？"

满夫："没别的事可干嘛。

文子："爸爸说，如果我们想搞个加油站或是高尔夫球练球场什么的，他可以从各方面帮助我们。"

满夫："有了你我就心满意足了。"

文子："是恭维我吗？"

满夫："应该把床和煤气炉搬到这里来，那就用不着改装什么房子了。"

文子："我真想痛痛快快地干点儿什么。女人有了孩子就什么都完了。现在只有咱们俩，该好好享乐一番。大家都在行乐，你还说过羡慕你那个朋友呢。"

满夫："我觉得，我们现在这样就是最好的。"

文子："新婚旅行不去夏威夷，去香港买东西多好啊。我向爸爸要些钱。"

满夫："行，我们就去香港。"

早晨耀眼的阳光。

满夫从枕边摸出短裤迅速穿上。

满夫："……？！"

眼前一株西红柿的茎杆上落满了红色的小飞虫。

满夫用手乱打这些飞虫。

是蚜虫。

满夫发现四周的植株上都生了蚜虫，叶子已经开始枯萎。

满夫："妈的！你们竟敢跑到我的大棚来逞凶！"

文子睁开眼睛，脸上一副惊讶的表情。

满夫："文子，快起吧，西红柿得病了，都生蚜虫啦！"

文子穿好了衣服。

满夫剪断系着西红柿茎杆和细竹支架的塑料绳，然后拔掉了竹支架。

失去支撑的濒死的西红柿植株一棵棵歪倒在地。

满夫："文子，我把西红柿连根拔出来，你帮我摘下上面的果实"

然而植株的根部都深深地扎在土里，拔不出来。

满夫用铁锹将植株从根部铲断，把爬满了蚜虫的植株拉到大棚外。

长长的两行西红柿都被铲掉了。

满夫打着喷嚏用电动喷雾器在大棚内喷洒杀虫剂。

文子从大棚外的植株上摘下西红柿装了满满几箱。

满夫："咱们去卖掉这些西红柿好不好？总比丢掉了强。住宅区那些店里卖的都是快烂的东西，就是那样的垃圾，住宅区的人们也都吃得挺高兴。"

汗水湿透了文子的衣衫，乳罩显露出来。

满夫往小山一般枯萎的植株上泼了一些柴油，点火燃烧。

满夫："你烦了吧？"

文子："早就听说你是个特别认真的人，这回让我有了体验。"

两人相视而笑。

69．住宅区

一辆小卡车的收音机音量开到最大程度，风驰电掣般地冲进了住宅区广场。卡车两边贴着红色的横幅，上面写着："丰年大赠送！高级西红柿大甩卖，每袋百元！"

满夫拿起一只半导体喇叭高声喊着——

满夫："西红柿大甩卖啦！来呀来呀，快来买吧！"

文子："每袋一百日元，快来买呀！美味可口的西红柿！"

满夫停下小卡车，高举双臂招呼人们。

满夫："每一个寒风呼啸的夜晚，我都要用炉火为它们取暖，它们都是我的血汗结晶！白送啦，快来买吧，只要一百日元，谁买谁就赚大便宜啦！"

不少妇女一边七嘴八舌地说着什么，一边跑过来围住了小卡车。

文子："都是刚刚摘下来的新鲜西红柿，来晚了就没啦！"

女人E："五十元一袋行不行？"

女人F："这里面还有没长大的小不点儿呢。"

满夫："你们去和旁边超级市场里的比一比，看买谁的西红柿更值。"

女人们开始竞相从车厢里抓出装满着西红柿的塑料袋。

满夫："排队排队！哎，哎！按着顺序来。"

文子："一百元，一百元啦！"

文子的声音已经有些嘶哑。

女人A："喂，大哥，这女孩是从哪儿找的？是从西红柿地里发现的吗？"

嘻嘻哈哈的笑声。

"今天是市议会议员选举的投票日，投票地址在……"

选举宣传车驶入了广场。

70. 超级市场

试装室的帘子拉开，文子从里面走出来。

女店员："非常合身。"

远
雷
×

满夫："有点像儿童内衣，说不出是显得可笑还是大胆。"

文子："我早就想买一身这样的衣服了。穿着凉快就好呗。"

文子左右转身从穿衣镜中打量着自己。

满夫："我看穿上它更热。"

女店员："她年轻，穿上挺合身的。"

满夫："给包上吧。"

文子："算啦，就穿着它吧。"

文子扯下衣服肩部的价目牌递给满夫。

满夫把几枚百元硬币排列在柜台上。

满夫："吃完饭去看电影吧。"

文子身上出汗出得黏糊糊的不舒服。

满夫："那就洗澡，去旅馆吧。文子色鬼！"

文子用胳膊肘拱了满夫一下。

满夫装模作样地捂着肚子跟跟跄跄地往后退去。

71．塑料大棚

细雨蒙蒙。塑料大棚的棚壁上结了一层白色的雾气。

满夫打开收音机，拿起花剪。

几只小虫在满夫身边飞舞，是黑色的有翅蚜虫。

满夫："畜牲！"

满夫拍死了良知两只，又拿起一条毛巾抽打。飞起的蚜虫越来越多。

西红柿的茎秆和叶片上还密密麻麻地爬满红色的无翅蚜虫。

满夫发疯似的用喷雾器向西红柿上喷洒杀虫剂。

塑料大棚内很快变得和外面一样雾蒙蒙的。

满夫只穿一条短裤跑出棚外，用自来水冲身子。

满夫冷得全身都起了鸡皮疙瘩，上下牙都合不拢了。

满夫："真冷啊！他妈的混蛋！"

满夫一边甩动着橡胶水管一边喊叫。

两辆警车开进满夫家的院子里停下。

72．满夫家·庭院

满夫慢吞吞地走来。

警察 A："你是和田满夫吗？"

满夫："对，是我（眼珠左右移动躲避着警官的目光）。"

警官 A："中森广次是你的朋友？"

满夫："是啊，怎么了？"

警官 A："他家向警察局递交了寻找申请。你不知道他的下落吗？"

满夫："这是男女之间的事，别人怎么会清楚。"

警官 A（点点头）："看来不是绑架，而是两个人有了私情。我们管不了这类蠢事。你和中森的父母说说，劝他们还是去找私人调查所之类的机构帮帮忙或是你帮他们找找吧。"

满夫："我没兴趣管这事儿。我朋友这会儿正美着呢。"

警官 A："住宅区里白天男人少，你们这些家伙别打什么歪主意。"

满夫："我就快结婚了。我和那小子可不一样。"

满夫的父亲手中拿着一只大旅行袋，被几名警官簇拥着出了屋。

父亲："我要去旅行一趟。"

向满夫举举手。

满夫："你最好一辈子住在警察局。"

警察把满夫的父亲推进警车中。

母亲双手抓着门扇望着院子里的情景。

警车拉响警笛开走了。

73．满夫家·二楼

满夫把玻璃窗和套窗通通打开。

榻榻米和走廊上到处是灰土垃圾。

母亲和文子提着水桶，拿着抹布上了楼梯。

母亲："满夫，有客人找你。"

满夫："噢，噢。"

文子跪在榻榻米上用抹布四处擦拭，短裙下露出了白色的裤衩。

74．满夫家·大门

两个穿着西装的男人深深地鞠躬。

不动产商A："您就是和田松造先生吧？"

满夫："那是我父亲。要找他，到拘留所去找吧。"

不动产商B："噢，您父亲出门了？没关系，那我们和您谈也是一样的。"

两个人把一个百货店的大礼盒放在满夫的脚边。

满夫："我现在正忙着呢，你们是要买什么东西吗？"

不动产商A："正好相反。您家盖了塑料大棚的那块地，能不能卖给我们？"

不动产商B："我们计划在那里兴建一座大型旧车市场。"

不动产商A："会给您一个好价钱的。"

一边说一边搓着手。

满夫拿起礼品盒往不动产商A的胸前一杵。"

满夫："拿回去拿回去！"

"哒哒哒"的一阵楼梯响，文子从二楼跑了下来，手捂着嘴跑进了洗脸间。

满夫："……？"

不动产商 A："绝对不会让您吃亏的。"

满夫（怒吼）："给我出去！"

两个不动产商尴尬地假笑着，弯着腰退出门去。

满夫："文子！你怎么了？"

满夫正朝洗脸间走，母亲从楼梯上下来了。

母亲："阿满哪，我看，不赶快举行婚礼怕是不行啦。"

75．同上·二楼

文子躺在榻榻米上，身上盖着被子。

满夫拿出脸盆里的毛巾拧干。

文子："我恶心。"

满夫把手伸进被子，在文子的腹部轻轻地揉按。

文子："一阵一阵地想吐。"

满夫低下头吻着文子的嘴唇。

文子："对不起，对不起。"

文子把头埋在满夫的胸前。

满夫："什么呀？怎么了？"

文子："本打算咱们两个好好享受一下生活的乐趣。你也说了，要高高兴兴地去新婚旅行。可现在……要不，我把孩子打掉吧。"

文子仰起脸望着满夫。

满夫："那咱们的婚礼怎么办哪？做流产怪麻烦的。就怀着孩子吧。"

文子紧紧搂住满夫。

文子："你是说可以让我生下小宝宝啦？你真是个温柔体贴的人。"

76. 文子家·会客室

墙上的镜框里镶着金币银币的模型和仿制的宝石牡丹。文子的父亲花村穿着一件宽大的紫色长衣坐在镜框下，叼着烟嘴喷云吐雾。

文子端来了红茶。

花村："怎么样，满夫，不准备搞个盛大的婚礼吗？叫大家都吃一惊。钱你们不用担心，用多少都没关系。"

满夫："那样搞和我的身份不太相符。我只不过是个普通的农民。"

花村用火柴棍掏着烟嘴里的烟油。

满夫："我栽培的西红柿今年成功率只有百分之八十，明年要让它达到百分之百。那时文子也嫁过去了，我打算把大棚再扩大一倍。"

花村："满夫啊，你是个挺不错的年轻人。不过，今后的时代也不是农业时代了。干农活，从早到晚一身臭汗，庄稼得了病、长了虫都坐立不安，又挣不了多少钱。你搞个加油站或西餐馆都不错嘛，要多少钱我可以支援你。栽培西红柿，要是有兴趣搞搞玩儿还行。说实话，我并不希望把女儿嫁到农民家去。你也要站在我的立场，替我考虑一下。"

文子："我还喜欢干庄稼活儿呢。爸爸，满夫也是在拼命地干呀，他并没有做什么错事。他和他那个朋友不一样。"

花村："真难以相信那个家伙竟然是满夫你的朋友。把别人的老婆拐跑，这种人最差劲！"

满夫："发了疯的还不只是他，我爸爸也是一个。"

文子："他和满夫家是邻居，又在一所学校上学。不过，他们也不常来往。是吧，满夫？"

满夫无奈地点了一下头。

77．警察局

满夫胳膊支在柜台上，颤着一条腿。脚边放着一纸箱西红柿。

一名警官走来。

警官Ｃ："是找和田松造吗？那天找他来问过话，因为他没什么大事，当天就让他回去了。怎么，他没回家？"

满夫："谢谢。"

满夫向警官点点头，抱起了装西红柿的纸箱。

78．"罗曼"酒馆前

肩上扛着西红柿箱的满夫登上了铁楼梯。

大门没有锁。满夫推开里门。

满夫的父亲头戴茶色卷花头套，身穿粉红色女睡衣坐在榻榻米上。只穿了一条长衬裙的知兰正在给他揉肩膀。

满夫把纸箱放在榻榻米上。

父亲："上来吧。"

满夫的父亲还涂了口红和腮红。

父亲："有什么事赶快说。"

满夫："我看你是发精神病了！"

父亲："我想怎么样就怎么样。反正我也没有出头之日了。"

满夫发现父亲竟穿着女人的三角裤衩。

父亲："满夫啊，能不能给留点钱呀，一千两千都行。做点儿孝顺的事吧。"

满夫把一张一万元的钞票丢在西红柿箱上。

满夫："就算我把它丢到阴沟里了。"

知兰迅速将钞票抓到手中。

79．车站前

满夫驾着轿车缓缓行驶，左右搜寻停车的地方。

满夫看见哲夫一家就站在前方。

满夫："喂！喂——"

满夫从车窗伸出头来大声喊着。

哲夫提着大旅行袋和孩子们向这边跑来。

80．行驶的轿车中

男孩子把手伸出车窗外。

男孩："妈，快看呀，那不是茄子吗？"满夫的嫂子敏江一手揽着男孩。

敏江："空气就是不一样。能这么近看见大山，真痛快。"

哲夫："我把礼服和草鞋都带来了，所以行李太多。电车上挤得连站脚的地方都没有，搞得筋疲力尽。"

满夫："有件事想求你，你这个当哥哥的给我当证婚人怎么样？"

哲夫："敏江，亲哥哥给弟弟当证婚人的事你听说过吗？"

敏江："没有啊。这有点太可笑了吧。满夫，这事可不好办。"

满夫："嘻，只不过到时候面朝南端坐一会儿，很快就完。一热闹起来什么都乱了，没关系的。"

哲夫："反正这么做够怪的。父亲不在家里，该决定的事都没定下来吧？"

满夫："已经都定下来了。你只要当一下证婚人就没事了。"

几只青蛙在柏油路上跳跃前进。

满夫慌忙踩下了刹车。

81．满夫家·厨房

窗外电闪雷鸣。

满夫："咱们打开天窗说亮话吧，你要的三百万，家里现在没有那么多钱。你可以去找爸谈谈。"

哲夫："他和那个开酒吧的女人混在一起，妈你怎么一声都不出呀？！"

母亲："也不是一声不出。他又不是个孩子，不能硬把他拖回来呀。"

哲夫："换了我，就在他脖子上拴根绳把他揪回来，这还不简单。不把他弄回来，出门还怎么见人呀！"

满夫给哲夫倒满一杯啤酒。

满夫："那咱们这就去把他弄回来。妈也跟我们一起去吧。"

母亲："我也去吗？"

满夫："放心吧，有哥哥和我保驾，非把他捆得结结实实带回来不可。"

起居室里突然发出播放电视节目的巨大响声。

哲夫不由自主地站了起来。

82．"罗曼"酒馆前

满夫向哲夫指了指通向二层的铁楼梯。

母亲坐在车上迟迟疑疑地拿不定主意是否下车。

满夫："您就坐在这儿等着吗？"

母亲："那……还是去吧，特意来的。"

满夫带头上了楼。

满夫敲了几下门，然后猛地把门推开。

屋子里空荡荡的什么也没有。

哲夫："这和你说的不大一样呀。"

满夫："他溜了！"

哲夫："那我的三百万可怎么办呀。"

母亲："没有弄错吗？"

母亲的声调十分尖利。

满夫谁也不看，缓缓地摇了摇头。

83．萤火虫在飞舞

当闪电划亮夜空的瞬间，萤火虫发出的荧光消失了。旱地、水田和柏油路在闪电的光芒下通通变成了青白色。

"爸爸——！爸爸——"

哲夫的两个孩子跑过来。

闪电中，文子也跟着孩子们一起跑来。

满夫："喂，你身上还怀着孩子呢！"

满夫担心地向文子喊着。

长长的闪电将夜空一分为二，随即传来震耳欲聋的霹雳声。

84．满夫家·二楼

满夫和文子并排躺着，两个人的手握在一起。

萤火虫在黑暗的房间里飞行，荧光忽明忽暗。

满夫把耳朵贴在文子的肚子上。

满夫："小东西还不会动吗？"

文子："你真傻。那得等我的肚子变得像相扑大力士的肚子那么大才行呢。"

文子伸手抚摸着满夫的面颊。

文子："嘻，那两个孩子以为萤火虫是热的，不敢碰它们。他们的妈妈也一样，萤火虫的萤火落在头发上她就吓得叫起来。咱们是不是显得和乡巴佬一样？"

满夫："那又有什么？"

文子："没什么，不过说说。"

满夫："婚礼一定能办得好吧？"

文子："等我穿上雪白的婚纱该多高兴呀。准会让大家都大吃一惊的。"

满夫站起身，捉住了两三只萤火虫放到文子的身上。

文子在忽明忽暗的荧光中开心地笑着。

满夫伏到文子身上。

荧光飞散……

85．满夫家·正房

身穿绣有家徽的短外褂和短裙的满夫端坐在红色的坐垫上。

大门外传来一阵欢呼声。

哲夫的声音："今日大吉大利，天公作美，也是结婚的好天气。"

响起一阵掌声。

哲夫进了屋，略略点了一下头。

穿着雪白的婚礼和服的文子，在敏江的引导下缓步走进屋里。

哲夫端端正正地在母亲面前跪下。

哲夫："让您久等了。现在，新娘已经顺利接引到家。下面将要举行祝贺的仪式了。"

母亲："真是难为你啦。"

母亲竖起三根手指。满夫也跟着母亲竖起手指。

文子头上戴着很大的发套。

大家随后站起来走进另一间屋子。

佛坛前放着坐垫、膳食和三只红色的碗。

花村低声对哲夫嘀咕——

花村："不在佛前行三三九次传杯仪式啦？"

哲夫大声宣布程序。

满夫和文子端起杯子放到唇边。

一位胖胖的男人开始唱起了高砂谣歌。

花村："和田、花村两家的婚礼仪式现在开始。"

哲夫："婚礼一切准备就绪，现在，让我们向新人表示祝贺。"

响起了热烈的鼓掌声。

"你干得真不错呀！"

"你这小子！"

满夫的一群初中、高中的同学把他团团围住，有人拍着他的肩膀、胸脯。

85．同上·二楼

黑压压一片人头攒动，乱哄哄的说话声、哄笑声仿佛要把屋顶掀开。

身穿炊事罩衣的女人们不停地送上温热的酒壶。

满夫和文子并排坐在屋子中间。

满夫："这和穿棉衣差不多，热得很吧？如果恶心了你可说话呀，别硬挺着。"

文子："没事的。一辈子只能穿一次这么漂亮的衣服。"

满夫："瞧你，一头都是汗。"

满夫把一条手帕递给文子。

敏江："文子，这就该去换衣服了。"

敏江拉着文子的手站起来。

三个上了年纪的女人端着酒壶过来为满夫斟酒。

老女人Ａ："两个人这时候还说悄悄话呢？"

老女人Ｂ："我看大家该早点回去。"

满夫一口喝干了杯中的酒，又把杯子放回原处。

满夫："你们嫉妒她？因为她和我这么好的人结了婚。"

老女人Ｂ："哎哟，这就自吹自擂起来了。"

满夫："老奶奶们以前是不是都希望骑着花马嫁到丈夫家？"

老女人Ａ："哎，当年我出嫁的时候，就靠纸灯笼那点儿亮照着在夜路上一个劲儿地走啊！好不容易到了丈夫家，人家说了，干活的好帮手来了。结果从第二天起就要下地干活。"

老女人Ｃ："满夫呀，你和文子早都成其好事了吧？"

老女人Ｂ："现在的年轻人可不在乎啦。我十六岁过门，地里的活儿厨房的活儿都能干，可是晚上一上床就害怕，弄不明白我那老头子和我在干什么。就这么糊里糊涂的，五个孩子让我生下来啦。"

男人们脱掉了外衣，互相搂着肩膀唱起歌来。

另一边，一群人敲打着碗碟唱着另一支歌。

哲夫搭住满夫的肩膀。

哲夫："这么热闹的婚礼还真没见过。得花不少钱吧？三百万也怕不够。"

满夫："一百万也花不了啊。等会儿收了大家的贺礼袋。里面装的钱加起来还会有盈余呢。"

哲夫："是吗？还会有盈余？"

连连地点头叹息。

文子换了一身西式的洁白婚纱出现在屋子里。

满夫情不自禁地拍起手来。

一个中年男人拿起一只大盘子当作斗笠跳起了舞。

啤酒瓶子倒了，有人惊叫起来。

壁橱的纸拉门也被碰掉了。

母亲："没关系！没关系！"

母亲大声向人们说。

满夫舒服地伸开双腿，拿起一片生鱼放进嘴里。

满夫（对文子）："吃啊、吃啊，肚子饿了眼睛花。得一直闹到大天亮呢。"

屋子里非常热闹。

满夫的祖母弯着腰、眯着眼，摇头晃脑地走到屋子中央坐了下来。

祖母从怀中抱着的铁皮罐中掏出各种东西，郑重其事地排列在面前。

有竹耙子、贝壳、麻绳、麻丝、折成小方块的和纸……

祖母双手合十闭起眼睛。

祖母："旭日照耀诸神所居之天国。我乘佛法之舟……沐浴于佛光之下。"

满夫："奶奶！"

满夫大步走到祖母身边，把竹耙子、贝壳等放进铁罐子里。

满夫："走吧，我去给您开电视。"

满夫把挣扎的祖母抱起来。

祖母："怎么来了这么多人呀？"

满夫："我娶媳妇啦，大家来给我贺喜的。"

祖母："哎？是满夫你娶媳妇啦？总觉得你还是个孩子呢。新媳妇是骑花马来的吗？她在哪儿呀？"

满夫："在这儿。"

满夫横抱着祖母下了楼梯，来客们一起鼓掌。

满夫的几个同学和文子的一群穿和服的女友围在一只大酒樽旁。

满夫抱着祖母，腾出一只手摆了摆，和他们打个招呼。

满夫把祖母放在沙发上，给她盖上了毛巾被。

满夫接好电视机的电源，打开开关后又把音量调到最低。

屋顶"嘎吱嘎吱"作响，连吊在顶棚上的枝形灯也在轻轻摇晃。

祖母似乎想从沙发上挣扎起来。

满夫："等一会儿，我去给您拿吃的东西来。"

满夫出了起居室，用钥匙把门锁上。

"满夫，你的电话。"

一个穿炊事罩衣的女人在走廊里喊道。

88．同上·走廊

满夫拿起听筒放在耳边，堵上另一只耳朵。

"是我，你听出来了吗？"

是广次的声音。

广次的声音："真热闹呀，我这儿都听得很清楚。是开宴会吗？"

满夫："是我的婚礼。"

广次的声音："……婚礼吗？"

满夫："你在哪儿？大家都为你担心呢。"

广次的声音："我在小学校里。不知怎么回事，我很想来这儿。我去你家行不行，让我瞧瞧你的妻子什么样。"

满夫："她呀，个子不高，身体还算结实，屁股挺大。反正还挺合我意的。"

广次的声音："真不错呀。"

满夫："那个女的呢？"

广次的声音："让我杀了。"

满夫："你是不是高兴得还在做梦呀？"

广次的声音："是刚才我掐死的。一下子就断了气，我都没觉着怎么使劲。"

满夫："什么！到底怎么回事？你搞的什么名堂！"

满夫的同学举着酒杯叫满夫过去和他们一起喝酒。

满夫（对听筒）："你等着我，我马上就过去，你别走开！"

满夫挂上了电话。

89．花冠轿车内

大滴的雨点击打着车窗。轿车在浓雾中疾驰。

满夫把车停在小学的校园里，车灯一闪一闪的。

满夫按了几声喇叭。

车灯光中，旁边教室的一扇窗户打开了。

"你这小子，别按喇叭！"

窗口的广次穿着西装打着领带。

满夫下了车，从窗户跳进了教室里。

广次在地板上盘腿坐下。

广次:"还穿着有家徽的衣服,真棒啊,很合身。新郎从宴会上逃跑了。"

满夫:"那个女的在哪儿?"

广次:"你觉得我在骗你吧?是骗你。如果是真的,那我就是杀人犯……要判死刑。"

满夫:"她到底在哪儿?"

广次:"在酒吧。咱们去喝一杯吧。"

广次突然从窗口跳出,朝大雨中的校园跑去。

满夫赶忙追了出去。

90. 飞快行驶的轿车

雨点闪着金黄色的光芒。

广次:"停下来,就是那儿,是那家快餐店。"

满夫踩了刹车。

在车灯的照耀下,四周只有一片长满大葱的田地。

广次:"不对,不是这地方。再往前。"

满夫启动了轿车。

车外一片雨帘。轿车仿佛进入了一层水膜之中。

轿车驶入了住宅区。

满夫开车绕着一座座建筑物转来转去。

广次(大叫):"我想起来了!就是这儿,就是这儿!"

满夫猛地刹住车。

广次打开车门跑了出去。

满夫跳下车追赶广次。

广次跑进了建筑物中。

满夫跟随着广次的湿脚印跑上了楼梯。

广次蜷缩在金属防护网的角落处。

广次抽泣着。

91. 满夫家·二楼

一个男人已松开裤子上的背带，弯着腰一边摇着手中的酒壶一边唱歌。

满夫双手分开众人走了过来。

文子伸开了双腿坐在榻榻米上，使劲挺了挺腰。

文子："你到哪儿去了？浑身弄得这么湿。这是为咱们举行的庆贺会呀，你怎么反倒跑了？"

满夫："我有点太紧张，酒又喝得多了些，所以出去让雨浇一下醒醒酒。你也坐得舒服点吧，否则会支持不住的。"

文子："我能坚持，一辈子就这一次么。"

花村有些摇摇晃晃地走到满夫跟前，拿着架势盘腿坐下。

花村："满夫啊，刚这么一会儿你就吃不住劲了还行呀？有人怎么也不明白为什么你哥哥来给你当证婚人。能当证婚人的人多得很嘛，也许这件算不得什么的小事倒让咱们丢脸了。"

满夫很难为情地用手撑着额头。

满夫的母亲赶忙伏下身向花村行了礼。

母亲："婚礼办得实在是太好了，又不奢侈。真不知该怎么感谢您才好啊。"

花村："哎呀，用不着谢，咱们已经成了亲戚了，今后就该同舟共济嘛。"

母亲"呜"的一声哭了出来。

满夫："我去给奶奶送点吃的。"

满夫端了一碗加吉鱼和虾做的菜站起身。

满夫："大家都多喝点呀！酒有的是，敞开了喝吧。"

满夫从人群中穿过，不时招呼客人喝酒。

92．塑料大棚

雨点打得塑料布叭叭作响。

淋湿的西服背心挂在炉子的上方。

广次裹着一条大毛巾蹲在炉边。

满夫放下菜碗，又拿出一个大酒瓶，往酒盅里斟上酒。

广次双手捧着酒盅，吸吮似的慢慢饮着。

广次："我们到了海边，阳光明媚，海面上渔船来往，看着真舒服，就像是抚摸着女人光滑的皮肤。可是，景色虽好，我们做的还是老一套的事。我们光着身子待在屋子里、吊在床上。肚子饿了就出去吃饭。不久我就开始厌倦，随后又感到害怕。阿枫说，以后没法回到丈夫身边了，你得给我想办法。她整天这么唠叨着，还要我把剩下的钱都给她。可是，只剩下三十几万日元了，她说这么点钱不行，得给一千万，只有这样面子上过得去才能回家。她说她叔叔是警察署长，她可以告我绑架她。开车经过警察的岗亭时，她大叫大嚷要我停车。停了车，她又平静了。说，咱们跑得远远的，到谁也不知道的地方去生活吧，因为我爱你。从岗亭前经过时，我想起了小时候的事，忍不住哭了。我觉得反正自己这辈子算是完了，就自暴自弃起来。我买了一把刀给阿枫，对她说，你什么时候都可以杀我。阿枫这家伙，她把刀很仔细地用毛巾包起来放进旅行包里，然后坐到我身旁。我不知她要怎么做，心想，反正我是豁出去了。谁知阿枫又打开了旅行包，这时我的冷汗从背上直往下流。阿枫是故意这样做的。我开车，她坐在我旁边，拿出护肤膏往刀上抹，还好几次把刀放在我的脖子上吓我，又打我耳光。这时我完全麻木了，就像木偶一样。"

隔着塑料大棚，可以看见满夫家的厢房在月光下微微泛着银光。随着塑料布的扇动，房子似乎也在摇动，就像一条在风中颠簸着的大船。

广次："遇到红灯我停下了车，道路弯弯曲曲。不经意地看了一下路标，上面是令我怀念的地名。可是我已经没法再去那里。从自己家的田边经过，也只好装作没有看见。虽然我离开家跑了，但咱们一起种下的稻子长得可好啦。我的眼泪止不住又流下来。"

广次像一株枯萎了的植物无力地垂下了头，默默地、颓唐地坐在地上。

广次："结果，到了旅馆之后干的还是那套事。白天她总带着刀，挺吓人，不过一脱了衣服她就老实了。冰箱上放着两碗速食面，用开水冲冲就那么吃了。到了早上，我想，等钱花光了我就去警察局自首，没什么大不了的。这么一想，觉得轻松了许多。和阿枫洗了澡，到了床上，她对我还挺好。可一会儿她又说起那些不知说了几百遍的话。她说，本来在家里生活很自在，现在却让你搞得像个娼妓，你得负责。我说，好，我负责，实在不行就去死。她说，那太好了。她当时就光着身子盘腿坐在床上。"

满夫拿起酒瓶给广次的酒盅里斟酒。

广次："后来，我们就互相掐着对方的脖子。不知怎么我变得兴奋起来。阿枫说，现在我肯定怀孕了。我说，你怀孕和我一点关系也没有。她撇撇嘴说，因为你不配当爹。妈的！还跟我废话，我要彻底地照顾你，照顾到死！我骑到她胸脯上，掐住那家伙的脖子，她好像挺舒服的样子闭上了眼睛。说实话，那时阿枫真好看。和这个女人痛痛快快玩了几天，到这时了结了也不错。我的手如果没有再一次用力就好了……我猛地一用劲，一切都完结了，阿枫……她不动了。"

广次抽泣着。

夜风吹得塑料大棚呼呼作响。

广次："我害怕起来，害怕极了。我给她穿上裤衩和乳罩，我也穿上了衣服，喝了一杯水就出来了。外面下着大雨，走着走着来到一所学校。我想，这是我不知道的学校，谁知仔细一看，就是咱们的小学。我一下子就想到了你。"

雨似乎已经停了，可以清晰地听到从满夫家传来的喧闹声。

广次："和她逃跑后，只有开头的两三天觉得开心。我想阿枫也是一样。我要去警察局自首，陪我一起去吧，咱们是好朋友呀。"

广次定定地望着满夫，眼神中渐渐露出了笑意。

满夫转过头，抹去涌出眼窝的泪水。

满夫："为你干什么都可以，你就说吧！"

广次抓起一只虾，慢慢地吃着。

泪水一滴接着一滴顺着广次的面颊流下。

广次："拜托你，帮着我家收割稻子。"

满夫："广次，逃吧！开我的车逃走。明天一早我去农协给你取一百万日元。有了一百万，在哪儿都能生活。"

广次："这样做你也有罪了，你刚刚结婚。"

满夫："逃吧！到东京去当建筑工人，一百万不够，我给你取五百万！"

广次："我……已经决定了。"

广次一口喝干了酒盅里的酒，站了起来。

广次："对不起，在你大喜的日子里，给你带来不吉祥的事。"

广次从炉子上取下自己的上衣。

满夫："还没干。穿这件吧。"

满夫脱下自己的外褂，披在广次身上。

满夫和广次走出大棚。

满夫家响起一阵整齐而有节奏的掌声，随后厢房里传出了歌声。

歌声："哪嘞——那须的与一呀，是天下第一的美男子呀，咿哟……"

广次："一切都和过去一样。"

满夫："那次你打了我，我就没有带走阿枫。要不，也许是我带她逃走……掐她脖子的也会是我呀。"

广次："不会的。我对她是真心的，你只不过和她玩玩。阿枫她也迷上了我。和你，她也只是玩玩。"

广次笑了。

广次："走吧。"

满夫发动了轿车。

93．警察局

自动门打开，满夫和广次走了进来。

一名警官正伏在桌子上打瞌睡。

满夫："有人吗？"

警官伸开双臂打了个哈欠。

警官D："吵什么，你这小子！是交通事故吗？拿驾驶执照看看。"

满夫："是杀了人。"

警官揉了揉眼睛。

警官D："你小子喝醉了吧？快拿驾驶执照出来让我瞧瞧。"

满夫："是杀了人来自首的。"

警官："是有人遭绑架了吗？在什么地方？你们说说。"

警官打开记事簿，拿起铅笔。

满夫："你们去调查一下就清楚了，有个女人死在旅馆里。你们如果不信，我就走了。"

警官 D："老安！老安你快来！"

警官 D 向里屋喊着。

从里屋跑出一个穿着肥短裤、无袖衫的男人。

警官 D："是杀人的。犯人来自首。"

警官 E："是你们两个干的吗！"

广次："是我。"

警官 E："你他妈的混蛋！"

警官 E 上去狠狠扭住广次的手腕。

满夫："干什么！"

满夫往穿肥短裤的警官 E 胸前推了一把。

穿制服的警官 D 扑向满夫，把他的手臂用力扭到身后。

广次挣扎着朝警官 D 拼命喊叫。

广次："别拧我朋友的胳膊！他只是陪我来自首的，求求你啦！杀人的只有我一个，和我的朋友没关系！"

94. 满夫家·二楼

一个老人改变了嗓音在唱歌。

文子周围坐满了她的朋友和满夫的同学。

满夫脚步沉重地缓缓走来。

文子："喂，你可回来了。"

同学 A："满夫，你小时候挨过钝刀子剃头吧？"

满夫："挨过，挨过。"

同学 B："我还记得呢，剃到耳朵边时他痛得受不了就跑了，以后好几天就那样，也没把剩下的头发剃掉。"

同学Ｃ："妈的，别说了！我都觉得痛了。"

女人们笑了起来。

"嗨！新郎也给我们唱支歌吧！"

不知是谁喊了一声。

"我们都等了你半天了！"

同学Ｂ："要新娘和新郎一起唱才好。"

文子的朋友："对呀对呀，文子也一起唱！"

"就唱《分手后仍爱你的人》吧。"

"唱《银座之恋的故事》！"

"《枥木恋情》更好！"

人们七嘴八舌地叫嚷着。

满夫就着瓶子喝了两口酒，站起身来。

大家"劈劈啪啪"地拍着巴掌，有人吹着口哨。

满夫转头望着天井。

一股一股浓浓的香烟烟雾从天井飘浮出去。

满夫一边打着节拍一边唱起樱田淳子的歌曲《我的小青鸟》。

"好！""好啊！"

人们笑着、叫着、吹着口哨。

满夫抓住文子的手，让她站起来。

满夫："文子，和我一起唱吧，算是为我唱的，好吗？你已经是我妻子了。"

欢呼声接着一阵热烈的掌声。

文子走到满夫身边，紧紧地偎着他。

满夫和文子唱着。

满夫的同学们也随着他俩一起唱起来。

满夫任泪水顺着面颊流下。

满夫一边擦拭泪水，一边大声地唱着。

大合唱的歌声穿过窗户传向远方。

95．塑料大棚

满夫和文子一起揭下塑料布。

大棚只剩下了铁制的骨架。

文子抓住塑料布的两端将它展开，满夫转着竹筒将塑料布卷到竹筒上。

文子："你的朋友被判死刑了？"

满夫："警察说，因为他是自首的，所以酌情给他减了刑，该判十年左右，等他三十三岁就能出来了。"

文子："那，咱们的孩子就十岁了，是四年级小学生了。"

满夫："……"

满夫将枯萎的植株连根拔出来。

地上有一件被水淋湿的毛衣。

满夫把拔掉的植株堆成一大堆，倒上石油，点着了火。

文子拿了一根青竹竿在火堆中搅动。

火星和浓烟翻卷着升上天空。

满夫把知兰织的那件毛衣丢到火堆上。

这时，一辆黑色的轿车在不远处停下。

两个穿着西服套装的男人下了车。

是不动产商。

不动产商Ａ："哎，能打搅你们一会儿吗？"

不动产商Ｂ："有点事想和您谈谈。"

满夫："你们别浪费时间了。"

不动产商 B："你要是连话也不和我们说，叫我们不但丢面子，连工资也拿不到。总之，我们公司会给你最高等级的优惠条件。"

年轻的那个不动产商把两个百货公司的礼品盒往文子手里塞。

满夫："不能收，文子！"

不动产商 A："这是我们的一点心意。"

满夫："讨厌！你们再不走我就不客气啦！"

满夫抄起一根竹竿向他们挥了挥。

满夫："快走快走！"

不动产商往后退去。

不动产商 A："走着瞧，不会让你们安安生生在这儿住下去的！妈的，臭乡巴佬！"

不动产商丢下两句话钻进了汽车。

火堆上的烟升上天空，融进了白色的云朵中。

文子头发、睫毛上落了不少烟灰，鼻子下抹了一道黑，好像长了胡子。

满夫："脸都黑了。"

文子："样子可笑吗？可笑的话，我就去洗洗吧。"

满夫："也没什么。庄稼人，用不着整天涂脂抹粉的。"

文子用青竹竿搅动着火堆。

天空突然闪亮了一下。

远方传来隆隆的雷声。

—完—

身心

根据铃木贞美同名小说改编

编剧：荒井晴彦

1. 冈本家・书斋

冈本良介的桌面上堆积着纽约的导游手册、笔记本电脑、打印机等。

冈本给烟卷套上烟嘴，点上火，随后，环视四周，看看还有什么。

冈本叼着烟步出房间。

2. 冈本家・卧室

阿绫蹲在两个大旅行包前。四周摊着外衣和内衣。

冈本瞅了一眼。

阿绫："装不进去了。"

冈本："能装多少就装多少吧。缺少什么可以在那边买。"

阿绫："有了还要买它干什么。"

冈本："T恤衫和短裤用不着带，可以买呀。"

阿绫手里拿着T恤衫："可我喜欢这件。唉，烟灰要掉下来啦！"

阿绫说着递上烟灰碟。

冈本朝起居室走去。

3. 冈本家・起居室

冈本从音响设备中取出CD。然后抽出一盘石川芹的盒式录音带。盒里是空的。

阿绫走了进来："……我非去不可吗？"

冈本："嗯？"

阿绫："我不想去。"

冈本："为什么？"

阿绫："……饮食店要有人照看。"

冈本："不是有阿麻吗？"

阿绫站在水池旁用罐壶装满水后走向阳台。她一边给花浇水一边说："一个人哪顾得过来。"

冈本："这儿托付给关谷，店里请原田照顾一下。"

阿绫："我说你怎么能这么随便求人呢？"

冈本："那有什么，关谷分居了，原田好像还是独身一人。"

阿绫："……关谷君分居了？"

冈本："是啊。"

冈本边说边在寻找石川芹的录音带。

一摞录音带倒了下来。

阿绫转过身继续浇花。

4．公寓前的空地

关谷善彦蹲着把带有降落伞的烟花筒立在地面上。女儿绫根站立一边。

关谷点燃烟花。

关谷牵着绫根的手离开烟花筒。

绫根："好像灭了。"

绫根说着朝烟花跑去。

关谷："危险！"

关谷说完，急忙拽住绫根。

绫根抬头看着关谷。

关谷："放烟花的时候，火燃到一半熄灭了也绝对不能去看。里面有可能还在燃烧。"

绫根："它还在燃烧？"

说完，绫根把目光投向烟花。

黄昏的天空中，"砰"地升腾起一团火球，在空中变成一只打开的降落伞后，又缓缓飘落下来。

关谷和绫根并排看着。

降落伞落下来，关谷的妻子叶子已站在那里。

绫根："妈妈！"

叶子："绫根，回家吧。"

绫根朝关谷挥挥手跑向叶子。

关谷对叶子："一起吃顿饭好吗？"

叶子："绫根还要上补习班呢。"

关谷："……"

叶子："你有工作了？"

关谷："没有。我想写写电视剧和录像片，可没人找我写。"

叶子："你可以换个工作呀。"

关谷："若有一张驾驶执照，我还能开开出租汽车，可……"

绫根："爸爸，你不当影剧作家了？"

叶子："我们走吧。"

关谷："……"

绫根朝关谷挥手。

关谷也向她们挥挥手。

绫根和叶子骑着自行车离去。

关谷目送她俩。

5．单间式公寓

醉醺醺的原田丽子和一个男人走上楼梯。

男人紧紧抱住原田丽子。

6. 公寓内

丽子在听录音电话。

阿绫的声音："我是阿绫……好久没见面了……突然来打扰你。良介决定去美国留学，我们要在那边生活一年……我们出门的这一段时间，我的那个小饮食店……我说丽子，你不试试经营饮食店？明天我再给你去电话。再见。"

电话挂断。丽子身着长裙坐在床上吸着烟。

室内的角落放着装电脑的纸箱。桌面上摆放着颜色标号器、切纸刀、插着1B铅笔的笔筒、微型吸尘器、彩色墨水、裁剪下来的电影剧照和完成一半的电影传单。

男人从浴室出来，瞧了一眼电影传单："不错嘛，我的这份传单。"

丽子："都是剪贴成的。"

男人："怎么不用这个呢？设计家现在都使用微型电脑。我的旧电脑都拿来了，你怎么不用？"

丽子："……"

男人把丽子嘴里叼的香烟夺下来熄灭："我们结婚好吗？"

丽子拽着男人脖子上的毛巾倒在床上。

7. 盆地上

一辆电气机车在疾驶。

推出片名：身心

8. 大街上

关谷一边看着传真纸上的地图一边走着。

9．冈本家·大门外

关谷把大门旁的花盆挪开，取出花盆下的钥匙，打开大门。

10．冈本家·内

关谷在浴室内转来转去到处看。

起居间。

厨房。

卫生间。

浴室。

关谷拉开窗帘望望庭院。

11．出租汽车内

出租汽车行驶在山路上。

车内的音响设施播放着石川芹演唱的歌曲《多么迷人》。

丽子："司机，能把音量开大点吗？"

丽子小声哼唱着。

12．冈本家·起居室

关谷手里拿着石川芹专辑的磁带盒，按下微型组合音响的播放键。

响起《多么迷人》的歌声。

关谷把拉面捞到碗里吃起来。

13．出租汽车

出租汽车在翻山越岭。

开始望得见研钵状的城镇。

14．冈本家・大门外

丽子叩门。

没人应声。

丽子推了一下门。

门开了。

15．冈本家・内

丽子进去："有人吗？"

丽子进屋："打扰了。"

丽子查看各个房间。

起居室。

厨房。

卧室。

丽子看看单人床："……"

书斋。

丽子看看双人床："……"

丽子看着绫根的照片。

丽子回到起居室。

丽子从墙袋中抽出一个和式手工抄纸的信封。

赤身露体的关谷从浴室里出来。

关谷不知所措地望着丽子。

丽子："您是……关谷先生吧？"

关谷："是的……"

丽子："我是阿绫的朋友原田丽子。"

关谷："噢。你也要住在这儿？"

丽子："我帮她照看饮食店。我是来拿店门钥匙和车门钥匙的。"

丽子说着从信封中取出钥匙套进自己的钥匙环上："来，喝点茶吧。"

关谷："我倒想喝点啤酒。"

丽子："那么就喝啤酒吧。"

关谷打开冰箱。

丽子站在关谷的身后往冰箱里看："也就是阿绫，连冰箱都不收拾一下就走了。"

关谷："不过，还有很多东西可用嘛。"

关谷手里拿着罐装啤酒和酒杯走向桌子。他把啤酒倒进杯里饮起来。

丽子也端着罐啤和小碟走到桌旁坐下。她打开罐啤的拉环，举到关谷面前："请多关照。"

丽子仰脖畅饮。

丽子细长的脖子在蠕动。

关谷："是……"

丽子："你在这儿写电影剧本？"

关谷："没什么人让我写本了。他们托我看房子，附带打工。真是雪中送炭啊！"

丽子："打什么工？"

关谷："不知是哪儿的教授编纂了一本辞典，他们让我再看一遍，一个词条、一个词条地挑毛病，看看对小学生来说是否简明易懂，还要增补、修改、盖检验章。"

丽子："嗯，真不容易啊。"

关谷："你呢？"

丽子："是问我工作？"

关谷："什么工作？"

丽子："设计电影传单……设计杂志封面，还要画画插图，画画版面。……其实是因为一个比我小的男孩子在向我求婚。我要使自己头脑冷静下来好好想想。……和你一样，真是雪中送炭啊！"

关谷："……"

16. "咕嘟咕嘟"饮食店·大门

丽子停车走下来。

17. "咕嘟咕嘟"饮食店·内

丽子进来环视店内。

丽子："您好！"

二楼探出一个年轻的女子的脸："您是……原田小姐吧？"

丽子："你是麻美小姐？"

麻美："请多多关照。"

丽子："请你多关照了。我的行李送到了？"

麻美："我刚刚把它搬到楼上。"

丽子："谢谢了。"

丽子读着菜单："应季果汁、葡萄酒煮苹果、应季果酱……怎么叫咕嘟咕嘟饮食店？"

麻美："听说是因为煮果酱时发出咕嘟咕嘟的声音。"

丽子："是阿绫起的店名？"

麻美："听说是冈本先生起的。"

丽子："菜全是自制的，还要煮果酱，真是个好主妇啊。"

麻美："提起冈本夫妇，就像夏目漱石的小说《门》中的夫妇一样。"

丽子："为什么？"

麻美："冈本先生夺走了他好朋友的心上人后，离开东京，悄悄地在这儿生活着。"

丽子："……"

麻美："阿绫就是冈本先生那个好朋友的心上人吧？"

丽子："听谁说的？"

麻美："冈本先生。"

丽子："这话有点不对，阿绫也夺走了她好朋友的心上人。"

麻美："……"

丽子："……我做得来吗？"

麻美："什么？"

丽子："饮食店。"

麻美："我按季教你。需要一年吧。"

丽子："说不定我学到一半儿就逃回东京了。"

一位老年男子走进来。

麻美："今天休息。"

老年男子："那么改日再来。"

18．冈本家·书斋

关谷望着专为小学生编写的国语辞典。

红圆珠笔在"爱"的词条上停住：爱 ① 爱情；爱护。② 对人或事物有很深的感情。

关谷放下笔，叼起烟。

关谷给烟点上火后，看着绫根的照片。

19．小学校·操场

孩子们在玩耍。

关谷望着孩子们，帮他们捡起球。

丽子驾车正好路过这里。

丽子发现关谷，停车下来。

关谷看着丽子湿漉漉的头发："刚洗过澡？"

丽子："到澡堂冲了冲，店里没有浴室。"

关谷："可以到我那儿去洗。"

丽子："你女儿几岁了？"

关谷："嗯？"

丽子："冈本君的房间里有她的照片。"

关谷点点头："九岁了。"

丽子："你撂下那么可爱的孩子来这里。"

关谷："我分居了，而且还没有工作。"

两人望着女孩的身影。

20．餐馆

关谷和丽子一边喝着啤酒一边烤着肉。

丽子："在来这之前的送别会上，我絮叨着要伸腿随便坐，可阿绫她们说你习惯端端正正地坐，我还一个劲儿地问为什么呢。"

关谷笑："……"

丽子："她们说你待过里面，我还问什么里面。我真笨，她们告诉我你坐过牢。"

关谷："……"

丽子："你现在还要端坐吗？"

关谷吐出一口烟。

丽子："你是犯了什么事进的监狱？"

关谷："放火、窝藏凶器、妨碍执行公务和伤害。"

丽子："怎么回事？"

关谷："机动队来拆除路障，我朝他们投掷燃烧瓶，路障着了一点火。"

丽子："进去了几年？"

关谷："判决三年。"

丽子："……"

关谷："不谈这个，都是过去的事了。"

21．"咕嘟咕嘟"饮食店

两人在喝酒。

丽子："关谷君，你并不是因为讨厌阿绫才和她分手的吧？"

关谷："……"

丽子："阿绫也不讨厌你。"

关谷："……"

丽子耸耸鼻子，模仿着阿绫的腔调："我可等不了三年呀，这就是我们分手的理由。"

关谷："……"

丽子："善彦进了监狱，这可不得了。那混蛋喝得醉醺醺地进了我的房间，哭着抱住我。冈本君也在。于是，不久，我和冈本君就……"

关谷："算了，不要再说这个了。"

丽子："可是这对夫妻又这样把我和你往一块撮合。只能让人感到过去的事一直拖到了今天。"

关谷："夫妻的事，外人是无法理解的。"

丽子："可以这么说，可以这么说。冈本君！"

关谷："！？……"

丽子摇动着头："那你为什么要向关谷君介绍修订辞典的工作？！还是你在某点上有负于他吧？冈本良介！你是一个坏男人！"

丽子说得气喘吁吁的。

关谷："我说，你振作一下！"

丽子抬起头，突然发出一声狂叫："啊？你是关谷善彦？！"

关谷："……是啊，我不是冈本良介，我是关谷善彦。你可不要搞错！"

丽子："对不起，……我有点那个了。'

关谷："何止有点，相当不正常。"

丽子："对不起，你别那么生气嘛。"

丽子突然站起身来。

22．冈本家·卧室

丽子换上阿绫的衣服。

23．冈本家·起居室

关谷和丽子在饮酒。

丽子："我说没说过解除婚约的事？"

关谷："没什么大不了的。"

丽子："是啊，没什么大不了的。可那时我还是受不了……于是到他俩的房间里丢人现眼地哭着说我真可怜。阿绫陪着我一起哭。当时，阿绫对冈本君说了一句意想不到的话。"

关谷："……"

丽子模仿阿绫："关谷君，你吻一下丽子。"

关谷："……后来呢？"

丽子："冈本良介照阿绫说的那样装作关谷善彦吻了我。……这只不过是醉酒后的游戏，不会有什么事。可是，当时我作为一个女人，身体有了反应。"

关谷站起身来，望着映在窗玻璃上的自己："怎么搞的，关谷，你就没有感觉吗？"

丽子："很像，很像。"

关谷："怎么搞的，你感觉到了吧。你即便感觉到了也还要掩饰自己的感情，装着很迟钝，无动于衷。"

丽子："的确如此。"

关谷："我和阿绫之间的事也是如此。因不想让别人看到自己的拘谨，拼命扼杀感情的涌动。是吧？"

丽子站起身来，对窗玻璃上的关谷："是的。不仅对我，对丽子也是很粗暴的。……丽子，你没感到叫天天不应叫地地不灵吗？真可怜。"

关谷："谁可怜？"

丽子："谁？当然是阿绫和丽子两个人啦。"

丽子笑起来。

关谷也跟着笑起来，模仿着冈本的笑。

丽子："夫妻不在的房间，要由假夫妻来填补。"

关谷："阿绫。"

丽子："是，老爷。"

关谷："我吻丽子的事，你是否很在意？"

丽子："是，我嫉妒了。"

关谷："你不会是想嫉妒才让我吻她的吧？"

丽子："也有这方面的原因。"

关谷："还有其他什么原因？"

丽子："因为丽子很可怜。"

关谷："这样不是反倒对不起她了吗？"

丽子："你太自负了。丽子根本就什么都没想。"

关谷："……"

丽子："丽子就那么好？"

关谷："嗯，只吻了吻，……不过相当不错。"

关谷注视着丽子。

丽子眯缝着眼睛笑："有点离谱了。"

关谷："离谱了？"

丽子："是，离谱了。"

丽子走向冰箱取冰块："扮演冈本良介有趣吗？"

关谷："怎么说呢。"

丽子："瞧，一提到关谷善彦就支支吾吾了。"

关谷："不是支支吾吾，而是没有回到自我。"

丽子："不存在自我。"

关谷："……对，不存在。"

丽子："你是一个相当唯心的人。"

关谷："也许是。"

丽子："也许不是。对吗？请继续扮演冈本良介，我还是我。"

关谷："这可难办了。因为我既认识冈本也认识阿绫。……当你完全回到你自己时……"

丽子："这就怪了。关谷君，你就认认真真地试试，当一回冈本良介怎么样？对方是原田丽子，你就当不了冈本良介？"

关谷："我试试看吧。"

关谷立起身来在寻找什么东西。

丽子："找什么？"

关谷："那家伙还有一个烟斗呢。"

丽子："不错呀。"

丽子从卫生间里拿来一个烟斗："喂，有一个这个。"

关谷模仿冈本的习惯动作，往烟斗里插上一支烟。

丽子："那么，良介先生，对你来说，关谷善彦是什么呢？"

关谷："怎么说呢。另一个自我。那家伙，不，我之所以进入大学研究生院，或许也是因为那家伙受到退学处分的缘故。关谷也说过他想进入大学研究生院。"

丽子："……"

关谷："我们通过划拳来决定谁留在路障那里。"

丽子："你赢了吧？"

关谷："谁赢谁留下。我输给了关谷。我输后松了一口气。"

丽子："关谷善彦的存在对你们夫妇来说，是必要的吗？"

关谷："没打算和关谷交往。"

丽子："真的？关谷入狱时，我和阿绫俩人背叛了他。这几年我们一直处于绝交状态。关谷君原谅了你和阿绫？"

关谷："……不知道。"

丽子："我可不愿成为你们的兴奋剂。"

关谷："噢，是接吻事件吧。在那种场合，有点复杂。阿绫把我叫成关谷时，激起了我的嫉妒心。当阿绫看到我和你接吻时，她又嫉妒得不得了。这正好扯平。"

丽子："总之都一样，都计算好的，在利用我和关谷君。"

关谷："不错啊。"

丽子："是呀。那么，冈本良介先生，现在你能吻我吗？"

关谷："现在，我在自己演自己？"

丽子笑起来："我们停下吧，反正我根本不可能只和冈本待在一起。我一定要躲开他。啊，我累了，让我在阿绫的房间休息吧。"

丽子突然站起来，手扶着沙发背，支撑着身体："那么，亲爱的，晚安！"

一副阿绫的模样。

关谷："噢，晚安！"

丽子："您还要继续工作吗？"

关谷："……"

关谷站起身来抱住丽子的双肩。

丽子闭上眼睛摇摇头。但不一会儿，她又缓缓地仰起头来。

关谷吻她。

两人分开。

丽子："现在我是谁？"

丽子顽皮地一笑，随后又挤挤鼻子一笑。她迅速转身消失在卧室里。

关谷："……"

24.冈本家·书斋

关谷从单人床上起来。

25.冈本家·走廊

关谷望望卧室。

丽子不在屋内。

26．冈本家・卫生间

关谷在卫生间呕吐。

27．"咕嘟咕嘟"饮食店

丽子和麻美在忙碌着。

丽子把钞票拿远一点看："四百二十圆。"

麻美："是老花眼？"

丽子："才不是呢。"

老年男子递上老花镜："借你用吧。"

丽子："用不着。"

老年男子走出饮食店。

丽子："谢谢您的光临。"

28．冈本家・书斋

关谷用红圆珠笔订正"爱"的词条：爱①喜爱；疼爱。②爱护；爱惜。③被人或事物吸引，对人或事物有很深的感情。

关谷深深地吐了口气。

29．院子里

夜晚。

丽子在晾晒衣物。

30．冈本家・起居室

关谷在装啤酒。

丽子在厨房做饭。

丽子把三盘中国炒菜摆在关谷面前。

关谷看见只有一双筷子："你不吃吗？"

丽子："在店里和阿麻吃过了。"

关谷点点头。

丽子走了两步："那么，善彦，多保重！"

丽子模仿阿绫的声音和关谷逗乐子。

关谷："阿绫……"

（幻化）

二十年前的阿绫。阿绫抬起头来，眼睛充满了泪水："我等着你。"

关谷紧紧抱住阿绫，两人的嘴唇贴在了一起。

阿绫双肩剧烈颤抖着，拥抱关谷。

关谷轻声呼唤："阿绫……"

（幻化毕）

丽子挣扎着试图从关谷的怀抱中逃脱出来。

关谷咬住丽子的耳垂。

丽子浑身瘫软下来。

丽子的手从关谷的衬衣下摆伸进去，拥住他的后背。

31. 冈本家·卧室

黑暗中传出"阿绫！阿绫！"几声呼唤。

关谷正想和丽子做爱。

丽子："啊，冈本君……"

关谷："！？"

关谷萎缩下来。

丽子："快……快来！"

关谷："……噢，等一下。"

32．冈本家·书斋

关谷在写书稿。

玩 ① 游戏。② 消遣。③ 游览。④ 游荡。

33．冈本家·大门口

丽子提着购物袋从车上下来。

丽子取出没拿进家门的晚报。

夹在晚报里的一张明信片掉在地上。

丽子借着门灯的光亮看信。

收信人姓名：冈本良介转交关谷善彦先生

34．冈本家·起居室

丽子："冈本君寄来的。"

丽子把良介的明信片和阿绫写给她的明信片递给关谷："这是阿绫寄来的。"

关谷读阿绫写给丽子的明信片。

上面详细写着两地的物价。

丽子："就像家庭收支账吧？"

关谷："一对假夫妻……"

丽子："假丈夫和假妻子干不了那种事。"

关谷模仿良介的声音："怎么样，关谷善彦和原田丽子搞上了。"

丽子模仿阿绫的声音："嫉妒了？"

关谷："是。"

丽子饮口啤酒："你不明白？过来。"

丽子说着走向卧室。

35．冈本家·卧室

丽子脱得一丝不挂。

冈本的声音："我在哥伦比亚大学日本文学研究班每星期讲一次中上健次和大江健三郎。令我吃惊的是有的学生在研究全共斗运动，在纽约竟然谈到这个问题。幸亏我把阿绫硬给带来了。因说日语的人有限，我们比在日本时交谈得还要多。"

丽子抹了一点阿绫的香水，并在床上洒了一点。

丽子熄灯躺在床上。

关谷进来。

关谷看到丽子赤身裸体十分惊讶。

丽子模仿阿绫的声音："可以叫你善彦吗？"

关谷害羞地鼓足勇气："……"

丽子："叫你良介也行。"

丽子扮演的"阿绫"把关谷扮演的"冈本"引入一场游戏。

关谷模仿冈本的声音："叫你什么好呢？"

丽子："当然是丽子。连良介也想和昔日的女人睡觉吧？"

关谷咽了一口气："你和冈本睡过了？"

丽子："抱住我。"

丽子把头埋在关谷的怀里："善彦。"

关谷："丽子……"

关谷一边不断地唤着丽子，一边爱抚着她。

丽子跨上关谷的身体迎接着他。

两人紧紧贴在一起。

两人活动着。

丽子："善彦、善彦、善彦……"

丽子一边叫着一边拍打着关谷的胸脯。

关谷："丽子、丽子……"

关谷挺起腰部。

36．冈本家·卧室

关谷和丽子躺在双人床上。

丽子："肚子饿了。"

关谷："做点什么吃。"

关谷离开丽子，点了一支烟。

丽子："也给我来一支。"

关谷伸手正要拿烟盒。

丽子："这就行。"

丽子把手伸向关谷正吸着的烟。

床旁的电话子机响起来。

关谷拿起受话器："是……在娘家？为什么回来？侄女的婚礼……丽子？她很好。"

丽子夺过受话器："阿绫，你回来啦。"

关谷："……"

37．阿绫的娘家·起居室

丽子的声音："怎么回事？"

阿绫："参加婚礼是借口。其实我是想好好考虑一下与冈本的关系……后天我回去。那么，再见。"

阿绫放下受话器。

阿绫的父亲正在玩电视游戏机："喂，咖啡凉了。"

阿绫："是。"

阿绫走过来，注意到了父亲的胡须："看您的胡子。"

父："噢，忘刮了。"

阿绫把剃须用具拿来。

父："有事你想回来就回来。"

阿绫为父亲刮胡子。

38．冈本家·卧室

丽子："这皮肤上怎么搞的？"

关谷："灸的痕迹。"

丽子："为我接电话的事生气了？"

关谷："没有。"

丽子："得把床单洗洗了。"

丽子抚弄着关谷。

39．山岭上

丽子驾驶着车子在翻山越岭。

助手席里坐着阿绫。

阿绫的声音："这味真让人怀念啊。"

丽子的声音："是啊。"

阿绫的声音："丽子用的香水，我过去用过。"

丽子的声音："噢。"

40．冈本家·起居室

关谷、丽子和阿绫围坐在一盆面条旁。阿绫吃着鸭汁面："真好吃。"

丽子："真香。"

阿绫："在纽约尽吃咖沙兹，真叫人受不了……语言把我弄得晕头转向的。"

丽子："不是有冈本君吗？"

阿绫："他不行。"

关谷："连我都不行，那家伙怎么行呢？"

阿绫："我可不想使唤他。上街买东西，他不对店员说，倒对我说，让我重复他的话。"

丽子："他那样不是在教你吗？"

阿绫摇摇头。

关谷笑起来。

阿绫："也许我不再回纽约了。"

丽子："不回去了？莫非是……"

阿绫："……"

关谷："怎么回事？"

阿绫："……"

关谷："你要一直待在这儿的话，我就得回东京，不在这儿看房子了。"

阿绫："你有家可回吗？"

关谷："我还保留着一间工作室。"

丽子："那么我也得回去了。"

阿绫："你们俩都待在这儿不是很好吗？我还没有定呢。"

关谷："可是我不应该待在这儿。"

阿绫："没关系，留下来吧。"

丽子："不行，阿绫是已婚女人，你搬到饮食店二楼来。"

阿绫："今天就住下吧。"

丽子："睡在哪儿？"

阿绫："我的床上。"

关谷和丽子："……"

41. 冈本家·大门口

关谷把包放进车里。

丽子和关谷道别离去。

阿绫目送他俩。

42. 山道上

关谷用力蹬着自行车。

43. 冈本家·大门口

阿绫："怎么了？"

关谷："东西忘这儿了。"

44. 冈本家·起居室

关谷拿着红圆珠笔从书斋中出来。

阿绫："很贵的圆珠笔，哪儿都没卖的。"

关谷："怎么样了，冈本和你？"

阿绫："……遭报应了。"

阿绫和关谷互相注视着。

45. 冈本家·书斋

传真机传来一封信。

冈本的声音："关谷，现在我孤零零一个人，我给阿绫去了电话，她说暂时不回纽约，令我不安。她没在娘家，在你那里吧？她没说什么吗？"

身
心
×

传来喘息声。

46．冈本家·卧室

关谷和阿绫躺在床上。

冈本的声音："阿绫说我在寻求同心同德的夫妻关系，我口头给否定了。不过，阿绫的指责或许是正确的。大概我一直在向阿绫寻求一种母爱。难道这不行吗？请告知阿绫的情况。"

阿绫用指尖触摸着关谷额头上的汗："没变。"

关谷："什么没变？"

阿绫："心跳的声音。"

关谷闭着双眼笑起来。

阿绫："你进过这个房间？"

关谷："没有。"

阿绫："我闻到了菲吉牌香水味。"

关谷："……"

阿绫："她人不错吧？"

关谷："我过去不知道她是冈本的女人。"

阿绫："要是知道了，就不和她睡了？"

关谷："……"

阿绫："知道后是不是热情更加高涨了？"

关谷："我和她同是被抛弃的人……"

床旁的电话子机响起来。

阿绫："这里是冈本家。"

丽子的声音："阿绫。"

阿绫："嗯。"

丽子的声音："关谷君在吗？"

阿绫："他取过东西回去了。"

丽子的声音："可他没回来呀。"

关谷从阿绫的胸脯下抽出手来。

阿绫："是不是在哪儿喝酒呢？"

丽子的声音："是吗？"

阿绫："肯定是。不用担心。"

丽子的声音："我才不担心呢。不过……"

阿绫："不过什么？"

丽子的声音："饭都……"

阿绫："你没吃，在等他吧？"

丽子的声音："嗯。"

阿绫："你先吃吧。"

47．"咕嘟咕嘟"饮食店

丽子在桌前打电话："……我说，阿绫。"

阿绫的声音："什么事？"

丽子："嗯，算了吧。"

阿绫的声音："心情不好？"

丽子："对不起。"

阿绫的声音："有什么说什么。"

丽子："你要是和关谷善彦旧情复燃可不行呀。"

48．冈本家·卧室

阿绫望着关谷："你是认真的？"

丽子的声音："……"

阿绫："好，我一定会帮助你。"

丽子的声音："啊，我肚子饿了。再见。"

阿绫："好，再见。"

阿绫挂断电话。

关谷抱住阿绫。

阿绫使劲咬他的手腕子。

49．"咕嘟咕嘟"饮食店

丽子和麻美忙碌着。

麻美："阿绫在干什么？"

丽子："从纽约回来倒时差呢。她说等忙的时候她再过来。"

透过窗户可以看见一位邮递员骑着轻便摩托车驶来。

邮递员："有信！"

麻美："来啦！"

50．"咕嘟咕嘟"饮食店·二楼

冈本潦草的字体。

雷纳德·柯思的裸画。

冈本的声音："原田丽子小姐，冒昧地求您一件事情。阿绫说她不回来了，也没有说明理由。总之，我弄不明白她的想法。我希望你去对她说，问她是否马上回纽约。如她不回来，让她说明理由。拜托您了。现在我一个人坐在切尔西大饭店前厅喝着咖啡。那幅雷纳德·柯思的裸画还在你手上吗？在这种地方又回想起了往事……"

丽子点燃一支香烟。

51．冈本家·书斋

传真机传来的信。

冈本的声音："致关谷。你在狱中期间，我和阿绫互相爱上了。有关这件事，我从未和你谈过。你是怎么想的？我一直很介意。"

52．"咕嘟咕嘟"饮食店·二楼

关谷面前摊着原稿。

冈本的声音继续："开始我只是想安慰一下好朋友的女人，因为她感到很寂寞。在交往中，我产生了这样一种想法，如果能的话，我要取代你。"

阿绫上来了。

关谷吃了一惊。

关谷看信。

阿绫看看房间。

冈本的声音："不过，当然我还是我，不可能成为你。结果，只有背叛。我和她都怀有一种罪恶感。我认为游戏是得不到原谅的。我想用一种适当的心情向你道歉。你出狱后当了影剧作家，结了婚，有了孩子，我这才松了一口气。不过，听说你分居后，我想了解原因，不，其原因和这件事有关。恕我乱说，丽子一直独身，令我很难过。如果你和丽子能够一起生活的话，就能治愈我的痛苦，就能减轻我对你和丽子的内疚感。也许阿绫也是同样的心情。酒劲上来了，我要睡了。"

关谷抬起头："我明天下午去。"

阿绫："那儿不能再去了。"

53．寺庙山门

关谷坐在石阶上哼唱着。

54．阿绫的车内

冈本的声音："致阿绫。同心同德的夫妻也许是一个问题。但是，恕我直言，我中有你，你完全成为了我的一部分。我相信，这对你来说也是同样的。我们彼此要合作，只要我们基于这种认识，我想会很好相处下去。我也想好好做。"

55．寺庙山门

关谷坐在台阶上吸着烟。

阿绫的车驶来。

关谷上车。

冈本的声音："阿绫，给我来电话，我想听听你的声音。"

56．雷克赛德大饭店·一室

关谷和阿绫贪婪地享受着对方的肉体。

57．"咕嘟咕嘟"饮食店

丽子在柜台处吸烟。

58．雷克赛德大饭店·一室

阿绫趴在床上。

关谷立起身来，从冰箱里拿来罐装啤酒，咕嘟咕嘟地饮着："你为什么不生一个孩子呢？"

阿绫："有过。"

关谷："打掉了？"

阿绫："流产了。"

阿绫伸手要啤酒。

关谷把啤酒递给阿绫。

阿绫饮啤酒。

阿绫把啤酒又还给关谷："我的体型怎么样？和过去相比。"

关谷："你一定认为我的肚子起来了吧？"

阿绫："不都一样吗？"

关谷："管它什么体型，都让人打怵。"

阿绫笑起来："新衬衣不过一下水，你就不穿呀。"

关谷："我过生日你送给我一件衬衣，我马上浸到水里，挨了你一顿骂。"

阿绫："那可是丝绸的。"

关谷："过去我只穿过棉的。"

阿绫除去缠在身上的床单。

阿绫："喂，怎么样？"

关谷："就这样，在这一直待下去。"

阿绫："……"

关谷："你不愿意吗？"

阿绫："不知道。"

59．"咕嘟咕嘟"饮食店

雷纳德·柯思的裸画。

锅里煮着东西。

阿绫和丽子在制作果酱。

关谷看着。

冈本的声音："原田丽子小姐，我和阿绫通了话。我斥责了她，可她很冷静。我对你说过，我可能会离婚。我说过这话有一半是认真的。这几年，我害怕争吵，我们已无话可说。我怕被她拒绝，甚至分床睡了。我想，阿绫如果考虑到离婚，就无法挽回了。我总是这样。和你分手时我也是这样。你是这样想，由于你自己的原因事情不能向前发展，你却把自己抛开。"

阿绫望着糖度计。

丽子："那是什么？"

阿绫："糖度计，甜味要用颜色来测定。"

丽子："让我看看。"

阿绫："粉色和水之间是多少度？"

丽子："42度。"

阿绫："再加点糖。"

阿绫往锅里放糖。

60．疾驶的出租车

冈本望着东京。

61．冈本父母家

冈本进入一栋旧房子。

62．冈本父母家·起居室

冈本一边饮酒一边和在厨房做饭的母亲稻子说话。

冈本："……都怨妈妈。"

稻子："怨我？"

冈本："有人说我因为一直受到母亲过分的保护，所以不行。还说，因为我很少受到他人的语言攻击，所以别人一说点什么，我就会反应过激，实施暴力。"

稻子："……"

冈本："即便这样，我还一直在向那家伙寻求母爱。因此，应该保护我的母亲攻击我否定我时，我认为这是一种令人难以置信的背叛，我就想实施暴力。"

稻子："你有恋母情结。"

冈本："是啊，就是在我升高中的考试结束时，就是在我学会了手淫，知道了夫妻、亲子和家庭全部起源时。"

稻子："算了，不谈这个。"

冈本："你听着，你还记得从我这儿夺走了一本谢国权写的《性生活的智慧》吧？你这样对我说，'因为我是一个女人，所以不了解男人。不过，你还没有结婚，还不需要这种书，借给我吧。'你一定为拿走这本书费了很多心思。你尽力装着很潇洒的样子。当时我真佩服你。"

稻子："混蛋！"

冈本："不过，那时我就察觉到母亲就是父亲的女人。于是我也要一个女人，可我所求到的是一个很能干的母亲。"

稻子："……"

冈本："……我认为阿绫很像你。不被世间无聊的常识所束缚，自己认准的事无论别人怎么反对也要做下去，很任性，也可以说她是一个不懂世故的小姐。"

稻子："你说的阿绫，过去就是那个关谷的女人吧？"

冈本："是的。"

稻子："你有了丽子小姐，可还要去抢你好朋友关谷君的女人做什么。如果是丽子小姐，到了这儿准能干得很好。"

冈本："……"

稻子："你们为什么不要一个孩子？"

冈本："……"

稻子："生了孩子，女人就会变的，就没空像当学生时那样这也不是那也不是地争吵不休了，她要抚养孩子。"

冈本："她怀孕过。"

稻子："为什么没生呢？"

冈本："因为那时关谷君刚入狱。"

稻子："关谷君真可怜。"

冈本："阿绫是故意流产的。那时搞学生运动、参加游行，淋了一场雨回来了……"

稻子："她是故意的？"

冈本："她说她认为有可能怀上了孩子可并不确定……我问她为什么还要去参加游行？"

稻子："是不是对关谷君有愧？"

冈本："……"

稻子："……你要继续保持现在这种关系随你的便。不过，我再不想听你说这些了。我只想当个普普通通的老太婆，抱抱孙子。噙在嘴里怕化了，顶到头上怕吓着。都是我不好，都是我教育方法不对。"

说着，稻子站起身来："你光喝酒也解决不了任何问题……休息吧。"

冈本："……"

63. 机场

喷气式客机着陆。

64. 酒馆

摇滚乐。

丽子进来，坐到冈本身旁。

服务生："欢迎光临！"

冈本："再来一份苏打水。"

服务生拿出酒杯。

冈本加点冰块。

两人轻轻碰了一下杯。

丽子："给阿绫打过电话了？"

冈本摇头。

丽子："阿绫还不知道你回来了？"

冈本点头："我一直想听到你的声音，可听到后又想见你。"

丽子："怎么了？"

冈本："没怎么。我一直想见到你。"

丽子："要说清楚，你累了吧？"

冈本："是，很累。"

丽子："因此你就想见我了？"

冈本："不。"

丽子："绝对是。"

冈本："我一直喜欢你。"

丽子："你和阿绫闹翻后，又想来追求我？"

冈本："你要这样说，就这样说。"

丽子："难道还有其他不同的说法？"

冈本："我只是老老实实地说出了我的心情。"

丽子："我和关谷君的事，你应该知道吧？你不会不知道。让我和关谷君接近的是你和阿绫。"

冈本："我明白。"

丽子："牵挂着分手的女人，希望她幸福，这就是你。阿绫把朋友的男人抢走了，感到朋友可怜，所以一旦有了一个好男人，她就想介绍给朋友。"

冈本："这是真实的心情。"

丽子："哪儿真实？你们不是只想着自己的快乐吗？加害者希望受害者幸福，这不是开玩笑吗？"

丽子站起来。

65．街上

冈本和丽子行走在大街上。

丽子："我并不恨阿绫，而且也不恨你。"

冈本："……"

丽子："不过，你很怪。"

冈本："……"

丽子："说是悄悄见一面，见了面又突然追求起来。"

冈本："因为我喜欢你。"

丽子："算了，就当我没听见，也就当你没说。"

冈本："你说得好寂寞。"

丽子："说这话的人也很寂寞。"

66．饮食店·二楼

丽子一动不动地躺着，只有胸脯起伏着。

关谷正要离开她的身体。

丽子："不行，不要动。"

关谷："怎么？"

丽子："求求你，就这样。"

关谷："余味无穷，是吧？"

丽子："别说得那么白。"

关谷："见到冈本了吧？"

丽子："见到了。"

关谷："没见老婆倒先见了你。"

丽子："你胡乱猜疑什么。"

关谷："你是冈本过去的女人嘛。"

丽子："他只想打听一下阿绫的心情现在如何。"

关谷："阿绫打算和他分手啊。"

丽子："你伤心了吧？因为你是阿绫过去的男人嘛。"

关谷："我们结婚吧。"

丽子："你得先离婚吧。"

关谷："你不愿意？"

丽子："哪能不愿意呢。"

关谷："那好。"

丽子："是因为阿绫一旦离了婚你就为难了吧？"

关谷："和那没关系。"

丽子："那你为什么那么挂念？"

关谷："因为非常称心。"

丽子："那这样不也很好吗？"

关谷："这也如我的意。"

丽子："这是双方的事，如果只是身体的话，这样不是很好吗？"

关谷；"这样好。"

丽子："我总有一种事到如今的感觉。"

关谷："事到如今？"

丽子："我的朋友们中相当多的人离婚了，说起来，现在是再婚的季节。"

关谷："对我也……"

丽子："还是很挂在心上的。"

关谷："担心我什么？"

丽子："你像对待我一样对待过阿绫吧？"

关谷："那是很久以前的事了。"

丽子："可是，阿绫没有忘啊。"

关谷："都过去二十六年了。"

丽子："可是她没有忘啊。"

关谷；"这么说你也没有忘记冈本的身体了？"

丽子："二十六年了。……我绝不会做背叛朋友的事。"

关谷："如果冈本和阿绫离婚了呢？"

丽子："我不会背叛你。"

关谷："……"

丽子："你有没有自信不背叛我？"

关谷："有。"

丽子："真的？"

关谷："真的。"

丽子："你能发誓吗？"

关谷："你可真难缠。"

关谷把手伸进丽子的胯间。

丽子："不行。不能这样糊弄过去。"

丽子从关谷手中挣脱出来。

67．大公园

冈本和关谷打着秋千。

冈本："你和原田处得还好吧？"

关谷："感到是被你和阿绫撮合到一起的，……你为什么不回家而要待在旅馆里？"

冈本："……丽子，是个不错的女人。"

关谷："什么意思？"

冈本："我是说你要好好地干。"

关谷："你才该这样呢，要振作起来！"

冈本："我明白。"

冈本："你不明白。"

冈本："总觉得一个人呆在那边不行。"

关谷："你可以尽快把她带走呀。"

冈本："过了二十年女人也会变的。"

关谷："是啊。"

冈本："母亲不会变，只会年纪一年年地大。"

关谷："女儿一定会变的。"

冈本："那时候你为什么不打我？"

关谷："要打的话不会打你，我想打阿绫。"

冈本："是我不好啊。"

关谷："不，如果是你进了监狱，恐怕我也会做出同样的事来。"

冈本："……"

关谷："我们也变了。虽说大学解体了。可你还是个大学老师。"

冈本："你曾说过戈达尔拍电影不用剧本，可你当上了影剧作家。"

关谷："我们都快五十岁了。"

冈本："是啊，快五十岁了。"

68．山上

阿绫和丽子在采摘野草莓。

丽子："见他了？"

阿绫："还没。"

丽子："为什么？"

阿绫："因为他什么都不会说的。"

丽子："你应该主动去见他。"

阿绫："是吗？"

丽子："你有不能见他的理由吗？"

阿绫："理由？"

丽子："譬如有了另外的男人。"

阿绫："那事……"

丽子："即便是你主动提出见面，也不等于让步啊。"

阿绫："那倒也是。……不过，看来还会嘟嘟哝哝发什么牢骚。"

丽子："就是这样。"

阿绫："看在夫妻一场的面子上。"

丽子："你在用过去式说。"

丽子和阿绫休息。

阿绫："那个人认为，他不说要茶，我也会给他端上茶，这才是夫妻。两个人什么都不说，很默契，这才是夫妻。结果，他总要求我要理解他，可他根本就不想理解我。"

丽子："你当时可以不和冈本君结婚呀。"

阿绫："你说得不错。"

阿绫和丽子吸烟。

丽子："如果你和关谷君结了婚就能处得很好吗？"

阿绫："……我不知道。"

丽子："因为你喜欢《朱尔和吉姆》。"

阿绫："什么意思？"

丽子："就是喜欢三个人。"

阿绫："让娜·莫罗是两个人一起死的。"

丽子："是啊，一个人没死成啊，我就不理解让娜·莫罗为什么要和男人一起跳进塞纳河。"

阿绫："因为你不喜欢她。"

丽子："可是，那时没有能谈论这种事的气氛。"

阿绫："丽子，你一次游行也没参加过吧？"

丽子："那时我还是一个毛孩子。"

阿绫："现在呢？"

丽子："你可不能把关谷君抢走。"

阿绫："我不会做这种事的。"

丽子："发誓！"

阿绫："发誓！"

丽子："上次没发过誓？"

阿绫："上次？和良介的时候？"

丽子："是啊。"

阿绫："嗯，也许发过誓。"

丽子打了阿绫一耳光。

阿绫："……是上次那份？"

丽子："……"

69. 雷克赛德大饭店·庭院

关谷和阿绫坐在一张能望得见湖水的桌旁饮着啤酒。

阿绫："我们不要再见面了。"

关谷："你和他一起回纽约去！"

阿绫："这是另一码事，我想分别考虑考虑。"

关谷："你这点……"

阿绫："和过去一样没变。"

关谷："过去你也是这样考虑的吗？"

阿绫："因为那时候你不在了。"

关谷："……我在。"

阿绫："你在监狱里。"

关谷："过去的事就别说了。"

阿绫："嗯。"

关谷："那么现在的事……"

阿绫："不想谈。"

关谷："这是没辙了。"

阿绫："我明白了。"

关谷："用不着明白。"

阿绫："不，我考虑过了。"

关谷："用不着考虑。"

阿绫："你这一手不灵了。"

关谷："要不你就考虑吧。"

阿绫："考虑、考虑，不明白了。"

关谷："……"

阿绫："你打算怎么办？"

关谷："不知道。"

阿绫："你太残酷了。"

关谷："我知道。"

阿绫："男人都残酷。"

关谷："对。"

阿绫："都一个样。"

关谷："女人呢？"

阿绫："女人也很残酷。"

关谷："见了三次啦。"

阿绫："算今天是第四次。"

关谷："今天没见到呢。"

阿绫："……"

关谷："见见吧。"

阿绫："不行，今天不行，一直不行。"

关谷："什么不行？"

阿绫："结局会很寂寞的，因为要寻找一个靠山。"

关谷："是吗？"

阿绫："不珍惜可不行。"

关谷："珍惜什么？要爱护。"

阿绫："做这种事。"

关谷："你应该更好地爱护它。"

阿绫："我在爱护。"

关谷："难道见都不见吗？"

阿绫："因为我想爱护它，所以才不见。"

关谷："我要嫉妒了。"

阿绫："你嫉妒吧。"

关谷："我想见阿绫。"

阿绫："正在见呢。"

关谷："我想见。"

阿绫："不能见。"

关谷："为什么？"

阿绫："我不行。"

关谷："受不了啦。"

阿绫："因为你是一个很能干的人。"

关谷："遭到拒绝了。"

阿绫："算了吧，根本就不般配。"

关谷："被拒绝了。碰钉子了。"

阿绫："害怕自己了。"

关谷："行了，算了。"

阿绫："女人讨厌。"

关谷："男人也讨厌。"

阿绫："讨厌，讨厌，讨厌，讨厌。"

关谷："讨厌，讨厌，讨厌，讨厌。"

阿绫："一切都讨厌。"

关谷："真讨厌。"

阿绫："真像个傻瓜。"

关谷："不错。"

阿绫："算了吧。"

关谷："好，好。"

阿绫："我说……"

关谷："什么？"

阿绫："还给我来电话吗？"

关谷："……"

天突然下起倾盆大雨。

70．冈本家·起居室

阿绫沏茶。

冈本蹲下身。

阿绫："要凉了。"

冈本拿起茶杯。

阿绫："总算来见我了。"

冈本："一开始就要讽刺我？"

阿绫："在见老婆之前要先见过去的女人。"

冈本："你嫉妒了？"

阿绫："我的丈夫回来了，怎么要让别人来告诉我？"

冈本："你就是那种女人嘛。"

阿绫："那种女人是哪种女人？"

冈本："好面子。"

阿绫："这是个体谅的问题。"

冈本："你不要总要求别人体谅你。你说回来就回来，把我丢在一旁不管。"

阿绫："为了泄愤，就去见了过去的女人？"

冈本："见了见了，就是见了也没什么。"

阿绫："真低贱。"

冈本："你就什么都没有？"

阿绫："你担心了？"

冈本："是啊。"

阿绫："真浑。"

冈本；"对，我是浑。"

阿绫："那，你有什么事？"

冈本："你别捉弄我。"

阿绫："我还要骂呢。"

冈本："你也犯不着骂。"

阿绫："我想你还要打我吗？"

冈本："我不会再打你了。"

阿绫："这谁知道。以前可打过好几次了。"

冈本："我不是说不打了嘛，你要怎么样？"

阿绫："你说我要怎么样？"

冈本："就你正确，你认为自己是一个没有任何缺陷的人吗？"

阿绫："我可没想过这事。"

冈本："那么为什么把我丢在一旁不管？为什么连一般妻子该做的基本的事都做不到？"

阿绫："什么基本的？长驻海外、两地分居几年的夫妻不是很多吗？"

冈本："这就是互相理解吗？你明明说过马上回来，却要欺骗丈夫。"

阿绫："我希望你把你那种孩子气改一改，我希望你有所改变，我只想我们互相作为一个自立的人交往下去。"

冈本："夫妻都不成夫妻了，还自立什么？"

阿绫："你是想和我做爱才结婚的？"

冈本："我不知道你要干什么，你不是已经决定了？一直要做这样的女人。因为你是这样想的，所以你才和我结婚的吧？"

阿绫："你要找情人请便。"

冈本："你是要离婚吗？"

阿绫："我没说这话。"

冈本："这不等于在说吗？"

阿绫："你不是自我封闭，就是攻击别人，你只会这些。"

冈本："你要怎么样？"

阿绫："我和你这个人交往了这么长时间，一直受到你的侵犯，已经支离破碎了。"

冈本："我不明白。"

阿绫："你是不明白。你也不想明白。你从本质上讲对我就毫不关心，总是关注自己，为什么还要提出结婚呢？"

冈本："因为我爱你。"

阿绫："是吗？背叛了好朋友和自己的女人来和我睡觉，自己收拾不了了就只有和我结婚了。"

冈本："你要怎么样？"

阿绫："你是想说我也同样如此吧？背叛了男人，从好朋友那里把你夺来，即便是真心的，还要装着被告不在现场结婚了。"

冈本："有点不对呀。"

阿绫："怎么不对了？"

冈本："关谷不在了，你感到寂寞，就像没有男人就不幸的女人一样，和我同居了。你是不想让我这样看你，才和我结婚的吧？"

阿绫："……不错呀。"

冈本："真的吗？"

阿绫："随你怎么想都行。"

刚探身。

阿绫："好啊，你打吧。"

冈本摇头。

阿绫："你不和这种没有男人就活不下去的女人在一起是不行的。你不和这种不能全盘接受你的女人在一起是不行的。我就讨厌你这些。"

冈本把烟嘴扔向阿绫："那么，我们只有分手了？"

阿绫："就这样吧。"

冈本："就哪样啊？"

阿绫："分手吧。"

冈本："我明白了。"

阿绫："因为你不打算改变自己。"

冈本："如果有这个打算，就不分手吗？"

阿绫："算了，永远都不会结束。"

冈本："你已经想结束了？"

阿绫："你想接受吧？"

冈本："没指望了。"

阿绫："是没指望了。"

71. 冈本乘坐的出租车

车翻过山岭，小镇渐渐变远。

72. "咕嘟咕嘟"饮食店·二楼

丽子端着咖啡上来。

关谷不在。

73. 雷克赛德大饭店·大厅

关谷等候着。他叼着一支烟，没有点燃又放下。

关谷看看钟。

74. 雷克赛德大饭店·室内游泳池

阿绫从水里上来，坐到椅子上，看看墙上的钟。

关谷的声音（朗读长田弘的诗）：

我是一个不爱任何人的青年

又是一个未曾写过一篇诗的诗人

在未曾经历一次革命的国度里

辉煌的无产阶级究竟是谁？

我始终未能搞懂

却一个人梦见了美好的革命

我是青年

非常喜欢清晨的演员、梦中的教师

和夏季的画家

总之我什么也没做

没有任何结局

我怎么能相信

自己的人生会像美丽的蜗牛？

我孤零零的一个人

猛然跳进了我苦涩的泪水中

噢，即使谁都不相信

时光是短暂的

我们的时光更为短暂

75. 雷克赛德大饭店·大厅

关谷抬头看看钟。

76. 雷克赛德大饭店·室内游泳池

一位年轻男子跳进水里。

水花四溅，阿绫看看钟。

77. 雷克赛德大饭店·大厅

服务生端着咖啡杯过来。

78．雷克赛德大饭店·室内游泳池

阿绫看看钟，跳入池中不停地游。

79．雷克赛德大饭店·大厅

关谷站起来，离去。

80．雷克赛德大饭店·大门口

丽子站在那里。

关谷："？！"

丽子："回去吧。"

81．冈本父母家·起居室

稻子往冈本的旅行包里塞霉干菜、咸菜和胃药。

冈本："不要搞得太重了。"

稻子把霉干菜拿出来，想想又放进去。

冈本："一起去吧。"

稻子转过身。

冈本又说了一遍："一起去吧。"

稻子："你说什么呀，傻瓜。"

82．山岭上

出租车越过山岭，关谷和丽子坐在车里。

歌声响起：

　　　你露出孩子般的笑容

　　　你突然沉默不语　是多么的迷人

若去旅行　请乘夜航班机

低声细语的你　是多么的迷人

我们俩融入深沉的夜色中

爱的语言就是互相凝视

两人的心　是多么的迷人

在爱的生活中略感疲惫的你和我

是多么的迷人

因为谁都不知道明天

所以今夜是多么的迷人

随着片尾字幕响起《国际歌》的音乐。

—完—

身

心

×

震颤

根据赤坂真理同名小说改编

编剧：荒井晴彦

1. 雪花飘舞

深夜，二十四小时营业店。

2. 一个女人在灯火通明的店内徘徊

女人的声音："3月14日是还礼节！疲于奔命的他会回赠给我礼物吗？这一天是男孩子报答女人的爱的日子……你们不会需要这种人工情欲装置的。"

女人："对了，我是到这里来买葡萄酒的。"

女人的声音："白葡萄酒，白葡萄酒，不是法国味的，是德国味的，甜甜的那种！（加上旋律）带酸味的不要不要不要。为什么德国没有红葡萄酒呢？不是有吗？可是白色的呀，绝对都是白色的。玛丹娜味道很好，玛丹娜玛丹娜，为什么德国没有红葡萄酒呢？不是有吗？可是白色的呀，玛丹娜味道很好，为什么德国没有红葡萄酒呢？"

女人："烦死人了……！"

男孩子回头瞥了她一眼。

女人的声音："和你搭伴经营微型超市。这并不奇怪。别人看起来并不奇怪。看上去像什么呢？很普通吧？是一位参加酒会回来晚了的女职员？不行，做个女职员，外表太花哨了。怪怪的。我这么在意，一定是因为那件事。"

在一排排商品之间走来走去。

女人的声音："我想摸摸男人，如果很难摸的话，我想找一个摸的理由。不能摸的人是可怕的。不能温柔地将皮肤的表面贴在一起的人是可怕的。我将要遭到攻击，所以我才会去攻击别人，由于防卫反应过激，偶然将他杀死了。结局不会是这样吧？"

女人："对了，我是到这里来买葡萄酒的。"

有说出声来。

女人将一瓶白葡萄酒放进筐里。

女人的声音："酒精是个大救星。它能使人安然入睡。思考自己内心世界的声音、我听到的一个人的声音、那种令人讨厌的声音，当我喝酒后都会消失。我想喝带有茴香草的伏特加酒，但是没有。"

女人将一瓶杜松子酒放进筐里。

女人走到摆在入口处旁边的杂志架前，开始浏览杂志。

女人的声音："无论是酒精还是吃进肚里又吐出来的东西，都是如此实实在在的，然而，不管哪一本杂志都没有登载这些东西。倒是那些少年飞车族的杂志还能引起我的共鸣，倒是那些沉溺于毒品的女孩子还能得到我的信任。我理解那些即便做了那种事情还会表明自己愿意和男人在一起的女孩子。就我一个人？就我孤零零一个人？"

杂志的广告页。

【你已经应该注意到了，
肌肤中开始发生的微妙变化。
许多女性感到了不施脂粉的皮肤所受到的损害，
这并不是衰老。】

女人吞咽唾液。

【这并不是衰老，
其原因是失去了平衡。】

【这并不怨你，
你并没有衰老。
但是，
让我们从周围的环境来保护你吧。】

女人的声音："近来皮肤怎么这么粗糙啊？人怎么这么胖啊？面容怎么这么憔悴啊？眼圈都黑了。是不是没有满足欲望，感到不快呀？男人之间不会说这些的。为什么总是女人问我这些问题呢。和这些没有关系，不过，这得到了控制，如果现在不控制，也许就迟了。明天我得去买这个。"

女人走向收款台。

女人的声音："喂，买冰块吗？"

女人一边嘟哝着"冰块，冰块"，一边转身看着冰柜。

男人走过来。

他穿着一条山核桃图案的工装裤，裤腿塞在带点蓝色和黄色的套鞋里。

出现字幕：【像一个钓鱼的人，不过感觉还好。】

女人的嘴里积满了唾液。

心脏加快跳动。

字幕：【我想吃。我想吃那个。】

女人和男人四目相对。

女人稍微眯缝着眼睛，使上了全身的力气。

男人微微扬起下颚，稍微眯缝起眼睛。

女人胸前口袋里的手机开始振动起来。

男人目不转睛地盯着女人。

女人的胸脯晃动着。

男人走近女人。

当男人站到女人身旁时，手机停止了振动。

男人用手心轻轻擦了一下女人的手背。

女人已动不了了。

女人的声音："你使用什么牌子的洗发液呀？真香啊。"

男人离去的脚步声。

传来森高千里的歌。

女人的声音："不对，那是罗森的歌。这里是微型超市，这种事情无所谓，我得去。"

字幕:【我想去，我想活，我活着。】

女人动起来。

她改变了方向。

她把装着酒的提筐放在了脚旁。

她像机器人一样朝门口走去。

自动门打开。

雪花。

女人抬头望着飘落下来的雪花。

她反复唱着"我得去"这一句歌词。

女人迈步走去。

传来"嘘"的一声。

女人："？！"

女人朝着口哨声响起的方向，伸出双手，突然身体失去平衡，跪在了雪地上。

她爬了几步，站起身来。

从人行横道的那一边传来口哨声。

绿色信号闪亮。

女人穿过人行横道。

暴风雪遮住了视线。

女人循着口哨声朝前走着。

女人的声音："在哪儿呢？是你吧？你有吹口哨的工夫，倒是来迎我呀。哼，我得去，我得去。因为我想吃。"

震颤 ×

305

一个深蓝色的、滑溜溜的庞然大物出现在眼前。

是一辆卡车。

女人："啊。"

那个男人坐在驾驶席上。

男人脸上浮现出令人目眩的微笑。

女人快要哭起来了。

雨刷上挂着微型超市的袋子。

男人指了指车门。

女人拽动车门的把守。

车门打开，一股暖流涌出来。

女人把左脚踏上高高的踏板。

男人："抓牢上边。"

女人好像把自己拖上来似的，坐到座席上。

眼下是一片白色的世界。

男人："欢迎你。"

递上一条毛巾。

女人："你一直从这么高的地方看着我吗？"

男人："倒没有一直盯着。我想你也许不会来了。"

女人："……"

男人："喝酒吗？是白酒。"

女人："喝。"

男人从雨刷上取下便利店的袋子。

里面装着冰块。

男人把冰块放进塑料杯里，倒上白酒，加了一些柠檬汽水。

冰块融化。

女人饮酒。

字幕：【不借着酒劲就做不到。都到这一步了，至少我还想喝醉。不借着酒劲就做不到。】

已经开封的锥形袋装零食。

女人："可以吃吗？"

男人："吃吧。"

女人吃起袋装零食。

女人："真好吃。"

小声说道。

男人："多大了？"

女人："31岁。"

男人："怎么，比我大？"

女人："我就没有觉得比你小。你多大？"

男人："26岁。"

女人："怎么比我想象的要小得多……"

男人："你刚才是想买一瓶葡萄酒和一瓶杜松子酒吧？"

女人："……周末有人来。不过我没有买，想想看才星期三。"

男人："不错，才星期三。"

女人："……"

男人："看电视吗？"

女人："看。"

仪表盘上方有一个调谐器，调谐器的上方有一个小电视。

男人正要打开电视，突然传来"砰砰"敲打驾驶楼的声音。

男人打开车窗，原来是警察。

女人顿时吓得浑身僵硬。

警察："通报说，在住宅区有一辆车处于怠速状态。不过，这么冷的天，我没法叫你熄火呀。"

男人掏出驾驶证。

男人："这附近有没有像公园那样的场所？要到早晨才能交货。"

警察："冈部先生，下面的名字怎么念？"

男人："希寿。"

警察："哦，是希望的希，这个名字真少见。"

男人："是吗？"

警察把驾驶证还给男人。

警察："车站对面有一座陵园，是墓地，你把车就开到那儿去吧。"

男人："好的。"

3. 卡车穿过狭窄的商店街

女人："你和警察的关系搞得不错嘛。"

男人："我这不是也在工作吗？"

女人："开了多长时间车了？"

男人："有七年了吧。"

女人："那之前呢？"

男人："最初在土木工程店里工作，后来买了卡车，是这辆车之前的那辆，就带着车找活儿干了。"

女人："带车找活儿？"

男人："我是单干户。"

女人："你为什么要开车呢？"

男人："大概是因为没有学历吧。连中学都没有像模像样地毕业。"

女人："是义务教育，没毕业算是怎么回事呢？"

男人："是啊，要是去上学，也许就会有一张证书。我连毕业典礼都没参加，不清楚。"

女人："为什么不去上学呢？"

男人："没什么，就是不喜欢上学。"

男人笑了一笑。

4. 卡车停在陵园前的环岛边上

男人没有熄灭发动机。

女人埋脸坐在座席里。

她感受着怠速时的振动。

女人："最初见到你时，看你穿的是胶皮靴啊。"

男人："新潟那里总是下雪，所以要穿胶皮靴。东京倒是不太下雪。"

女人："为什么要去新潟？"

男人："新潟那里家具厂多啊。其次是静冈，不过还是新潟那里多。不是正在盖高级公寓吗？瞧，在那边，在那边，给他们送订的门。"

女人："……我说，整个晚上你都开着发动机？"

男人："是啊。"

女人："搬个暖炉进来不行吗？"

男人："生火会缺氧的嘛。"

女人："可以用电炉或电毯啊。"

男人："那不是需要发电机嘛。"

女人："嗯……我想摸摸你。"

男人："可以摸呀。"

男人把脸伸过去。

女人："哎呀，我这么说，真对不起了。我无论如何都难以相信，一个不熟悉的人突然一变，没有对我实施暴力。这是为什么呢？我竟然没有挨打。太奇怪了吧？说这种话，真是对不起了。"

男人移到装货台面和座席之间的那片空间里。

男人躺在被褥上，微笑着表示自己正在听着。

女人："我想摸摸嘛，我想摸摸嘛。"

女人爱抚着座席，哭泣着。

男人："过来吗？"

女人点点头，跨过变速器。

女人骑到男人身上。

男人拉上窗帘，又拉上遮挡驾驶楼与后边的帘子。

男人和女人接吻。

男人舔去女人脸颊上的泪水，又用嘴唇堵住女人的眼球，直接吸吮她的泪水。

字幕：【泪水不断地溢出来。】

男人把舌头伸进女人的眼球，来回舔着。

字幕：【隐形眼镜从眼球上脱落下来。】

女人一方的视线模糊起来。

女人一边亲吻着男人的脖子，一边解开男人的工装裤纽扣。

女人一件一件地扒掉男人的衣服，吻着男人裸露的胸脯。

男人褪去女人下衣。

男人："可以舔吗？"

女人："嗯？"

女人的双腿呈 V 字形，搭在了男人的肩膀上。

男人："真漂亮。"

女人："冈部希寿，你就不问问我的名字吗？"

男人："只叫名字就可以了。"

字幕：【不要讲悲伤的事情哦。】

女人："我叫阿玲。早川、玲。"

男人："太美了，太美了，太美了。"

女人："叫我名字。"

男人："玲，太美了，太美了，太美了。"

女人："怎么个美法？"

男人："就像嘴唇一样。"

女人的脚趾头动起来。

男人："女人是怎么做的，让我看看。"

女人："……我……不会直接摸的。"

男人："做给我看看。来，做给我看看嘛。"

男人用中指开始抚弄起来。

男人："胸脯要不要弄？"

女人："给我弄湿了。"

女人把手指头插进男人的嘴里。

男人用唾液把女人的手指头弄湿。

女人用弄湿的手指头抚弄着乳头。

字幕：【喜欢、喜欢、喜欢、喜欢、喜欢、喜欢、喜欢。】

女人的左脚拇指透过帘子，在雾气蒙蒙的玻璃上划出一条线后滑落下去。

女人紧紧攥着拳头。

吸吮着拇指。

抓住男人的额发。

女人："有避孕套吗？"

男人："有。"

女人：“我想和你干。”

男人取出避孕套递给女人。

女人把避孕套套在阴茎上后，把整个身子压在了男人身上。

俩人的腰部扭动着。

女人咬住男人的耳朵。

男人坐起来。

女人朝后倒下。

男人的手拖住女人的后背。

女人的脖子因反作用而摇晃着，男人抓住她的头发不让她晃荡脖子。

女人仰视着男人。

男人注视着女人。

女人无法眨眼。

男人用嘴堵住女人的嘴唇，把舌头伸进去。

女人的背慢慢地靠在了座席上。

男人运动着，女人运动着。

男人发出痛苦的声音。

女人挺起腰部摩蹭着。

男人：“你这么一来我就要射了。”

女人：“没关系。”

男人的腹部抽动了几下。

一滴汗从向后仰的下颚处滴落下来。

女人张开嘴接住汗水。

男人把胸脯压在女人的胸脯上，把头搭在女人的肩膀上，喘着粗气。

女人抚摸着男人的头，将发际的头发梳理到头上。

5．女人从卡车上下来

雪停了。

女人迈步走去。

女人突然弯下腰呕吐。

女人的声音："我只喝了白酒吃了袋装零食呀。再没有什么东西可吐的了。"

一边吐着，一边望着卡车。

泪水使卡车变得朦胧起来。

用手拭去泪水。

卡车依然停在那里。

女人捧起雪漱口。

女人又朝卡车走去。

卡车的车门已经锁上。

男人大概已经安然入睡。

女人敲打车门。

车门开了，男人一副略显惊愕的神情。

女人："带我走一段。"

男人："搭伴走？"

女人："是的。"

男人："（点头表示同意）"

女人坐到助手席上。

关上车门。

从胸前的衣兜里掏出手机，关闭电源。

女人的声音："常言道，行旅靠伴侣，处世靠人情。"

6．卡车正在行驶

信号灯下写有地名的标识牌有规则地闪过。

女人："朝新潟开呢？"

男人："川口。"

女人："川口？"

男人："去装轮胎。不能空着车跑啊。"

女人："这些活儿都是你自己找的？"

卡拉 OK 店和大型弹子店时而闪过。

男人："是公司找的。"

女人："你不是自己带车找活儿吗？"

男人："我不是公司的职员，但是我和公司签了约，因为营业绿卡个人是很难拿到的。"

7．男人往卡车上装轮胎

8．卡车停在二十四小时营业的便利店前

男人胸前系着一块围裙，端着两份盒饭和茶水，从便利店里走出来。

一直望着男人的女人，打开驾驶席一侧的门。

男人把盒饭和茶水递给女人。

男人："把后面撅起来。"

说着背过身去。

女人放下盒饭和茶水，把前面的帘子从驾驶席一侧拉上。

男人："！？"

女人："你也得让我看看，就像你看我一样。"

男人："现在还小着呢。"

女人："没关系的。"

男人："我不是想让你看到最强壮的嘛。"

女人："为什么？"

男人："就是这么回事嘛。"

女人："小鸡鸡想不想勃起来，还不是都由你。"

将助手席一侧的帘子拉上。

女人："也让我来弄弄。"

蹲到男人的两腿之间。

男人把女人的头发弄得乱糟糟的。

女人一边吮着，一边朝上看着。

与男人的目光相遇。

字幕：【我爱你。爱你爱你爱你爱你。】

男人："戴上避孕套。"

女人给男人戴上避孕套。

男人把座席放倒。

女人也躺倒下来，伸开双腿。

男人进入女人的身体。

9．卡车驶过陆桥

河沿一带灯火初上。

阳光透过缭绕的云彩反射下来，整个城镇看上去好像飘浮着一层橘黄色。

天空由淡蓝色渐渐变成深蓝色。

女人："这是去新潟？"

男人："是的。"

女人："走高速吗？"

男人："我们走下面，高速费什么的全得自己掏。"

女人："原来如此。"

男人："两人搭伴走，是你说的哟。"

女人："怎么了？"

男人："我可结婚了。"

女人："那又怎么了？……没什么。不要紧。"

男人："咱俩关系还挺铁呀。"

女人："……"

男人："她就像一个单相思狂，我曾被她纠缠不休。其实现在她还在纠缠着我。你要是那样我可糟了。那个女人可厉害了。"

女人："……"

男人："我说，你是做什么的？"

女人："我？采访记者。给周刊杂志写东西。"

男人："在哪家公司？"

女人："是自由职业者。"

男人："那么和我们一样了，干多少拿多少喽？"

民房之间的农田里，随处都是枯萎的植物茎。

女人："带着车找活儿干的长处是什么？"

男人："不受拘束。还有，如今不景气，没有好活儿了，不过以前有很好的活儿。运输那些肚子里塞着毒品的冷冻金枪鱼，都是交给个体卡车司机的。因为很重要，不能委托大的运输公司。不过，那些来历不明的家伙也够危险的了。都是熟人托熟人，找那些都知道住在哪儿的人，否则就有可能暴露。在九州的海面上就把毒品塞在了鱼肚子里，然后速冻。就连缉毒犬也闻不出来。

一到港口，买家已经到了，经纪人都是一些黑社会的人，让我们马上把货运到筑地，连高速公路费都给，五十万，是现金。一到筑地，还是那些买主都等在那儿了。"

女人："里面装的什么能让你们知道？"

男人："知道。问我们是要五十万元现金，还是要价值五十万元的毒品。我不需要毒品，所以我都是要现金。"

女人："还有人会要毒品？"

男人："有。九州的卡车司机有很多人染上了毒瘾。可以不睡觉连夜跑车。"

女人："什么时候结的婚？"

男人："三年前吧。"

女人："有孩子了？"

男人："有。"

女人："男孩女孩？"

男人："女孩。"

女人："可爱吗？"

男人："跟我不亲，因为我不回家。"

女人："不回家？"

男人："偶尔回回。基本上是连续航行，一回来又要装下批货了。"

女人："你说的航行是指跑车拉货吗？"

男人："我们都说航海，或运行。"

女人："往返两次有一次不是在东京吗？回到东京睡在哪儿？"

男人："公司里有司机的休息室，但我很少去。还是在车里睡踏实。这儿就是我的住处。"

女人："那地方叫什么？"

指指后面的空间。

男人："叫卧舱。"

女人："现在睡睡行吗？"

脱掉鞋子，躺倒在卧舱里。

女人："啊，很轻松地就能伸开腿。"

男人："我来帮你伸。"

女人："我说，单相思狂知道你已经结婚了吧？"

男人："她对我说，'我可不会轻易退缩的，你不要搞错了，我铁定了心，只有我理解你'。她总是这么想。像我这种走南闯北的人的心理，一辈子都没法理解。即便现在认为这个人最好，可到了仙台或许还会有更合适的人，到了九州或许还会有更加合适的人。一个公司职员结婚后看住一个人是理所当然的，在这个圈子里，如果在公司里有了合得来的人会被人称为搞破鞋。不过这也只有在家庭和公司里才会成为问题。急救车打来电话，说那个女人已经割腕了，还说她鲜血淋淋的，不让别人与她家里人联系，也不让别人把她送到医院去。我说让她接电话，我对着电话骂了一句，'蠢猪，你去死吧！'就挂上了电话。"

女人："你这样对一个割腕的人？"

男人："我才是受害者呢。应该把割破的腕子浸在盛满水的铁水桶里，这样就会死的。"

女人："你们一直交往吗？"

男人："没有一直交往哦……倒是让她搭过一次车。她说想搭车，我想让她搭车死了那份心也好。可是我大错特错了。她弄清了我的住址和电话号码，随后总是不断打电话骚扰我。我给她父母家里打电话表示我的不满，可他父亲竟然对我说，对不起，对不起，你揍她或怎么样对她都行，结果我倒软下来没辙了。"

女人："你揍她了？"

男人："揍啦。"

女人："动拳头了？"

男人："当然动拳头了。"

女人："在哪儿？"

男人："那女人家里。"

女人："你既然讨厌她，为什么还要到她家里去呢？！"

前面的小轿车插进来，男人踩急刹车。

男人："真危险呀。"

女人："……"

10. 夜幕中卡车行驶在 17 号国道上

女人从车窗里探出头来。

头发随风飘舞。

女人试着喊了一喊。

声音瞬时消失在遥远的后方。

女人关上车窗。

11. 卡车穿过被夜间景观照明照射着的红色牌坊

坡度大的路段。

男人："赤木——"

女人："这里也是17号国道？"

男人："3号。前桥市城区到了深夜还是车流拥挤，有信号灯，我们爬赤城山穿过去。"

白色的东西飘落下来。

雨刷开始动起来。

字幕："是雪。"

急转弯，女人几乎要被抛了出去。

男人："有人听着吗？"

"……有。"远处的声音。

"三宿联合，紫色1号报到。"

男人："能看得到月亮的夜晚，是不是下雪了？"

"是沼田和受津吧？"

女人："无线电？"

男人："是的，刚才那个月夜野是高速的一个出入口站。"

"北岛北海道！"远处的一个微弱的声音。

男人："唉，少有。"

女人："怎么了？"

男人："这是北海道的。这么远的电波在冬季很难传到这里。夏季由于上面有电离层，会反射到这里来……"

卡车朝坡下驶去。

市区里的灯光升上来。

无线电的声音被杂音敲击着，好像变成了摩尔斯信号。

女人竖耳倾听。

女人："真是一种令人奇怪的感觉。远处的东西会有知觉地跟过来。"

女人凭着自己内心摇摆的感觉，不由得隔着衬衫摸起男人的胳膊。

男人："功率大时，听起来比离你近的东西还要近。北海道那种地方地理位置好，正常情况下电波都会传得很远。谁要是说一句'布莱克在不在？'，大家都能听得到，都会一起回答'我是东京都布莱克''我是飞车千叶'。"

字幕：【飞车……哦，在房总吗？】

男人："信号强就能接收到。北海道不是在呼叫吗？请东京都内的布莱克回答。不过东京都内会有好几个人一起回答，能接收到其中最强的那个信号。"

男人把左手从方向盘上放下来，轻轻搭在了女人的手上。

女人闭上双眼。

眼帘下重叠出一闪而过的照明灯、对面汽车的白色前灯、前面汽车的红色尾灯，以及汽车拐弯时倒向一侧的身躯。

女人睁开双眼。

字幕：【说起来是知觉，可听起来却是那么地近。】

卡车下山时，雪已经停了。

道路变得平坦起来，掺杂着杂音的巨大声音。

男人拿起麦克风。

男人："喂，成田观光先生，晚上好。"

男人松开麦克风的按钮。

男人："这是开卡车的同行。"

男人对女人说道。

女人："怎么叫成田观光呢？"

男人："无线电呼叫时使用的匿名。"

女人："是搞卡车运输的？"

男人："是的。"

"成田观光"的声音："我正在17号国道往上爬，水上。收得到吗？请回答。"

男人："优良状况5。我正从17号国道往下走，上臼井。"

女人："他为什么要叫成田观光这个名字呢？"

男人："哦，这都是违法的，所以不能使用真名。"

女人："这不是合法的吗？"

"成田观光"的声音："唉，我这里优良状况也是5。"

男人："在0.5瓦范围内是合法的，超过0.5瓦都是违法的。我这都到两千瓦了。"

女人："你说的0.5瓦指什么？"

男人："无线电收发报机。瓦数小了发射不到远处，所以大家都安装了增幅器，提高功率。"

女人："无线电都有几种呀？"

男人："有私人的和业余的。"

"成田观光"的声音："哎哟，今年东京的雪很多吧？"

男人："又下了一场雪。"

女人："你说的业余，也就是业余无线电收发报爱好者？"

男人："CQCQ这里是二十二。"

女人："啊。"

"成田观光"的声音："今天早晨，电路系统失灵，糟糕透了。灯失灵，电热器失灵，记速器失灵，没办法上了高速。"

女人："CQ是什么呀？"

男人："电路系统只要你一去修理就没有毛病了。（松开麦克风的按钮）就是英语的SEEK YOU，是寻找你的意思。还有人说是从卡木·亏库这个词来的，就是从不特定多数中寻找通话对象的暗语。"

"成田观光"的声音："对了，我想好明天带三菱车去。这就去修。"

女人："三菱还有卡车？"

男人："是三菱扶桑。（按住按钮）前些日子，我的车电路系统失灵时，是因为钥匙掉进发动机和电路中间了。司空见惯的事，这也许就是五十铃的特点吧。我提出索赔，给修好了。"

女人："你说的扶桑我以为是公司的名字呢，就是三菱吗？"

男人："是三菱。"

女人："这车是五十铃？"

男人："是五十铃。（按住按钮）成田观光先生，赤诚一带写着仲本开始，看来得防着石头掉下来，最好快点开。"

女人："仲本？"

男人："就是施工。"

"成田观光"的声音："是左边塌下来吗？"

女人："你只用民用频道吗？"

男人："民用频道最有趣了。"

女人："怎么个有趣法？"

男人按住按钮。

男人："对，会塌下来。"

"成田观光"的声音："知道了，谢谢啦。"

无线电的声音A："请加入对话。"

男人："有时别人的电波会覆盖住我，我有时又会覆盖住别人，就看谁的功率大了。个人电台都不会搞这一手，许多家伙会让对方直接通电话。（按住按钮）喂，我现在正和成田观光先生幽会。"

女人："幽会？"

男人："三人以上就形成了一个网络。"

无线电的声音A："明白了。"

女人："后面那个叽叽喳喳的声音是谁呀？"

男人："是另外一个频道。它电波一强就会覆盖住我们，就像这样。这些人都离得不近。就是电波强。我们的电波覆盖不住他们。"

无线电的声音Ａ："今天没有买黄色书，失算了。哈哈哈。"

女人："这个人真有意思。"

男人："就是这么浑。都像是些酒后的醉话。"

12．月夜野的标牌在前方一闪

卡车驶向休息区域。

卡车并没有进入停车场，而是停靠在从国道可以直接穿过去的道路左边。

男人关闭无线电的电源。

除了卡车的怠速声外，没有其他声音。

男人进入梦乡。

男人的脸庞被苍凉的月光和橙色的灯光染上了一种融合的色调。

透过他的侧脸，看到雪花开始飘落下来。

字幕：【我想这样看着他，不想因为撒尿而中断眼前的一切。】

女人手里拿着一个塑料杯。

13．女人在自己的房间里一边对着电话喋喋不休，一边往带把的圆筒形杯里撒尿

尿要从带把的圆筒形杯子里溢出来，女人在寻找容器。

从寿司店里拿来的大茶碗和咖啡的空瓶子也很快接满了尿。

女人急忙把笔筒倒空。

14．女人在雪地里撒尿

15．卡车在满天飘舞的大雪中疾驶

笔直的一条车道。

卡车前面有一辆小轿车。

男人："喂喂，悠着点吧，大叔。后面都累成这样了，你不知道吗？"

小轿车靠向左侧。

男人："你要是知道，早就该这样了。"

16．卡车行驶在迂回道路上

17．卡车在荒凉的风景中行驶

女人："船。"

男人："俄罗斯的船。"

女人："是港口？"

男人："没错。要在这儿卸下轮胎。"

男人把卡车靠在了停泊的船前，拉上窗帘。

男人："还早着呢，睡一会儿吧。"

男人和女人走向睡舱。

男人突然把手从女人的短裤侧面伸进去。

男人的手指轻快地进入女人的体内。

字幕：【我的身体随时都处于 OK 状态，然而此时内心产生了退缩的反应。】

与昨天那种温柔的拥抱方式截然相反，女人的胳膊和肩膀僵硬着。

男人拔出手指头。

男人："……那么……你自己来……"

女人摇摇头。

男人："都已经湿了……可你现在还是不欢迎我……"

女人的声音："这下露出来了。"

女人闭上双眼自己开始摩擦起来。

字幕：【黏液不断地溢出来，连肛门都弄湿了。】

男人的指头玩弄着那里。

女人只在一瞬间身体僵硬了一下。

男人："你的屁眼在微微抽动着。"

男人在两个地方使用着指头。

字幕：【入口就像吸食鱼饵的热带鱼的嘴一样紧贴着指头。出口也随心所欲地做着令人难为情的动作。不知道哪块儿被怎么样了。】

女人入迷地摩挲着。

女人的身体抽搐着。

男人从后面进入女人的身体。

字幕：【喉咙里堵了什么东西……很像故意呕吐时一样。啊，啊，啊。】

女人呕吐似的抽搐着。

海猫鸣叫着。

18．卡车行驶在工厂群中

推到道路两旁的积雪，被汽车排出的废气和轮胎扬起的粉尘所污染。

19．男人和家具工厂的工人把捆好的家具装进卡车的车厢里

女人站在工厂的背阴处看着男人。

她揉着冻僵的双手。

20．卡车朝东京驶去

男人："还没有继承家业，可在干爹家借宿一个星期，却让我打零工。一下子塞给我好多事情，分派我值班，接听事务所的电话啦，巡视快餐店啦。电话铃一响，我就得去快餐店，从那些喝得醉醺醺的、在闹事的顾客身上把钱抢回来。"

女人："我想知道你是怎么抢回来的。"

男人："先告诉他把钱付了就没事，然后从钱包里抽出他的名片。在这之前，躲在暗处偷偷拍下了他与女人鬼混的照片。先是十万。在小酒馆里喝得醉醺醺的、敢顶嘴的家伙，都有点什么事儿，所以你就对他说，'已经通过调查所拍下了照片，大哥，怎么办吧。你要把事情闹大也可以啊。我们知道你爹妈住在哪儿'。这可不是恐吓，五十万就可以了，五十万。然后就不要再深究了。"

女人："你什么时候洗手不干了？"

男人："有两年没干了。因为我是一个很容易一下子失去热情的人。待了一段时间后，我在莺谷的饭店和浴室拉皮条。我又干腻味了，觉得特无聊，倒是闲着的时候被抓住了。"

女人："为什么抓你？"

男人："拉皮条。"

女人："怎么拉呀？"

男人："顾客在电话亭里看到传单后会打电话过来的。然后你就说，要什么样的女孩子呀？那么我给你领过来，你在咖啡馆里等着，莺谷那里有一家叫半月的咖啡馆，就在那儿等哦。是一个卷毛女孩，你一看见就会知道的。不过，你看到她后，要是中意的话，那么拜托你先交定金哟。你一定要遵守时间，过两小时不回来的话，我们就会闯到你那里去，但愿不要发生这种事情。过后被逮住时，你可要为我们打马虎眼哦，就说你们是恋人。要从鬼混变成情人。"

女人："……"

男人："不是我，是我手下的人被逮住了。那以后，干爹问我是不是要开一家快餐店？这时，我想是得正经干点事儿了。"

女人："那是19岁的时候？"

男人："是的。"

女人："你说过开始是在土木工程店里工作……"

男人："那是刚毕业的时候，不，是中学二年级吧，所以算不上毕业。救护院倒是毕业了。"

女人："你没卖过毒品什么的？"

男人："毒品我不卖。"

女人："没吸过？"

男人："曾经吸过，就两次吧。不过，没什么感觉，没上瘾。只吸过信纳水，那正是放荡不羁的时候。"

女人："你喜欢吸食信纳水？"

男人："与其说喜欢吸食，倒不如说我就没有吸食过。上中学时，那东西很能赚钱。半夜三更悄悄溜进橡胶厂，偷上两三罐，能卖一百万。"

女人："你干过的事真不少啊。"

男人："有没有趣，你不试一试怎么会知道呢。刚才说的信纳水，是很无聊，不过正因为试了，才会这么说的。"

女人："还做过其他什么吗？"

男人："其他事情嘛，说起来都没有那么怪。"

女人："就是很怪嘛。"

男人："你呢？"

女人："什么？"

男人："都做过什么？"

女人："我……就是酗酒和吃了就吐。"

男人："吃了就吐？"

女人："不吃东西，拒绝吃东西的孩子，是患了厌食症；乱吃东西，吃得过量的孩子，是患了过食症。我采访时遇到的一个孩子对我说，她是过食厌食症。那个孩子过食呕吐，也就是所谓的使劲吃过后再吐，把过食和厌食两个词连在了一起。于是我问她，为什么会这样呢？她告诉我这样可以睡好觉。我过去为了能睡好觉就喝酒，结果人开始发胖。我想这是个好办法，便试着吃了就吐。第一次确实是很痛苦的。不过，那天晚上确实睡得很香。"

男人："你有失眠症？"

女人："我的体内有一个在思考问题的声音，很令人讨厌。"

男人："哦。"

女人："吃了就吐，有三大好处。吃东西很香，吐出来会变瘦，睡起来很香。从此我就喜欢上呕吐了。"

男人："变态！"

女人："不过，从昨天起我还没有吐过。"

21．卡车穿过猿京温泉

男人的声音："有一家叫半月的咖啡馆，就在那儿等哦。是一个卷毛女孩，你一看见就会知道的。不过，你看到她后，要是中意的话，那么拜托你先交定金哟。你一定要遵守时间，过两小时不回来的话，我们就会闯到你那里去，但愿不要发生这种事情。"

女人："……"

22．情人旅馆的客房内卷毛"女人"正在脱衣服

顾客拿出手铐。

女人："别做危险的事情。"

顾客把手铐铐在女人的手腕上。

女人："弄伤了我，等着瞧，事务所会有你好看的。"

顾客用震动按摩器玩弄着女人的身体。

震
颤
×

×　×　×　×

女人瘫在了床上。

"男人"闯进来。

女人："这个人虐待我。"

女人哭诉着。

"男人"殴打顾客。

搜顾客的东西。

男人："我不是说过嘛，过了两小时不回来，我会闯进来的。先生，你没有遵守时间。还有你是怎么虐待这个孩子的！我们可不是 SM 俱乐部呀。"

一边用抽空了钞票的钱包抽打着顾客的脸，一边呵斥着。

男人："这不是恐吓。这是我们的正当权利。你知道吗？你没有守约，你虐待了女人。"

把钱包还给顾客。

"男人"抚摸着"女人"的头。

男人："难为你了。吃点什么好东西就回去吧。"

"女人"抬头望着"男人"，点了一点头。

23．卡车停在那里

两人在吃石锅饭。

男人："无线电也够麻烦的了，得把它卸掉。"

女人："为什么？"

男人："他们问我当不当俱乐部的干部。因为我使用无线电的资历长，而且还熟悉很多人。"

女人："那为什么不干？"

男人："总部是个黑社会，非常麻烦。总喜欢扎堆，在温泉搞集会。关东怎么样？可没有这种怪事，因为不是右翼团体。我朝公司借了一辆客货两用车去参加集会，一看他们都是坐着奔驰车来的。西装革履的，我怀疑自己搞没搞错啊。平时坐什么车？卡车的拖车。你只是一个卡车司机？是的。不过我讨厌这些热衷于无线电的家伙。到了夏季，俱乐部就要逼着你去洗海水浴。海滩上一家家一对对的，要是干部的话，还得拿着麦克风讲话。"

女人："为什么黑社会要插手？"

男人："主要是争抢划分那些数量有限的频道，其中 CB 无线也是靠势力来决定胜负的。这是违法的，存在派阀之争，在这个强者胜的世界里，必然会有黑社会，像水蛭一样吸着你的血。"

男人驾驶卡车回到国道上。

24. 卡车朝着东京疾驶

女人："有没有不属于俱乐部的人呢？"

男人："CB 没有，必须属于某个俱乐部，否则就没法干。"

女人："这个叫什么的频道真是令人不可思议。"

男人："我待的 15 频道，俱乐部里的伙伴关系都很好，不过 6 频道那些家伙经常发生内讧。6 频道大多是专业的人。有的家伙一边吸食毒品，一边开车，声音有点奇怪。"

女人："哈哈哈哈哈，警察的无线电台听得到吗？"

男人："听不到。过去飙车时，曾经从巡逻车上偷过一个，连红灯一起卖给了右翼分子。"

女人："唉？"

无线电的声音 B："前面就是铁板烧了。"

男人对着麦克风回答："我绕道走，谢谢你的报告。"

女人："铁板烧是什么？"

男人："就是检查超载没有。这是4吨的车，可装了11吨，所以很危险啊。"

从17号国道走上岔道。

男人："检查信息叫作报告，我们都使用隐语。速度叫作爱丝米达，警察的摩托车叫作月光假面，巡逻车叫作熊猫。"

女人："唉，真有趣。"

男人："你试着说几句？"

男人把麦克风拿出来。

女人："哦，好啊。"

男人："照我的样子说？"

女人："哎，怎么弄啊？"

男人："使用这个，别人就不知道你是谁了。"

把一个黑黑的像是麦克风的东西递给她。

女人："这是什么？"

男人："声音转换器。我不太喜用这东西，借来就一直丢在了一边。"

女人："不知道是谁，这太可怕了。"

男人："用呼号一叫别人就知道是我了，以为我在开玩笑呢，这一手大家都清楚。"

女人："你的呼号是什么？"

男人："暴风雨。"

无线电的声音进来。

男人："可以说了。"

递上麦克风。

女人按住麦克风的发送按钮，把声音转换器夹在麦克风的中间。

女人："喂，我是暴风雨。"

听起来是一个金属般的尖细的声音。

字幕:【我从那里消失了。】

女人："你好吗？"

汗滋滋的手一直按着按钮没有松开。

手在颤抖。

突然觉察到，便把按着按钮的拇指松开。

无线电的声音好像把整个世界的杂音都集中到了一起，无法辨别一个声音。

女人："听不清楚。"

男人："对方还在说话呢。"

男人抓住女人的手。

女人："唉，远处的电波听不到吗？"

男人："不。"

女人："听不到远处的电波吗？"

男人："我听得到。"

无线电的声音："在黑崎发现了一个不错的店，我带你去哦。我的名字叫……。那么我们在路边的停车场见。夏威夷夏威夷。那位大姐真是叫人大感意外啊。有一搭无一搭的。下次让我好好来一下子。几点钟？……不行，我可不能借给你。探戈、阿尔法、××××。11点。快到点了。哎，你那边不是高速吗？几点钟？现在念一下大家寄来的信……"

女人："可能打开了收音机？"

男人："不会。"

女人："可以打开吗？"

男人：“可以，不过听起来不费劲吗？”

女人：“没关系。无线电总是有空闲的时候。”

字幕：【同时听到了自己天生的嗓音和被变换了的声音。】

女人按住按钮，调整数字收音机的频率。

收音机里的声音："（英文）"

女人：“调到 AM 行吗？”

男人：“行。不过听听 CD 怎么样？”

女人：“算了。”

收音机里的声音："仅仅是擦肩而过也会喜欢上的。提起来，爸爸对妈妈也是一见钟情，现在是帕蒂·佩姬的特辑。11 位兄弟姐妹中帕蒂排行老二。有名的特纳西·华尔兹，还有这则广告都是根据公司职员北里先生的电子邮件构成的。下雨了？这是一支曲子。那么我来介绍一下下星期之后的嘉宾。下星期是电影导演××××，再下星期是女演员 ××××。我也跟她很熟，不过你跟她很熟，是酒友吗？是的，一起喝酒，还一起吃过饭。是一位相当不错的年轻人。"

女人："啊——"

字幕：【我找到了！是刚才听到的声音。不过，我是在听根本就没有插上电源的收音机吗？】

女人手腕上的肌肉直哆嗦。

牙齿都合不拢了。

女人的声音："该换衣服了，下面是体育锻炼的时间。嗯。套上袖子。嗯。下面是伸开双臂。嗯。真是气死我了。吉田摇摆不定，应该考虑一下加纳子的心情。嗯。阿宇不愧是篮球部的。嗯。这儿呈现出一个 X 形就可以了。嗯。那个女人真厉害，不恶心吗？嗯。我们即兴发挥吧。嗯嗯嗯。"

字幕：【啊啊，啊啊啊啊啊啊啊啊啊啊】

女人："我要吐了。"

男人："唉？"

女人："我要吐，好难受呀。"

捂住嘴。

女人的声音："洒、西、思、思如、思来、瑟哟、拉、里、如……拉、里、如……。为什么不去上学呢？我想去看精神科。你要是讨厌学校就转学吧。对你是没用的。把居民卡迁到爷爷家里。到底是为了谁来到乡下。都是为了你呀。学校和女儿到底哪个重要，你想保护什么呢？"

女人捂住嘴，弯下腰来。

男人："你等一下。"

惊慌失措。

要从飞速疾驶的卡车流中开出来是非常困难的。

字幕：【凭我的一句话和一个态度就会使一个人手忙脚乱起来，这点令我很高兴。】

女人的声音："这就是孩子的全能感觉。你是做什么的，31岁了吧？"

女人："我要吐，我要吐。"

男人拿着麦克风。

男人："对不起，我突然有点难受，到此结束（吹着口哨）。"

女人："你干什么呢？"

男人："结束通讯。"

女人："用吹口哨？"

男人："我们有几个约定好的结束方法。突然结束，对方也不会为你担心的。"

男人把卡车停在了停车带上。

女人从卡车上下来。

想吐但吐不出来。

用手指抠嗓子也吐不出来。

字幕：【要能那样吐该多好啊】

男人试图为她摩挲后背。

字幕：【我过敏了，求求你，不要碰我。】

女人："不要碰我！"

把男人的手拨拉开。

男人："对不起。"

把手缩回来。

女人："我难受。"

用拳头捶打男人的胸脯。

用头顶男人的胸脯。

男人一点也不感到疼，女人还想用拳头捶打。

男人试图按住女人的拳头。

女人砰砰捶着自己的头。

男人抓住女人的手腕。

女人呕吐。

25．卡车缓缓地行驶着

情人旅馆的招牌。

26．男人牵着女人的手走进情人旅馆

27．男人浸泡在浴池里，一边调节着温度一边划弄着水

男人："可以了。"

赤身裸体的女人进来。

男人从浴池里出来，用桶汲着洗澡水，朝女人身上泼了一点。

男人："不够热？"

女人："正好。我都起鸡皮疙瘩了，烫了可不行啊。"

男人清洗着粘在女人脖子上和胸上的呕吐物。

字幕：【为什么这个人会理解我的心呢？】

男人抱着女人进入浴池。

女人的声音："这个人如此温和并不是出于感情，而是本能。没有感情也可以对女人如此温和，会温和地触摸这柔软的东西，就和轻轻摸着桃子一样。露出来的肩膀很冷啊。就像动物一样。本能本能。不过，有的人即便桃子疼了也毫不在乎。这家伙是一个好男人。我要是能一直待在卡车上，就能独占这个家伙。如果喜欢他，就要哭。你真傻，这和妻子没关系。喜欢吗？"

女人把脸浸到水里。

男人抓住她的头发，让她的头露出水面。

字幕：【让我沉下去该多好啊。】

女人几次把脸伸进水里，男人有几次把她的脸拉到水面上来。

男人望着女人的脸摇摇头。

字幕：【让我沉下去。】

女人："揍我！"

男人："为什么？"

女人："打呀。就把我当作伙夫一样。"

字幕：【殴打人的胳膊会产生情欲。】

男人："我下不了手。因为我喜欢你，所以下不了手。"

字幕：【你说的，我不明白。】

女人哭泣。

男人摩挲女人的后背。

震
颤
×

女人顿时想吐，但吐不出来，一个劲儿干咳。

女人的躯体被浮力抬起。

男人把女人抱在怀里，砰砰拍打着她的后背。

字幕：【妈妈。】

女人的声音："我一点都不了解你呀。你是这个男人还是你自己？"

女人在男人的怀抱里哭泣。

28．卡车疾驶着

"距东京 ×× 公里"的牌子。

男人："真静啊。"

女人："嗯……嗯……"

摇着头。

男人喃喃自语。

一座狭窄的桥高高地夹在陡峭的群山中。

一列黄色的点状物。

卷起一阵风雪。

一列黄色的点状物原来是戴着黄色帽子的小学生。

他们纵列行走在没有人行道的桥上。

男人放慢行驶速度，为了与小学生们保持一定的距离，靠向右侧。

小学生们时不时被雪绊倒，十分危险。

男人："唉，不要总走这种地方，求求你们了。"

走在最后的小学生转过身来。

字幕：【吓了一跳。】

小学生目不转睛盯着驶近的卡车。

女人和小学生四目相对。

29．男人把卡车停在了小食堂的停车场上

30．小食堂

女人注视着摆放在面前的乌冬面。

男人坐在对面大口吃着盖浇饭。

男人："吃呀。"

女人："你不讨厌我再吐呀。"

男人："没事儿，反正又不是在车里。"

女人："……"

男人："不吃就不会吐吧？"

女人开始吃起来。

女人："刚才有点晃眼。一直在自言自语什么这就是国道啊，看到家庭餐厅就自言自语老爷子早晨的咖啡啊。"

男人："是吗？"

女人："对了，你说过我在不在无所谓。"

男人："是这样吗？"

女人："所以没必要报答你喽。"

男人："嗯。"

女人："……你说过你喜欢我的。"

男人："是喜欢你啊。"

字幕：【不过，我只是一个闯入他生活中的人，很愉快，即便不在这里也会在其他地方好好地生活吗？】

男人："你呢？"

女人："唉？"

男人："你喜欢我吗？"

女人："喜欢。"

男人："你可以一直坐我的车里。"

女人："……谢谢……不过男人在房间里等着呢，等着我买酒回来。"

男人："不会吧。……早不等你了。"

女人："嗯。"

男人："是个好女人呀。"

女人："也都是因为遇到了你。"

男人："……"

女人："骗你的，没有男人在等我。你也在撒谎吧，说自己已经结婚了。"

男人："是啊。我没有老婆，也没有女儿，更没有伙夫了。"

女人："是吗？"

男人："是啊。"

31. 停车场

男人把手搭在驾驶席的车门上。

男人："开一下试试？"

女人："骗我的吧？"

男人："你有普通驾照吧？"

女人："有。"

男人："4吨以下的车，有普通驾照就能开。"

女人："唉，骗人。"

男人："能开的。"

女人："不能开。"

男人："能开。紧要关头我会把车停下来的。"

男人上了助手席上，女人上了驾驶席上。

女人的面前是店前被大雪覆盖住的停车场及向两旁展开的白色原野和森林。

女人踩住离合器踏板，试图将传动装置挂到低档。

男人："二挡。只要是坡道没有装货，就会有动力，挂二挡行驶。"

女人把传动装置挂到二挡。

男人："踩住离合器。"

女人感到整个世界都抬升起来了一点，猛然踩到了加速器上。

男人："踩住。没有关系的。"

卡车动起来。

男人："加挡。"

女人挂到三挡。

男人："再来一次。上路呀。"

卡车笔直地朝前开去，回到17号道路。

道路延伸着。

卡车前行着。

字幕："风景被抛到车后，擦着肌肤而去。"

男人："进到那边。"

男人指着除雪场。

男人："脑袋里想着内弧差，试试看，好好拐弯。"

除雪车整齐地停放在一个角落里。

女人想打方向指示灯，拨弄着旁边的拉杆。

女人的身体向前倾倒。

男人："那是排气闸。变速装置在右边。"

女人将拉杆回位。

男人："开始向右转。转。再转。照我说的去做。"

驾驶席一侧已经越过了中心线。

男人："再往右一点。减挡。稍微刹一下车。在那边开始左转。"

女人开始左转。

硬质拉杆很沉，很难拉动。

男人："再向左，一直向左转。传动装置和加速器不要动。对，这样感到能拐最小的弯。"

男人让她照着做，她就照着男人说的去做。

女人："太妙了，太妙了。"

车转回来，正面的风景成为静止状态。

男人："方向盘打回来。"

女人："是让我开回去吗？"

男人："嗯。"

鼻子里发出的笑声。

32．光的亮度爆发般地增强了，东京突然出现在眼前

字幕：【声音消失了。什么时候还会听到的吧。不过，现在消失了。】

33．卡车停在便利店前

女人跳下车来。

女人转到卡车的正面。

望着驾驶席里的男人。

男人也望着女人。

男人一点点地朝后退去。

卡车的背影开到路上，疾驶而去。

女人在原地伫立了片刻。

字幕:【我吃了他，被他吃了。仅此而已。但是，我觉得自己变成了个好东西。】

女人走进便利店。

— 完 —

大鹿村骚动记

根据延江浩原作《何时天晴》改编

编剧：荒井晴彦　阪本顺治

1．气象预报的播报声

"××日形成的第23号台风，预计今夜21时将到达菲律宾以东、以北纬17度25分、东经131度55分为中心的半径410公里的范围内，中心气压……"

这是从公共汽车的收音机里传出来的声音。

这班约一小时路程的公共汽车由 JR 车站驶往南阿尔比斯山脚下的一座村庄。

公共汽车左右盘旋着行驶在大山深处的林道上。

对面的水库遥遥在望。

乘客中有：

一对像是夫妻的中老年人，他们戴着墨镜和帽子。

一位头发染成茶色的年轻人，耳朵上塞着耳机。

一位年逾八十的老婆婆，手里拎着一大塑料袋的处方药。

司机越田一平（45岁）透过后视镜不时瞄着那对中老年夫妻，露出惊讶的神色。

那对夫妻一直默默无语，看着车外的风景。

公共汽车穿过水库湖，驶向村公所旁边的汽车站。

"……照此下去，预计两天后的 ××日21时台风将接近冲绳诸岛。这一方向的船舶请加强警戒。"

2．大鹿村公共汽车站

公共汽车停下来。

一平坐在驾驶座上再次瞥了一眼那对正要下车的中老年夫妻。

一平："你们是这村子里的人吧？"

男子一惊，摇了摇头下了车。

女子慢慢走下车去。

女子摘下墨镜，感觉她似乎在说为什么要戴这种东西，随后环视着四周。

年轻人走下车来，公共汽车驶走。

后视镜里映出女子的脸庞。

一平："是贵子？！是阿治？！"

男子是能村治（64岁），女子是风祭贵子（60岁）。

阿治帮贵子戴好墨镜，然后两人朝村里走去。

看过地图的年轻人，朝着与他俩相反的方向走去。

村庄被四面陡峭的群山峻岭所环抱，所以只能在梯田上种植稻米，旱田也是随着山坡一层一层往上耕耘。

大鹿村宛如坐落在 V 字形的谷底。

3. 食鹿者食堂的小招牌

小围栏里面圈着两只小鹿。

一座奇妙的三层建筑，是数次扩建而成的。

风祭善（66岁）一边呼唤着小鹿的名字，一边给它们喂鲜草。

阿善喃喃自语着什么，像是戏剧里的台词。

突然他提高嗓门。

阿善："千辛万苦的事就不用提了，俘获之敌源赖朝求景清在冥府饶他一命，你就死了这条心吧。"

说着，对小鹿做了一个歌舞伎演出时的亮相。

"你太蠢了，这不是对牛弹琴吗？"

阿善闻声转过身来，原来是刚才坐在车上的那位年轻人。

"这可不是对牛弹琴，这是鹿。"

年轻人叫大地雷音（19岁）。

雷音："你是这里的吗？"

阿善："是又怎么了？"

雷音："我是来面试的。"

阿善："面试？"

雷音："你们在长野市的杂志上登过招聘启事吗？"

阿善："一般不登，都是直接来面谈的。"

雷音："哦，是这样啊。这两只小鹿，长大了也要吃掉吗？"

阿善："你想吃吗？"

雷音："（摇摇头）"

阿善："把大鹿猎杀了，当时不知道还有这俩小家伙。"

雷音："太残忍了。"

阿善："你傻呀，你。"

4.食鹿者食堂·内

店内摆放着一张大桌子。

墙壁上贴着菜谱。

鹿肉煮贝肉。

酥炸鹿肉。

鹿肉松米饭。

鹿肉。

鹿肉蒸蛋。

鹿肉炒蔬菜。

鹿肉汉堡。

红酒炖鹿肉。

鹿肉时令蔬菜汤。

鹿肉咖喱。

葡萄酒。

雷音："我叫大地雷音，汉字是打雷的雷，声音的音。念'雷音'。"①

阿善："很雄壮的名字呀。"

雷音："狮子还有雌的呢。"

阿善："是啊。"

雷音："能给我一口饭吃就行了。"

阿善："你拿过菜刀吗？"

雷音："在小酒馆里打过工。打下手啦，切菜啦，我最拿手。"

阿善："哦。"

雷音："请教我做野味料理吧。"

说着指了指贴在墙上的那张《大鹿野味》的招贴画。

阿善突然唱起吉几三的歌曲《俺们要去东京》。

雷音："这种村庄很好呀。"

阿善："你是不是哪里不对劲儿呀。"

雷音："我一直就想来谁都不认识我的地方。"

阿善："……你有前科？"

雷音："我没有啊……"

阿善："即便说什么都没有，可这座村子里还有歌舞伎呀。"

雷音："说是延续了三百年，我在村子的网页上看到的。"

阿善："是啊。耕田，种菜，猎鹿，还有歌舞伎。年轻人都不喜欢这种生活。不过歌舞伎倒是一直延续下来了。这是怎么回事呢？"

雷音："……"

阿善："这是为什么呢。因为这是一座山村，歌舞伎是唯一的

① 在日语中"雷音"与"狮子"是同音词。

大鹿村骚动记

娱乐活动。即便那些在村公所官人和地主面前，连头也抬不起来连话也说不出来的平民百姓的孩子，也都一样，都可以扮演平家的武将景清，也能扮演赖朝。甚至可以扮成女人。"

雷音："（点着头）"

阿善："村里人对着这种身份的变化，都是乐在其中，所以戏就一直演了下来。"

雷音："我就是这么看的。"

阿善："常言道，不演歌舞伎就找不到媳妇。演戏演得好的人是很吃香的。"

雷音："那您呢？"

阿善："是很受欢迎的。"

桌子上放着一只碗和一双筷子，饭刚刚吃完。

摊开的报纸。

雷音："那么，就您一个人吗？"

阿善："所以我才雇用你嘛。"

雷音："我会努力干的。"

阿善："……"

雷音："那个菜单上全部都是鹿肉。所以你就不要再写鹿肉两个字了。"

阿善："是吗？"

5. 村里的大喇叭

朝向四方的大喇叭安放在铁柱子上。

广播声："今天下午五点半，在村公所会议室召开有关高铁中央新干线的会议。"

6．村公所·广播室

对着麦克风正在广播的是织井美江（30岁）。

美江："再广播一遍，下午五点半，在村公所会议室召开有关高铁中央新干线的会议。"

7．河沿上的道路

贵子："好漂亮的红叶啊。"

阿治："小时候，我们常在这条河里玩耍呀。想不起来了吗，贵子？"

贵子："嗯，我知道，阿善。"

阿治："我说过了，我是阿治……"

8．温泉旅馆

贵子和阿治浸泡在岩石池子里。

贵子用温泉洗脸。

贵子："咸的！怎么回事？"

阿治："猜不透。从小我们就洗过好多次了。哇！"

贵子："……"

旅馆的主人山谷一夫（65岁）窥视着。

9．村公所·会议室 _{（下午五点半）}

村民们陆续走进来。

巴士司机一平和旅馆主人一夫在窃窃私语。

一夫："我感到在哪儿见过那两个人，不过他们戴着墨镜，所以我才朝池子里瞧了瞧。"

一平："瞧见了？"

一夫："就是贵子和阿治呀。两个私奔的人为什么要回来呢？"

一平："阿善自从收到离婚书后，十八年来一直没有盖章同意啊。"

一夫："是来直接谈判的？"

阿善走进来。

一夫："阿善来了。"

一平戳了一下一夫。

一夫转过头去。

一平："不能说，会见血的。"

一夫："他早晚会知道的。"

一平："阿善猎鹿的时候，还在喊着'能村治！'呢。"

阿善："哦，一夫，钱再过段时间给你拿来。"

一夫："行，不急。"

阿善："哦，是吗？"

×　　×　　×　　×

白板上写着几个字：有关高铁总阳新干线的计划。

村民们就座后，美江在他们身后忙碌着。

围绕高铁中央新干线，村民们产生了分歧。

从事土木业的重田权三（72岁）高声发表着意见："公共施工减少了，当然能接受啦。"

从事农业的柴山满（60岁）随即反驳："这样只会增加弃农的人口，我不会赞成的。"

权三："胡说什么！建好了车站，我们离东京就近了，年轻人多少也能回来一些了！"

阿满："权三老兄，这种穷乡僻壤怎么能建车站呢？你受骗了。"

权三："你总是——反驳，什么都不称心。我说你，下次演戏的时候，和我一样扮演赖朝的家臣吧。知道了吗？"

阿满："和那没关系。"

这时，和美江一起走来走去为大家斟茶的村公所职员——总务科的平冈健太（33岁）插嘴说道。

健太："咱们这座村庄处于中央构造线巨大的断层带上，就是挖了隧道，也是相当危险的，会发生地震啦，泥石流啦。"

权三："健太，你小子也来扮演赖朝的家仆吧。"

一平开口说。

一平："我说这高铁是悬浮在轨道上的吧？"

权三："没有轨道。"

一平："那怎么行驶呢？"

权三："是线性电动机驱动。就这样，你还扮演我的媳妇吗？"

阿善："该排练了。还有五天就要演出了。"

经营食品店的朝川玄一郎（65岁）开口说道。

玄一郎："听说开始调查保龄球的事了，阿善。"

阿善："所以要排练了。"

一平："小美江，你怎么看呀？"

美江："东京变得更近了。"

权三："时速500公里呀。从东京到大阪只需67分钟，很快吧？从东京到大阪就形成了一个巨大的都市圈。"

一平："那么，我反对！"

一夫："这样一来，要到2045年才能全线开通吧？我活不到那时候了！"

从事林业的高冈进（55岁）开口。

高冈进："不过，村长是怎么想的？"

村长黑石保（60岁）。

黑石保："这不是国家项目，是民间项目，所以大家要关心一下环境……我要听听大家的意见，好好想一想。因为我是村长。"

10．神社·境内（夜）

江户嘉永年间建造的木结构舞台。面阔六间，进深四间。

阿善等人在舞台上排练。大家扮演着各自的角色，独特的唱腔和舞蹈动作。

大夫坐在高手的大夫座上，手里拿着粗柄三味线在弹唱。

曲目是只在这座村落里流传的《六千两后日之文章重忠馆之段》。是平家灭亡的后日谈。

权三扮演田山重忠，一平扮演妻子道柴，是男扮女装。

阿进扮演重忠的敌人梶原景高，玄一郎扮演源赖朝。

身陷囹圄的平家六代御前是个儿童角色。阿满扮演赖朝的家臣三保谷国俊。

阿善扮演平家的落魄武士景清。

阿满："三保谷四郎国俊前来觐见，前来觐见。"

以阿善为对手的第三幕打斗场面。阿满做着舞蹈动作，做到一半几乎要跌倒。

权三："阿满，真是可悲可叹啊，腰塌下来了。所以你对待高铁总是腰杆不硬啊。"

阿满："这和高铁无关。"

权三："你就不能为村里着想一下？"

阿善："别提高铁的事了。"

权三："脑袋里能不能不想白菜呀？"

阿满："哦，你瞧不起种白菜的农户。我回去了。"

玄一郎："算了算了。"

权三："干什么呀，玄一郎，你也是，每次都在同一个地方出错。"

玄一郎："你说的对，那怎么办？"

权三："全都一样。都三百年了。我走了。"

阿善："因为三百年，你才走，这不行吧。你说的我们不明白是什么意思。"

这时，一平指了指境内。

一平："啊，来了。"

大家顺着指的方向望去。

戴着墨镜的阿治和贵子站在那里。

阿善没有马上认出是谁。

阿善："……"

阿治："……阿善。"

阿善："……是阿治？"

阿善看见贵子站在阿治身旁。

阿治摘下墨镜，也帮贵子摘下墨镜。

阿善："……！"

权三的声音："那是以前在农协待过的阿治吗？"

阿善突然跑到舞台的翼侧，猛然拉上大幕。

阿治他们消失在大幕对面。

在场的人都望着阿善。

一直沉默着。

阿善又粗暴地拉开大幕。

只有贵子一人孤零零站在那里，阿治逃向对面。

阿善跳下舞台追赶阿治。

抓住阿治。

阿善："治！你这是要干什么？"

阿治："对不起，阿善。我是没辙了……把她还给你。"

阿善："还给我？"

阿治："最近她失忆了，连我们私奔的事情都忘记了。"

阿善："……"

阿治："她把我叫成阿善，所以我要把她还给你。"

阿善不由得转身看着贵子。

只见贵子恍恍惚惚站着。

阿治："贵子一直都很后悔，所以她才会把我叫成你阿善。"

阿善："……"

权三他们在舞台上望着这边。

11．食鹿者食堂·正门外（夜）

阿善、阿治、贵子回来。

阿治看着招牌。

阿治："迪阿·伊达是什么意思？"

阿善："就是吃鹿的人。"

阿治："又扩建了。"

阿善："花了三百万。"

阿治："牧鹿场怎么样了？"

阿善："你好好说。我一直想我们三人一起来干的。你们走后，我不就把牧场关了嘛。对不住了？"

贵子朝屋内走去。

阿治："她想起来，这是自己的家啊。"

阿善："站在现在的立场，该说可以进去吗？"

阿治："进入不行吗？"

阿善："……"

阿治："点着灯呢，不过，这个？"

阿治伸出小指，笑起来。

阿善："混蛋！"

阿善扑向阿治，卡住阿治的脖子。

12. 食鹿者食堂·内

贵子巡视着屋内。

看了看浴池和厕所。

又看了看卧室。

贵子："……"

推开阿善的房门。

透过窗户看着阿善和阿治在大门口扭打在一起的雷音回过头来。

贵子："你是谁？"

雷音："我从今天开始被聘用了。"

贵子："哦。"

雷音："你就任凭他们那么打吗？"

贵子透过窗户望着外面。

13. 食鹿者食堂·外

阿善和阿治扭打成一团。

小鹿起身看着他俩。

阿善："你们相伴了十八年，直到现在才胡说什么'把她还给你'！"

阿治："阿贵签名盖章的离婚书你一直没签署吧？所以说，她还是你的妻子！"

阿善："你混啊你！即便我不盖章，只要七年不在一起生活，离婚就被承认。"

阿治："因为我一直希望得到你的承认！"

阿善："这样你就满意了？"

阿治："所以我才说把她还给你。"

阿善："你要还给我的话，那你就把和原来一模一样的贵子还给我！"

阿治："你要是这样说，我只有去死了。"

阿善："去死吧！"

阿治："唉？"

阿善踹了一脚阿治。

阿善："去死吧！你给我去死吧！"

阿善殴打阿治。

阿善："想去死的倒是我！你们俩一下子都消失了。我和她吵架的时候，总是你来拉架。她不见了后，我正想抱怨时，你却没来帮我解除悲伤和痛苦。原来你不在了，你和她逃跑了。我和你吵架的时候，她……你这个混蛋，我把你的眼珠子给挖了！"

阿善推倒阿治继续扇着阿治的头和脸。

贵子拎着铁桶走过来，把铁桶里的水浇到阿善和阿治身上。

雷音又递上一桶水。

贵子又泼了一桶水。

14. 食鹿者食堂・更衣处

淋浴后的阿治正在擦拭身子。

阿善拿来更换的衣服。

阿善："把这个穿上。"

阿善脱去淋湿的衣服，站在蓬头下淋浴。

阿治："还和过去一样啊。"

大概是淋浴声淹没了阿治的声音，阿善没有回答。

15. 食鹿者食堂・寝室

贵子打开壁橱，开始铺被褥。

好似一如既往，好似理所当然。

在铺阿善的被褥，在铺自己的被褥。

阿善透过窗户的缝隙注视着，心慌意乱。

阿善："……"

贵子已是睡意袭来。

贵子："我累死了，先睡了。"

说着钻进被窝。

16. 食鹿者食堂・店内

阿善和阿治面对面坐着，一阵沉默。

阿善："被褥都铺好了，连我的也铺好了。"

阿治："……有酒吗？"

阿治说着站起身来到处找酒。

阿善："在那里！"

用下颚指了指。

阿善："你说额叶怎么了？是痴呆症吗？"

阿治一边拿着一升的瓶装酒和杯子，一边说道。

阿治："是和那不同的一种认知症，……脑萎缩，额叶形成空洞……性格也会改变。"

阿治站起身来，取下吊在上面熏制好的鹿肉。

阿治："会变得不理解别人的意思，行为粗暴，什么东西都往嘴里放。"

阿治往两个杯子里斟了一样多的酒。

阿治："最初，记忆是清晰的。不过，最近变得不连贯了……来到这里后，对你的记忆大概会一下子好起来。"

阿善："如果记忆恢复了，首先要向我谢罪……"

阿善将酒一饮而尽。

阿善："自己干的事情，能这样一忘了之吗？"

阿治没有回应任何话，啃着熏制的鹿肉。

阿善："阿治呀。"

阿治："嗯。"

阿善："她可是一直喜欢你的。"

阿治："……"

阿善："你这副脸，干什么呢。"

阿治："熏制的鹿肉塞住牙缝了。"

阿善："……为什么，她会喜欢上你。"

阿治："在农业协会商量筹集资金期间，钱的事情不是全都托付给了阿贵吗。我们两个不知不觉就……也是没办法的呀。"

阿善："我不想听你说这些……有什么没办法的呀。"

阿治："……"

阿善："十八年了，你们在哪儿都干了些什么？"

阿治："……辛苦了阿贵。"

阿善："你真差劲。"

阿治："……我该走了。"

阿治将酒一饮而尽，站起身来。

阿善："喂，你把她撂在这里让我很为难。这种状况，她还不清楚吧？"

阿治："大概是吧。"

阿善："当她突然明白时，你不在会很麻烦的。你就住在这里吧。到刚才那个年轻人那里去睡吧。"

阿治："好。"

阿治点点头，朝楼上阿善的房间走去。

阿善："唉……"

阿善往杯子里斟酒。

这时，传来不知是谁开车来到这里的声音。

村公所职员美江站在后门口。

美江："对不起，这么晚来打搅您。待一会儿可以吗？"

阿善："什么事？"

美江："是这样。刚才我去柴山大叔那里谈养老金的事情，他说他要退出来。"

阿善："退出？"

美江："不演戏了。说是和权三大叔搞不到一块。"

阿善："阿满说的？这不是太混了嘛。"

美江："我是总务科的，和这事没关系，您就帮着转告一下会长吧。"

阿善："这种事，老爷子会饶了他吗？"

美江："所以才和您说嘛。您可以坐下来吗？"

阿善："不坐也可以。没关系，会揪住他的脖梗子让他演的。"

美江："这种时候还来打搅您，真是对不起了。"

美江准备离去。

阿善："喂，干什么呀。你说这种时候是什么意思？"

美江："不……阿婶为什么要回来呢？"

阿善："那是阿治带回来的。他是不是认为时效过了？就是杀了人，过了十五年时效也会过的。"

美江："早已经没有时效这一说了。"

阿善："嗯？杀人不再有时效了？"

美江："（点点头）"

阿善："哦——"

美江："你要怎么办？"

阿善："……阿美，你要怎么办呢？"

美江："你说什么怎么办？"

阿善："隆夫去了东京再也没回来吧？"

美江："（点点头）"

阿善："（唱）给我一块擦泪水的棉手帕。"

美江："这是什么意思？"

阿善："这歌的意思是，他跌进了东京这个大染缸，忘记了自己的女人，再也不回来了。"

美江："过分。"

美江跑走。

阿善嚼起熏制的鹿肉。

17. 食鹿者食堂·卧室

阿善走进来。

贵子正在睡着。

阿善："……"

阿善把铺在一起的被子拉开。

贵子突然喊叫着爬起来。

阿善吓得跳起来。

阿善："怎么了？"

贵子："这个被子什么时候晾晒的？真臭！"

阿善："……我一直睡在那边的。"

贵子："真狡猾，自己盖不臭的被子。"

阿善："不是这样的。"

贵子："一起过去吧。"

阿善："这就可以了。"

贵子："明天要把被子晒晒啊。"

18．食鹿者食堂·阿善的房间（夜）

阿治钻进雷音的被窝里，鼾声大作。

阿治："（梦话）这位顾客对不起，我是新来的，能告诉我这路怎么走吗？（突然坐起来大声喊道）世田谷，太难了。"

雷音醒过来，发现阿治躺在旁边，大吃一惊。

但他并不讨厌阿治。

19．阿满的田地（第二天早晨）

阿满："如此围住八方也无济于事。即刻起改变主意投降吧，罢了，罢了。"

阿满一边收获着白菜一边朗诵着他扮演的角色三保谷的台词。

来自中国的农业研修生小马开口说道。

小马："阿爸，等我研修结束后，和我一起去中国吧。"

阿满："我去中国？"

小马："我们用日本人的技术在中国生产有机蔬菜吧。望得见地平线。"

阿满："哦，地平线上有夕阳吗……"

阿善从后面走过来。

阿善："怎么，我听起来像是三保谷的台词。"

阿满："这是我收获时的习惯……我可不参加演出。"

阿善："你能负得起三百年的责任吗？战争期间，即便男人都没有了，女人们还是靠着自己的力量，把歌舞伎保护传承下来了。"

小马："他们告诉我鬼来了。"

阿善："……"

阿满："民宿的小甘想演。"

阿善："不行不行，你演得最好。"

阿满："此事暂且不论，另外还有……"

阿善："没有你的三保谷，我的景清怎么演啊。"

听到这句话后，阿满未置可否。

小马对阿满说道。

小马："阿爸，手停下来了。"

阿满："我说我知道了。（对着阿善说）那么，我可说好了，排练的时候不许提高铁的事情。"

阿善："小马，多注意点，别过劳死了。研修生里很多人都累死了。"

说罢离去。

20. 权三的土木事务所·外

阿善正在和权三交谈。

权三："高铁和演戏是没有直接关系。不过，间接地有很大关系呀，是一种接近于直接的关系。你认为能和想法不同的家伙一起演戏吗？"

阿善："嗯？"

权三："夫妻不也是一样吗？想法相同的男女才会走到一起。"

阿善："那么说，我是炸猪排配酱油了，贵子配的是沙司了。可是就这样，我们不也走到一起了吗？"

权三："所以这种不同酿成了巨大的错……"

权三话说到一半就吞了下去。

阿善瞪了一眼权三，转身离去。

权三急忙追上去。

权三："对不起，对不起，我不该这么说你。"

阿善："没什么该不该的。不可理喻。"

权三："我配的是沙司，我那位配的是酱油，这很危险吧？"

阿善快步离去。

权三："不再提高铁的事啦！"

21. 村里的大喇叭

"今天起免费发放数字电视机顶盒，需要的人请到村公所来领取，每户限领一台……"

回荡着美江的声音。

22. 村里的路

健太驾驶乡公所的轻型公用车驶过来。

在一栋房前停下。

"津田"的名牌。

旁边竖着一块"大鹿歌舞伎保存会会长"的牌子和一块"歌舞伎酱汤"的招牌。

23．津田义一的家

土间里摆放着几个大酱桶。

义一在用小刀削木头的一端。

好像是佛像。

几尊已经雕刻好的小佛像并排摆放着。

健太走进来。

健太："我来给您安装数字机顶盒了。"

义一没有转身来，只是点了点头。

健太往老式的显像管电视机上安装数字电视接收器。

变换成数字画面。

健太："会长，您瞧瞧看，画面变得漂亮了吧？"

画面转换成天气图。

"……非常猛烈的23号台风正以缓慢的速度朝西北挺进，预计明天夜里在冲绳登陆……"

义一："（看着画面上红色的路线）又来了？……每当下大雨，就会河水暴涨，山体坍塌。"

健太："1961年的时候，造成了55人死亡？"

义一："是的，阿治的父母也……贵子和阿治离家出走那天也是下着大雨啊……"

健太："……那两个人，已经回来了。"

义一："贵子回来了？"

24．食鹿者食堂·操作间

雷音正在备料加工。阿善在烹饪。

贵子走过来。

贵子："咖喱三份。"

阿善："把米饭盛在盘子里。"

贵子把米饭盛在盘子里。

阿善："好了，端过去。"

阿善："端过去。"

贵子："是。"

贵子把咖喱米饭端过去。

雷音："感觉真不错。"

阿善："指什么？"

雷音："没什么……"

阿治在招手。

阿善出去。

25．食鹿者食堂·外

阿治："老子要走了。"

阿善："你说'老子要走了'？"

阿治："感觉不好吗？"

摩托车驶来，摩托车骑手们走进食堂。

阿善："欢迎光临。"

边说边鞠躬。

阿善："她的病治不好了吗？"

阿治："如今的医学还治不了……说是只有服用精神镇静剂。"

阿善："……你要去哪里？"

阿治："哪里呢？"

阿善："你不去看看歌舞伎？"

阿治："……"

雷音走出来。

雷音："红葡萄酒乱炖、汉堡和咖喱！"

阿善："你再等四天。"

说罢回到店里。

一夫过来。

一夫："阿治，如果住在这里麻烦的话，你就把住宿费结了。"

阿治："我求你一件事，一夫。"

一夫："什么事？"

阿治："我手头没钱了。"

一夫："没钱了？"

健太过来。

健太："能村治先生，户口没迁走吧？你把十八年的居民税付清吧。"

阿治："唉？"

健太："唉什么，把居民税和滞纳金缴了。"

"谢谢你们的美味！"三人闻声闭上了嘴。

贵子送客出来。

贵子："谢谢你们的光临，恭候再次光临。"

阿治望着贵子，突然跑走。

一夫和健太追上去。

一夫："等等，阿治！"

健太："能村先生，居民税！"

贵子看见了他们三个人，却返回了店内。

雷音出来，燃上一支烟吸了一口。

邮递员骑着摩托车来了。

雷音："……！"

邮递员柴山宽治（26岁，柴山满的儿子）去除包裹。

雷音把烟掐灭在便携烟灰袋里，走上前去。

雷音："你辛苦了。"

宽治："？哦。"

雷音："你演歌舞伎吗？"

宽治："怎么回事？"

雷音："因为你很有型。"

宽治："我在舞台下面推。"

雷音："推？"

宽治："我负责推动旋转舞台。去年，脚突然抽筋，中途停了下来，挨了顿臭骂。"

雷音："我帮你去推行吗？"

宽治："没问题。"

宽治觉得有些蹊跷，跨上摩托车。

雷音茫然若失地目送着宽治。

阿善走出来。

阿善："你要休息到什么时候？！"

26．食鹿者食堂·操作间

阿善和雷音走回来。

阿善看了一眼操作间，面色顿时变得煞白。

阿善："贵子，你在干什么！"

贵子把冰箱里面的食物放入口中。

贵子察觉到了他们，转过身来。

贵子的嘴唇周围被蓝莓酱弄得黏黏糊糊的，一片青紫色。

阿善制止她。

摩托车骑手："结账。"

阿善："雷音，帮忙照应一下。"

贵子趁机从架子上取出干燥食品就要往嘴里塞。

阿善："啃意大利面怎么样？高野豆腐不能直接吃。"

贵子又打开另一个柜子。

阿善急忙扑过去。

阿善："不能吃，那是蚊香。"

阿善从身后紧紧抱住她。

过了片刻，贵子平静下来。

贵子一点点恢复正常。

阿善："……"

贵子："……晚饭吃什么？"

阿善："……唉，晚饭？晚饭我来做，不要紧的。"

贵子："唉，这可是稀罕事。"

阿善："排练结束后我们再吃饭，在这之前，什么东西都不要放进嘴里。知道了吗？"

说罢，让贵子离开。

贵子开始收拾散乱的食物。

贵子："……景清……你最后挖空了眼睛那段，我最喜欢了。"

阿善："……"

27. 神社・舞台（夜）

大家在排练。

28. 阿善的家・二楼阿善的房间

阿善摆弄着猎枪。

墙壁上挂着鹿角和另一支猎枪。

阿善："从明天起做饭的事就拜托你了。"

雷音："没关系吗？"

阿善："总比没有煮的意大利面条要强吧。我排练回来吃。"

雷音："要煮到有嚼头……"

阿善："这个想试试看吗？"

雷音："（摇头）太可怜了。"

阿善："可怜的是一枪没打死。"

雷音："一枪没打死？"

阿善："子弹打中后，如果冲劲太小的话，鹿一下子死不了。所以要瞄准头部、颈部或胸部，必须一枪打死。"

雷音："……你们曾经是夫妻？"

阿善："是啊，从法律上讲还是夫妻呀。"

雷音："你们睡在一起吗？"

阿善："我睡在她旁边。"

雷音："如果贵子阿姨认为你们还是夫妻的话，她没有钻进你的被窝里吗？"

阿善："没有。"

雷音："如果钻进来的话，你会怎么办？"

阿善："……"

传来贵子洗澡的声音。

还有她念台词的声音。

29．阿善的家·洗澡间

阿善注意到她的声音，看了一眼洗澡间的更衣处。

隔着磨砂玻璃，传来贵子的嘟哝声。

阿善一惊。

贵子的声音："群山遍野，被皑皑白雪覆盖，雪则是源氏之盛世，向寒冷挑战的花啊，如今成为囚人，来吧，让其枝头回到原来的古树上生还。"

这是《六千两后日文章·重忠馆之段》中道柴的台词。

阿善悄声念着景清的台词。

阿善："这皑皑白雪，这傲雪红梅，都将成为此家夫人。"

30．阿善家·寝室

阿善醒来。

贵子的手从旁边的被窝里伸出来，握住了阿善的手。

阿善："……"

31．一夫的旅馆·大浴场（晨）

身着旅馆裑子和五分衬裤的阿治，在用高压清洗机扫除。

咣当一声门开了。玄一郎用毛巾遮挡着前面，一只手提着卡式录音机，赤裸着身子走进来。

阿治："正在扫除。"

说罢转过身来。

阿治："哦，玄一郎大哥。"

玄一郎："阿治，你干什么呢！"

阿治："我是加班的佐平次。"

玄一郎："够狂妄的了。"

说着往身子上撩着洗澡水，走进池子里。

玄一郎揿下卡带机按钮。

"昨晚在冲绳本登陆的第23号台风，势头略有减退，但仍以一小时约30公里的速度向东北挺进，预计半夜过后在九州南部……"

阿治："现在洗正合适吧？"

玄一郎："你应该去扫扫墓了。今年都是五十年忌了。"

阿治："五十年……是啊，已经五十年了。"

玄一郎："不孝之子。"

阿治："嗯。"

阿治的眼里渗出泪水。

阿治拧开龙头洗去泪水。

玄一郎对着他的后背说。

玄一郎："你把贵子还给阿善，就一点都不留恋？"

阿治："我已经支撑不了她了。"

玄一郎："感到过幸福吗？"

阿治："当初还年轻……"

玄一郎："那时候都年过四十了吧？还年轻什么呀。真是够浑的了。"

阿治："我开始开出租车的时候，让她坐在副驾驶座上，心想如果有了这个人，我什么都不要了……可是，过了几年……"

玄一郎："就厌倦了？"

阿治："就感到愧疚了……"

玄一郎："就是开始厌倦了。"

阿治急忙脱掉衣服，扑通进入池中。

水花溅在玄一郎身上。

阿治潜在水中不出来。

收音机里传出石原裕次郎的《破碎的惜别》。

32．食鹿者食堂·操作间

阿善和雷音坐在餐桌前。

雷音：“中午的饭可不是我不做，贵子阿姨说她想做。”

阿善：“（点点头）因为她尝过了你做的早餐。”

贵子把烹饪好的炖菜和炒蔬菜摆在了他俩跟前。

开始进餐。

过了一会儿，阿善变得不悦了。

阿善：“酱油。”

贵子：“酱油？”

阿善：“把酱油拿来。”

贵子：“酱油是什么？”

阿善：“就是酱油啊。”

贵子：“酱油是什么？”

阿善：“别闹了。”

贵子：“可是我不知道那是什么东西呀。”

阿善：“这是阿治的口味吧。”

贵子：“阿治的口味？”

阿善：“过去可没有这么淡的味道，无论炒蔬菜还是炖菜。”

贵子：“……”

阿善：“是因为阿治的血压高吧，总之就是这么回事吧。”

贵子：“阿治是谁呀？”

阿善："就是那个。"

雷音马上说道。

雷音："或许真的不知道呢。"

阿善："什么？"

雷音把筷子拿给贵子看。

雷音："这是什么？"

贵子："是什么呀？"

雷音又把手表拿给贵子看。

雷音："这是什么？"

贵子："不知道。"

阿善指了指坐着的椅子。

阿善："这把椅子是什么？"

贵子："椅子。"

阿善："瞧，知道吧。"

雷音："刚才你说了'这把椅子'呀。"

阿善："……"

雷音："贵子阿姨不是故意的。包括自己的事情，她都不知道了。"

阿善："这不是我的口味。"

雷音："我认为，谁都会有不明白自己的时候。"

阿善："不知道酱油，可为什么就明白自己的事情呢？"

雷音："我就是知道酱油，可不知道自己。"

阿善："我说，雷音呀。"

雷音："请说。"

阿善："活得明白一点。"

雷音："我就是想活得明白一点呀。"

阿善："那么，这不是很好吗？"

雷音："可是我做不到。"

阿善："为什么做不到呢？"

雷音："……我。"

说了一半，看着贵子。

贵子一边扭着头表示疑问，一边往炖菜里倒酱油。

阿善："酱油。"

阿善说着拿起贵子放下的酱油壶。

33．食鹿者食堂·厕所

阿善从厕所里出来。

洗衣机结束脱水程序后"嘎哒"一声停住。

阿善："是谁呀，这么晚了还在洗。"

阿善走近洗衣机，掀开盖子。

阿善大吃一惊，从洗衣机里拎出来的是一条花格的女式内裤。

阿善："？！"

这时，雷音跑过来。

雷音："那是……"

阿善："是贵子的吗？"

雷音："是我的。"

阿善："是你的？"

雷音："……从小我就感到自己的身体有种异样，我讨厌喉结，我总是抬不起头来。"

阿善："……"

雷音："我内心是一颗女人的心，可生成了一个男儿身。"

阿善："哦，难怪……"

雷音："来这里，我是非常想来的。我要到一个谁都不认识我的地方来。"

阿善："（点点头）"

雷音："是让身体吻合我的内心呢，还是让内心吻合我的身体呢，我正准备决定选择其一。"

阿善："你等等，好像忘了冲水了。"

阿善返回厕所。

水的声音叠加着阿善自暴自弃的声音。

阿善："值得一提的是，赖朝是很久以来的仇敌，让他知道全家都积累了怨恨。"

雷音急急忙忙取出洗涤物品。

此时，厕所里的阿善突然无力说道。

阿善："景清还是容易理解啊。"

34．村里的道路

美江驾驶顶棚安装着大喇叭的公车，在村子里转来转去。

手里拿着麦克风。

美江："希望安装电视数字接收机的各位……"

看见贵子从对面走来。

视线来回移动。

美江急忙停车，打开车窗，对着从车旁走过的贵子打招呼。

美江："大婶！"

贵子没有理睬，走了过去。

美江不由得对着那个一直握在手里的麦克风喊道。

美江："大婶，大婶，等一等！"

贵子住步，转过身来。

美江急急忙忙下车，走到贵子跟前。

美江："您不记得我了吗？"

贵子："……你是？"

美江："我那时候还小，您不会记住我的。不过，我还记得您。那天下起了大雨。"

贵子突然打了一下美江的脸颊。

美江："哎？"

贵子："你可以走开吗？"

美江："是因为我叫您大婶了？"

贵子："不是。"

美江："如果我说了惹您生气的话，请您原谅。"

贵子："……你害怕了？"

美江："害怕？"

贵子："什么……什么可怕的事情浮现在你的眼前了？"

说罢离去。

美江："……"

35．朝川商店・门口

玄一郎将配送的食材装在了面包车上。

从屋里传出电视机的声音。

"……造成九州降大雨的23号台风加快了速度，预计傍晚直接袭击近畿地区。按照目前的速度，将会横断日本列岛……"

玄一郎："（望望远处的天空）看来要来了。"

36．朝川商店・内

贵子正在寻找什么。

贵子脸上现出终于找到的神情，抓起瓶装食品，高兴地朝外走去。

夕子："请您付款！"

说着去追贵子。

37. 朝川商店·门口

玄一郎："啊，阿贵。阿治在旅馆里负责打扫浴池呢。"

贵子没有理睬，径直走去。

夕子追出来。

夕子："她是小偷，爸爸。"

玄一郎："拿的什么？"

夕子："什么瓶装的东西。"

玄一郎："……？"

夕子："还不把她抓住？"

玄一郎慢慢追赶着贵子。

38. 食鹿者食堂·店内

贵子坐在那里。

玄一郎也在场。

阿善向玄一郎低头赔不是。

阿善："实在是对不起您了。她有点病，您就不能原谅她吗？"

玄一郎："什么原谅不原谅的，原本都是一个村的。把钱付了就可以了。"

阿善："贵子，你瞧，快好好谢谢人家。"

贵子："我什么也没有做。（指着阿善）是不是这个人干的？"

阿善："我？喂，你别搞错哦。"

贵子："那你为什么低头呢？"

阿善："那是为你。"

贵子："你要嫁祸于我吗？"

阿善："……行了行了。你给我走吧。我再也忍受不了了。"

贵子："你要把我赶出去吗？我可什么也没做。我做什么了？什么也没有做啊。"

恳求似的眼神。

阿善妥协。

阿善："……我明白了，明白了。你什么也没做。所以你不要用那种眼神看着我。"

阿善把贵子的手甩开。

玄一郎："阿善，钱就算了。"

说着站起身来。

阿善跟在玄一郎后面追过来。

阿善："玄一郎，我就退出了。"

玄一郎："退出什么？"

阿善："照此下去，我连景清也演不了了。"

一屁股坐下来。

玄一郎："你说什么呀。你不演怎么弄？一直以来都是你一个人扮演景清的。"

阿善："一直以来都是我劝别人留下来演的，结果倒成我了？"

玄一郎："后天就要演出了，可怎么弄啊。"

阿善："就这么定了，我去给老爷子道歉。"

玄一郎："没那么容易吧。"

阿善："（对着操作间里的雷音说）喂，把冷冻的鹿肉拿来。我这就去老爷子那里。"

说着站起身来。

玄一郎制止他。

这时传来贵子的声音。

贵子："让人难以赞同，夫君话中有话。如果这个谜解不开的话就是陌路人，首先你要辨认一下犯人是谁。来呀随从，把犯人带上来！"

是道柴的台词。

玄一郎："……她还记得。她一直扮演的是这个角色。阿善扮演景清，阿贵扮演道柴。"

阿善："……"

玄一郎："阿贵离家出走后，一平一直男扮女装，扮演道柴。"

阿善："贵子，去你老爷子那里。"

39．食鹿者食堂·操作间

雷音正在烹饪，他的手机响了。

雷音看看来电人的名字，犹豫不决。

不过，雷音还是无奈接听。

对方是母亲。

母亲的声音："你在哪儿呢？我去接你，快告诉我。"

雷音："不管你怎么说，我都不会告诉你的。我干得好着呢。"

母亲的声音："让人介绍了一位很好的专家，请他好好看看。"

雷音："内心是改变不了的。所以我不想违背自己的内心生活下去，你明白吗？"

母亲的声音："你也要理解一下你爸爸的立场啊。"

雷音挂断电话。

开始做饭做菜。

40．津田义一的家

阿治面向义一低着头。

义一一边雕着佛像，一边说。

义一：“把头抬起来。”

阿治：“哦。”

阿治抬起头来。

义一：“和你老爷子一模一样啊。”

一边看着阿治的脸一边刻着。

阿治：“哦，那是我父亲？”

义一：“嗯。”

阿治盯着义一雕刻的佛像。

阿善：“您好。”

贵子和阿善走进来。

义一抬起头来。

义一：“哦。”

贵子：“爸爸，好久没见了。哎呀，阿治也来啦。”

义一：“恢复好了？”

阿善：“恢复好了？”

小声说。

贵子：“你说什么恢复好了？”

阿善：“（失望地）不……老爷子，您还没吃午饭吧？让贵子给您做点什么吧。”

说着把带来的礼物——鹿肉递上。

贵子以一种很熟悉的感觉走向厨房。

义一：“说是演不了戏了？”

阿善：“是啊，没法演了。”

义一：“是因为贵子吗？”

阿善：“（点点头）”

义一：“……在这次演出结束前，你把她放在我这儿吧。她是我的女儿呀。"

阿善："不，她也是我的妻子呀。"

阿治："是我的……"

阿治被阿善和义一瞪得闭上了嘴。

义一："她还喜欢你吗？"

阿善："……（目光移向一旁）"

义一："她和这小子出走的时候，我就感到对不住你。她母亲也是跟着一个流浪艺人跑了。啊，真是割不断的血缘呀。造成她那样，和我也有关系啊……"

阿善："……老爷子您过去也是个名角呀。"

义一："不……总算从西伯利亚回来了，不过没那么容易重返社会了。"

阿善："重返社会……？"

义一拿起另一块木头。

义一："喂，再朝我这边一点。下巴抬起来。"

阿善："哦。"

义一："行了，好好看着我这边。"

义一一边看着阿善的脸，一边刻起来。

在雕刻佛像的脸。

义一："很像啊。"

阿善："……"

义一："在零下40度的拉戈尔，忍受着繁重的体力劳动和饥饿，你的父亲再也没有体力熬过第四个冬季了。他想喝你妈妈做的酱汤，想在村子的舞台上扮演景清。他说着咽下了最后一口气。他死后，泪水从眼眶里溢出来，马上就冻住了。"

阿善："……"

× 　 × 　 × 　 ×

　　贵子在厨房烹饪。

　　阿善和阿治在土间里从大酱桶里捞出酱腌菜。

　　阿治："都偷了什么东西？"

　　阿善："嗯？"

　　阿治："我说阿贵。"

　　阿善："这件事和你没关系吧。"

　　阿治："我听雷音君说了。说什么不是我的味道，是阿治的味道。"

　　阿善："喊，那个大嘴巴。"

　　阿治："偷的什么？"

　　阿善："瓶装的椒盐墨鱼。"

　　阿治："那不是你喜欢吃的吗？"

　　阿善："……"

　　阿治："那不是你最喜欢的食品吗？"

　　阿善："……"

　　阿治："是我最讨厌的食品。"

　　阿善："……"

　　贵子来到餐桌旁，一边松着米饭一边说道。

　　贵子："快把酱菜拿来。"

　　阿善和阿治把酱菜拿到厨房里。

　　阿治："我看景清最好还是你来演。"

　　阿善："……阿治呀。"

　　阿治："什么事？"

　　阿善："小时候，你扮演前蹄我演后蹄的。"

阿治："你是说扮演马吗？"

阿善："几乎跌倒，引得大家笑起来。"

厨房里，阿治在清洗酱菜，阿善在切菜。

阿治："不过，和你配合得很好。没说错吧？"

阿善："我提出来想演一次前蹄，你却做出后蹄踢人的动作对着我。"

阿治："什么呀，你觉得这些值得怀念？"

阿善："我这不成了马和鹿啦，我也马鹿① 了？"

阿善笑道。

阿治："说得不错。"

两人笑着在餐桌旁坐下来。

大家围着桌子，说："开吃了。"

阿善、贵子、阿治开始进餐。

义一祈祷般双手合十。

阿治喝着酱汤。

阿治："就是这个味道。"

阿善："你不是一直喝着贵子做的酱汤吗？"

阿治："可是酱不一样。"

义一放下合十的双手，睁开眼睛，拿起筷子，端起碗。

义一："……阿善，能原谅吗？"

阿治的脸僵硬。

义一："能原谅我们吗？"

阿善："……"

贵子："什么？原谅什么？做了什么，爸爸？"

---

① 日语中马鹿是混蛋傻瓜的意思。

义一哀伤地看着贵子。

41.村里的大喇叭（黄昏）

"据天气预报报道，明天中午时分，将进入最大风速30米的暴风区域内……"

42.乡公所·广播室

美江仍在麦克风前。

美江手里拿着自己写的潦草的稿子。

美江："……接到乡里指示的各位，今晚请在中学体育馆里避难……"

43.神社·境内

村里的人们顶着强风把舞台上的板门关上，然后用新木材加固，以防门板被风刮走。

44.义一的家·大门外

雨降下来。

贵子出来，仰望漆黑的夜空。

45.食鹿者食堂·午夜

阿善一个人。

他在确认门窗是否关严，并把所有的灯熄灭。

风咆哮的声音。

雨水顺着窗户玻璃流淌着。

一片黑暗。

阿善："……那天就是这样的天气。"

46．乡公所的轻型公车行驶在风雨中

第二天早晨。

开车的是穿着雨衣的健太。

沿着林道驶向山中。

发现沙土坍塌。

土下埋着一平的车。

车已经横躺下来。

健太："一平！"

47．沙土坍塌的林道

村里的消防团员们戴着安全帽，拼命在铲除沙土。

权三在现场。从事林业的阿进驾驶着重型机械。

阿满、健太、玄一郎等人徒手搬运大石头。

权三："一平！一平！"

搬开落石，权三等人把头流着鲜血的一平从驾驶舱里救出来。

一平已经失去知觉。

权三和阿满抱着一平朝着消防团的车子跑去。

权三："这种地方是不会有高铁的！"

阿满："……"

48．身着雨衣的美江蹬着自行车

轻型卡车从后面驶过来，不停按响着喇叭。

阿善："你去哪儿？"

美江："诊疗所。"

阿善："一平吗？"

美江："（点点头）"

阿善："上来！"

49．行驶的轻型卡车

阿善："一平好像是把巴士停在车库里后遇到了沙土坍塌。"

美江："……前几天我被大婶打了。"

阿善："你说的大婶，是贵子吗？"

美江："我问她还记得我吗，她就问我眼前浮现出可怕的事情了吗？"

阿善："那家伙变得怪怪的。"

美江："大婶离开这座村子的时候，我偶然遇上了她。"

阿善："……"

美江："和一个男人在一起的。"

阿善："……"

阿善催促美江回到卡车前面来。

美江："大婶还提醒我注意，这种天气不能在外面走的。我想看河里的浊流，就悄悄溜出了家。"

阿善："……"

美江："那男人的脸很凶，不过大婶倒是很亲切。那时候我还是孩子，所以记得很清楚。"

阿善："……"

美江："我问大婶去哪儿，她对我这样笑了笑。"

美江使劲摇头让阿善看。

50．村里的诊疗所·大门外

阿善和美江从轻型卡车上跳下来，冲着驾驶席上的雷音喊道。

阿善："你回去，小鹿就托你照看了！"

权三等人急忙出来。

阿满："听说这次是阿婆家的后山又坍塌了。"

说着坐上消防团的车离去。

51．义一的家

曾经是贵子的房间。

贵子透过窗户望着在暴风雨中摇曳的山林。

胆怯。

不知哪里的白铁房顶被风刮得吧嗒吧嗒作响。

贵子发出弱小的悲鸣声。

贵子想起来了什么。

贵子："……"

眼睛睁得大大的。

52．治疗室

一平已经恢复意识醒过来。

医生："我去准备止痛药。"说着朝药局走去。

一平注意到了美江，笑了一下。

美江点点头示意。

阿善："不然的话你要通宵埋在沙土中了。手机怎么搞的？"

一平："……不行，明天……"

阿善："台风只要今天能通过这里，明天绝对是晴天。不用担心。"

一平："不，我这样子是演不了的。"

阿善："你说什么呀，能死在舞台上这不是你的真正愿望吗？"

一平："死了的话，那怎么结婚？"

看着美江。

一平："饶了我吧。"

阿善："……由我来演景清。"

一平："即便有人替演景清，可没人替演道柴呀。"

阿善："在水库工作的阿真前些日子曾经扮演过。"

一平："那家伙不行。明天水库离不开人。"

阿善："是啊，看这雨量。"

一平："……你们二人登台演怎么样？"

阿善："二人？"

一平："我听说你和贵子大婶过去一起演道柴和景清，于是就结了婚。所以我要你们一起再演一次。玄一郎说，贵子大婶还记得道柴的台词。……你们一定能演得好的，你们一起演过好多年了，可以说都融入你们的血液中去了。"

阿善："……吃回头草？办不到。"

美江："你还不能原谅贵子大婶吗？"

阿善："……不是原谅不原谅的问题，她对自己做过的事情都记不得了。即便我说原谅她，她也不知道那是什么事情。她是一个没有责任能力的人了。已经不是我所知道的那个人了。你说我怎么能和那种人在一起呢？"

美江："你说什么呀，贵子大婶演道柴，您演景清，就是道柴和景清在演戏呀。演戏的时候，就不是平时的自己了。连您也变成了景清，不再是您自己了。戏演完后，您又马上从景清回到了您自己。对了，也许今天的贵子大婶还能演道柴呢。当她从舞台上下来，回到她自己的时候，也许就不是今天的她自己了，回到了原来的她自己。"

一平："对，对。"

阿善："回到原来的她自己……"

美江："回来就回来了，如果要提原谅不原谅的话，或许还不如就这样的好。"

阿善："……"

一平："（对着美江说）谢谢了。"

美江："谢什么呀？"

一平："谢谢你能来。"

阿善的手机响起来。

阿善接听电话，立刻走出了病房。

53．诊疗所·走廊

阿善："贵子出门了？！现不在家，你确认一下！"

阿善挂断电话朝家跑去。

阿善："贵子没回来？没回来。那么，开着轻型卡车去找，能往我这边来吗？诊疗所这边。"

54．道路

阿善拼命奔跑着，身体几乎要被风刮跑了。

他环顾着四周的田野。

阿善："贵子！！"

55．旅馆·大门外

阿治穿着长靴，披着雨衣，收集着折断的树枝。

一夫走过来。

一夫："阿善来电话了。"

阿治走进屋内。

拿起放在前台上的话筒。

阿治："什么事啊，阿善？"

阿善的声音："在吗？那太好了。"

正要挂断电话的时候。

阿治："等等，什么事啊？"

阿善的声音："贵子不见了。"

阿治："不见了？这可不是我干的。"

阿善："所以我才打电话确认一下嘛。"

电话被挂断。

一夫在办公室里，阿善拿起他的手机。

阿治："这里有阿善的号码吧？"

说着披着雨衣跑去。

一夫轻声说道："第一次是悲剧，第二次是戏剧。"

56．道路

阿善正在寻找贵子，这时手机响起来。

阿善接听手机，是阿治的声音。

阿治的声音："阿善吗？"

阿善："什么事？"

阿治："我对你说过我有女人的呀。她去北海道学习驯养虾夷鹿去了，过年的时候也没有回来。我对你说过我在那边有女人的！"

阿善："……就是那位小酒馆的女人吧？"

阿治的声音："所以我才决心和阿贵断掉的。"

阿善将手机从耳朵旁挪开。

阿善："……"

57．水库湖

轻型卡车驶过来，雷音走下车来。

在呼唤着贵子的名字时，发现贵子正要投身于湖水中。

雷音扑过去制止。

雷音："贵子大婶，不要这样。我求求您了！"

说着把贵子往旁边的小屋里拖。

贵子："我做了缺德的事啊！"

雷音："你不能死呀！"

贵子："我抛弃了他呀，在这种天气的日子里！"

不知何时赶到的阿善透过敞开的大门缝隙，听着两人的对话。

雷音："那您就向他道歉吧，这也不迟。"

贵子："我背叛了他，和阿治私奔了。我竟然把这些也忘掉了，漫不经心地回来，又背叛了他。我伤害了他……我不是人，正在毁灭，无法活下去了。"

雷音："贵子大婶，我也曾经想过要去死。"

贵子："……"

雷音："这不是女人做的事情。我羡慕您，能得到两个男人的爱。"

贵子："……"

雷音："为什么要死呢？您为什么呀？我一直对自己是个男儿身感到困惑。我总想自己是不是错生为男人了？我本应当是女人吧？可是我的身体是男儿身，我非常讨厌，即便悄悄穿上了女人的内衣，可那个倒霉的东西还是在身上，我甚至想把它割掉，甚至想去死。"

贵子："我这是病呀。"

雷音："我这也是病呀。可是，内心是改变不了的。所以我不想违心地活下去。"

贵子："是啊，你那不是病呀，只是神给你搞错了。我是受到了神的惩罚。"

这时传来阿善的声音。

阿善："真浑啊。"

贵子闻声转过身来。

阿善："你真浑啊。"

贵子："我对不起你！"

贵子冲出小屋朝湖里奔去。

雷音："啊，又要寻死了！"

阿善脱去衣服。

穿着游泳裤的阿善追了过去。

雷音："难以置信！"

阿善追上贵子，紧紧抱住她。

贵子："……他把我当作女人看待的。"

阿善："……行了，贵子。回想起来也没关系。"

阿善紧紧抱着贵子。

58．桥

阿治穿着雨衣奔跑着，在寻找贵子。

59．停在那里的轻型卡车

雷音、阿善、贵子坐在车里。

雷音打开了暖气。

雷音："总是穿着游泳裤吗？"

阿善："在这个季节，村里的男人们都穿游泳裤，这是常识啊。"

雷音："从这里去体育馆避难吧，咱家的白铁顶被风掀翻了。"

准备启动汽车。

突然阿善说道。

阿善："能去趟神社吗？"

雷音："好。"

阿善："去看贵子的演出。"

贵子："……"

阿善："我一直在侧幕看着。"

贵子："……"

阿善："不在的时候，在侧台都没得看了。……所以我想再看一次。"

贵子："……"

阿善："……在什么地方就错过去了。"

贵子："……"

阿善："……认为是自己的老婆，就放心了。"

雷音缓缓发动汽车。

60．神社·舞台

阿善和贵子从后门进去。

雷音仍然坐在轻型卡车上。

雷音："那么，我去看看小鹿了。"

阿善："雷音。"

雷音："是。"

阿善："有你在帮了大忙了。"

雷音："……以后就你们俩排戏了？"

阿善："（点点头）"

61. 行驶的轻型卡车内

雷音从权三的土木事务所前通过。

突然想起什么，雷音急刹车，将车转回来。

62. 神社·舞台

阿善在后台给火炉点火，然后搬过来。

然后去乐池，把服装拿过来。

阿善："穿着湿衣服会感冒的，把这个换上吧。"

两人换服装。

暴风刮得护窗板吱吱作响。

阿善："明天我们一起站在这个舞台上。"

贵子："我都不知道自己身上将要发生什么事情了。"

阿善："不知道将要发生什么事情，这不正是大鹿歌舞伎的趣味所在吗？"

贵子："我没有自信。很久没有演过了。"

阿善："所以才要排练嘛。"

贵子："……"

阿善："是什么样就怎么样演。"

贵子："你能原谅我吗？"

阿善："你就当出远门回来了。"

贵子："真难过呀……我不想回忆起这些事，我想就这样一直忘掉它。"

这时，后门突然打开了，穿着雨衣的权三、健太、阿进、玄一郎相继进来。

阿善："怎么了？"

权三："你们家的那个不靠谱的小子来了。"

健太："听说在排练。"

阿进："那个孩子不好说呀。"

玄一郎："我也不放心，健太说过会儿也来。"

阿善："……"

阿满："健太是第三幕。"

权三："（对贵子说）大家都来陪你了。"

说罢去准备第一幕。

阿满："从阿贵那里开始？"

阿满也动起来。

见状，贵子像被带动起来，站起身来，静静地缓缓地朝舞台中央走去。

阿善看着。

阿善："轮到我出场还早着呢，我在侧幕看着你。"

说着走向侧幕。

背后传来贵子念道柴的台词声。

贵子："我丈夫快退场了，你这个主角从头到尾表演得如何了？"

权三："继续说下去。"

脱口而出自己的台词。

阿善躲在侧幕的暖帘后，慢慢转过头来。

看着舞台上的贵子。

贵子的声音："到底帮不帮，你要明确告诉我。"

霎时变了景色。

63. 大幕打开着

神社境内坐满了观众。

湛蓝的天空上没有一朵云彩。

舞台上，贵子身着重忠之妻道柴的服装。

她合着大夫桐野的旁白叙述和粗柄三味线的琴声表演着。

阿善已经化妆完毕，身着景清的戏服，站在花道的暖帘后观看着。

一直盯着身穿道柴戏服的贵子。

这里是赖朝的重臣重忠的官邸。

道柴正在训斥平家的公达六代御前（儿童角色）。

旁白叙述："道柴牵着以前的红梅之手，缓缓来到庭院。"

道柴："赶紧报上六代的名字来，你还不赶紧坦白？"

六代："不，不，不管跟哪一位说，人们都不会记住我的，赶紧砍我头也罢身子也罢……"

掌声响起，红包飞上舞台。

美江在上手的大夫座的幕后目不转睛看着贵子。

64. 后台通往舞台底下的阶梯

宽治一边沿着阶梯走下来，一边解说着剧目。

宽治："在源氏的家臣重忠的家里，囚禁着继承了平家血脉的六代御前，他现在受到了重忠之妻道柴的训斥。道柴让他抛弃平家。"

雷音跟在宽治后面。

65. 山村部落

义一行走着。

66. 舞台底下（日语称作奈落）

宽治和雷音。

宽治继续向雷音讲解演出的内容。

由于旋转舞台需要人力来推动，两人钻到推棒下等候节拍的暗示。

雷音没有听宽治的解说，一直盯看着宽治。

宽治："景清这个人不喜欢重忠，说是自己有谕旨，于是带着假命令来，企图割掉六代御前的脑袋。这后来被识破了。你在听吗？"

雷音："当然在听了。"

宽治："真的？"

67. 花道

阿善装扮成平家的落魄武士恶七兵卫景清，身着修行者的行头亮相。

座席上不见阿治的身影。

　　×　　×　　×　　×

阿善："走着走着天就黑了，修行者被这场大雪困住，求宿一夜。"

旁白叙述："求宿一夜，隐隐约约传来此声，道柴答道。"

贵子扮演的道柴亮相。

贵子："你是修行者呀，真可怜，别走了，进来吧。"

旁白叙述："道柴不经心地打开大门，顿时惊呆了。"

贵子："我不能让你留宿这里。"

观众们为这对夫妻相隔十八年后再次联袂演出而鼓掌，投上红包。

68. 村里的诊疗所

窗外传来三弦琴的声音。

一平和着三弦琴念着台词。

一平："虽然没法收留你，请把你的看家本领拿出来。"

做出递上梅花的动作。

尽管躺在床上，还是打着节拍。

69．村里的墓地

欢呼声乘着风传来。

义一将自己亲手雕刻的一尊尊佛像供在那些在战争和灾害中死去的村民墓前。

70．舞台

假谕旨被识破后，景清被重忠追打的场面。

阿进："与双亲同心合力，准备让重忠切腹自杀的事情化为泡影了，就此罢了。"

权三："你想要干什么？"

阿进："我要杀了你！"

权三："呎呎呎呎哈哈哈哈，这太有意思了，我可是在秩父板东赫赫有名的重忠。你就动手杀吧，下不了手吗？砍不到吧？"

忽然变成了喜剧风格，观众笑翻了天。

71．舞台后

阿善在村里妇女们的帮助下换上了武将的服装。

72．舞台底下

宽治："就要上场了。舞台转起来，景清换上武将服装再次出场……"

"梆梆"传来指令。

宽治："一二推！"

两人肩上顶着推棒旋转起来。

雷音："腿没抽筋吧？宽治君。"

宽治："少废话。"

两个人用力推着。

73. 舞台上

舞台旋转起来。

阿善身穿景清的武将服装，登上旋转舞台。

观众们沸腾了。

× × × ×

道柴用骷髅杯打景清。

旁白叙述："道柴用骷髅杯追打景清，景清顺势紧紧抓住她的手。"

阿善："想是无法无天的无礼者，为何要打我，细细道来。"

道柴："打你也没什么大不了的，你瞧瞧这个，这是平相国清盛公的白骨，我用它打你就如同用清盛公的手打你一样。"

74. 舞台底下

宽治："原来是平家的道柴嫁给了源氏的重忠，她受到了景清的指责，景清问她为什么不召集平家的残部把六代御前立起来，以此重兴平家？景清向道柴讲明了心里话，他要讨伐赖朝，单枪匹马与源氏大军作战。不过，他势单力薄，最终向赖朝投降，为了保住平家的血脉，他挖掉了自己的双眼。这场面相当精彩，惊天地泣鬼神啊。"

雷音："为什么要挖双眼？为什么？"

宽治："因为他不想再看见源氏的世道。"

雷音："自己讨厌的东西是不想看见，可是没有了眼睛，好的东西和自己喜欢的东西，不也看不见了吗？"

宽治："你说什么是你喜欢的？"

雷音："不好意思说。"

宽治："是什么呀？"

雷音："如果能看见自己喜欢的东西，就是看见了自己讨厌的东西也是能够忍受的。"

宽治："那么，你喜欢什么？"

雷音："我喜欢你！"

说着抱住宽治，因势头太猛，碰动了旋转舞台的推棒。

75．舞台上

阿善刚把平家的红旗吊在了柱子上，这时舞台突然转动了一下，阿善和贵子打了一个趔趄。

即便如此，他们依然继续表演着。

景清："道柴，傲慢无礼！"

76．花道

场面转换，阿善等人不在上面。

只有扮演大鹿军内的健太和捕手们。

健太："等等等等等等，总之打仗就是敌强我退，敌弱我追，如果遇到女武士全靠这里了……那么怎么办？！"

捕手："是，是……屁老爷，明白了。"

健太："明白了就快去！"

77. 舞台上

场景转换。

景清把军内赶走。

玄一郎扮演的源赖朝出场。

玄一郎："右大将源赖朝在此候见。"

阿善："何事？"

权三："田山二郎重忠。"

阿善："何事？"

阿满："三保谷四郎国俊，觐见！"

说着，和景清的武打场面开始了。

两人同时亮相，许多红包抛过来。

78. 舞台底下

雷音和宽治仰头看着舞台，仔细听着。

阿善的声音："失去势力的三保谷四郎何时在坛浦之战立了战功？欢迎你，国俊。"

阿满的声音："唉，景清，这还用说吗？"

79. 舞台上

黑衣走到背对观众的阿善身旁，为他拉衣袖。

黑衣："背稍微转过去一点。"

阿善闻声一看。

阿善："是你，阿治？"

黑衣阿治为阿善拽下衣袖后，阿善转过身来，扔了一面红旗。

阿善："兵舟停海滩。"

旁白叙述："平家的红旗。"

阿善亮相。

另外的黑衣为阿满解开衣服。

阿满："陆上的白旗。"

黑衣阿治退下。

80．境内

场面转换，阿善站在那里。

阿善："……俘获之敌源赖朝求景清在冥府饶他一命，你就死了这条心吧。"

阿善逼近玄一郎扮演的赖朝。

手里拿着刀再次亮相。

81．舞台上·上等艺人座位的后面

旁白叙述："你就死了这条心吧，说着走近前来。赖朝无声脱下衣服，亲手拿出来。"

贵子看着。

美江也在旁边看着。

玄一郎："景清，你以为人们怕你，可你现在不是一个自由的人，不能为我舍命。这件衣服是我穿的，你把它撕了解恨吧。"

旁白叙述："赖朝将衣服递过来，景清接下。"

阿善从玄一郎手上恭恭敬敬接过猎衣。

贵子："……你可以不原谅我。"

美江："？！……"

贵子的"台词"阿善是否也听见了？

阿善："值得一提的是，赖朝你很久以来就是我的仇敌。你要知道我们全家对你的怨恨。"

阿善手里拿着刀坐下，背对着观众席。

贵子："你可以不原谅我。"

在阿善身旁服务的黑衣阿治看着贵子这边。

阿善也看着贵子这边，挖掉了双眼。

阿善："……"

黑衣阿治给阿善的眼睛抹上血浆。

血浆使泪水从红眼睛里溢出。

阿治："……"

82．境内

阿善转向观众席。

旁白叙述："用刀挖去了双眼，血溅如飞，擦啊擦，过了一会儿压低声音……"

阿善："诸位请看，我已经挖掉了双眼，如同抛弃了日月，是世界上不存在的人。仇与恨到此罢了。但我有一请求，六代君的前途拜托与你了。"

阿善伏在舞台上。

红包从四处飞过来。

阿善岿然不动。

83．舞台底下

雷音和宽治。

传来欢呼声。

雷音："我想演，咱们也来演吧。"

宽治："唉。"

雷音："我演道柴，你演景清。"

宽治："'道柴，傲慢无礼。'"

雷音："是。"

服侍宽治，按照女人的坐法坐下。

84．舞台上

阿满把长柄大刀递给失去双眼的阿善，让他握住。

旁白叙述："站在前面警戒道路，带上秩父，所向之处是西方的弥陀之迎和日向之国……"

在大家的目送下，在阿满的引导下，阿善离去。

旁白叙述："日头送夜，皎月如镜，鸟声齐鸣，摇橹赴舟地。"

大幕闭上。

85．击掌之仪（黄昏）

义一："那么，借各位的手！"

义一站在正中，一字排开的演职员们与观众一起击掌。

雷鸣般的掌声。

86．化妆间

美江在帮助贵子脱去戏装。

美江什么也没说，手脚麻利地干着。

美江蹲下身子，当手碰到短袜的搭扣上时，传来贵子的声音。

贵子的声音："谢谢你了。"

美江一直低着头。

美江："……不用谢。"

美江一边帮贵子脱着短袜，一边不知为何哭起来。

87．舞台后面

权三等演出者卸装后陆续出来。

阿善还是一身景清的装扮站在那里。

权三："干什么？"

阿满拽拽权三的袖子。

阿满："还有一出戏呢。"

权三："哦。"

众人离去。

换好衣服的贵子走了出来。

阿善："贵子。"

贵子转过身来。

阿善："你刚才在侧幕说的是真的吗？"

贵子没有回答，仰望天空。

贵子："漂亮吧？"

满天的星星。

阿善望着贵子的侧脸。

阿善："真漂亮。"

一身黑衣装扮的阿治走过来。

阿治："阿善！"

阿善："（用手制止阿治）别过来。现在正是好时机。"

阿治当场顿时站住。

88. 食鹿者食堂·门外

两只小鹿望着屋里。

客席上坐着阿善、贵子、阿治和雷音，他们在吃饭饮酒。

89. 公共汽车站 （数日后）

阿善在张贴广告：马鹿锅开始供应了。

美江提着旅行包走过来。

阿善："你去哪儿？"

美江："我要让他明确告诉我，东京和我，选哪个。"

阿善："如果他说东京和小美都要的话，你怎么办？"

美江："……"

阿善："如果我是隆夫的话，我会问你，是要我还是要村子？"

美江："……"

公共汽车驶来。

司机是一平。

因为是终点站，车子调了一个头过来。

美江上车。

90．公共汽车内

一平："你去哪儿？"

美江："东京。"

一平："……我不让你去。"

美江："为什么？"

一平："不告诉你。"

美江："你给我说明白。"

一平："因为我喜欢你。"

一平挂了倒挡。

美江："？！……"

91．公共汽车站

阿善正要向美江挥手，鼓励她加油。

这时候车子向后退去。

阿善："？！"

"阿善！"传来贵子的声音。

贵子捧着一个瓶罐跑过来。

阿善："（笑颜）"

贵子却从阿善身旁擦肩而过。

在贵子奔跑的前方站着阿治。

阿善："阿善是我！贵子！"

说着跑过去。

叫喊着："我才是风祭善！！"

— 完 —

感受大海的时刻

根据中泽惠小说《感受大海的时刻》

及《在水平线上》改编

编剧：荒井晴彦

1. 公园 （现在·1978 年）

惠美子与高野洋在散步。

高野洋将手插在兜里，走在惠美子前面不远处。

惠美子："让我把手也放进去，一只手就行。"

惠美子将手插进高野洋的兜里。

握住高野洋的手。

有一座动物园。

惠美子："喂，我想看熊。"

高野洋："动物园臭烘烘的，有什么好看的。"

惠美子："我想看熊嘛。我想看熊嘛。狗熊、狗熊、狗熊……"

惠美子围着高野洋转。

高野洋："小屁孩、小屁孩、小屁孩……"

一对父女从动物园里出来。

骑在父亲肩上的女孩在跟父亲说着什么。

父亲一边笑着一边点头。

惠美子："我一定要看到狗熊。"

高野洋苦笑着掏钱购票。

惠美子和高野洋在寻找熊舍。

大象用鼻子吸起蒿草送进嘴里。

高野洋被吸引过去。

惠美子："去找狗熊呀。"

惠美子说着拽了拽高野洋的衣摆。

高野洋："瞧，放进嘴里之前，它要甩两三下鼻子，把那些小垃圾都甩掉。"

大象的嘴是粉色的，湿漉漉地闪着光。

鹿、羊、骡子……骆驼。

高野洋注视着骆驼。

高野洋："骆驼这家伙长得很像阿拉伯人。"

惠美子："哎？"

惠美子没有看着骆驼，在看着高野洋。

高野洋在猴舍前又站住了。

惠美子："去找狗熊呀。"

惠美子催着高野洋。

惠美子一边侧目看着兽舍一边走着，突然高野洋抓住了她的胳膊。

高野洋："瞧，我们是不是踩到泥水里了？"

泥水中噗呲噗呲溅起波纹。

惠美子和高野洋抬头望着天空。

瓢泼大雨浇了下来。

两人跑走。

2. 惠美子的房间

惠美子和高野洋躺在铺着浴巾的榻榻米上。

气炉发出声响。

落下来的雨滴在玻璃上形成水珠，通过窗缝渗进来。

惠美子："没有……狗熊。"

高野洋："嗯。"

高野洋抚摸着惠美子湿漉漉的头发。

惠美子抱着高野洋的胳膊。

惠美子将脸伏在高野洋的怀里。

惠美子眼睛里溢出的泪水打湿了高野洋的胸襟。

高野洋："你怎么了？"

惠美子："爸爸的身体渐渐地凉了，僵硬了。我想把爸爸的体温留住，想记住爸爸，所以一直抚摸着他到第二天早上。但是……只有我的手心是热的，爸爸他渐渐凉了，僵硬了，变得沉沉的……"

惠美子号啕大哭。

高野洋将惠美子的身子拽过来。

惠美子将自己的嘴唇贴在了高野洋的嘴唇上。

头发上的雨水与泪水沿着嘴唇边流下来。

高野洋："你很少这样哭。"

惠美子用脚缠住高野洋，将嘴唇移向高野洋的脖子上。

惠美子好似骑在高野洋的身上，将两人的身子连在一起。

高野洋用手掌包住惠美子的乳房。

大粒的雨滴击打在窗玻璃上，发出坚硬的声音。

惠美子的嘴唇微微张开。

高野洋从下面用手指将惠美子额头散乱的头发搭在耳朵上。

响起断断续续的声音。

身躯缓慢扭曲着。

雨声中掺杂着树木的声音。

3. 高中·新闻部活动室 （过去·1976 年）

惠美子在阅读过期的《朝日日记》。

听到脚步声，惠美子抬起头来。

高野洋走进来。

惠美子："早上好。"

高野洋："你又逃课了？"

惠美子："嗯。对不起。"

高野洋："这是你中泽同学的自由，不过，你最好去上课，不然到了三年级就该后悔了。"

惠美子："高野同学，你现在后悔了？"

高野洋："是的，后悔了。"

惠美子："后悔自己以前也不去上课？"

高野洋："去了也是睡觉。"

惠美子微微一笑，目光又回到了《朝日日记》上。

高野洋："喂。"

高野洋站在了惠美子的面前。

高野洋抓住惠美子的双手。

高野洋："你站起来一下。"

声音颤抖。

惠美子站起来。

高野洋："我什么也不做，就是亲一下嘴。"

惠美子："你在开玩笑吧？"

高野洋："不，我是认真的。"

惠美子："……你喜欢我吗？"

声音嘶哑。

高野洋："不喜欢。虽然不喜欢……但……"

惠美子："那为什么？"

身子微微颤抖。

惠美子："为什么？"

高野洋："……我就想亲亲看。"

惠美子稍微扬起脸来，看着高野洋。

腿已经瘫软。

惠美子将脸埋在高野洋胸前。

听见了心脏跳动的声音。

惠美子胆怯地将双臂绕到高野洋的后背。

惠美子将嘴唇伸过去。

两个人的嘴唇重叠在一起。

高野洋的舌头缓缓进入惠美子的齿间。

高野洋的手在制服外面抚摸了两下耸起的乳房。

裙子的下摆被掀起来。

惠美子将脸顶在高野洋的怀里，好似要躲藏起来。

高野洋的手在股间探寻着。

惠美子咬住高野洋制服上的金色纽扣。

铃声响起。

两人将身体分开。

高野洋将视线从惠美子身上移开。

惠美子将额头顶在窗玻璃上。

高野洋："第二节课要去上哦。"

新闻部的成员们闹哄哄地走进来。

4．咖啡厅（过去）

高野洋走进咖啡厅。

高野洋："等很久了？"

惠美子："没有，就一会儿。"

高野洋："有什么话想和我说？"

郑重其事的口吻。

高野洋："你想说什么？"

惠美子："……关于今天的事。"

高野洋："哦。"

惠美子:"我……"

惠美子俯身喝了一口已经凉了的咖啡。

惠美子:"我是第一次啊。"

调频广播中传来三木圣子演唱的歌曲《躲起来等待》[①]。

在黄昏中的街角

望了一眼咖啡馆

两人微笑着相互注视

觉得似乎在哪儿见过

那个孩子为什么突然变得漂亮了?

因为与你这样相遇了

亲爱的,我在内心深处一直喜欢你呀

不久我一定会让你回头

惠美子:"高野同学,我……一直……"

惠美子深深吸了一口气。

惠美子:"我一直都喜欢你。"

说罢低下头去。

高野洋:"我呢……只对女人的身体感兴趣,不是非你不可。"

惠美子:"……"

高野洋:"快走吧,已经不早了。"

惠美子:"好的。"

惠美子抬起头来。

惠美子："你是认真的？"

惠美子看着高野洋。

高野洋："那样只会痛苦。"

高野洋抓过结账单站起身来。

5．花店

惠美子正在扎特惠的花束。

"喂，姐姐，今天你有空吗？"

一位少女蹲在那里清扫散落一地的叶子与花瓣。

惠美子："看你有什么事吧。"

时子："去喝一杯吧，我请你。"

惠美子："哇，打着零工还敢说这样的大话。"

时子："我有事想拜托你。"

惠美子："我想吃关东煮。"

时子："还要就着日本酒吧？"

惠美子："是的。"

6．小酒馆

惠美子晃动着空酒壶。

惠美子："来两壶酒。"

时子："你说你是一个人生活，真不错啊。没有那么多规矩。像我还有一个讨厌的老爸。我看还是姐姐你这样好啊。"

惠美子："那也不是。相反，因为是一个人，所以放在乡下也是很叫人担心的，要是生个病什么的。"

时子："一个人？"

惠美子："你没老爸吗？"

时子："他没说要和你一起住吗？"

惠美子："他讨厌与我这样散漫的人一起生活。"

时子："只有妈妈的话会比较好。作为女儿无论做什么，她最后都会妥协，好歹她承认我们已经独当一面了，不是吗？"

惠美子："也可以说是对我们束手无策了。"

时子："老爸也是很厉害啊，马上就瞧不起她了，就不能再理性一点吗？"

惠美子："他不知道做什么好，所以觉得很不安。"

时子："确实如此。"

惠美子："（笑着）对了，什么事想拜托我？"

时子："我想去趟医院，以防万一，需要填一个联系人。地址借我用用。"

惠美子："……"

时子："随便写个地址也行。"

惠美子从包里拿出一个写好的地址。

7. 公寓

惠美子回来。

试着转动门把手。

惠美子掏出钥匙打开房门。

窗户被闪烁的霓虹灯照得通红。

惠美子没有开灯，坐到了床上。

窗玻璃变成了蓝色。

惠美子猛然仰面躺倒在床上。

×　×　×　×

惠美子将脸贴在床罩上睡着了。

敲门声将她唤醒。

惠美子："谁啊？"

"是我，是我。"

惠美子开灯，打开房门。

高野洋："已经睡着了吗？"

高野洋进来，脱去鞋子。

惠美子一边往水壶里灌水一边说道。

惠美子："打了一个盹。"

高野洋从后面抱住惠美子，抓住她的胸脯。

惠美子："你等一下。"

高野洋放开惠美子，脱去衣服，钻进被窝里。

惠美子关灯，褪去衣服。

高野洋朝边上挪了一挪。

惠美子上床，将鼻子抵在高野洋的胸脯上。然后，她的脸来
回蹭着。

高野洋的气息吹进了惠美子的头发里。

惠美子背对着高野洋躺下。

高野洋的手掌将惠美子的双乳包住。

用前齿咬住耳朵。

嘴唇将脖子上的一缕短发夹住。

惠美子转过身来。

双腿很丑陋地被扒开。

惠美子睁开双眼，只见高野洋那双俯视的眼睛眨巴着。

惠美子的背骨压出了声响。

惠美子抱住高野洋的头部不松手。

高野洋像拉弓一样将身子抬起，然后落在了惠美子的身上。

高野洋起身上厕所。

惠美子伸手拽过来一条毯子。

8．高中·活动室（过去）

惠美子蹑手蹑脚地站在了初次接吻的地方。

屏住呼吸。

闭上双眼。

脖子稍稍向后仰着。

高野洋："怎么了，这么大清早的。"

惠美子回头一看，高野洋正站在那里。

惠美子搂住高野洋。

高野洋："松手。"

态度非常冷淡。

惠美子："你为什么要故意躲着我？"

高野洋："你在说什么？"

惠美子："为什么改坐早一班的电车？为什么要这样？"

高野洋："我们还是别见面比较好。"

惠美子："但是……每次见面你一定会对我动手动脚。"

高野洋："所以还是别见面了……非要逼我说这样的话。"

高野洋将外套挂在衣架上，在长条椅上坐下来。

高野洋："和我在一起对你没好处。"

惠美子："但是，你想要的只是我的身体吧？除此之外，都没有兴趣，说我不是你喜欢的类型……"

高野洋："所以这样下去感情只会更加疏远。"

惠美子："不过，一直想要我的……可是你啊。……从一开始就这样。"

高野洋："所以不要再那样了。"

惠美子："如果我不答应你的要求，我和你甚至都不会相互说话了吧？"

高野洋弹着桌角。

上课的铃声响了。

高野洋："那你脱了吧。"

惠美子："……"

高野洋："我会像往常一样玩弄你，你快脱了吧。这样你满意了吧？"

不知是哪间教室里，学生们在高声朗读汉文。

高野洋："我叫你脱啊。"

高野洋的眼睛眯成一条缝。

惠美子笨拙地脱去上衣。

高野洋："衬衣也脱了。"

惠美子小心地解开纽扣。

惠美子："好冷。"

惠美子悄悄盘起胳膊。

高野洋："你为什么不反抗？我都说了只是玩玩，你为什么不反抗？"

高野洋抓住惠美子双肩摇晃着。

无袖内衣的带子脱落下来。

高野洋："无论怎样，我都不会珍惜你的。"

胸罩的带子也脱落下来，乳房暴露出来。

高野洋："我会对你动手动脚的。"

高野洋将嘴唇贴到惠美子的乳房上。

泪水从惠美子朦朦胧胧张开的眼睛里溢出，淌了下来。

高野洋："你哭什么？"

高野洋帮惠美子将无袖内衣的带子搭回肩上，为她系好衬衣纽扣，披上外衣。

惠美子在高野洋的怀里"哇"地哭起来。

9．惠美子的房间

风刮得窗玻璃作响。

睡眠中安稳的呼吸。

近旁是高野洋张嘴的脸庞。

惠美子将自己的腹部压在了高野洋裸露的腹部上。

树木沙沙作响。

惠美子试着将自己的脚插在高野洋双脚之间。

惠美子用指尖抚摸高野洋的脸。

高野洋一边蠕动着嘴一边拨开惠美子的手。

惠美子继续抚摸。

高野洋翻了个身醒来。

高野洋："啊，我做了一个梦。"

惠美子："什么梦？"

高野洋："我梦见自己一个人把一瓶橘子罐头都吃了。一直以来都想吃独食，第一次打工赚到钱都买了吃了。"

惠美子："（笑）是不是还没有吃够？"

高野洋："这是后遗症。家人比较多，什么东西都只能分到一点，还和姐姐争执谁多谁少的。"

高野洋在找香烟。

惠美子："这周六，我妈说她要来。"

高野洋："来做什么？"

惠美子："说想看一看我的公寓。"

高野洋："……"

惠美子："所以，你别来。"

高野洋下床，开始穿衣服。

惠美子："你怎么了？"

高野洋："我回去了。"

惠美子："明天是周日啊。"

高野洋："再见。"

惠美子："你真的要回去啊，阿洋？"

高野洋头都没有回，关门离去。

10. 家·惠美子的房间（过去）

惠美子在黑暗中睁着大眼睛凝视着。

风呼呼作响。

大海轰鸣。

电线发出声响。

高野洋的声音："我是在玩弄你。"

惠美子的声音："我就是被你玩弄也没关系，我想待在你的身旁。"

惠美子试图紧紧抱住自己。

泪水溢出来。

触摸乳房。

高野洋的声音："真漂亮，比穿着衣服要漂亮。"

试着一点点用力握住。

脑海中也是刮着大风。

抚摸性器。

嘴唇爬上了胳膊。

脚趾一下子张开，跳动了一下。

头一下子滑向一旁。

惠美子浑身僵直。

11．公寓·惠美子的房间

惠美子拉开窗帘，打开窗户。

光线涌进来。

床上的床单和毯子皱皱巴巴的。

叹息声。

惠美子从堆在烟灰缸里的烟蒂中，挑了一根长的。

桌上的牛奶瓶里插着的花已经枯萎。

12．惠美子往自动售货机里投币

扑通一声，一盒香烟掉下来。

惠美子点燃香烟，深深吸了一口，然后吐出来。

惠美子叼着烟走去。

13．惠美子坐在儿童公园的秋千上

孩子们在沙场玩着堆沙山。

惠美子呆呆地荡着秋千。

住宅小区的晒台上，洗涤物随风飘荡。

公园的栅栏上是妇产科的广告。

惠美子使劲荡着秋千。

14. 高中·活动室（过去）

惠美子与高野洋面对面站着。

传来合唱队的合唱声。

惠美子："你抱抱我。"

高野洋："……"

惠美子："这里有一封退出新闻活动部的申请，下星期我就不来参加活动了。"

高野洋："即便你不退出……我也不会常来学校了，因为马上就要面临考试和毕业了……"

惠美子："所以说，你今天就抱抱我吧。"

高野洋背对惠美子，望着校园。

惠美子："我不愿意就这样被忘掉，我不愿意像丢弃纸屑一样被忘却。"

高野洋："你上次是什么时候？"

惠美子愣了一下。

高野洋："就是那个。"

惠美子："上个月15日。"

高野洋："哦，很危险啊。"

惠美子："不危险。"

高野洋："这话怎么说？"

惠美子："我的周期有点长，再过两三天这个月才会来。"

高野洋："在那之前不是很危险的吗？"

惠美子："从下次来之前的第19天到第12天是不可以的。"

高野洋："我一直以为与己无关，把保健课的内容都忘掉了。"

惠美子："我说的没错。昨天我还看了一遍教科书呢。"

高野洋："……"

惠美子："只要你说想要，那就足够了。只要有一点点能被你需要，即便是身体。"

高野洋："你还是回去吧，我坐 4 点的电车回去。"

高野洋说罢拎起包，手搭在了门把上。

惠美子的手放在了高野洋的手上。

惠美子："不嘛。"

高野洋："无论如何都要吗？"

惠美子："嗯。"

高野洋："即使再也不和我见面？"

惠美子："嗯。"

高野洋深深叹了一口气。

高野洋："我真是渣啊。"

高野洋放下书包。

高野洋："你抬那边。"

高野洋指了指长条椅的另一端。

两个长条椅合并在了一起。

15．花店

惠美子将花束和找还的零钱递给顾客，并低头致谢。

惠美子："谢谢惠顾！"

不见时子的身影。

16．道路

惠美子拎着超市的购物袋走在路上。

17．公寓

惠美子回来。

时子蹲在门前。

惠美子："……小时？"

时子抬起头笑了一笑。

时子："让我住一晚吧。"

时子说着拎起手提纸袋站起来。

时子："我浑身都是消毒水味吧？所以……"

惠美子："可以让你住，不过你没事吧？"

时子："肚子饿了。"

时子跺着脚。

惠美子打开房门。

18．惠美子的房间

时子在打电话。

时子："是的，一个男人的地方。明白了。一开始就这么说不就得了？"

惠美子从购物袋里掏出剃须刀替换用的刀片，安装在了剃须刀架上。

时子："没关系啦，男人啦，就没有别的表现方法了？我都是一个大人了。……身体与头脑都是大人了。……我是很认真地去上学念书哦。大学也是要考的。这总行了吧。适可而止吧。这是别人的电话。"

惠美子开始准备晚餐。

× × × ×

惠美子和时子正在进餐。

时子递上碗添饭。

时子："姐姐，你有男朋友吗？"

惠美子："有啊，大概一个吧。"

时子："你跟他撒娇吗？"

惠美子："会说些'汪'或者'喵'之类的。"

时子："你为什么能撒娇呢？"

惠美子："不知道。"

时子："因为他很珍惜你？"

惠美子："完全不是。"

时子："那你为什么和他交往？"

惠美子："……因为喜欢。"

时子："喜欢是什么？因为喜欢就可以撒娇吗？大家多多少少都会撒点娇，就像阿猫阿狗一样……被人珍惜又是怎么回事？珍惜或者被珍惜，真是莫名其妙。"

惠美子："……"

时子："所以，那就和卖淫差不多。"

惠美子："不一样吧？"

时子："不过真是这样。他会给你买包和衣服……因为他年龄比较大，还嫖妓……"

惠美子："这样啊。"

时子："好好珍惜什么的，是看不到的东西。结婚只是形式，连话都没有。感觉又成不了对象。小孩子……也算不上什么。"

19．高中·图书室（过去）

惠美子在整理柜台旁看着借书卡。

高野洋进来，满脸不悦。

高野洋把书递上。

惠美子盖上还书印章。

惠美子："我有话想跟你说。"

高野洋："我可没话说。"

惠美子："不是这样吧？"

高野洋："别在这样的地方堵我。"

惠美子："不是这样。"

高野洋："今天不是你值班吧？"

惠美子："我和人换班了。"

高野洋把书放回书架，逃也似的离去。

惠美子从整理柜台里冲出来。

20．惠美子在过廊上奔跑（过去）

惠美子追赶高野洋。

高野洋："别跟着我。"

惠美子："你……要做爸爸了。"

高野洋："什么？"

惠美子："没来月经。"

高野洋："真的吗？"

惠美子："嗯。"

雨下起来。

21．海岸道路（过去）

倾盆大雨。

惠美子与高野洋撑着一把不起作用的雨伞，好似仪式一般。

高野洋："我觉得你在撒谎。"

惠美子："真的没有来，已经快两个星期了。"

雨水渗透到了内裤。

高野洋："我会给你钱的。"

大海笼罩在雾里，连波涛都看不见。

泪水从惠美子的眼睛里涌出来。

惠美子："我想生下来。"

高野洋默默走着。

惠美子："我要把孩子养大。"

鞋子里的水吧唧吧唧作响。

雨水从头发上淌下来，与泪水连在了一起。

高野洋："要迟到了。"

惠美子："没关系。"

高野洋："不行。"

惠美子："什么不行？"

高野洋："要赶上那辆公交车。"

高野洋朝后面开过来的公交车招手。

22. 行驶中的公交车内（过去）

一位身穿皱巴巴西服的男子在打瞌睡。

水滴从惠美子的裙子上滴落下来。

高野洋："擦一擦。"

高野洋递上手绢。

手绢也是湿的。

惠美子："我想生个长得像你的男孩。"

高野洋："钱怎么办？"

高野洋闭上双眼，抱着胳膊。

惠美子："啊。"

惠美子叫了一声。

惠美子悄悄地将手指伸进裙子里。

指尖上是红褐色的血，散发着腥臭味。

23．惠美子的房间

惠美子将青花鱼放在水池里。

正在喝茶的母亲在身后说道。

母亲："把鱼切成三段，切成容易入口的大小。"

惠美子用指尖碰了一下青花鱼，条件反射般地缩回手。

母亲："你喜欢吃煎鱼吧？"

惠美子："喜欢是喜欢，不过……"

母亲："连青花鱼都不会做怎么行。"

惠美子擦去指尖上的腥臭。

母亲："我决定去工作了。"

惠美子："哎？"

母亲："我厌倦琐碎的家务了，也不想一不小心就被针扎到了手。"

惠美子取出案板和菜刀。

母亲："反正在家也是一个人。一人吃饱全家不愁。出去工作还能赚些钱。"

惠美子："什么工作？"

母亲："制药公司宿舍的管理员。"

惠美子："那么要住那边了？家怎么办？"

惠美子端出锅。

母亲："就这么放着。只带着换洗衣服和日常用品过去。做厌了可以马上回家。我已经从结婚一直忍到现在了，再也不忍了。"

惠美子："什么时候开始？"

母亲："下周。"

惠美子："……哦。"

惠美子拧开水龙头。

水猛然冲在了青花鱼的腹部上。

有人在敲门。

惠美子打开家门。

是高野洋。

惠美子回头看了看母亲。

母亲一下子转过身去。

惠美子："我跟你说过今天来吗？"

惠美子皱着眉头小声说道。

高野洋："我知道，所以才来的。"

惠美子："哎……为什么？"

高野洋："让我见见吧。"

高野洋斩钉截铁地说道。

惠美子看看母亲。

母亲："做饭吧。"

惠美子："好。"

惠美子习惯性地答道。

高野洋在厨房门口的横框上坐下来。

惠美子："你回去吧。"

母亲站起身来。

母亲："我来倒油，动作快点。"

母亲将锅坐在炉火上，往锅里倒油。

惠美子将青花鱼放到案板上。

母亲："快点，油要热过头了。"

惠美子："我叫你回去你就回去吧。"

惠美子拿起菜刀，摆开架势。

高野洋微笑着站起身来离去。

惠美子对着青花鱼的腹部下刀。

血一下子流在了案板上。

锅里的油开始冒烟。

母亲："这点油不是浪费了吗？"

母亲关闭煤气灶的开关。

惠美子用力拔出菜刀。

取出鱼肠。

鱼血溅到胳膊上。

惠美子在青花鱼的肚子里来回掏着。

母亲："你那样胡乱来，看相还能好吗？"

惠美子将掏出的鱼内脏扔到水池的一角。

她将水龙头开到最大，冲洗手指头。

她用肥皂清洗手指头。

惠美子闻闻指尖的气味。

母亲注视着她。

24. 家 (过去·1977年)

一封信扔到了惠美子眼前。

信已启封。

惠美子："你拆了我的信？"

信封内装的是惠美子写给高野洋的信。

惠美子："……！！"

母亲："你信里写的都是真的吧？"

惠美子："对。"

母亲："确实是真的？"

惠美子："……对。"

母亲："女人的身体，即便不是性病和怀孕，也会发生变化的。所以，从小就一直提醒你，小心翼翼将你养大，可你为什么就不明白这些呢？"

惠美子："对不起。"

母亲："你晚归的时候，我去公交站接你是为了什么？晚上要买东西却不叫你去，又是为了什么？白费了父母的努力。你到底打算干什么？"

母亲的脸气得又红又歪。

母亲："在想些什么呢？哎，在想什么呢？"

惠美子："对不起。"

母亲："这不算回答。"

惠美子："……"

母亲揪住惠美子的头发。

母亲："好好回答我的问题。"

惠美子："我说了，对不起。"

母亲："我不是要你道歉。"

惠美子："我也不想道歉。"

母亲扇了惠美子一记耳光。

惠美子："把身体献给自己喜欢的人有什么不对？"

母亲："这算什么'献给'？你念念自己写的这些。快念！"

×

母亲将信塞给惠美子。

惠美子："你好吗？写这种青涩的东西还真像我。这是为了让我认识到你非常厌恶我。但对你来说，哪怕只是肉体，你也是需要我的。我们也算是有了瓜葛。现在去东京生活，你也是需要我的吧？你怎么对我都行，我想待在你身边。哪怕一年只有一次，也想见你。只要你肯答应我，我就满足了。"

惠美子抬起头来。

母亲："全部念完。"

惠美子："你可能怕见到我，就想索取我的肉体。哪怕这样我也无所谓。只是用来满足你的欲望也无所谓。无论何种形式，只要你需要我，那么我就无所谓自己的肉体。你不用担心，为以防万一，我不会要求结婚，给你添麻烦。自己的事情，我会自己做好。我已经做好了准备，即便不结婚，我自己一个人也能过下去。请至少见我一面。"

母亲："啊，真是不知羞耻。我觉得自己要出问题了。"

母亲一把夺过惠美子手中的信，然后撕得粉碎。

惠美子："这是我现在……真正的心情。"

母亲殴打惠美子。

母亲："你懂什么呀？你不管我的心情了吗？让不喜欢自己的人为所欲为，受伤的只会是你自己。"

惠美子："这无关得失，我是自己想和他上床的。我到底犯了什么罪？"

母亲："我又没做过你那么淫乱的事情，怎么可能知道？"

惠美子："你就是做过才会生下我的吧？"

母亲："混蛋！"

母亲扑过去撕扯惠美子。

母亲："你这样和荡妇没两样。只是满足对方的欲望也没关系吗？你就是在玩玩而已。"

惠美子："不，不是玩玩而已。"

两人撕扯着摔倒在地上。

母亲："玩出孩子怎么办？"

惠美子："我知道该怎么预防。"

母亲："笨蛋，笨蛋，笨蛋！"

碗摔碎了，裙子踩破了。

两人喘着粗气。

母亲："做这么无聊的事情。你在这都让我讨厌。你出去，滚出去！！"

母亲随手摸到一个东西扔过去。

25．惠美子与母亲在行走

有一家玻璃房的冷饮店。

惠美子："喂，吃冰激凌吗？"

母亲的脸松下来。

两人走上台阶。

母亲："在东京，人就要有零花钱。"

母亲快步走在前头，找了一个靠窗的座位。

服务员过来取订单。

惠美子："我要香草的，你呢？妈妈。"

母亲："我呀，就来个抹茶的，好久没吃了。"

母亲饮用玻璃杯中的水。

母亲闭上眼睛饮水。

喉咙静静蠕动着。

惠美子从兜里掏出香烟点燃。

母亲："哎呦，你还吸烟？"

母亲皱紧眉头。

母亲："注意不要吸得太多。"

惠美子："我就是偶尔吸一口。"

冰激凌端了上来。

惠美子："我以前跟爸爸两个人一起吃过冰激凌。就是搬家那会儿。"

母亲："你爸爸太任性了。刚建好房子，他就那么浪费挥霍。"

惠美子："……"

母亲："人都死了，不说了。"

母亲将冰激凌送进口中。

惠美子："你没感到高野他很像爸爸吗？"

母亲："那个男人，一点也不像。"

脱口而出。

惠美子吸着香烟。

母亲："我说，你能不能把烟掐了。我讨厌那个味。"

母亲说着用手在鼻尖扇了扇，要把烟赶散。

惠美子："啊，对不起。"

惠美子拧灭香烟。

母亲："你爸爸可不吸烟。"

香烟燃黑的地方腾起薄薄的烟雾，消散而去。

26.都营电车荒川线·停车场

惠美子拿着母亲的行李，与母亲走来。

两人默默地等车。

母亲："哦，忘了一件事。"

母亲掏出钥匙。

母亲："家里的钥匙。我不在也就不会进去了。我回来的时候……"

惠美子："新的工作，你要努力哦。"

母亲："（点点头）"

电车驶来。

27.行驶的电车（过去·1977年）

惠美子用手绢擦拭额头的汗，目光投向在车窗中掠过的景色。

车窗上浮现出"渡过日高川的清姬"。

小林古径的绘画动了起来。

清姬的裙摆随风飘荡。

28.惠美子一边确认信封上的地址与地段标识，一边走着

29.惠美子走进小巷（过去）

小猫快步穿过。

宿舍大门。

惠美子深呼吸。

玄关处横七竖八的拖鞋和鞋子。

30.宿舍·二楼的走廊

惠美子拾级而上。

飘着一股香味。

惠美子："！？"

走廊深处有一位女人在做瑜伽。

惠美子依次看着房间号码。

一张纸条上写着：TAKANOHIROSI

惠美子敲了一下拉门。

瑜伽女："出门了，大概去弹子房了。"

惠美子朝瑜伽女轻轻点了一下头。

惠美子折回玄关。

31. 宿舍·走廊 （过去）

惠美子做了一个深呼吸，然后敲门。

拉门打开，高野洋探出头来。

高野洋："进来吧，我猜到你会来。"

高野洋在桌前的转椅上坐下，叼起一支烟。

惠美子站着。

高野洋："你坐那边吧。"

高野洋指了指床。

高野洋："你有话跟我说吧？想说什么都说出来吧。怨恨我也好，这样我也轻松。就这样结束吧。"

惠美子："我……绝不会怨恨你的，因为我喜欢你。"

高野洋掐灭香烟。

高野洋取出素描本，开始接着画已画了一半的风景画。

惠美子望着高野洋的侧脸。

传来铅笔在纸上行走的声音。

惠美子："你喜欢画画吗？"

高野洋："嗯。"

惠美子：“为什么要画画？”

高野洋：“证明我活着，还存在着……画出的画是我唯一的财产。”

高野洋对惠美子看都不看一眼，继续让铅笔行走着。

高野洋：“我……听说你可能怀上了我的孩子，很害怕。你可能更害怕吧？我不想再有那样的感受了。”

惠美子：“那时候……你说会给我钱，我背后一凉。”

高野洋：“没有别的办法了。”

惠美子：“我明白，不会生的。”

小猫在房顶上走过。

高野洋没有停手。

高野洋：“你打算什么时候回去？”

惠美子：“5点58分。”

高野洋：“你还是早点回去的好。”

惠美子：“我还想待一会儿。”

高野洋：“你快回去。”

小猫叼着鱼头回来。

高野洋：“别打扰我的生活。”

惠美子：“是你用行动走进了……我的心里……走进了我的生活。所以我……”

高野洋：“所以我很痛苦。”

惠美子解开衬衫纽扣。

惠美子：“画我吧。”

惠美子站起来脱去裙子。

高野洋抬起头来。

高野洋：“……你回去吧。”

高野洋的眼睛眯成一条缝。

高野洋："我不认识你！"

泪水涌出惠美子的眼睛。

高野洋："别哭。"

惠美子："不嘛。"

惠美子抵住高野洋的肩膀，好似在擦拭眼泪。

高野洋吸住惠美子的嘴唇。

高野洋的舌头舔着沿惠美子乳房间流下的泪痕。

32. 惠美子·从宿舍大门走出来

高野洋捧着纸袋走过来。

惠美子："（面泛微笑）阿洋。"

高野洋："唉。"

惠美子："你去哪儿了？"

高野洋："我去打弹子了。"

惠美子："赢了？"

高野洋："用100日元赢了这么多。"

高野洋将纸袋内的东西展现给惠美子。

惠美子："啊，真厉害。"

高野洋："你妈妈回去了？"

惠美子："嗯。"

高野洋笑了起来，显得有些不好意思。

惠美子贴上去挽起了高野洋的胳膊。

33. 高野洋的房间

高野洋在咖啡机漏斗里铺上滤纸，将咖啡粉放进去。

惠美子："昨天，怎么来了？"

高野洋："嗯，怎么说呢……"

茶壶发出轻微的声响。

热气腾腾。

高野洋将开水倒进漏斗里。

黑褐色的水滴滴下来。

高野洋："前一晚，我考虑过了。"

惠美子："考虑什么了？"

高野洋："考虑了一晚上。"

高野洋将咖啡倒进杯里，递给惠美子。

惠美子喝了一口。

惠美子："真香。"

高野洋："从那以后，怎么样了？"

惠美子："什么也没发生。"

高野洋猛然滚到床上。

弹簧倾轧，惠美子坐在那里屁股摇晃着。

惠美子掐灭香烟，关上灯，脱去衣服。

房外大街上的车灯从房间内划过。

惠美子的裸体被照得通亮，接着消失了。

惠美子爬上高野洋的胸脯。

高野洋的手掌梳理着惠美子的头发。

高野洋："你父亲要是在的话，会怎么说呢？"

惠美子："说什么？"

高野洋："我们的事情。"

惠美子："……如果是你，会怎么办？"

高野洋："如果是我，会让分开。"

惠美子将身体贴上高野洋。

高野洋："我讨厌……无视。"

高野洋压在惠美子身上。

34．家·门口（过去）

母亲站在那里。

惠美子瞬时感到了胆怯。

惠美子："我回来了。"

母亲："这么晚回来，你去哪儿了？"

惠美子："对不起。"

惠美子脱鞋。

母亲："你做了不得不道歉的事情？"

母亲跟随惠美子走进来。

惠美子："我也可以不用道歉。"

母亲："你刚才就道歉了，是因为做了见不得人的事吧？"

惠美子："……"

母亲："你呀……现在是最重要的时期吧？怎么做出这么奇怪的事情呢？我求你了，好好复习考试吧。"

惠美子："……"

母亲："我也有想做的事情，但他们嫌弃我是个女人。所以我不想让你也这样。我也在努力。我不想让你因为没有父亲就上不了大学。"

惠美子："我饿了。"

惠美子拿起餐桌上的报纸。

惠美子正要动筷，母亲从她面前将已经凉了的菜撤走，扔进水池里。

母亲："和男人做完淫乱的事情，肚子饿了。啊，真不要脸。想想就背后发凉。"

惠美子从架子上取下一袋煎饼。

母亲："我又没把你教成那种不要脸的女人。你是为什么而活的？你把我的含辛茹苦都糟蹋了。……要是你爸还活着……"

惠美子："你终于理解我了。"

惠美子与母亲相互怒视。

母亲将坐垫扔向惠美子。

煎饼撒落在榻榻米上。

惠美子："我要离开这个家。"

母亲："混蛋！"

第二个坐垫飞了过来。

惠美子："这样相互谩骂，相互扔东西，我已经受够了！"

母亲："这不是你闹出来的事情吗？和乱七八糟的男人乱搞，还要离家出走，真不要脸……混蛋，混蛋，混蛋……"

不管是镜子还是梳子，母亲随手抓过来，朝惠美子扔过去。

惠美子咬住嘴唇，用身体承受着。

雪花膏瓶击中了惠美子。

惠美子："（呻吟）"

惠美子将掉在地上的煎饼放进嘴里。

纸篓击中了惠美子，纸屑和丝屑四处飞散。

惠美子从纸屑中不停抓起煎饼塞进嘴里。

惠美子伏在地上咬煎饼。

大概是无东西可扔了，母亲瘫坐在地上。

35．高野洋的房间

高野洋的指尖在玩弄惠美子的乳头。

高野洋："每次你来这里的时候我都会想，你的乳晕都变深了，我是不是做多了？"

惠美子："是啊。"

高野洋："我姐说做这么几次不会变深的。"

惠美子："……你和你姐这种话题也讨论吗？"

惠美子拨开高野洋的胳膊，坐起身来。

高野洋："她很烦人，一直在问。"

惠美子："然后你姐说了什么？"

高野洋："问你有没有其他男人。"

惠美子："……"

惠美子坐着不动，凝视着黑暗。

高野洋微微睁开眼睛，将胳膊枕在头下。

高野洋："我也没办法。我当时只想让她快点明白别缠着我了，所以……"

惠美子："有必要说那些吗？"

高野洋："我觉得我姐会逼我结婚。"

惠美子："……"

高野洋："而且……"

惠美子："而且什么？你想说什么？"

高野洋："没什么。"

惠美子："她说了，反正你一开始也只是玩玩才会和她做的，你并不喜欢她，只是对女人的身体感兴趣。是这样吧？"

高野洋："看你又来了，说到以前的事情，我也没办法。……我受不了了。"

惠美子从床上下来，捡起内衣，迅速穿好。
高野洋："你要干什么？"
惠美子："我要回去了。"
高野洋："明早再走。"
惠美子："不行。"
惠美子的手搭在了拉门上。
高野洋从床上跳下来，抓住惠美子的手腕。
惠美子："让我回去。"
高野洋："我错了。"
惠美子："错的不是你。"
高野洋："……"
惠美子："我是讨厌你姐姐的做法。"
高野洋："那我该怎么办才好？"
惠美子："我也不知道，所以就更觉得讨厌了。"
高野洋："那你妈对我的无视又算什么？我讨厌那种做法。"
惠美子："你觉得直接拒绝更好吗？"
高野洋："对。"
高野洋噘着嘴。
惠美子："我……一直都是被你拒绝的。"
高野洋："现在不一样。"
惠美子："为什么，有什么不一样？"
高野洋："……"
惠美子："为什么？"
高野洋点燃香烟。
惠美子用包砸向高野洋。
惠美子随手抓起东西扔向高野洋。

没东西可扔了，惠美子扑了上去。

惠美子边哭边揪住高野洋的头发，用拳头击打。

高野洋："女人还真是好。"

高野洋按住惠美子的手。

惠美子咬高野洋。

高野洋："疼死我了。"

高野洋抓住惠美子的下颚，把她的嘴挪开。

惠美子气喘吁吁。

远处传来巡逻车的警笛声。

惠美子无力地闭上双眼。

高野洋："一起生活吧。我们分开是活不下去的。"

高野洋将嘴唇压在了惠美子的嘴唇上。

惠美子："……我喜欢你。"

惠美子抱住高野洋。

36. 东京塔·展望台 (过去·1978 年 3 月)

惠美子与高野洋眺望东京。

惠美子："我本来也不想失学，我们家也就那样，我……打算离开家。"

高野洋："我什么都不会说的，你当个孝顺的女儿就够了。"

惠美子："我是不是有点奇怪？"

高野洋："会来见我就够奇怪的了。"

惠美子："不奇怪。"

高野洋："你竟然那种大学都没考上……"

惠美子："所以我才说让你理解我嘛。"

高野洋："你让我理解你什么？"

惠美子："我的心情。"

高野洋："不可能。"

惠美子："骗我也没关系，只要你说能理解我，我就能对抗颇有微词的妈妈了，我才能忍受这些。"

高野洋："我不会说的，说了我就不行了。"

惠美子："如果没人理解，我就是个淫乱的女人了。"

高野洋："时间到了，我要回去了。"

高野洋走向电梯。

高野洋："不要跟着我。"

惠美子跟过去。

37. 东京塔·阶梯（过去）

惠美子走下阶梯。

惠美子："等等。"

头也不回地走下去。

38. 东京塔·下面（过去）

高野洋气喘吁吁地坐下来。惠美子也累瘫了，跪下来两手撑在地上，边喘边说。

惠美子："你不说的话，我就没法回去。"

高野洋的腿不停抖起来。

39. 海岸道路（过去）

睡衣的下摆被风翻弄着，母亲走去。

如同狂女。

惠美子浑身打战。

惠美子："你要去哪儿？"

牙根咔咔作响，惠美子追赶母亲。

母亲赤脚吧嗒吧嗒地行走在柏油路上。

惠美子："回去吧。"

惠美子抓住母亲的胳膊。

母亲："我要去大海，去海里见你父亲。"

沿着红鼻头流下来的浑浊泪水与鼻涕一起滴落下来，尽管如此母亲还是大步走去。

惠美子好像被母亲拽着似的走去。

母亲走向那座伸向海湾的栈桥。

风掠过昏暗的波涛汹涌的大海。

母亲盘起的发髻散开，随风飘舞。

黢黑的大海波浪翻滚。

惠美子："回去吧，回去吧。"

惠美子小声嘟哝着，手松开了母亲的胳膊。

母亲摇摇晃晃走向栈桥顶端。

惠美子凝视母亲的背影。

母亲转过身来。

惠美子："……"

母亲又继续走，在栈桥顶头坐下来。

惠美子走近母亲身后。

母亲："你爸爸死得早，他真是太幸运了。终于盼到女儿长大了，结果却做了乱七八糟的事情。我到底该怎么办？我想在这里就这样冻死，我想轻松地死去……孩子他爸，孩子他爸……"

惠美子将身体紧紧贴在母亲冰冷的后背。

透过睡衣的领口可以看见母亲的乳房。

母亲："孩子他爸……我也想去你那里呀。我总是挨女儿的骂……女儿总是骂我。我含辛茹苦把她养大了，可她……"

波涛从四方朝着惠美子与母亲拍打过来。

母亲："孩子他爸……孩——子——他——爸。"

惠美子望着大海。

那片昏暗的大海好似集中了全世界所有女人的月经血。

母亲啜泣着。

惠美子："（低声说道）我该呼唤谁？妈妈，我是女人呀，我也是女人呀！"

低弱的声音被风吹走，被波涛声吞没。

40．小酒馆

惠美子独斟独饮。

一位身着西服系着领带的男子不停瞟着惠美子。

店老板："对不起，要打烊了。"

店老板给女店员使了一个眼色。

女店员将店头的布帘收进来。

41．从小酒馆里出来的惠美子跑起来

跑过大街。

惠美子气喘吁吁。

街灯将银杏树衬托出来。

惠美子拾起小石子朝着路灯扔去。

小石子在路灯的下方画了一弧线落下来。

投掷数次仍然没有击中路灯。

惠美子像是趴在地上一样，寻找小石子。

这时，有一位男子站在了那里，就是刚才小酒馆里的那位男子。

惠美子抬起头，男子递给她一块小石子。

惠美子："这么晚了，路灯还那么晃眼，那棵银杏树睡不着了。"

男子投掷小石子。

路灯被击碎，银杏树沉入夜色中。

男子："快跑。"

男子奔跑起来。

惠美子也奔跑起来。

42．男人的房间

惠美子咕嘟咕嘟一口气将水喝光。

男子："也给我点水喝。"

惠美子："给你。"

惠美子将水杯递给男子，然后靠着墙壁呲溜呲溜坐下来。

惠美子："什么呀，这么臭。"

男子："攒的一堆要洗的衣服。"

男子用目光示意了一下壁橱。

男子翻身躺下，将手伸向惠美子的腿。

惠美子转向一旁。

男子的手慢慢抚摸着惠美子的大腿。

惠美子轻轻拨开男子的手，站起身来，脱去衣服。

男子仰头看着。

男子："毛长出来了。"

惠美子："都已经是冬天了。"

惠美子漫不经心地搂起搭在额前的头发，顺到耳后。

男子："铺褥子吧。"

男子打开壁橱，里面还有绳子。

惠美子将脱下的衣服摆放在了包旁。

男子铺上脏兮兮的床单。

惠美子："可以关灯吗？"

男子："这又不是睡觉。"

男子解开领带，脱去裤子，一下子拦腰抱住已经钻进被窝里的惠美子。

男子突然将惠美子的双手按在头顶上，用绳子捆住她的双腕。

惠美子："怎么回事？我跟你干那个，你为什么要捆住我？"

男子将脸埋在惠美子黑色的腋窝里。

惠美子的双腿被扒开。

男子："……真不舒服。"

男子的嘴唇顶在了惠美子的性器上。

惠美子微微睁着眼睛，看着胯间的男子的头部。

男子抬起头来，两人的视线相遇。

惠美子急忙闭上眼睛。

男子用领带蒙住惠美子的眼睛。

惠美子："……"

惠美子的腰部被折成两段，腿被按在了腹部上。

男子进入。

男子的喘息声变得粗重起来，肩部上下运动着。

惠美子试图用捆绑住的双手抱住男子。

惠美子搂住男子的脖子，将他拽近自己。

男子："（呻吟）"

男子的身体越发沉重。

43. 惠美子在走廊上走了两三步，手摸向了耳垂

惠美子返回。

44. 惠美子环视屋内

炉被边在黑暗中露出一条细长的红绳。

男子张嘴睡着。

细绳看上去像是一条蛇。

惠美子拾起掉落在绳旁的耳饰。

45. 花店

惠美子在花丛中打着哈欠。

时子被她带着也打起了哈欠。

时子："花店真空闲啊。"

惠美子："是啊。不知道为什么还要雇人。"

时子："真的。"

惠美子："利用这个时间，可以背背英语单词，马上就要考试了吧？"

时子："今天社长干什么去了？"

惠美子："好像有婚礼，过了中午就出门了。"

一个女人走进来。

时子："欢迎光临。"

女人："中泽小姐在吗？中泽惠美子小姐。"

时子回头看看惠美子。

女人快速打量了一下惠美子，从头到脚。

惠美子："……"

女人："我叫高野，是高野洋的姐姐。"

惠美子低头致意。

46．咖啡馆

惠美子和高野洋的姐姐面对面坐着。

姐姐："不好意思，让你翘班出来。"

惠美子："没关系。"

姐姐："是阿洋拜托我来的。"

惠美子："……"

姐姐："他让我来跟你道歉，关于你身体的事情。因为你的乳头是黑色的，就说你男女关系不检点。你生气了吧？"

惠美子："……嗯。"

姐姐："对不起。我以前也被男人这样说过，很受伤。身为女人真是讨厌啊。"

惠美子："……"

惠美子伸手去拿咖啡，被自己手腕上的青斑吓了一跳，急忙缩回手来，拽了拽衬衣的袖口。

姐姐："那一阵子，阿洋为了你真的非常烦恼。为了让他清醒一点，我才那么说的。况且他说他不喜欢你。所以我也是为了你，才觉得你俩不见面比较好。"

惠美子拽着袖口低头不语。

姐姐："现在你们俩进展很顺利吧？所以他又让我来道歉了。男人啊，真是任性。"

惠美子："对不起，让您专门来一趟。"

姐姐："对他好一点哦。"

惠美子："……（咬着嘴唇）"

47．小酒馆
趴在柜台上的惠美子突然站起来。

旁边的时子吓了一跳。

48．惠美子与时子从小酒馆里出来
惠美子跌跌撞撞几乎摔倒。时子试图撑住惠美子，却与惠美子一起跌倒在地。

时子："干吗喝这么醉呀，大姐？"

惠美子："要一醉方休啊。"

两人爬起来。

49．惠美子与时子跌跌撞撞走着
时子："找到神社了，到神社啦。"

时子大声喊着跑起来。

惠美子："肚子撑死了，不要再喊神社了。"

时子试图翻越神社栅栏。

时子消失在栅栏内。

惠美子终于下定决心，爬上栅栏。

惠美子跳下来，坐了一个屁股蹲。

惠美子："……？！"

惠美子睁开眼睛，只见四周金光闪闪。

是银杏树叶。

银杏叶一片一片飘落下来，发出沙沙声。

舞起金色的波浪。

时子在唱歌。(《春天最美丽》替换了歌词）①

时子用双手将树叶搂在一起，然后抛向空中。

时子跑进叶雨中。

惠美子捧起落叶，大喊一声，朝着时子扔过去。

金色的飞沫飘散开来。

时子不服输地回敬惠美子。

惠美子和时子大声喊叫，在金色的海洋中来回奔跑。

惠美子和时子喘着粗气，瘫坐在神社的台阶上。

两人闭上眼睛，深深吸了一口冷空气，然后慢慢吐出。

时子："那个男人，眼睛是不是一直睁着？是一种什么样的感觉？"

惠美子："我不是男人，当然不知道了。"

---

① 《春天最美丽》原歌词如下：
  （作词：穗口雄右 作曲：穗口雄右 © 1975 AMVOX）
    冰雪融化汇成川河流走
    笔头菜害羞的探出头来
    春天即将来临了
    你没试着神气一下子？
    风儿刮起来带了暖意
    不知哪里来的孩子
    接走了隔壁的孩子
    春天即将来临了
    你没试着约他吗？
    即便一直哭泣
    幸福也不会降临
    你没试着脱去沉重的外套走出去吗？
    春天即将来临了
    你没试着谈一场恋爱吗？
    冬天即将来临了
    你没试着约他吗？
    冬天即将来临了
    你没试着谈一场恋爱吗？

时子："是用一副不知是有趣还是无聊的神情看着吧？感觉只有自己像是傻瓜一样。"

惠美子："我更讨厌那副不再需要的神情。"

时子："这么说，结构上的事情也是没办法的。"

惠美子："当一个男人倒下便睡时，总感觉自己赶不上人家，心里焦急。"

时子："我是感觉睁着眼睛怪怪的，会认为对方是不是根本就没感到舒服呢？"

惠美子："那为什么还要做那种事呢？"

时子："是啊。……总之，是一个奇怪的生物。"

惠美子："……一定是彼此彼此喽。"

银杏叶纷纷飘落下来。

50．惠美子的房间

惠美子从被窝里伸出头来，一边支着下巴一边吸烟。

时子在脱衣服。

电话铃声响起。

时子看看惠美子。

时子："来电话啦。"

惠美子："不用接，我知道是谁打来的。"

惠美子掐灭香烟，钻进被窝里。

时子熄灯上床。

时子："你接吧。"

电话铃声不响了。

惠美子叹了一口气。

时子："我说呀。"

惠美子："什么？"

时子："不管是男是女，都很舒服的。"

惠美子："什么舒服？"

时子扑到惠美子身上。

时子："姐姐，你不知道吗？"

时子用指尖拨开搭在惠美子脸上的头发，描着发际。

惠美子："你是真心的？"

时子点点头，慢慢解开惠美子的睡衣纽扣。

时子轻轻握住惠美子的乳房。

时子："比外面看大得多。"

惠美子微微一笑。

时子："有什么好笑的？"

惠美子挪开身子，侧着俯视时子。

惠美子："我倒无所谓。"

惠美子抚摸着时子的头发。

时子："这与往常是一样的。"

惠美子摩挲时子的胸部。

惠美子："取决于胸围的大小。"

时子："混蛋。"

惠美子被时子推下了床。

时子咯咯笑着不停拍手。

惠美子："嘘——"

惠美子将手指竖在嘴前，揉搓腰部。

时子："快上来。"

时子将手伸向床下的惠美子。

惠美子："真变态。"

时子：“你才变态呢。”

惠美子钻进被窝。

时子背对着她。

两人争夺被子。

传来婴儿的哭声。

时子的后背抖了一下。

时子：“真讨厌。”

时子小声喊了一下，塞上耳朵。

惠美子：“怎么了？”

时子那双隐藏在散乱头发中的眼睛露出胆怯的神情。

惠美子抚摸时子的头发。

婴儿的哭泣声停了下来。

时子战战兢兢地将捂耳朵的手掌挪开。

时子叹息。

时子：“你自己摸过子宫的入口吗？”

惠美子：“摸过。又硬又圆，感觉很脆。”

时子：“对了，你知道吗？在月经期，会变得像豆粒一样小。”

惠美子：“不知道。会像豆粒一样？不是开着的？”

时子：“嗯。感觉很可怕。……是不是很怪？是不是不可思议？”

惠美子：“……”

惠美子试图把被子拽过来。

时子咬住毯子的一角。

51．闹钟响起

惠美子按下按钮。

不见时子身影。

惠美子又将脸埋在枕头里，伸手将窗户打开一条缝。

窗帘来回飘着，光与风涌进来。

52. 惠美子啪嗒一声将厕所的玻璃窗打开

望着被邻家的房檐割去一块的天空。

敲门声。

惠美子："来啦。"

一边小声喊着一边从厕所出来。

门被重重敲击的声音。

"是我！"

惠美子打开门。

惠美子："有什么事？"

高野洋："今天是星期六呀。"

高野洋一边脱鞋一边说。

高野洋："我给花店打了电话，说你休息。"

高野洋叼着香烟，看到烟灰缸里的烟灰已满，便走向水池，扔掉烟蒂。

水池里堆满了用过的餐具与杯面的容器。

惠美子："你顺便把那些碗筷洗了。"

惠美子抱膝坐在床上。

惠美子："我什么都懒得做，浑身没力气。"

高野洋："怎么了？生病了？"

惠美子："你要是不愿帮我收拾，就回去吧。"

高野洋："可以帮你收拾，不过我要是动了你的东西，你又要骂我了。"

惠美子从床上下来。

惠美子："那你回去吧，不要再来了。"

惠美子开大水龙头，开始清洗餐具。

高野洋："那我走了？"

惠美子："嗯。"

高野洋："不再来了。"

惠美子："最好那样。"

高野洋："那我走了。"

高野洋叹口气，站起身来。

高野洋穿上鞋子，手搭在了门上。

碟子从惠美子的手中滑落下来，在她的脚下摔得粉碎。

惠美子捡拾碎片，拇指被划伤，渗出的血滴落下来。

高野洋的手从一旁伸过来，惠美子的拇指被高野洋的嘴含住。

惠美子："对不起。"

惠美子把头猛然顶向高野洋的怀里，就势将高野洋推倒。

惠美子脱去高野洋的衬衫，鼻尖沿着腹部向上移动到喉结。

高野洋不断翻转惠美子的身体，将她的衣服层层褪去。

惠美子抱住高野洋。

在高野洋的身下，惠美子的身体开始发热，染上一层红晕。

空气夹在肌肤间。

惠美子睁开眼睛。

高野洋："怎么了？！"

惠美子："（摇摇头）"

惠美子用力抱紧高野洋。

53．惠美子与高野洋捧着洗澡用具行走

54．澡堂

热气静静地朝着高高的窗户升腾。

惠美子一屁股坐在了没有弄湿的瓷砖上。

光线从高高的窗户射进来，照在了惠美子的肩膀与腰部。

惠美子将香波和香皂摆放在镜子下面，屈身正要扭开水龙头，手停了下来。

脸盆污黑。

内侧积着厚厚一层水垢。

惠美子伸出手指触摸，滑溜溜的。

惠美子开始用手指擦脸盆。

厚厚的水垢很难擦掉。

惠美子用指甲划了一下。

黢黑的表面划出一道橙黄色。

头发耷拉到了脸颊，惠美子的身躯缩成一团。

指甲变得黢黑黢黑的。

惠美子将手指尖举到了鼻尖。

赤裸的肌肤立刻起了鸡皮疙瘩。

拧开水龙头。

脸盆上的污垢被强劲的水势冲走。

惠美子突然抬起头来。

镜子中有一个女人。

惠美子触摸了一下乳头。

乳头挺立着。

乳头又黑又硬。

惠美子往身上泼热水。

洗澡水闪着光芒四处飞溅。

惠美子站起来，从头上往下浇水，让洗澡水洗刷着身子。

惠美子进入池子里。

巨大的乳房及黑色的乳头，还有大腿和茂密的体毛在透明的池水中摇晃。

惠美子将目光转向一旁，抱膝浸泡在池水里，只露出头部。

阳光从接近于天棚的窗户照射进来，水汽在光线中缓慢地扭曲着，惠美子的脸部被照得通红。

55．惠美子的房间

惠美子打开电饭煲。

热气腾腾。

惠美子："好久没用这个电饭煲了，饭可能会有点霉味。"

惠美子盛饭。

高野洋拿起筷子，等着吃饭。

高野洋轻轻地往嘴里扒拉一口饭。

柔软的嘴唇。

双颊富有弹性地蠕动着。

高野洋："一点霉味都没有，很好吃。"

米饭消失在高野洋的口中，腌菜消失在高野洋的口中，干烧鱼消失在高野洋的口中。

惠美子的筷子动得很缓慢。

惠美子没有端坐着，两侧的小腿撇到了大腿外侧。

高野洋看也不看一眼惠美子，不停地消化食物。

惠美子用筷子敲了敲盛干烧鱼的碟子。

高野洋抬起头来。

惠美子有节奏地敲着碟子的边缘。

高野洋百思不得其解，露出笑容。

他的嘴唇上沾着米粒。

惠美子："我肚子好饱啊。"

高野洋："什么？"

高野洋用手指将米粒送进嘴里，瞪着大眼看惠美子。

惠美子："我不想吃饭。"

惠美子鼓着腮帮子，转向一旁。

高野洋："好好吃饭。"

惠美子："不想吃。"

惠美子趴着离开餐桌。

惠美子抱膝坐在房间的角落里。

高野洋把电饭煲拽到跟前，添了一碗饭。

筷子在碟子与碗中间来回动着。

高野洋把饭桌上的食物一扫而光。

高野洋："就这一点饭，吃了吧。"

高野洋递上惠美子剩下的大半碗米饭。

惠美子："我不想吃。"

高野洋将筷子伸向惠美子的那份菜。

惠美子："喂，我和别的男人睡了，你知道吗？"

高野洋放下饭碗。

高野洋："骗我的吧？"

惠美子腾地站起来，开始收拾餐桌。

惠美子将碗筷放进水池里，开大水龙头。

高野洋："……真的吗？"

惠美子用洗涤液将碟子上的油洗去。

高野洋："那次我不肯和你见面，当时你们什么都没做只睡觉了。是那次吧？"

惠美子："不是。"

摞在控水桶中的碗碟倒下来，发出声响。

惠美子："那次是假的，只有亲吻，而这次是真睡了。"

污水打着漩儿从下水道流走。

惠美子的头发突然从后面被拽了一下。

高野洋："你在说谎吧？"

惠美子仰着身子摇摇头。

高野洋抓着惠美子的头发将她拽倒。

高野洋："谁？你和谁什么时候睡的？"

惠美子的头碰在了席子上。

高野洋："你喜欢他吗？"

惠美子像弹簧娃娃那样坐起来。

惠美子："我喜不喜欢他，和你有什么关系？明明是你说你不喜欢我的。"

高野洋："你说什么疯话？"

惠美子："不是疯话。"

高野洋："现在我是很珍惜你的。过去我说过我不喜欢你，可是我已经喜欢上了你，我不能喜欢你吗？"

惠美子："我从一开始就一直喜欢你啊……我只是把我们做过的事情和别人做了一遍而已。"

高野洋殴打惠美子。

惠美子被打飞了。

惠美子："把我身体的事随便告诉姐姐的人，为什么会这么生气？"

高野洋："白痴，你懂什么啊？"

高野洋殴打惠美子。

鲜血从惠美子的嘴角流下来，染红了胸前的衬衫。

惠美子："你要是想打我的话就打啊。"

高野洋："我真是因为喜欢你才会打你。"

惠美子："我很可恨？和我睡过的人也很可恨？"

高野洋揪住惠美子的头发，扇她的耳光，使劲晃动她的身子。

高野洋："可恨，当然可恨了。"

惠美子没有反抗，已经毫无力气。

惠美子："那……你用现在的眼光看过去的自己，一定很可恨吧？"

高野洋的脸扭曲了。

高野洋咬着嘴唇。

握着的拳头不住颤抖。

高野洋："你把他领进这个家里来了吗？"

惠美子："……"

高野洋："是在那张床上做的吗？"

惠美子："……"

高野洋："你们是怎么做的？"

高野洋摇晃着惠美子的身体。

惠美子："怎么样都可以。"

高野洋深深吸了一口气。

高野洋："真的吗？"

惠美子："（点点头）"

高野洋撕开惠美子的衬衫。

惠美子任凭高野洋摆布。

高野洋将惠美子身上的衣服扒光。

高野洋从后面推了一把惠美子蜷缩的身子。

惠美子趴倒。

高野洋抬起惠美子的臀部。

惠美子："！！"

高野洋将惠美子的屁股一下子拽过来。

惠美子没有闭上眼睛。

惠美子的头摇晃着，肘部蹭在榻榻米上。

惠美子："……你现在做的事，和以前不是一样吗？"

惠美子呻吟般地说道。

高野洋抽身。

高野洋提起裤子走出去。

惠美子一直跪着，一动不动。

撕碎的衬衫散落一地。

惠美子："高野，我……从以前就一直喜欢你。"

只有嘴唇在动。

56.海岸边的道路

惠美子两手拎着鞋子行走在路上。

在波涛声与波涛声之间，传来啪嗒啪嗒敲击柏油路的声音。

57.惠美子坐在栈桥顶端

惠美子吸着香烟。

月光照得浪头泛出银光。

惠美子扔掉烟头。

微弱的红光画着弧线消失了。

58.家

惠美子将钥匙插进锁孔。

打开房门。

邮件"啪"的一声掉在地上。

玄关的电子钟显示着时间。

积满沙土及尘埃的地板上有一个浅浅的脚印。

惠美子点亮屋里灯后走进去。

母亲的房间，里面摆放着缝纫机。

雪花膏的瓶子倒在落满尘埃的镜台上。

书桌上那份没有写好的履历表蒙上了一层灰。

厨房的角落里摆着落满灰尘的一升酒瓶。

其中一瓶内还剩一些酒。

惠美子拿起酒瓶和玻璃杯。

突然电话铃响起来。

惠美子一下子站住。

电话铃继续响着。

惠美子将手伸向电话机。

电话铃不响了。

惠美子从壁橱里拿出毛毯，从头披上。

惠美子饮酒。

惠美子吸烟。

风掠过松林，波浪拍打过来。

传来踏缝纫机的声音。

是母亲。

响起钢琴声。

是父亲。

惠美子嫣然一笑，好像在说弹得真差劲。

惠美子寻找烟灰缸，但是没找到。

不得已将烟灰弹进玻璃杯里。

惠美子披着毛毯弹起钢琴。

×　×　×　×

惠美子推开雨窗。

令人炫目。

阳光在蓝色大海的水平线上跳跃，云朵缓缓流动着。

惠美子穿着衬裙跳下檐廊，奔跑起来。

穿过柏油路，穿过松林。

沙滩上的沙子又细又白，涌过来的波浪溅起透明的飞沫。

短衬裙飞跃起来，大腿部被阳光照耀着，显得柔韧。

惠美子追逐着褪去的浪潮。

惠美子被涌上来的浪潮追逐着，衬裙的下摆被打湿了。

沙滩上印上了惠美子的足迹。

前方红色铁皮顶的房子就是惠美子的家。

惠美子眺望着。

腿上的水滴闪闪发亮。

惠美子慢慢地转过身来，背朝着家，面对着大海。

海水哗啦哗啦涌过来。

《我或许会哭泣》的歌声响起。

　　　　越是要做一个被谁都爱的女人

　　　　就越是不行

　　　　我就是这样的女人

　　　　越是要做一个被谁都嫌弃的女人

就越是坚强

我也是这样的女人

你喜欢我是哪一种女人

我轻声说道

如果你不清楚地告诉我

我会受不了

我或许会哭泣

片尾字幕开始流动。

— 完 —

JASRAC　出141115-401

感
受
大
海
的
时
刻

×

译后记

新藤兼人先生既是电影剧作家又是电影导演，他对大名鼎鼎的电影剧作家桥本忍先生说过这样一句话："剧作使导演有了工作，没有剧本就没有电影的一切。"

据我观察，当一部新片子上映的时候，绝大多数观众首先记住的是饰演男女主角的演员，其次是导演，很少有人会去关注编剧。

当人们提到《罗生门》《活着》《七武士》《活人的记录》、《蛛网宫堡》和《恶人睡得香》时，都会说这些影片的导演黑泽明如何如何，但是有多少人知道这些影片的原点——剧作，均出自桥本忍先生之手呢？同样，当我与中国观众提到《W的悲剧》《神赐给的孩子》《红头发的女人》《远雷》《酒吧日记》等日本经典影片时，他们都能跟我说上几句《W的悲剧》或其他影片的情况，但没有人知道这些作品的编剧就是这本书的作者——荒井晴彦先生。

《电影旬报》这本老牌电影杂志在日本已走过99年历程。该杂志每年度的电影奖项评选都十分引人注目。作为一名电影编剧，谁都想在那辉煌的历史长河中留下自己的作品及名字。一生能获得一次最佳编剧奖实属不易，但是，偏偏就有两个人与众不同，分别获得了五次《电影旬报》最佳编剧奖，一位是前面提到的那位年届九十的桥本忍先生，还有一位就是今年已七十一岁的荒井晴彦先生。

荒井晴彦先生的主业毫无疑问就是电影剧作。他之所以在剧作上能有如此成就，我认为正因为他不仅仅是一位电影剧作家，他还是导演，他还是艺术评论家，他还是《映画艺术》主编及发行人，他还是年轻剧作家的师傅，他还是日本电影大学的教授。

荒井晴彦先生年轻时是一位积极投身于学生运动的早稻田大学文学部学生，他对日本社会的种种弊端进行了犀利的批判及顽强的抗争，因此他被学校开除学籍。但是，这并没影响到他日后作品中的批判性及深度。

在日本剧作界，至今还保留着师傅带徒弟的传统，尽管大不如从前了。荒井晴彦先生带出的徒弟，如今在日本影视界已经撑起了一片天。其实，荒井晴彦先生自己当年就是跟着师傅田中阳造从抄写员做起，一步步走到了今天。当然，他的经历恰好验证了中国的一句老话，师傅带入门，修行靠自己。荒井晴彦先生充分利用了东京具有的得天独厚的条件——遍览了世界各国的经典影片，从各位大师及各位同行身上汲取养分。当然，我还不得不承认他的天分及艺术家庭对他潜移默化的熏陶和影响。

如今，大概是因为上了年纪，荒井晴彦先生意识到要加快培养新人，不至于愧对自己钟爱的电影编剧事业。他开始走进日本电影大学的课堂，走进中国浙江传媒学院的编剧工作坊，将自己的经验毫无保留地传授给中日两国未来的年轻编剧们。近年来，他应北京电影学院、中国电影文学学会、中国电影基金会的邀请，数次来中国研讨交流，开班授课。

幸运的是我结识了他。那是1994年10月28日在天安门广场，中国电影家协会派我前去接待参加第九届中日电影文学剧作研讨会的日方代表团。随后的两个星期，我陪同日方代表团在北京与长沙参加了许多活动。这期间，我数次听到了荒井晴彦先生在会上对中日双方的作品提出的尖锐意见，给我留下深刻印象。我记得，在日方代表团离开长沙的前夜，日方成员聚集在宾馆内，对这次研讨会进行了总结。他们特邀我这个被他们视为自己成员的人参加了他们的内部会议。在总结会结束之际，日本电影剧作家协会会长铃木尚之先生让我谈谈对日方代表团每位成员的印象。我当时是这样说："荒井晴彦先生给我的印象是狡猾的，他看问题极其尖锐，思想深刻。"

在随后的二十多年里，我与荒井晴彦先生的交往因工作而更加频繁，自然我们也成为了好朋友。我在东京研究日本电影剧作期间，他给予我极大帮助。每年中日两国电影剧作家的交流活动，我都参与其中，翻译了许多日本电影剧本，不乏荒井晴彦先生的作品。

此次北京电影学院文学系将推出两部荒井晴彦先生的剧作选集，我很荣幸再次担任了翻译工作。荒井晴彦先生也十分配合这次的出版活动，他将自己全部作品的简体中文版权授予我，任我们随意挑选，并且不收取任何费用。在此向荒井晴彦先生表示深深的谢意。

有了荒井晴彦先生的授权并不意味着版权问题都已解决。荒井晴彦先生的剧作既有原创作品，也有改编作品。根据日本的版权规定，对于改编作品，我们还需获得原著小说作者或代理人的授权。除此之外，荒井晴彦先生的剧作中引用的歌曲，也需得到歌曲的词作者及曲作者的同意。面对如此多的版权问题，我们感到很棘手。在这关键时刻，荒井晴彦先生将日本电影剧作家协会事务局局长关裕司先生介绍给我们，请他代表我们处理版权问题。关先生极为认真负责，与众多版权方一一联系，顺利解决了版权问题。在此，我们向关裕司先生表示衷心感谢！

在这两部剧作选集的出版过程中，北京电影学院文学系黄丹主任及刘小磊老师，以及出版人周青丰先生倾注了大量的心血，在此一并表示感谢！

2016年在东京国际电影节上，北京电影学院文学系梅峰老师编剧及导演的影片《不成问题的问题》获得大奖。随后，荒井晴彦先生采访了梅峰老师，两人围绕电影进行了深入交谈。此次荒井晴彦电影剧作选集在中国出版之际，梅峰老师特意为这两本书写了序言，对荒井晴彦先生做了一个全面的介绍。

本书的收录了一篇三人谈，题目是《荒井晴彦的剧作世界》。为了使中国读者更深入地了解荒井晴彦先生及其作品，我们组织了这篇文章。提问者是日本电影大学编导专业毕业的中国留学生李向同学，他也是荒井晴彦先生的学生。为了这篇文章，他将这两本剧作选集中的作品全部仔细地通读了一遍，并拟好了提纲。三人谈中的女士晏妮博士是著名的旅日中国电影学者，也是日本电影大学的教授，她为所有问题——把关，提出许多极具学术价值的建议。荒井晴彦先生的解答也极为精彩。为此，我感到无比欣慰。

此书中的译稿，是译者以往在工作中陆续翻译的，有部分译稿参考了前辈们的译作。此次将这些译稿结集出版之际，译者对译稿进行了一些修改，但还是有不如意的地方，敬请各位读者不吝赐教。

荒井晴彦先生还写下了许多其他的优秀剧作，我们将在今后陆续介绍给各位中国读者。

汪晓志

二〇一八年六月二十六日于北京

475

图书在版编目（CIP）数据

W的悲剧：荒井晴彦电影剧作选集 ／ （日）荒井晴彦著；汪晓志译.
—上海：上海三联书店，2018.9
ISBN 978－7－5426－6294－1

Ⅰ．①W… Ⅱ．①荒… ②汪… Ⅲ．①电影剧本—作品集—日本—现代
Ⅳ．①I313.35

中国版本图书馆CIP数据核字（2018）第126134号

W的悲剧：荒井晴彦电影剧作选集

著　　者 ／ 荒井晴彦
译　　者 ／ 汪晓志

责任编辑 ／ 朱静蔚
特约编辑 ／ 李志卿　王卓娅
装帧设计 ／ 微言视觉工坊｜许艳秋
监　　制 ／ 姚　军
责任校对 ／ 王卓娅

出版发行 ／ 上海三联书店
　　　　　　（201199）中国上海市闵行区都市路4855号2座10楼
邮购电话 ／ 021－22895557
印　　刷 ／ 山东临沂新华印刷物流集团有限责任公司

版　　次 ／ 2018年9月第1版
印　　次 ／ 2018年9月第1次印刷
开　　本 ／ 889×1194　1/32
字　　数 ／ 361千字
印　　张 ／ 15.5
书　　号 ／ ISBN 978－7－5426－6294－1 ／ I · 1394
定　　价 ／ 58.00元

敬启读者，如发现本书有印装质量问题，请与印刷厂联系0539－2925680。